Eva Völler
Time School – Auf ewig mein

Weitere Titel der Autorin:

Time School – Auf ewig dein
Kiss & Crime – Zeugenkussprogramm
Kiss & Crime – Küss mich bei Tiffany
Zeitenzauber – Die magische Gondel
Zeitenzauber – Die goldene Brücke
Zeitenzauber – Das verborgene Tor
Leg dich nicht mit Mutti an
Der Montagsmann/Hände weg oder wir heiraten
Wenn Frauen Männer buchen
Ich bin alt und brauche das Geld
Tulpengold

Titel in der Regel auch als Hörbuch
und als E-Book erhältlich

Eva Völler

Auf ewig mein

Time School

one

MIX
Papier aus verantwortungsvollen Quellen
FSC® C014496

Dieser Titel ist auch als Hörbuch und E-Book erschienen

Originalausgabe

Lektorat: Anna Hahn, Trier
Umschlaggestaltung: Sandra Taufer, München unter Verwendung von © Yolande de Kort/Arcangel Images sowie einer Collage aus Motiven von © shutterstock.com: Bojan Bojovic; Gl0ck; Shukaylova Zinaida; Gwoeii; DeepGreen; Eisfrei; fractal-an; Michael Dechev; Zastolskiy Victor
Satz: hanseatenSatz-bremen, Bremen
Gesetzt aus der Minion Pro
Druck und Einband: GGP Media GmbH, Pößneck
Printed in Germany
ISBN 978-3-8466-0058-0

2 4 5 3 1

Sie finden uns im Internet unter
www.one-verlag.de
Bitte beachten Sie auch www.luebbe.de

Für Leonie

Die Zeit mag, was noch dunkel ist, erhellen.
Heim bringen steuerlos manch Boot die Wellen.

(William Shakespeare, Cymbeline)

Teil 1

Venedig, 1786

»Ich finde, er sieht viel besser aus«, sagte Fatima. »Und jünger.«

»Jünger und besser als wer?«, wollte Ole wissen.

»Als er selbst natürlich.«

»Wie kann jemand jünger und besser aussehen als er selbst?«

»Er sieht jünger und besser aus als er selbst auf dem Bild«, gab Fatima ungeduldig zurück.

»Pst!«, mischte ich mich ein. »Ihr fallt mit eurem Gerede schon auf!«

Tatsächlich hatten sich bereits einige Köpfe in unsere Richtung gewandt. Fatima und Ole störten eindeutig die feierliche Stimmung, und das war gar nicht gut. Denn es gehörte zu unserem Job als Zeitwächter, bei unseren Einsätzen nicht aufzufallen. Wenn wir auffielen, konnte alles Mögliche schiefgehen. Und da wir bei diesem Einsatz im Jahr 1786 keinem Geringeren als Johann Wolfgang von Goethe persönlich das Leben retten mussten, konnten wir gar nicht vorsichtig genug sein.

Der Festakt, den wir gerade beobachteten, war ein sehenswertes Ereignis mit einem Aufzug aller möglichen venezianischen Würdenträger in historischen Gewändern. Gefeiert wurde eine siegreiche Seeschlacht gegen die Türken, mit denen Venedig über Jahrhunderte hinweg im Krieg gelegen hatte.

»Ich finde nicht, dass er besonders beeindruckend und berühmt aussieht«, fuhr Ole fort, ohne auf meine Ermahnung zu achten. »Nicht halb so eindrucksvoll wie zum Beispiel der da.« Er zeigte auf eine prunkvolle Barke, die im Kanal vor der Kirche angelegt hatte. *Der da* war der Doge höchstpersönlich, der soeben über eine mit Teppichen ausgelegte Brücke an Land schritt. Umhüllt von einem schleppenverzierten Talar und mit der goldenen, wie ein nach hinten wachsendes Horn geformten Kappe auf dem Kopf stach er tatsächlich ins Auge, genauso wie die vielen Adligen mit ihren pompösen bodenlangen Gewändern und den wallenden blonden Lockenperücken. Gemessenen Schrittes zogen sie der Reihe nach zur Kirche.

»Diese Männer sehen wahrlich prächtig aus«, erklärte Ole mit Bewunderung in der Stimme.

»Das zeigt nur wieder, wie unterentwickelt dein Modegeschmack ist«, kritisierte Fatima.

Insgeheim stimmte ich ihr zwar zu, aber es war weder der richtige Ort noch die passende Zeit, um über Mode zu streiten, zumal die beiden sich bei diesem Thema sowieso nicht einig werden konnten. Als waschechter Wikinger aus dem zehnten Jahrhundert stellte Ole keine großen Anforderungen an sein Outfit. Hauptsache, die Sachen waren bequem und rochen gut. Dagegen besaß Fatima, die aus dem fünfzehnten Jahrhundert stammte, ein unbestechliches Auge für guten Stil. Sie hatte sich nach ihrem Wechsel in die Gegenwart blitzschnell den aktuellen Modeströmungen angepasst und kannte sich mit allen angesagten Looks und coolen Accessoires bestens aus, während man bei Ole aufpassen musste, dass er nicht aus Versehen mit seinem alten Lederharnisch und der Streitaxt am Gürtel aus dem Haus ging.

An diesem Tag trug er einen etwas zu engen Gehrock und dazu ein Paar grobe Stiefel, die mindestens zweihundert Jahre zu alt für diese Zeit waren. Die feineren Schnallenschuhe, die ich ihm für den heutigen Einsatz herausgesucht hatte, waren ihm suspekt, seiner Ansicht nach zogen so etwas nur Frauen an.

»Dieser Job ist langweilig«, beschwerte sich Fatima, die mit ihrem federgeschmückten Hütchen und dem figurbetonten Seidenkleid aussah, als sei sie gerade dem schicksten Modejournal des ausgehenden Rokokos entstiegen. »Es passiert überhaupt nichts. Wir stehen die ganze Zeit nur herum.«

Wir standen tatsächlich schon seit über einer halben Stunde hier auf dem Vorplatz der Kirche und warteten. Das Dumme war – es konnte noch länger dauern. Im ungünstigsten Fall mussten wir bis zum Ende des Tages an der Sache dranbleiben. Oder vielmehr: an unserer Zielperson Goethe.

Der Dichterfürst stand ganz in unserer Nähe und betrachtete mit interessierter Miene die Prozession der Würdenträger. Ab und zu machte er sich Notizen. Wie ich aus den für diesen Einsatz zusammengestellten Unterlagen wusste, hatte er über seine gesamte erste Italienreise der Jahre 1786 bis 1788 akribisch Buch geführt, auch über den heutigen Tag. Dummerweise hatte die Zeit genau an der Stelle einen Knick (eine Falte, eine Krümmung, eine falsche Abzweigung, ganz egal, wie man es sich vorstellt), die ihn das Leben kosten konnte. Es war unsere Aufgabe, diese gefährliche Alternativentwicklung zu verhindern. Allerdings hatten wir aus den Bildern unseres magischen Weissagungsspiegels nur den ungefähren Zeitraum des schädlichen Ereignisses herauslesen können, nicht die exakte Uhrzeit. Manchmal funktionierte es eben nicht genauer.

Sebastiano schob sich quer durch die Menge der Zuschauer und trat neben mich. Bei seinem Anblick weitete sich meine Brust, und ich spürte meinen Herzschlag. Obwohl wir uns schon so lange kannten, konnte ich gegen diese Reaktion nicht das Geringste ausrichten – und wollte es auch gar nicht, denn es zeigte mir, dass unsere Liebe viel stärker war als die Zeit. Zwischen uns gab es nichts Flüchtiges und Vergängliches. Sebastiano bildete in meinem Leben die Basis, er war der Anker, an dem sich alles festmachte – mein Alltag, meine Gefühle, meine Hoffnungen. Und das Gute war, dass es ihm genauso erging.

Bei uns beiden hätte wirklich alles perfekt sein können, wenn es nicht diese Schatten gegeben hätte, die auf unserer gemeinsamen Zukunft lagen. Wir wussten, dass im Hintergrund Feinde lauerten, die nur auf ihre Gelegenheit warteten, und einige von ihnen hatten es auf uns persönlich abgesehen. Wir hatten keine andere Wahl, als extrem vorsichtig zu bleiben.

Doch an diesem sonnigen Herbsttag im Venedig des Jahres 1786 mussten wir einfach nur unseren Job erledigen und uns um Goethe kümmern, damit der *Faust* und andere bahnbrechende Werke noch das Licht der Welt erblicken konnten.

Was Goethe genau passieren würde, wussten wir nicht – der Spiegel hatte uns nur verraten, dass es ein Sturz sein würde, den es zu verhindern galt.

Sebastiano hatte die Umgebung des Platzes gecheckt und nichts Ungewöhnliches entdeckt. Er beugte sich zu mir und flüsterte es mir ins Ohr, und bei der Gelegenheit küsste er mich auch unauffällig auf den Hals. »Hab ich dir schon gesagt, dass du in diesem blauen Samtkleid toll aussiehst?«, raunte er.

Das hatte er, aber ich hörte es mir gerne noch mal an. Er selbst sah auch toll aus, aber das tat er sowieso fast immer. Über seinem dunkelgrünen Brokatwams trug er einen leichten Mantel und ein seidenes Halstuch, dazu eine perfekt sitzende Kniebundhose, feine Strickstrümpfe und elegante Schuhe. Ganz der Venezianer von Welt – der er ja auch war, schließlich war Venedig seine Heimatstadt, nur dass er genau wie ich im zwanzigsten Jahrhundert geboren war.

Ole wandte sich zu uns um. »Fatima und ich haben uns was überlegt«, sagte er. »Damit der Einsatz nicht so langweilig ist.«

»Ich bin für jeden Vorschlag dankbar«, versicherte ich. »Außer, es hat was mit einem Einkaufsbummel zu tun.« Eigentlich hatte ich *Shopping* gesagt, aber die Sprachumwandlung, die bei allen Zeitreisen in die Vergangenheit aktiv wird, hatte es in ein passenderes Wort abgeändert. Das geschah immer, wenn Einheimische in der Nähe waren, die unsere Unterhaltungen aufschnappten.

»Gute Idee«, sagte Fatima. »Aber eigentlich haben wir uns überlegt, diesen Goethe kennenzulernen und den Tag mit ihm zu verbringen. Dabei können wir gleichzeitig auf ihn aufpassen.«

»Es wäre auch deutlich praktischer, als ständig hinter ihm herzutrotten«, führte Ole aus. »Zumal es ihm sonst irgendwann komisch vorkommen muss, wenn wir dauernd an ihm kleben. Da können wir auch genauso gut mit ihm gemeinsam um die Häuser ziehen und gleichzeitig viel besser verhindern, dass es passiert. In dem Moment, wenn wir mit dem Einsatz fertig sind und zurückspringen, sind wir sowieso aus seinem Gedächtnis gelöscht.«

»Hm«, machte Sebastiano. »Das hat was für sich. Klingt sinnvoll. Was denkst du, Anna?«

Ich nickte begeistert, denn ich fand den Vorschlag nicht bloß sinnvoll, sondern fantastisch. Ich meine – Johann Wolfgang von Goethe! Höchstpersönlich!

Sebastiano sah mich scharf an. »Vielleicht ist es doch keine so gute Idee. Du hyperventilierst.«

»Kein Stück!« Ich schüttelte atemlos den Kopf. »Ehrlich, ich schwöre, dass ich kein Sterbenswörtchen über den *Faust* sage!«

»Und auch nicht über *Götz von Berlichingen*«, verlangte Sebastiano.

»Aber der ist doch schon erschienen«, widersprach ich. Eifrig fügte ich hinzu: »Was ist mit dem *Werther*? Den kennt jeder! Und Goethe würde sich doch hinterher auch gar nicht mehr dran erinnern!«

»Kein Wort, oder wir lassen es.«

Was sollte ich machen?

Tatsächlich war Goethe hocherfreut, uns kennenzulernen. Er hatte uns schon bemerkt und sich gefragt, woher wir wohl kamen, und als Fatima ihm scheinbar aus Versehen ein Taschentuch vor die Füße fallen ließ, das er aufhob und ihr reichte, war das Eis sofort gebrochen. Einem gemeinsamen Spaziergang durch die Stadt stand nichts mehr im Wege.

Bei der gegenseitigen Bekanntmachung hielten wir uns an unsere abgestimmte Legende – wir legten uns vor unseren Zeitreisen immer einen passenden persönlichen Background zurecht. Sebastiano spielte einen venezianischen Seidenhändler und ich seine treusorgende Gattin. Ole war Sohn und Erbe eines norwegischen Pelzhändlers, der sich schon vor Jahren in Venedig angesiedelt hatte. Fatima war die Tochter eines hiesigen Patriziers und zugleich meine Cousine.

Vor dem Einsatz hatte es Streit über Fatimas Rolle gegeben, sie wollte lieber eine berühmte Tänzerin sein oder eine illegitime Zarentochter. Aber auffallende Rollen mussten die Ausnahme bleiben, und für diesen Fall konnten wir keine brauchen.

Goethe war ein lebhafter, humorvoller Zeitgenosse, er sprühte nur so vor geistreichen Gesprächsbeiträgen und stellte viele kluge und interessierte Fragen, bei deren Beantwortung wir allerdings manchmal improvisieren mussten, nämlich immer da, wo wir unsere Legende vorher nicht allzu detailliert ausgearbeitet hatten und deshalb aus dem Stand einiges hinzuerfinden mussten. Aber Fatima und Ole machten ihre Sache sehr gut, ich war richtig stolz auf meine Schüler.

Wir selbst fragten Goethe kaum etwas. Das meiste wussten wir ja sowieso schon, wozu gab es schließlich Wikipedia. Er hatte in Deutschland auf der Höhe seines Erfolgs alles hinter sich gelassen und war überstürzt nach Italien abgehauen – ein ziemlich klarer Fall von Burnout.

Die erste Zeit seiner zweijährigen Italienreise hatte er inkognito verbracht, weil er seine Ruhe haben wollte, aber je länger er unterwegs war, desto einsamer war es um ihn geworden. Hier in Venedig kannte er praktisch niemanden. Als er von zu Hause aufgebrochen war, um zu seiner früheren Kreativität zurückzufinden, hatte er in einem dichterischen Tief festgesteckt, das er aber inzwischen längst hinter sich gelassen hatte. Wenn er nach Hause zurückkehrte, würde er mit neuer Schaffensfreude wunderbare Werke vollenden.

Wir unterhielten uns auf Italienisch – das heißt, *Goethe* sprach Italienisch; er hatte es schon als Kind gelernt und beherrschte es sehr gut, während wir anderen in unserer jeweiligen Muttersprache redeten, ohne dass er es merkte. Wie immer funktionierte die automatische Sprachumwandlung perfekt.

Nach einem gemeinsamen Mittagessen – Goethe bestand darauf, uns einzuladen – bummelten wir durch San Marco. Rund um den Dogenpalast herrschte ein reges Treiben. Zahllose Menschen spazierten in ihrem Sonntagsstaat von der Riva degli Schiavoni zum Markusplatz, wo sie die Kaffeehäuser bevölkerten und unter den Arkaden der Prokuratien flanierten.

Goethe verstrickte mich in eine anregende Unterhaltung über

ein Theaterstück, das er am Vorabend besucht hatte. »Leider war es über alle Maßen langweilig«, berichtete er. »Gewisse Versformen eignen sich einfach nicht für die italienische Sprache.«

»Die elfsilbigen Jamben sind für Deklamationen sehr unbequem«, stimmte ich zu.

Goethe musterte mich verdutzt. »Genau dasselbe wollte ich auch gerade sagen! Tatsächlich hatte ich es mir sogar bereits mit ebendiesen Worten notiert!« Ein Strahlen verklärte sein Gesicht. »Wie wohltuend, in der Fremde auf einen verwandten Geist zu stoßen! Diese Ähnlichkeit der Gedanken, diese Übereinstimmung der Meinung! Sie sind fürwahr eine äußerst bemerkenswerte junge Dame, Signora Anna!«

Oh, oh! Schwerer Fehler. Sebastianos verärgertes Räuspern sprach Bände, ihm war es auch nicht entgangen. Ich hatte zufällig genau die Stelle wiedergegeben, die Goethe als Kommentar zu diesem Theaterstück in sein Reisetagebuch geschrieben hatte. Welches mir natürlich in allen Einzelheiten bekannt war. Ich musste schlucken und konnte mich nur damit trösten, dass er es sowieso vergessen würde. Zeitreisende blieben nur Eingeweihten im Gedächtnis.

Für Goethe gab es jetzt kein Halten mehr, er meinte, in mir eine Seelenverwandte gefunden zu haben und wollte über die Feinheiten des jambischen Versmaßes reden. »Gestatten Sie, Signor«, sagte er zu Sebastiano, dann hakte er mich unter und setzte sein Gespräch mit mir voller Begeisterung fort. Gefolgt von Sebastiano und unseren beiden Schülern schlenderten wir in Richtung Mole. Zahlreiche Gondeln tanzten dort an der Anlegestelle. Die Sonne blitzte auf dem Wasser und tauchte die Silhouetten von San Giorgio Maggiore und Santa Maria della Salute in ein durchscheinend helles Licht. Ich rief den Inhalt von diversen Vorlesungen ab (wozu hatte ich Literatur mit Schwerpunkt Lyrik studiert – wie praktisch, dass ich es jetzt wenigstens mal anwenden konnte) und glänzte mit allen möglichen Basics zu diversen Versformen. Aber mein Spaß an unserem Auftrag änderte sich schlagartig, als wir die Mole fast erreicht hatten. In meinem Nacken breitete sich der Anflug eines Juckens aus, ein ganz schlechtes Zeichen. Mein Nacken juckt nämlich nur bei bevorstehender Gefahr. Es war so weit. Besorgt wandte ich mich zu Sebastiano um.

Goethe kam unterdessen enthusiastisch auf den gereimten Fünfheber mit Zäsur nach der vierten Silbe zu sprechen und suchte nach Beispielen. Mir fiel spontan eins ein, das ich zitieren konnte, während das Kribbeln in meinem Nacken immer deutlicher wurde. Wir standen jetzt dicht am Kai, wo man von der Piazzetta aus den schönsten Blick über die Einfahrt zum Canal Grande hatte.

»*Kennst du das Land, wo die Zitronen blüh'n, im dunkeln Laub die Goldorangen glüh'n*«, deklamierte ich mechanisch. »*Ein sanfter Wind vom blauen Himmel weht, die Myrthe still und hoch der Lorbeer steht …*« Ich brach ab und schlug mir die Hand vor den Mund.

Goethe hatte mich losgelassen und zerrte sein Notizbuch aus der Tasche seines Umhangs. »Wo habe ich nur den vermaledeiten Stift?«, rief er. »Diese Worte – was für eine wundersame Schönheit ihnen innewohnt! In der Tat gleichen sie jenen, die mir schon selbst durch den Sinn gingen! Welchem Gedicht haben Sie dieses Beispiel entnommen? Können Sie es zu Ende rezitieren?«

Natürlich hätte ich das gekonnt, und kein Wunder, dass er das Gedicht toll fand, denn er hatte es selbst geschrieben. Nur würde es dummerweise bis zur Veröffentlichung noch etliche Jahre dauern.

Ungeduldig trat Goethe einen Schritt zurück, um mehr Armfreiheit für die Suche nach seinem Stift zu gewinnen. Dabei übersah er eine Frau, die gerade in eine Gondel steigen wollte. Sie hatte ein Hündchen unterm Arm und war tief verschleiert, weshalb sie vermutlich auch nicht bemerkte, dass Goethe direkt hinter ihr stand. Und der sah wiederum sie nicht, weil er in seinen Taschen wühlte.

Im nächsten Moment war es auch schon passiert, es ging alles unglaublich schnell. Der Hund sprang der Frau vom Arm und geriet Goethe zwischen die Beine. Er stolperte, versuchte sich irgendwo festzuhalten und erwischte den Schleier der Frau. Der bot ihm aber keinen Halt, sondern riss unter seinem Griff entzwei, worauf die entrüstete Frau ihm einen heftigen Schubs versetzte, der ihn geradewegs über die Mole in das dunkle, tiefe Wasser des Bacino di San Marco beförderte.

»Das glaube ich jetzt nicht«, sagte Sebastiano zutiefst entnervt. Doch er zögerte keine Sekunde, sondern sprang dem versinkenden Dichter sofort hinterher. Ich konnte nur hilflos dabei zusehen, wie er mit einem eleganten Kopfsprung in den schmutzigen Fluten verschwand.

»*Das* war also der Sturz«, sagte Ole, während er neben mich trat. Erstaunt schüttelte er den Kopf. »Wer hätte das gedacht! Ich jedenfalls nicht.«

Ich auch nicht. Die Symbolik des Spiegels war manchmal vertrackt, man konnte bei der Deutung der gezeigten Ereignisse Fehler begehen und Abläufe falsch einschätzen. Wir hatten zwar gewusst, dass das gefährliche Ereignis ein Sturz sein würde, denn auf den Bildern hatten wir Goethe fallen sehen. Doch mangels Tiefenschärfe war keine Umgebung zu erkennen gewesen – wir waren einfach alle davon ausgegangen, dass er aus einem Fenster oder von einem Gebäude stürzen würde. Stattdessen sank er jetzt dem Grund der Lagune entgegen. Und mit ihm Sebastiano.

Ich konnte vor Entsetzen kaum atmen. Sebastiano war ein guter Schwimmer und konnte prima tauchen. Fragte sich nur, wie tief. Das Jucken in meinem Nacken hatte kein bisschen nachgelassen.

Fatima drängte sich zwischen ein paar sensationslüsternen Gaffern durch, die sich am Rand der Mole versammelt hatten und sehen wollten, was los war. Die aufgeregten Rufe der Umstehenden übertönten ihre Stimme, aber ich verstand sie trotzdem.

»*Du* hast das Ereignis herbeigeführt!«, sagte sie mit großen Augen zu mir. »Du hast etwas zu ihm gesagt, das ihn zu diesem ungeschickten Verhalten gebracht hat!«

Zu meinem Schrecken hatte sie völlig recht! Ich war drauf und dran, Sebastiano hinterherzuspringen, um ihn da rauszuholen. Wenn der arme Goethe ertrank, war das entsetzlich, und ich wusste jetzt schon, dass ich mir das nie verzeihen würde. Aber ich konnte nicht ohne Sebastiano leben. Lieber starb ich selbst bei dem Versuch, ihn zu retten.

Gerade, als ich zum Sprung ansetzen wollte, durchstießen nacheinander zwei Köpfe die dunkle Wasseroberfläche – zuerst tauchte Goethe auf, dann Sebastiano.

Ich brach vor Erleichterung in Tränen aus. Ringsum erhob sich Jubel, die Leute klatschten Beifall.

»Bravo!«, riefen sie. »Bravissimo!«

Goethe wurde in ein Boot und von dort an Land gehievt. Wasserspuckend und hustend rang er nach Luft und fluchte zwischendurch über den venezianischen Müll, der aus allen Kanälen in die Lagune geschwemmt werde und das Wasser eintrübe, sodass man, wenn man einmal hinein- und unter die

Oberfläche geraten sei, das Oben nicht vom Unten unterscheiden könne. Alles in allem schien er das unfreiwillige Bad jedoch ohne besondere Beeinträchtigungen überstanden zu haben.

Ich warf mich Sebastiano in die Arme, nachdem er von helfenden Händen ebenfalls auf den Kai gezogen worden war. »Es tut mir so leid!«, stammelte ich.

Er trat einen Schritt zurück und wischte sich mit beiden Händen die stinkenden Algen aus dem Gesicht. »Warum? Du kannst doch nichts dafür.«

Da war ich mir nicht so sicher. Von José, dem Chef unserer Crew und Mitgründer der Zeitreise-Akademie, hatte ich zwar gelernt, dass manche Einsätze zwangsläufig von einer Art *Self-fulfilling-Prophecy*-Phänomen begleitet sind (was in etwa bedeutet, dass gewisse Ereignisse, die man verhindern will, überhaupt erst dadurch stattfinden, dass man es versucht), und er hatte auch schon mehrmals beteuert, dass das einen Einsatz nicht weniger wichtig mache. Das anzuzweifeln sei völlig sinnlos, so unergiebig wie die Frage, was zuerst da war – die Henne oder das Ei.

Dennoch ließ sich das nagende Gefühl, durch eigene Fehler ein Eingreifen erst nötig gemacht zu haben, mit dieser Logik schlecht wegdiskutieren.

»Wenigstens ist der Einsatz jetzt vorbei«, sagte Ole. »Dieses Gerede über Gedichte war die reinste Folter. Wie können Verse Füße haben?«

Zum Glück hatte Goethe das nicht gehört. Wir begleiteten ihn auf schnellstem Weg in sein Hotel, wo er sich umzog und seine nassen Sachen in die Wäscherei gab. Sebastiano kaufte einem Hoteldiener, der in etwa seine Größe hatte, einen Satz Männerkleidung ab und ließ ihm dafür seine durchweichte Kluft da.

In seinem überschwänglichen Dank wollte Goethe zum Abschied von uns wissen, wo wir wohnten, weil er sich unbedingt noch erkenntlich zeigen wolle. Sebastiano nannte ihm eine Fantasieadresse, die Goethe sich so leicht merken konnte, dass er sie sich nicht notieren musste.

Sobald wir in unsere eigene Zeit zurücksprangen, würde er uns und den Sturz ins Wasser vergessen. Er würde sich ein wenig ausruhen, seine Eindrücke von der Dogenprozession niederschreiben und danach auf die Giudecca übersetzen, um sich bei Nacht den *Tasso* anzuhören, den traditionellen Gesang venezianischer Schiffsleute und Gondolieri.

Und irgendwann würde er das Gedicht über die Zitronen und Orangen schreiben, das berühmte Mignon-Lied – womit sich unweigerlich wieder die Frage nach der Henne und dem Ei erhob. Goethe konnte das Gedicht nicht von mir haben, da *ich* es von *ihm* hatte. Außerdem konnte ich überhaupt nicht dichten. Und er hatte mich und unsere ganze Begegnung längst vergessen. Ich sollte einfach aufhören, darüber nachzudenken.

Venedig, Gegenwart

José holte uns an der vereinbarten Stelle mit der Zeitmaschine ab. Wir landeten im Garten unseres Hauses in Castello, einmal mehr froh, dass wir die Reise durch die Zeit alle heil und unbeschadet überstanden hatten.

Unsere Zeitreise-Akademie war in einem alten Palazzo untergebracht. Von außen ziemlich verwittert und stark in die Jahre gekommen, bot er im Inneren ein malerisches Ambiente aus allen möglichen Stilrichtungen, hauptsächlich einen Mix aus Möbeln eines bekannten schwedischen Einrichtungshauses und Frühbarock. Die polierten Marmorsäulen im Portego waren noch original erhalten, ebenso wie Teile des Deckenstucks, aber der Rest war im Laufe der Jahrhunderte modernisiert und saniert worden.

Offiziell beherbergte der Palazzo natürlich keine Zeitreiseschule, sondern eine Theaterakademie mit ambitionierten Schülern aus aller Welt und einer kleinen Truppe von Lehrern, die es sich auf die Fahnen geschrieben hatten, ihre Vorstellungen von einem individualistischen Rollenstudium in die Tat umzusetzen. Letzteres war gar nicht mal so danebengegriffen, denn tatsächlich wies ein großer Teil der Ausbildung an der Akademie schauspielerische Bezüge auf. Als Zeitwächter wurde man nur erfolgreich, wenn man sich zu einem Meister im Täuschen, Tricksen und Improvisieren entwickelte. Es war im Grunde *Method Acting* in Reinkultur.

Daneben lernten unsere Zöglinge natürlich auch eine Menge nützlicher und handfester Dinge. Das reichte vom richtigen Gebrauch eines Floretts über Erste Hilfe bis hin zur Herstellung von Zahnpasta. Vor allem aber bekamen sie ein detailliertes Wissen über die unterschiedlichen Epochen vermittelt – mit anderen Worten, sie paukten Geschichte.

Aktuell hatten wir drei Schüler an der Akademie. Einer davon war Walter, ein Junge aus der Tudorzeit, mit seinen fünfzehn Jahren unser jüngster Kandidat. Bücher waren sein ganzes Leben, er verschlang eins nach dem anderen und brauchte ständig Nachschub. Wenn er nicht gerade las, schrieb er lange Einträge in sein Tagebuch, für das er dauernd neue Verstecke suchte, weil Fatima die lästige Angewohnheit hatte, darin herumzuschnüffeln. Momentan war Walter von der praktischen Ausbildung befreit, denn er ging wieder zur Schule – wir waren übereinstimmend der Meinung, dass er Abi machen und studieren sollte, genauso wie Jerry, der aus dem Jahr 1813 stammte und ungefähr im selben Alter wie Walter in unsere Gegenwart übergewechselt war. Jerry hatte seinen Collegeabschluss gemacht und anschließend Physik studiert. Er saß gerade an seiner Doktorarbeit und tüftelte nebenher an technischen Verbesserungen für die Zeitmaschine.

Fatima und Ole hatten keine Lust, noch mal die reguläre Schulbank zu drücken, den beiden reichte bereits, was Sebastiano und ich ihnen an Unterricht zumuteten. Inzwischen konnten sie immerhin lesen und schreiben und machten Fortschritte beim Rechnen; vor allem Ole schien eine natürliche Begabung für alles Mathematische zu haben und las sich zu dem Thema mittlerweile sogar im Internet schlau. Aber davon abgesehen erforschte er lieber neue Computerspiele – er behauptete, in dem Bereich hätte er tausend Jahre nachzuholen. Daneben galt sein ganzes Interesse der Waffenkunst, antiker wie moderner, und seine restliche Freizeit verbrachte er am liebsten auf der Hantelbank. Er war ein ein Meter neunzig großes Kraftpaket und ließ sich nicht viel sagen.

Fatima hatte sich auf Mode spezialisiert. Sie führte sogar ihren eigenen Blog, den sie mit selbst geschossenen Fotos bestückte, Aufnahmen von professioneller Qualität. Inzwischen hatte sie so viele Follower, dass schon die ersten Angebote von Werbefirmen bei ihr eingegangen waren. Daneben besaß die glutäugige Haremsschönheit auch eine durchaus kriegerische Ader. Mindestens einmal am Tag ging sie in den großen Trainingsraum und warf lange, scharfe Messer auf eine Zielscheibe. Sie traf fast immer ins Schwarze.

Diesem Talent hatte ich mein Leben zu verdanken. Ein perfekt gezielter Wurf mit einem ihrer Dolche hatte mich davor bewahrt, einem alten Feind zum Opfer zu fallen.

Die Bezeichnung *alt* war in dem Zusammenhang nicht einfach nur eine Floskel, sondern erfasste genau den Kern der Aussage. Mein Widersacher Mr Fitzjohn, den Fatima mit ihrem Dolch ins Jenseits befördert hatte, war *sehr* alt gewesen, viel älter als alle Normalsterblichen. Genauso wie José entstammte er einem längst untergegangenen Sternenvolk. Ein paar Dutzend dieser Rasse hatten es einst geschafft, sich aus den Tiefen ihrer untergegangenen Galaxie bis zur Erde durchzuschlagen und sich in unserer Welt mehr oder weniger häuslich einzurichten. Sie hatten sich kreuz und quer über die Jahrhunderte verteilt und betrachteten die Zeit als eine Art überdimensionales Spielbrett, auf dem sie eigene Regeln aufstellen und Menschen wie beliebige Figuren herumschieben konnten. Einige dieser Alten waren ziemlich skrupellos und gingen über Leichen, um sich ein Stück aus der Zeit herausschneiden und sich darin als Herrscher aufspielen zu können. Anderen ging es nur um das Spiel an sich und darum, sich gegenseitig auszumanövrieren, aber sie hielten sich wenigstens an die von ihnen konzipierten Regeln. Wieder andere – zu denen gehörte José – spielten auf der guten Seite der Macht. Als Meister des Fairplay taten sie alles, um das Gefüge der Zeit für die Menschen zu erhalten. Traten irgendwo Anzeichen einer drohenden Entropie auf (was so viel wie die finale Katastrophe bedeutete), machte José die Zeitmaschine klar und sorgte für Ordnung.

Es gab noch mehr besonnene Alte wie ihn. Sie nannten sich *Bewahrer* und agierten in allen zugänglichen Epochen, wo sie die schlimmsten Spieler im Zaum hielten.

Leute wie Sebastiano und ich halfen ihnen dabei.

Wir waren Zeitwächter, auch *Beschützer* genannt. Mittlerweile waren wir außerdem zu Lehrern avanciert, eine Idee von José, der es für sinnvoll hielt, mehr Nachwuchs auszubilden. Ursprünglich hatte ich die Idee einer eigenen Zeitreise-Akademie gar nicht übel gefunden, aber mittlerweile machte ich ein paar Abstriche. Das Unterrichten an sich machte mir zwar Spaß, aber bei Ole und Fatima stieß man ständig an seine pädagogischen Grenzen – sie hatten einfach ihren eigenen Kopf. Außerdem waren sie nicht viel jünger als wir. Fatima war gerade achtzehn geworden, Ole war fast zwanzig. Sie waren erwachsen und dickköpfig, das machte es oft schwierig, ihnen mit der nötigen Autorität gegenüberzutreten.

Wahnsinnig machte mich leider dabei, dass es allen anderen nicht so schwerzufallen schien. Vor Sebastiano hatten die zwei deutlich mehr Respekt. Auch Jerrys Anweisungen folgten sie meist bereitwillig, und José behandelten sie regelrecht ehrfürchtig. Es wäre ihnen nicht im Traum eingefallen, sich in seiner Gegenwart patzig oder überheblich aufzuführen. Nur ich kriegte es irgendwie nicht auf die Reihe.

Nachdem wir von dem denkwürdigen Einsatz im Jahr 1786 in unsere eigene Zeit zurückgekehrt waren, tauschten wir die historische Kleidung gegen unsere Alltagsklamotten und trafen uns zum Essen im Portego. Wir versammelten uns um den großen Tisch und erzählten, wie der Einsatz gelaufen war. Jerry fiel vor Lachen fast vom Stuhl, als er die Einzelheiten meines Gesprächs mit Goethe erfuhr, vor allem an der Stelle, als ich das Gedicht aufgesagt hatte und der Hund ins Spiel gekommen war. Fatima konnte ein Kichern nicht unterdrücken, obwohl sie die Geschichte schon kannte, und auch Walter prustete verstohlen in seine Serviette. Ich selbst fand es mit der Zeit auch ein bisschen lustiger als vorher, was aber teilweise daran lag, dass ich auf nüchternen Magen einen Aperitif getrunken hatte. Barnaby hatte ihn serviert und darauf bestanden, dass wir ihn probierten, weil es eine von ihm selbst gemixte Kreation war. Er stand mit unserer Köchin Renata in der angrenzenden offenen Küche und kümmerte sich hingebungsvoll um das Abendessen. Was das Kulinarische anging, waren die beiden das reinste Dreamteam.

Wo Renata herkam, wusste kein Mensch, aber irgendwas stimmte nicht mit ihr, denn sie summte und kicherte in einem fort, und zwar ohne erkennbaren Grund. Keiner von uns hatte sie je ein vernünftiges Wort reden hören. Aber von gutem Essen verstand sie was. Dasselbe konnte man auch von Barnaby sagen, nur dass wir bei ihm *ganz genau* wussten, was mit ihm nicht stimmte. Er war nämlich ein niederer Dämon aus dem siebten Kreis der Hölle – jedenfalls behauptete er das. Wobei es durchaus glaubhaft war, denn unter seiner Kappe, die er ständig trug, hatte er spitze Hörner. Außerdem verbargen sich unter seiner Jacke ledrige Rückenschwingen, und in seinen übergroßen Stiefeln steckten Hufe. Als ich das bei unserem letzten Londoner Einsatz im Jahr 1540 zum ersten Mal gesehen hatte, war ich vor Schreck in Ohnmacht gefallen.

Die Umstände hatten es dann ergeben, dass er seinen Posten als Hofnarr von Heinrich dem Achten hingeworfen hatte und aus der Tudorzeit mit uns in die Gegenwart gezogen war.

Barnaby reichte mir ungefähr bis zur Hüfte und hatte ein verknautschtes, von Warzen übersätes Gesicht. Aber seine Hässlichkeit konnte nicht über seinen Sinn für Lebensart und feine Küche hinwegtäuschen. Einen kunstsinnigeren und kultivierteren Dämon konnte man sich kaum vorstellen – wobei er allerdings der einzige Dämon war, den ich bisher genauer kennengelernt hatte; alle anderen hatte er zum Glück eliminiert, bevor sie näher als ein paar Schritte an mich herankommen konnten. Barnaby war nämlich mein persönlicher Beschützer und bewahrte mich vor allen dämonischen Gefahren.

Dass es außer den von uns benutzten normalen Zeitreisetoren auch geheime Portale in eine nach Schwefel stinkende Dämonenwelt gab, wussten wir noch nicht so lange, und die Tatsache hatte uns ziemlich erschüttert. Inzwischen hatten José und Jerry diese Tore versiegelt und damit hoffentlich sämtliche Übertritte für alle Zeiten unmöglich gemacht.

José saß am Kopfende des Tisches und hatte uns alle im Blick. Dass ihm dafür nur ein Auge zur Verfügung stand, weil er das andere vor Jahrhunderten im Duell gegen einen feindseligen Alten verloren hatte, spielte keine Rolle – ihm entging so gut wie nichts. Manchmal glaubte ich, dass er sogar Gedanken lesen konnte. Jedenfalls beeinträchtigte die schwarze Augenklappe seinen messerscharfen Durchblick nicht im Mindesten.

Er sah aus wie ein magerer älterer Mann, in Ehren ergraut und körperlich lädiert, aber der harmlose Eindruck täuschte gewaltig. Mit dem Degen war er immer noch schneller als Sebastiano, obwohl mein Freund im Laufe der Zeit stark aufgeholt hatte.

Das Essen, gemischte Antipasti di verdure, danach hauchdünne Ravioli mit einer Trüffelfüllung, war wieder mal unbeschreiblich köstlich, es schmeckte wie aus dem angesagtesten Gourmettempel, das musste sogar Ole anerkennen, der Barnaby ständig übernatürlicher Listen verdächtigte und felsenfest davon überzeugt war, dass der kleine Dämon nur auf eine günstige Gelegenheit wartete, uns alle niederzumeucheln. Oder, schlimmer noch, dass er seinen Kumpels aus der Dämonenwelt ein Tor aufmachte und sie zu uns rüberholte. Ole traute Barnaby keinen Hufbreit über den Weg und verfolgte jeden seiner Schritte mit Argwohn.

Barnaby servierte uns das Dessert und beobachtete mich erwartungsvoll. Ich probierte das luftige Gebilde aus Schokoschaum und schloss verzückt die Augen. »Es ist grandios!«

»Ich hätte noch zwei andere zur Auswahl. Eins mit Vanille, eins mit Früchten.«

»Das hier ist es, glaub mir.«

»Ich würde die anderen auch noch testen«, bot Ole sich an. Er hatte seinen Nachtisch binnen Sekunden verdrückt und machte den Eindruck, als könnte er noch eine Schüssel davon vertragen.

Barnaby und Renata kochten seit ein paar Tagen verschiedene Probegerichte für Sebastianos und meine Hochzeit. Der Termin stand jetzt fest, also mussten wir auch allmählich die Speisenfolge planen.

Nach dem Essen blieben wir noch eine Weile zusammen am Tisch sitzen, dann zog sich jeder in seinen privaten Bereich zurück. Unsere Wohn- und Schlafräume befanden sich im Stockwerk über dem Portego.

Sebastiano und ich standen eng aneinandergeschmiegt vor dem Fenster und blickten auf den dunklen, stillen Kanal hinunter. Man hörte das sachte Plätschern des Wassers an der Hauswand, und in der spiegelnden Oberfläche war der Umriss des zunehmenden Mondes zu erkennen. Ich spürte Sebastianos Herzschlag und wusste, dass er dasselbe dachte wie ich: *Wann*?

Wann würde unser Leben jene Wendung nehmen, vor der wir uns so fürchteten und die wir gleichzeitig sehnlichst herbeiwünschten? Wann mussten wir damit beginnen, uns nach allen Seiten abzusichern, um die lauernden Bedrohungen fernzuhalten?

Der Spiegel hatte uns unsere kleine Tochter gezeigt, die wir in nicht allzu ferner Zeit bekommen würden. Dieses Wissen erfüllte uns mit unfassbarem Glück, aber auch mit Sorge – um das Kind, um uns, um die Zukunft.

Sebastiano drehte mich in seinen Armen herum und küsste mich. »Es wird alles gut«, sagte er leise, als wüsste er, wie sehr ich genau diese Worte in genau diesem Augenblick brauchte. Ich hoffte es so sehr. Das Geschehen heute an der Mole hatte mir wieder einmal klargemacht, wie schnell das Leben mit all seinen Unwägbarkeiten über uns hereinbrechen konnte. Die Angst um Sebastiano war so würgend, so existenziell gewesen, dass ich noch immer eine Gänsehaut bekam, wenn ich daran dachte.

Sebastiano schien zu spüren, was in mir vorging. »Anna, nicht so viel denken, ja?«

Ich musste lachen und schlang meine Arme noch fester um ihn. »Na gut. Ich versuch mich abzulenken.« Ich stellte mich auf die Zehenspitzen und küsste ihn.

Leider suchte sich Jerry genau diesen Moment aus, um an die Tür zu klopfen.

»Wir haben einen Vorfall«, sagte er ohne Umschweife. »Im Jahr 1873 gibt es größere Interferenzen. Scheint so, als würden sich an mehreren Stellen Durchgänge auftun, wo keine hingehören. José und ich müssen uns das ansehen.«

»Sollen wir mitkommen?«, fragte Sebastiano.

»Nein, nicht nötig. Wir wissen ja noch gar nicht, woran es liegt und was es bedeutet. Sobald wir das herausgefunden haben, machen wir einen Einsatzplan. Ich wollte nur Bescheid sagen, dass José und ich für ein paar Stunden weg sind. Spätestens zum Frühstück sind wir wieder zurück.«

»Viel Erfolg«, sagte Sebastiano.

»Von mir auch«, fügte ich hinzu.

Wir machten uns beide keine großen Gedanken über die Sache. José und Jerry waren oft auf solchen Kontrolleinsätzen unterwegs. Sie checkten nur die Lage und waren dann meist schnell wieder da.

Doch zum Frühstück tauchten die beiden nicht auf, ebenso wenig zum Mittagessen. Als sie am Abend immer noch nicht zurück waren, fingen wir allmählich an, uns Sorgen zu machen, und tags darauf waren wir ernstlich beunruhigt.

José weihte uns nicht immer in seine Pläne ein, aber dass hier etwas nicht stimmte, lag auf der Hand, zumal er Jerry in der Zeitmaschine dabeihatte. Sebastiano überlegte, ob wir ein reguläres Tor benutzen und den beiden ins Jahr 1873 folgen sollten, um herauszufinden, was mit ihnen geschehen war. Aber das war frühestens in zwei Tagen möglich, weil die Zeitportale nur bei einem Mondwechsel benutzt werden konnten. Solange waren wir zum Warten verdammt, etwas, das ich schlecht ertragen konnte. Ich tigerte im Haus herum, machte alle anderen so nervös, wie ich mich fühlte, und brachte keinen Bissen mehr herunter. Sebastiano versuchte sein Bestes, um mich abzulenken, obwohl ich wusste, dass seine Sorge um José und Jerry genauso drängend war wie meine. Gemeinsam recherchierten wir einige Hintergründe zum Jahr 1873 – denn je mehr wir wussten, desto besser konnten wir unvorhergesehenen Ereignissen begegnen. Zu diesem Zeitpunkt ahnten wir nicht, wie vermessen es war, uns mit ein paar Geschichts-Arbeitsblättern auf das vorbereiten zu wollen, was auf uns zukam.

Den Nachmittag verbrachte ich in der Bibliothek. Eigentlich hatte ich vorgehabt, in einem Schuhsalon in San Marco ein paar Pumps anzuprobieren, die zu meinem Hochzeitskleid passten, aber nach dem Verschwinden von José und Jerry hatte ich dafür keinen Kopf. Ich hatte die wichtigsten Ereignisse von 1873 notiert, darunter einen Börsencrash an der Wiener Börse, das Erscheinen eines Jules-Verne-Romans und die Ausgrabung des Priamos-Schatzes durch Heinrich Schliemann, doch das half mir bei der Frage, warum José und Jerry nicht zurückkamen, auch nicht weiter.

Frustriert packte ich meine Sachen zusammen und war gerade auf dem Heimweg, als ich es merkte.

Jemand folgte mir!

Der Kerl war mir schon vor ein paar Tagen aufgefallen, aber

da hatte ich mir nichts dabei gedacht – in Venedig war es keine Seltenheit, dass einem Leute, die in der Nähe wohnten, öfter über den Weg liefen. Die Stadtviertel waren zwar durch die vielen verschachtelten Gassen und Brücken unübersichtlich, aber im Grunde genommen wie ein Dorf.

Doch diesmal war es eindeutig keine zufällige Begegnung, denn der Mann blieb mir auf den Fersen. Ich versuchte, ihn durch mehrmaliges schnelles Abbiegen loszuwerden, aber er ließ sich nicht abschütteln. Mittlerweile kannte ich mich in Venedig ziemlich gut aus und wusste, wie man über versteckte kleine Hinterhöfe zur nächsten Gasse gelangte und welche Brücken man benutzen musste, um den Weg in einen anderen Stadtteil abzukürzen. Ich gab mir wirklich alle Mühe, aber der Kerl hing an mir wie ein Schatten – und je länger das ging, umso panischer wurde ich.

Mein Herz raste zum Zerspringen, ich bekam es ernstlich mit der Angst zu tun. Mein Nacken juckte zwar nicht, doch das musste nicht bedeuten, dass mir keine Gefahr drohte. Bei Dämonen funktionierte mein Warnsystem nämlich nicht, und man konnte sich auch nicht vor ihnen verstecken. In dem Fall konnte mir nur Barnaby helfen. Kurz entschlossen aktivierte ich eine spezielle App auf meinem Handy. Ein Klick genügte, und mein Standort wurde durchgegeben und löste Alarm aus. Sebastiano rief mich sofort zurück. Sorge klang aus seiner Stimme. »Anna?«

»Ich werde von einem Typen verfolgt. Ich kann ihn nicht abschütteln.«

»Wie sieht er aus?«

Ich rannte über eine kleine Brücke, während ich ihm die Beschreibung durchgab. »Ungefähr in deinem Alter, normale Statur, braune Haare, Sonnenbrille, Jeansjacke. Auf der Brusttasche ist ein Aufnäher, irgendwas in Rot, wahrscheinlich ein Fußballemblem.«

»Bleib in Bewegung. Wir bekommen deinen Standort angezeigt. Am besten nimmst du die Riva degli Schiavoni in Richtung Arsenal. Barnaby und ich sind schon unterwegs, wir müssten in Höhe der Calle del Forno auf dich treffen.«

Kurz darauf sah ich sie auch schon im Laufschritt näher kommen.

»Alles in Ordnung?« Sebastiano umarmte mich und drückte mich an sich. Ich blickte über die Schulter zurück und stellte fest, dass der Typ sich unauffällig den Auslagen eines kleinen Tabacci widmete. Bevor er mitbekommen konnte, dass ich Verstärkung gerufen hatte, war Barnaby schon bei ihm. Dafür, dass er so kurze und krumme Beine hatte, konnte er sich erstaunlich flink fortbewegen. Wenn er die Schwingen ausbreitete und flog, war er noch schneller, aber das kam hier in Venedig natürlich nicht infrage, schon gar nicht am helllichten Tag.

Barnaby zerrte am Arm des Mannes und hinderte ihn am Abhauen, bis Sebastiano ebenfalls zur Stelle war. Er packte den Typen beim Kragen und schob ihn in die nächste Gasse, ein Stück abseits von den Menschenströmen auf dem Kai.

»Normaler Mensch«, sagte Barnaby zu mir.

Das war mir inzwischen auch klar, denn sonst wäre der Typ jetzt nicht mehr da. Barnaby verfügte nämlich über eine spezielle Methode, mit Dämonen fertigzuwerden – er verkleinerte sie. Sobald er sie richtig zu fassen kriegte, schrumpften sie im Bruchteil einer Sekunde auf die Größe einer Mikrobe zusammen. Inmitten des ganzen Touristengewimmels wäre so ein plötzliches Verschwinden vermutlich nicht mal jemandem aufgefallen. Und wenn doch, hätte der Betreffende ganz sicher angenommen, sich verguckt zu haben.

Sebastianos Gesicht war starr vor Zorn. Er fasste den Typen bei den Aufschlägen der Jeansjacke und stieß ihn gegen die Hauswand. »Was willst du von ihr? Du antwortest mir sofort, oder du lernst mich kennen!«

»Ich will nichts von ihr, ich habe sie observiert«, brachte der Typ mit erstickter Stimme hervor. »Ich habe einen amtlichen Auftrag! Wenn Sie aufhören, mir die Luft abzudrücken, kann ich Ihnen meinen Dienstausweis zeigen!«

Zögernd ließ Sebastiano ihn los. »Her damit.«

Der Fremde kramte einen behördlichen Ausweis hervor und zeigte ihn Sebastiano. Der musterte ihn stirnrunzelnd. »Interpol? Was soll das?« Er warf einen weiteren Blick auf den Ausweis und setzte hinzu: »Mister Fox.« Es klang ein wenig höflicher, aber nicht viel. »Wieso haben Sie meine Verlobte beschattet?«

Der Mann, der offenbar Fox hieß, strich sich die Jacke glatt. »Vielleicht können Sie sich das selbst denken.«

Ich hatte die ganze Zeit fassungslos zugehört. Das Herz klopfte mir bis zum Hals. Die Behörden waren uns auf den Fersen!

»Nein, das kann ich mir nicht denken«, sagte Sebastiano kalt.

»Gut, dann sage ich es Ihnen. Wir bei Interpol glauben nicht, dass sie in Ihrem Palazzo eine Theaterakademie betreiben. Dafür reisen Sie ein bisschen zu viel. Seltsamerweise aber nicht zu Theatervorführungen, sondern einfach – irgendwohin. Ihre Handys und PCs sind auf besondere Weise verschlüsselt, mit einer Technik, die sogar die NSA vor Herausforderungen stellt. Über Ihre Schüler gibt es keine amtlichen Unterlagen, die älter sind als ein Jahr. Sie scheinen aus dem Nichts aufgetaucht zu sein. Haben Sie dafür vielleicht eine Erklärung?«

»Nein«, sagte Sebastiano mit derselben kühlen Stimme wie zuvor. »Haben Sie einen Haftbefehl oder so was?«

Fox schüttelte den Kopf. »Noch nicht. Aber was nicht ist, kann ja noch werden.«

Sebastiano wandte sich wortlos von ihm ab. Er legte den Arm um mich und zog mich aus der Gasse. »Wir gehen.«

Diesmal machte Fox keine Anstalten, uns zu folgen. Aber als wir um die Ecke bogen, rief er uns nach: »Ich krieg euch!«

»Arschloch«, murmelte Sebastiano.

»Da kommen wohl Probleme auf uns zu«, sagte Barnaby. Es klang besorgt. »Und ausgerechnet jetzt ist José nicht da. Dumme Sache, wirklich sehr dumm!«

Mir war ganz übel vor Schreck, denn mit dem, was da gerade passiert war, hatte ich in der Form nie gerechnet: Unsere Tarnung war aufgeflogen.

Sebastiano marschierte fluchend im Portego auf und ab, beide Hände in den Hosentaschen und immer noch außer sich vor Ärger über den penetranten Interpolagenten Fox. Gleich bei unserer Rückkehr hatten wir die anderen zusammengerufen, um die Lage zu besprechen. Leider waren José und Jerry immer noch nicht zurückgekehrt, was unsere Anspannung nur noch verstärkte.

»Mit welchem Recht schnüffelt Interpol hinter uns her?«, regte sich Sebastiano auf. »Wenn dieser Fox hier auftaucht, schmeiße ich ihn in den Kanal!«

Das fand ich etwas drastisch. »Dann hätte er uns *wirklich* was vorzuwerfen. Im Gegensatz zu jetzt. Denn auch, wenn er hier rumschnüffelt – was haben die denn gegen uns in der Hand? Wir haben nicht gegen das Gesetz verstoßen!«

»Im Zweifel werden sie ein Steuergesetz aus dem Hut ziehen«, sagte Barnaby. »Ihr ahnt nicht, wie viele Strafvorschriften sich in Steuergesetzen verbergen! Sogar in der Dämonenwelt gibt es Steuern. Ob die Zeitmaschine der Vergnügungssteuer unterfällt? Oder vielleicht eher der Grunderwerbs- oder Zweitwohnsitzsteuer?«

»Blödsinn«, sagte ich.

»Ich wollte es nur erwähnt haben. Und … ähm, wenn dieses Interpol mich auffordert, die Kappe abzunehmen, könnte das viele Fragen aufwerfen. Nun ja, in dem Fall würde ich mich einfach schnell verstecken, was meint ihr?«

»Vielleicht sollten wir auch die Waffensammlung in Sicherheit bringen«, warf Walter ein. »Damit uns niemand fälschlicherweise einen Hang zu Gewalttaten unterstellen kann.«

»Dieser Fox soll bloß herkommen«, sagte Ole. Er ließ vernehmlich seine Handknöchel knacken. »Dann zeige ich ihm, wo er sich seine Nachforschungen hinstecken kann.«

»Ich könnte ihn unter einem Vorwand auf mein Zimmer locken«, schlug Fatima vor. »Einer von euch macht Fotos, und dann drohen wir ihm, sie an seine Frau oder seine Freundin zu schicken, wenn er uns nicht in Ruhe lässt.«

Oles Augen verengten sich. »Du willst dich vor diesem Kerl entkleiden? Das ist nicht nötig. Ich töte ihn einfach. Das ist die wirksamste Lösung.«

Zum Glück ließ Fox sich an diesem und auch am nächsten Tag nicht blicken, aber unsere Unruhe legte sich keineswegs, denn wir wussten ja, dass er irgendwo im Hintergrund seine Fäden spann. Außerdem wuchs unsere Sorge um José und Jerry von Stunde zu Stunde. Als die Zeit des Mondaufgangs näher rückte, debattierten wir erneut darüber, ob wir durch das Portal von Santo Stefano ins Jahr 1873 zurückspringen sollten, und wir kamen ziemlich schnell zu dem Ergebnis, dass es dazu keine Alternative gab, wenn wir nicht wochenlang bis zum nächsten Mondwechsel warten wollten. Das würde viel zu lange dauern, diese Ungewissheit hielt keiner von uns aus.

Wir entschieden, alle zusammen aufzubrechen, denn für mich war es völlig undenkbar, Sebastiano allein losziehen zu lassen (sein Vorschlag) oder gemeinsam mit Ole und seiner Streitaxt (Oles Vorschlag), und ebenso wenig wollte ich Walter und Fatima allein zurücklassen. Barnaby musste meiner Ansicht nach auch unbedingt mit, schon für den Fall, dass irgendwelche Dämonen unseren Weg kreuzten.

In ziemlicher Hast erledigten wir die Vorbereitungen. Die Auswahl passender Kleidung, das Ausarbeiten unserer Hintergrundgeschichten und das ganze übrige Programm reduzierten wir aufs Nötigste und waren nach Einbruch der Dunkelheit einsatzbereit. Wir warteten gerade im Portego auf Fatima, die mal wieder am längsten zum Packen brauchte, als von draußen ein Hilferuf ertönte.

Wir rannten auf die Loggia hinaus. Auf dem Kanal glitt eine Gondel in der Dämmerung heran. Nieselregen und feuchter Nebel umwehten das Gefährt wie ein Schleier. Der Gondoliere stand mit stoischer Miene auf der Abdeckung und tat so, als ginge ihn das Ganze nichts an. In der Gondel saß Jerry und stützte José, der sich offenbar nicht allein aufrecht halten konnte.

Jerry winkte zu uns herauf.

»Schnell!«, rief er. »Helft uns! José ist verletzt!«

Wir liefen nach unten, und die Männer hoben Josés schlaffen Körper aus dem Boot. »Er braucht einen Arzt!«, rief ich entsetzt, als ich den blutigen Verband um seinen Kopf sah.

»Später«, sagte José mit schwacher Stimme. »Zuerst müssen wir … Plan …«

Ole trug ihn vorsichtig nach oben in den Portego, während Jerry mit dem Gondoliere das Finanzielle klarmachte. Ich sah, wie mehrere Hunderter den Besitzer wechselten.

»Jemand hat José niedergeschlagen und die Zeitmaschine gestohlen«, sagte Jerry grimmig, als er anschließend zu uns stieß. »Wenn ihr mich fragt, war das ein klassischer Hinterhalt. Wir wurden schon erwartet.«

»Von wem?« Sebastiano beugte sich besorgt über José. Ole hatte ihn auf ein Sofa gelegt. Ich hatte ein feuchtes Tuch geholt und tupfte ihm behutsam das Blut ab.

»Moretti«, brachte er mühselig hervor. »Lorgnon. Ihr müsst … finden.«

»Was meint er?«, fragte ich.

Jerry zog ein Glas aus der Tasche. »Das hier. Der Typ, der José angriff, hat es fallen lassen.«

Sebastiano nahm das Glas und betrachtete es von allen Seiten. »Aufwendig gearbeitet. Sieht sehr wertvoll aus. Der Griff ist aus Elfenbein, die Fassung aus Gold und mit Rubinen besetzt. Eine echte Rarität.«

»Was ist ein Lorgnon?«, fragte Ole.

»Eine Brille, aber mit nur einem Glas und am Stiel«, sagte Barnaby.

»Dich habe ich nicht gefragt, du Besserwisser«, blaffte Ole ihn an, doch Barnaby verzog keine Miene. Das war immer noch die beste Methode, Ole auflaufen zu lassen.

»José muss in ein Krankenhaus«, sagte ich entschieden. »Ich rufe jetzt sofort den Notarzt an.«

»Nein, warte«, unterbrach José mich mit schwacher Stimme. Mit kaum hörbarer Stimme befahl er Jerry, uns Bericht zu erstatten, und so erfuhren wir, was bei dem Einsatz schiefgegangen war. José und Jerry waren die ganze Zeit in Venedig gewesen, und zwar wie geplant im Jahr 1873, wo sich eine der Interferenzen befand, die sie überprüfen wollten. Für die Landung hatten sie sich den Innenhof eines zu der Zeit nicht benutzten Klostergebäudes ausgesucht und sich anschließend auf den Weg zu der fraglichen Stelle gemacht, als sich aus einer dunklen Ecke eine Gestalt auf José gestürzt und ihn hinterrücks niedergeschlagen hatte.

»Ich war in dem Moment abgelenkt, denn der Wind hatte meine Laterne ausgeblasen«, berichtete Jerry. »Ich wollte sie gerade wieder anstecken, aber im nächsten Augenblick trat mir jemand ins Kreuz. Ich landete der Länge nach im Dreck, und als ich mich wieder hochgerappelt hatte, war der Kerl auch schon mit der Zeitmaschine über alle Berge.« Wütend schüttelte er den Kopf. »Ich hab's vermasselt. Ich hätte besser aufpassen müssen.« Seine Sommersprossen hoben sich dunkel vor seiner blassen Haut ab, und sein rotes Haar war nass vom Regen.

»Unsinn«, murmelte José. »Nicht deine … Schuld.«

»Wir haben uns zwei Tage versteckt und sind dann bei Mondaufgang durch das Tor in Santo Stefano zurück«, fuhr Jerry fort. »Ich habe José zur nächstbesten Gondel geschleppt und dem Bootsführer einen Haufen Geld versprochen, wenn er uns herbringt und die Klappe hält.«

Ich war entsetzt. »Wenn José schon seit zwei Tagen in diesem Zustand ist, muss er *unbedingt* sofort ins Krankenhaus!«

»Weib, rede nicht dauernd dazwischen«, befahl Ole mir. »Wenn er zwei Tage durchgehalten hat, wird eine weitere Stunde ihn nicht umbringen!«

Mir fiel die Kinnlade herab, aber niemand machte Anstalten, ihm zu widersprechen. Genau das war die Art von Situation, die ich mit *nicht auf die Reihe kriegen* meinte. Leider konnte ich nicht mit einer passenden Beleidigung auf *Weib* kontern. In der Historie waren herablassende Bemerkungen einer Frau gegenüber einem Mann rar gesät. Trotzdem wollte ich es nicht einfach unwidersprochen stehen lassen. »Du sollst mich nicht immer *Weib* nennen, das ist total unhöflich! Kapierst du das vielleicht mal irgendwann?«

»Der doch nicht«, sagte Fatima halblaut. »Dazu müsste er mehr Verstand haben.«

Ole reckte sich angriffslustig. »Willst du damit etwa behaupten, ich hätte …«

Jerry schnitt ihm das Wort ab. »Leute, es gibt jetzt Wichtigeres, als zu streiten. Walter und ich kümmern uns darum, dass José versorgt wird. Ihr anderen müsst so schnell wie möglich ins Jahr 1873. Packt das Nötigste zusammen.«

»Ist schon erledigt«, sagte Sebastiano. »Wir waren gerade im Aufbruch, als ihr kamt. Was sollen wir dort genau machen?«

»Spielen«, sagte Jerry lakonisch.

»Das ist ein Witz, oder?«, meinte ich.

»Nein«, sagte Jerry sachlich. »José war in den letzten beiden Tagen nie lange genug bei Bewusstsein, um mir die Zusammenhänge zu erklären, aber offenbar ist Moretti ein Alter. Er hat José herausgefordert. Falls ihr dieses Spiel, von dem wir noch nicht mal wissen, woraus es besteht, nicht gewinnen solltet, sind wir alle erledigt.«

Sebastiano ging unruhig auf und ab. »Wo finden wir diesen Alten?«

»Keine Ahnung. Das ist anscheinend schon der erste Teil des Spiels. Den einzigen Hinweis, den wir auf Moretti haben, ist das Lorgnon.«

Ich beugte mich abermals über José, aber er konnte uns keine näheren Erläuterungen mehr geben. Er hatte in der Zwischenzeit wieder das Bewusstsein verloren.

Jetzt zögerte ich nicht länger. Ich holte mein Handy hervor und rief den Notruf.

Während wir auf die Sanitäter warteten, tauschten wir hastig die nötigsten Informationen aus. Sebastiano berichtete Jerry über die Interpol-Ermittlungen. Jerry nahm die Nachricht über Fox' Auftauchen relativ gelassen auf. Er erklärte, dass José für solche Fälle immer einen Plan B in der Tasche hatte.

»Ach, und wieso weiß ich nichts davon?«, wollte Sebastiano stirnrunzelnd wissen.

»Wahrscheinlich hast du ihn nie danach gefragt.«

»Und wie sieht dieser Plan B aus?«

»José nimmt in solchen Fällen kleinere Korrekturen in der Vergangenheit vor. Verschwundene polizeiliche Anzeigen, verschwundene dienstliche Anweisungen, verschwundene Berichte – die meisten Akten werden über kurz oder lang geschlossen, wenn nichts Neues mehr dazukommt. In ganz hartnäckigen Fällen kann es auch so ablaufen, dass jemand wie Fox sich nach der Schule für einen anderen Beruf entscheidet, also beispielsweise für eine Laufbahn als Lehrer statt als Kriminalbeamter.«

»Du meinst, das ist schon öfter vorgekommen?«, mischte ich mich ein.

Jerry zuckte mit den Schultern. »Ein paarmal auf jeden Fall.«

»Sag José, er soll diesen Fox zum Polarforscher machen«, schlug ich spontan vor.

Sebastiano nickte grimmig. »Gute Idee. Dann gerät der Bursche uns wenigstens nicht mehr zwischen die Füße.«

»Polarforscher? Ich richte es José aus, sobald er wieder fit ist!« Jerry grinste schief. Er zog Sebastiano in eine kumpelhafte

Umarmung. »Ihr schafft das mit dem Spiel, klar?« Dann kam er zu mir und nahm mich ebenfalls kurz in den Arm. »Du kriegst das hin, Anna.«

Auch die anderen verabschiedeten sich. Unten vor dem Haus leuchtete bereits das Signallicht des Krankenboots. Sanitäter kamen ins Haus gerannt, und wenig später atmete ich erleichtert auf, als ich sah, dass der immer noch besinnungslose José endlich in professionellen Händen war. Bevor er auf der Trage weggebracht wurde, drückte ich noch einmal verstohlen seine Hand, bis Sebastiano mich von ihm wegzog. Erst jetzt merkte ich, dass ich zitterte.

»Er wird bestimmt schnell wieder gesund«, raunte Sebastiano mir zu. Er nahm mich in die Arme und hielt mich fest.

Ich nickte an seiner Schulter. »Ja«, sagte ich, denn ich wünschte es mir sehnlich und wollte daran glauben. Ich straffte mich. »Und wir dürfen keine Zeit mehr verlieren.«

Ole, Fatima und Barnaby waren bereit zum Aufbruch. Während sich das Krankenboot entfernte, machten wir uns auf den Weg nach Santo Stefano – das nächste Zeitreiseportal für unseren Sprung ins Jahr 1873.

Mittlerweile war es dunkel, und der Regen war stärker geworden. Wir hatten zwar Schirme dabei, aber es war windig, deshalb waren wir ziemlich durchnässt, als wir den Campo Santo Stefano erreichten.

Umweht von Regenschauern hob sich der Glockenturm gegen den Nachthimmel ab, ähnlich wie der schiefe Turm von Pisa gefährlich zur Seite geneigt, sodass man unwillkürlich dachte, er werde jeden Moment umfallen. Die Kirche war bereits geschlossen, aber wir besaßen einen Schlüssel. Drinnen war es dunkel, bis auf ein wenig Laternenschein, der von draußen durch die schmalen, hohen Fenster hereinfiel. Weil wir unsere Handys zu Hause gelassen und auch keine Taschenlampen dabeihatten, mussten wir einige Augenblicke warten, bis unsere Augen sich so weit angepasst hatten, dass wir genug sehen konnten.

Das im Hauptschiff befindliche Zeitportal war mittlerweile ein auf die Mondphasen abgestimmter Durchgang. Vor ein paar Jahren hatte man es nur unter Einschränkungen nutzen können; vor allem durch die Nähe uneingeweihter Personen war es schnell instabil geworden. José und Jerry hatten es im letzten Jahr umgerüstet, seitdem funktionierte es wie alle wichtigen Tore – selbst wenn zufällig jemand in der Nähe war, konnte der Sprung stattfinden. Etwaige unerwünschte Zuschauer vergaßen einfach sofort wieder, was sie gesehen hatten. Wir hatten das Tor jedoch länger nicht benutzt, genauso wenig wie die übrigen. Dank der mobilen Zeitmaschine, mit der man zugleich Zeit *und* Ort der Ankunft wählen konnte, benötigten wir die herkömmlichen Portale eigentlich nicht mehr.

Jetzt waren wir allerdings froh, dass es sie noch gab.

Wir schlüpften rasch in die mitgebrachten Sachen – ausschließlich Kleidungsstücke aus der Epoche, in die wir gleich springen würden. Dinge, die aus einer späteren Zeit stammten, hätten sich beim Übertritt verflüchtigt. Anachronismen vertrugen sich nicht mit dem Zeitstrom und verschwanden daher auf Nimmerwiedersehen.

Alles, was wir nicht mitnehmen konnten, verstauten wir in einem eigens für diesen Zweck hinterm Chorgestühl angelegten Geheimversteck.

Als wir uns anschließend zu dem Portal begaben, ließ die geballte Macht von fünf Zeitreisenden es zum Leben erwachen. Ein unirdisches Summen schien sich zwischen den Marmorsäulen der Kirche auszubreiten, und als wir den Boden an der richtigen Stelle betraten, begann das Flimmern. Es zog sich wie eine dünne weiße Linie aus Licht über die steinernen Bodenplatten und breitete sich dann flächig nach oben und zu den Seiten hin aus. Wir gingen einfach der Reihe nach hindurch – zuerst Barnaby, dann Ole und Fatima, und schließlich Sebastiano und ich. Beim Durchtritt überkam mich wie immer die Angst. Das Summen verdichtete sich zu einem Dröhnen, das mein ganzes Inneres erfüllte, und das gleißende Licht drang in jeden Winkel meines Geistes vor. Sebastiano hielt mich in seinen Armen, ich spürte ihn ganz nah bei mir, das half mir jedes Mal über das Schlimmste hinweg. Doch der schrecklichste Moment kam noch, das war die unvermittelte Finsternis, eine unendlich kalte Schwärze, die schlagartig das weiße Licht verschluckte und einen jähen Blick in den Abgrund der Ewigkeit gewährte. Hier war das Ende der Zeit nur einen Wimpernschlag weit entfernt, nah genug, um dort für immer verloren zu sein, wenn der Durchtritt misslang.

Dann kam der alles zerschmetternde Knall, der mich aus der Gefahrenzone ans Ziel brachte – der Sprung war vorbei, wir standen auf festem Grund, und ich lebte noch. Aber Sebastiano hatte mich losgelassen, er fluchte aus Leibeskräften, und ich musste erst mal tief durchatmen, bevor ich begriff, was überhaupt los war.

Jemand war mit uns durch das Portal gekommen. Ein Mann kauerte zu Sebastianos Füßen und schrie aus Leibeskräften vor Angst. Er war splitterfasernackt – Beweis dafür, dass er beim

Durchtritt im Gegensatz zu uns keine aus der Epoche stammende Kleidung getragen hatte.

Ich schnappte erschrocken nach Luft, denn ich erkannte den Mann sofort.

Es war Mr Fox von Interpol.

1873

Sebastiano zerrte ihn auf die Füße und schüttelte ihn. »Sei still, du Idiot! Man hört dein Gebrüll kilometerweit!«

»Wer ist das?«, wollte Ole wissen. »Soll ich ihn töten? Er könnte uns in Schwierigkeiten bringen.«

Fox hörte abrupt mit dem Geschrei auf und bedeckte mit beiden Händen seine Blöße. »Was ist passiert? Was war das für ein grauenhaftes Licht? Und wieso habe ich nichts an?«

»Halt einfach die Klappe«, fertigte Sebastiano ihn kurz angebunden ab. »*Wir* stellen hier die Fragen. Und wenn du nicht in wirklich schlimme Schwierigkeiten kommen möchtest, beantwortest du sie besser. Was willst du von uns?«

Fox schien sich allmählich zu fangen. Er richtete sich trotzig auf. »Wenn ich erst richtig an einem Fall dran bin, lasse ich nicht so schnell locker. Ich habe doch gesagt, ich krieg euch. Und jetzt will ich sofort meine Hose zurück. Die anderen Sachen natürlich auch.«

»Er hat uns beschattet und ist uns in die Kirche gefolgt«, stellte ich fest. »Drinnen muss er sich so lange versteckt haben, bis wir durch das Portal gegangen sind, und dann hat er sich als Letzter mit durchgeschummelt.«

Ole hatte bereits die richtigen Schlüsse gezogen. »Wenn das dieser Fox ist, sollten wir ihn gleich an Ort und Stelle kaltstellen. Sicher ist sicher.« Er kramte in seinem Gepäck herum und brachte ein großes Messer zum Vorschein.

Fox wich mit einem verschreckten Quieken zurück.

»Lass den Quatsch«, wies ich Ole zurecht. »Du hast ja keine Ahnung, was alles passieren kann, wenn du ihm was antust!«

»Ja, ganz genau«, stimmte Fox zu. »Bei meiner Behörde würde mein Fehlen sofort auffallen, man würde Leute losschicken, die mich suchen …«

»Im Jahr achtzehnhundertdreiundsiebzig?«, fragte Fatima. Sie kicherte. »Da würden sie aber oft nach dem Weg fragen müssen.«

Fox glotzte sie nur verständnislos an.

»Wenn ihm was passiert, könnte das schwere Interferenzen auslösen, bis hin zur Entropie«, belehrte Sebastiano Ole. »Dass er mit uns hier gelandet ist, muss auf irgendeine Weise bestimmend für den Zeitverlauf sein.«

Genauso war es vor Jahren bei meinem ersten Zeitreiseabenteuer auch gewesen – scheinbar aus Versehen war ich mit ein paar anderen Zeitreisenden im Jahr 1499 gelandet, aber dann hatte sich herausgestellt, dass ich eine dringende Aufgabe erfüllen musste.

»Solange wir nicht genau wissen, wie sich seine Anwesenheit auf den Zeitstrom auswirkt, müssen wir dafür sorgen, dass ihm nichts geschieht«, erklärte Sebastiano. »Zurückschicken können wir ihn momentan sowieso nicht mehr.« Er zog seine Taschenuhr hervor, ein altertümliches Stück mit silbernem Deckel. »Der Mondwechsel ist nämlich gerade vorbei.«

»Heißt das, wir haben diesen Kerl jetzt wochenlang am Hals?«, fragte Ole entgeistert.

»So sieht's aus«, meinte Barnaby. »Jedenfalls, solange wir die Zeitmaschine nicht wiederhaben.«

Ole warf ihm einen wütenden Blick zu. »Ich sprach nicht mit dir, du Troll!«

»Wir sollten ihm was zum Anziehen geben«, sagte ich. »Er friert.«

»Mondwechsel? Entropie? Zeitmaschine?« Fox blickte von einem zum anderen. »Was läuft hier eigentlich für eine schräge Nummer ab? Und wo zum Teufel ist meine Hose?«

Ole weigerte sich rundheraus, Fox etwas von seinen mitgebrachten Kleidungsstücken abzugeben, und Barnaby hatte definitiv nicht die passende Größe, weshalb Sebastiano nichts anderes übrig blieb, als seine Reservekluft herauszurücken. Seine Sachen schlotterten Fox um den Körper, weil er nicht annähernd so athletisch gebaut war wie Sebastiano. Immerhin passten ihm die Schuhe, die beiden hatten tatsächlich dieselbe Größe.

Mit gezücktem Messer befahl Ole ihm, den Mund zu halten, denn Sebastiano öffnete gerade vorsichtig die Kirchentür und peilte draußen die Lage, ehe er uns hinauswinkte. Wie bei unserem Aufbruch im einundzwanzigsten Jahrhundert war es auch hier Nacht, nur das Wetter war etwas besser. Es war zwar frisch, aber nicht kalt – ein später Abend im Herbst des Jahres 1873.

»He, du, das war doch vorhin ein Witz, oder?«, flüsterte Fox mir zu. »Ich meine, die Sache mit achtzehnhundertdreiundsiebzig und so.«

Ich gab ihm keine Antwort, denn aus der angrenzenden Gasse kamen soeben zwei Gardisten. In ihren mit Orden behängten Uniformen sahen sie aus wie Komparsen aus einer Verdi-Oper.

Wir benahmen uns möglichst unauffällig und warteten, bis

sie vorbeigegangen waren. Sie trugen beide die in dieser Zeit modernen Backenbärte. Einer von ihnen rauchte Pfeife.

»Glaubst du es jetzt?«, fragte ich Fox. Ich fand, es bestand kein Anlass mehr für übertriebene Höflichkeit, nachdem er ebenfalls zum Du übergegangen war.

»Wir haben also gerade wirklich eine Zeitreise gemacht?« Mit großen Augen sah er mich an. »*Das* treibt ihr also in eurem Palazzo in Castello? Ihr habt eine Art … Zeitreisefirma?«

Nachdem er sich erst mal mit dem Gedanken angefreundet hatte, schien er es erstaunlich gefasst aufzunehmen. Aber dann schüttelte er unvermittelt den Kopf und kicherte. »Ihr nehmt mich hoch! Das alles ist nur eine Riesenshow. Ihr habt das inszeniert, um mir eins auszuwischen. Aber damit kommt ihr nicht durch, das kann ich euch jetzt schon sagen.«

»Hör zu«, mischte Sebastiano sich ungeduldig ein. »Wir haben dich jetzt am Hals. Aber wir müssen uns nicht die ganze Zeit dein Gequatsche anhören.«

»Ole könnte ihm die Zunge herausschneiden«, schlug Fatima vor. »Auf diese Weise wurde am Hof des Sultans immer für Ruhe gesorgt, wenn jemand zu viel redete.«

Fox ließ ein ungläubiges Schnauben hören, war dann aber für eine Weile still und trottete wortlos hinter uns her. Hin und wieder schaute er misstrauisch den Leuten hinterher, die unseren Weg kreuzten und natürlich alle im Stil der Epoche gekleidet waren. Beim Anblick der Gaslaternen, die ihr diffuses Licht in den venezianischen Gassen verbreiteten, schüttelte er befremdet den Kopf.

»Ich weiß nicht mehr, was ich glauben soll«, murmelte er ein ums andere Mal.

Schließlich erreichten wir den Canal Grande, der zwar im Großen und Ganzen genauso aussah wie in unserer Zeit, sich aber in zwei entscheidenden Punkten drastisch von der zukünftigen Variante unterschied – es gab keine elektrische Beleuchtung und keine Motorboote. *Das* konnten wir unmöglich inszeniert haben. Und Fox schien das wohl auch so zu sehen.

»Wenn das hier wirklich eine Zeitreise ist, wird das Interpol sehr interessieren«, sagte er langsam. »Davon hat dort garantiert noch niemand etwas gehört.«

»Nur zu, erzähl es ihnen«, versetzte Sebastiano gleichmütig. Seit er von Josés Plan B gehört hatte, konnte er wesentlich gelassener mit der Sache umgehen. »Aber solange wir hier sind, hältst du dich an unsere Regeln.«

»Kommt ihr Typen aus der Zukunft?« Fox zeigte mit ausgestrecktem Finger auf Sebastiano. »Bist du so eine Art Marty McFly?«

Ich rollte mit den Augen. *Zurück in die Zukunft* war nun wirklich nicht der aktuellste Film, den es in Sachen Zeitreisen gab, aber egal.

»Pass auf ihn auf«, flüsterte ich Ole zu, bevor ich Sebastiano am Arm nahm und etwas von den anderen wegzog. »Was jetzt?«, fragte ich. »Wo fangen wir an?«

Sebastiano zuckte mit den Schultern. »Wir nehmen erst einmal ein Hotel. Und morgen gleich nach Tagesanbruch machen wir uns auf die Suche nach Moretti.«

Wir stiegen im *Danieli* ab, das schon um diese Zeit zu den nobelsten Hotels in Venedig gehörte. Wenn Barnaby uns zu den Einsätzen begleitete, spielte Geld glücklicherweise keine Rolle – neben diversen anderen Talenten verfügte der kleine Dämon nämlich auch über die Gabe, aus dem Nichts Gold und Juwelen herbeizuzaubern. José hatte zwar betont, dass wir uns dieser Tricks nur in Maßen und möglichst unauffällig bedienen sollten, aber bisher hatten sich dabei nie Probleme ergeben. Barnaby hatte immer eine gut gefüllte Gürteltasche mit passender Währung bei sich und ging sehr diskret damit um. Seine Rolle war stets dieselbe: Er war unser Sekretär und Verwahrer der Reisekasse, die zufällig niemals leer wurde.

Fox sah mit argwöhnischer Miene zu, wie Barnaby einen Stapel Goldmünzen über den Tresen der Hotelrezeption schob. Es handelte sich um Sovereigns, englische Zwanzig-Schilling-Stücke, eine zu dieser Zeit äußerst beliebte und weltweit einsetzbare Währung. Da wir so in Eile gewesen waren, hatten wir unsere Hintergrundgeschichte im Wesentlichen unserer Goethe-Mission entlehnt, nur dass wir diesmal nicht von hier stammten, sondern aus Rom kamen und extra nach Venedig gereist waren, um die Stadt kennenzulernen. Niemand würde auf den Gedanken kommen, das anzuzweifeln. Auch in diesem Jahrhundert war Venedig bereits von Touristen übervölkert.

Wir hatten uns dem Anlass entsprechend gekleidet; unser Outfit signalisierte gediegene, zurückhaltende Vornehmheit, was uns den höflichen Service garantierte, auf den wir für die Dauer unseres Aufenthalts Wert legten.

Ein Page führte uns auf unsere Zimmer, die mit allem ausgestattet waren, was die besten venezianischen Hotels dieser Zeit an Komfort zu bieten hatten: Seidentapeten, edles Interieur – und bequeme, breite Betten. Sebastiano und ich hatten eine geräumige Suite mit Ausblick auf die Lagune, die im Schein der Gaslaternen einen romantischen Anblick bot.

In jedem anderen Moment hätte ich den Luxus genossen, aber die Sorge um José und den bevorstehenden Einsatz machte das zunichte. Die Information, dass es um ein Spiel ging, nützte nicht viel. Alle unsere größeren Einsätze waren in gewisser Weise Spiele, denn wenn die Zeit in Unordnung geriet und wir die

Sache wieder berichtigen mussten, steckte regelmäßig jemand von den Alten dahinter.

Ich seufzte. »Hast du schon irgendeinen Plan?«, fragte ich ohne große Hoffnung.

Sebastiano zog sich das Jackett aus und hängte es über einen Kleiderständer aus Mahagoni. Dann setzte er sich auf einen der feinen Louis-Seize-Sessel und streifte seine Schuhe ab. »Wir machen einfach das Wichtigste zuerst«, sagte er.

»Du meinst, wir suchen nach dem Mann mit dem Lorgnon?«

»Das ist bloß das Zweitwichtigste.« In seinen Augen funkelte ein Lächeln. »Das hier geht vor. *Du* gehst vor.«

Er küsste mich langsam und bedächtig, dann jedoch mit rasch wachsender Leidenschaft, wobei er mein Gesicht mit beiden Händen umfasste und es festhielt, als wollte er verhindern, dass ich mich ihm entzog. Doch auf die Idee wäre ich nie gekommen, im Gegenteil. Alles, was ich wollte, lag in diesem Kuss – Liebe, Verlangen und ein stummes Versprechen, dass uns nichts auf der Welt auseinanderbringen konnte.

Der Tag war die Hölle gewesen – das Auftauchen von Fox, die gefährliche Verletzung von José, doch jetzt, in Sebastianos Armen, spürte ich, wie mich Zuversicht erfüllte. Und sogar ein bisschen Neugierde auf ein neues Abenteuer.

Am nächsten Tag bildeten wir für die Suche zwei Gruppen. Wir hatten das Lorgnon mit auf die Reise genommen, außerdem hatte Barnaby eine verblüffend genaue Zeichnung davon angefertigt, sodass wir in Läden, Hotels und Restaurants herumfragen konnten, ob jemand einen Mann mit so einem seltenen, teuren Einglas kannte oder gesehen hatte.

Sebastiano und Barnaby zogen zusammen los, und ich machte mich gemeinsam mit Fatima und Ole auf den Weg. Sebastiano hatte das echte Lorgnon dabei, ich das gezeichnete. Auf diese Weise waren wir den ganzen Tag zu Fuß und per Gondel in der Stadt unterwegs. Wir arbeiteten uns nach einem festen Schema von Gasse zu Gasse und Platz zu Platz vor. Fox hatten wir dazu verdonnert, im Hotel zu bleiben, aber wir mussten nach kurzer Zeit feststellen, dass er schon wieder seiner üblichen Unart verfallen war – er folgte uns auf Schritt und Tritt. Anfangs heimlich, dann ganz offen. Erst als Ole ihm drohte, ihn in den Kanal zu werfen (was er womöglich wirklich getan hätte), zog Fox missmutig ab.

Als wir bei Einbruch der Dämmerung von unserer Suchaktion ins *Danieli* zurückkehrten, lungerte er in der Lobby herum und überfiel uns mit neuen lästigen Fragen. Dass wir uns in einem früheren Jahrhundert befanden und er aus amtlicher Sicht hier nichts zu melden hatte, schien seinen Ermittlerdrang nicht zu bremsen. Ich hätte ihn gern abgewimmelt, denn ich war müde und frustriert. Unsere Nachforschungen hatten nicht viel zutage gebracht. Wir hatten mehrere Fährten verfolgt, die uns ins Nichts geführt hatten, und meine einzige Hoffnung war, dass Sebastiano und Barnaby erfolgreicher gewesen waren.

Von den beiden war allerdings noch nichts zu sehen.

Fox baute sich vor mir auf, damit ich erst gar nicht auf die Idee kommen konnte, ihn links liegen zu lassen. »Warum verschlägt es mir die Sprache, wenn ich bestimmte Dinge sagen will?«

»*Was* wolltest du denn sagen?«, erkundigte ich mich entnervt, während ich meine Handschuhe auszog und mich in einen bequemen Sessel fallen ließ. »Und vor allem, wem?«

Damit rückte er nicht heraus, aber es ließ sich leicht erraten. »Du hast versucht, jemandem zu erzählen, dass du aus der Zukunft kommst. Und da sind dir die Worte im Hals stecken geblieben, stimmt's?«

Er zuckte mit den Schultern. »Ist das auch wieder so ein mieser Trick von euch?«

»Nein, es ist eine Art Sperre. Die gilt für alle, auch für uns. Wenn du einzelne Begriffe verwendest, die noch nicht bekannt sind, und jemand aus dieser Zeit es hören könnte, wird es automatisch in etwas Passendes umgewandelt. Falls du aber versuchen solltest, grundlegende Informationen übers Zeitreisen an den Mann zu bringen, kriegst du einfach gar nichts mehr raus.«

»Und schriftlich?«

»Auch nicht.«

»Tja. Sobald wir wieder zu Hause sind, gilt das ja dann nicht mehr. Wird alles in meinem Bericht stehen.«

Er wandte sich ab und marschierte zu der breiten Treppe, die von der herrschaftlichen Lobby des Palazzo hinauf in die oberen Stockwerke führte.

»Ich hasse den Kerl.« Fatima hatte die Unterhaltung mitverfolgt. In ihren Augen blitzte es zornig. »Gut dass Ole schon vorher raufgegangen ist. Diesmal hätte er ihn *bestimmt* in den Kanal geworfen.« Sie sah mich an. »Mir reicht es für heute. Das ewige Herumgerenne. Außerdem habe ich Hunger. Wo bleiben nur die anderen?«

Tja, das war die Frage. Die uns erst eine Stunde später beantwortet wurde, als Sebastiano und Barnaby endlich von ihrer Suche zurückkehrten. Ich war unten in der Lobby geblieben, weil ich es allein im Zimmer nicht ausgehalten hätte. Bei ihrer

Ankunft sprang ich auf und lief ihnen entgegen. An Sebastianos Gesicht sah ich sofort, dass sie neue Informationen hatten.

»Wir waren bei einem Brillenmacher in der Calle del Pestrin. Moretti hat sich dort offenbar ein neues Lorgnon machen lassen, genau das gleiche wie das, das er verloren hat.«

»Kannte der Brillenmacher seine Adresse?«, fragte ich.

»Nein, nur seinen Namen. Aber morgen finden wir mit Sicherheit heraus, wo er wohnt.«

Ich strahlte ihn an. Genau das, was ich gehofft hatte! Mit einem Gefühl der Zuversicht trommelte ich die anderen zusammen. Gemeinsam gingen wir in ein Restaurant an der Piazza San Marco. Nach dem Essen zog es Fatima, Ole und Fox ins Hotel zurück, was Sebastiano und mir nur recht war. Wir waren noch zu unruhig, um schlafen zu gehen. Hand in Hand spazierten wir durch die belebten, von verschnörkelten Gaslaternen erhellten Kolonnaden, vorbei an feudalen Restaurants, plüschigen Cafés und edlen Geschäften. Das Venedig dieser Zeit gehörte seit Jahren zu Italien; vorher hatte es lange Zeit unter österreichischer und davor unter französischer Herrschaft gestanden, nur unterbrochen durch eine kurze Zeit der Unabhängigkeit. Der einstige Ruhm der glorreichen Republik Venedig war längst verblasst, viele Einwohner waren fortgezogen, weil sie hier keine Arbeit mehr fanden. Der wirtschaftliche Niedergang hatte das gesamte Veneto erfasst. Doch das unvergleichliche Flair der vergangenen Jahrhunderte hatte sich erhalten. Die Renaissance- und Barock-Paläste entlang des Canal Grande zeugten vom früheren Glanz der *Serenissima*, und über der Lagune, wo die Fischerboote und Barken wie einst unter vollen Segeln kreuzten, wehte immer noch der Wind der alten Freiheit.

Von irgendwoher tönte melancholische Leierkastenmusik. Der Torre dell'Orologio ragte wie ein Wahrzeichen in Ultramarin und Gold über dem Durchgang zur Mercerie auf. In den schmalen Gassen dahinter schien vielerorts die Zeit stehen geblieben zu sein. Die Geschäfte sahen teilweise noch genauso aus wie in den Jahrhunderten davor, mit Klappläden vor den Türen und altertümlichen, handgemalten Ladenschildern. Fasziniert löste ich mich von Sebastiano und lief voraus, um vor einem Geschäft stehen zu bleiben. In der Auslage hinter dem schmalen Schaufenster lagen jede Menge Masken. Hätte ich nicht gewusst, dass es nicht sein konnte, wäre ich jede Wette eingegangen, dass es der alte Maskenladen von Esperanza war, jener geheimnisumwitterten Alten, die mir bereits mehrere Katzenmasken gegeben hatte – besondere Masken voller Magie, die es mir ermöglicht hatten, ohne Benutzung eines Portals zwischen den Zeiten zu wechseln.

Um mich herum wallte Nebel auf. Er sammelte sich so plötzlich und unerwartet, dass ich für einen Moment innehielt und mich umsah, weil ich die Orientierung verloren hatte. Wo war Sebastiano? In der Gasse herrschte mit einem Mal eine gespenstische Stille. Nirgends waren Stimmen oder sonstige Geräusche zu hören, wie sie für ein belebtes *Sestiere* wie San Marco typisch waren. Auch die Leierkastenmusik war verstummt.

»Sebastiano?«, rief ich halblaut, doch es kam keine Antwort, auch nicht, als ich lauter rief. »Sebastiano? Sebastiano!«

Und dann begann mein Nacken zu jucken.

Zu meinen frühesten Kindheitserinnerungen gehört eine Begegnung mit einem einäugigen Piraten und einer alten Frau, die meinen Nacken berührt und mir zugeraunt hatte, nun besäße ich eine Gabe, die ich gut nutzen solle. Als ich später mit siebzehn zum ersten Mal José und Esperanza begegnete, wurde mir bewusst, dass es die beiden gewesen sein mussten, die mir diese magische Gabe beschert hatten. Das Jucken in meinem Nacken setzte immer dann ein, wenn mir oder den Menschen, die mir nahestanden, Gefahr drohte.

Ich hatte schon früh gelernt, dieses Warnsignal ernst zu nehmen.

So wie an diesem Abend im Jahr 1873 irgendwo in der Mercerie von San Marco. Es war kaum noch etwas zu sehen. Das Licht der Gasleuchten wurde fast vollständig vom Nebel aufgesogen. Und dann hörte ich Schritte. Sie kamen stetig näher. Sebastiano?

Nur wenige Augenblicke später tauchte die Gestalt eines Mannes aus dem Nebel auf. Unvermittelt blieb er vor mir stehen, und mein Herz setzte einen Schlag aus, als der matte Schein einer Laterne eine kurze Lichtspiegelung in seinem Gesicht verursachte.

Er hielt sich ein Lorgnon vors Auge.

Ohne nachzudenken drehte ich mich um und rannte davon, immer dicht an der Hauswand entlang, weil ich wegen des Nebels nicht einmal die Hand vor Augen sehen konnte. Erst als ich hoffte, weit genug gelaufen zu sein, und mir sicher war, keine Schritte mehr hinter mir zu hören, hielt ich inne und atmete tief durch. Doch mir war klar, dass irgendwas nicht stimmte. Weit und breit schien es keine anderen Menschen zu geben, und der Nebel war nach wie vor undurchdringlich dick. Auch das Jucken in meinem Nacken hatte nicht nachgelassen.

Ich fuhr herum. Die Suche nach dem Mann mit dem Lorgnon morgen früh konnten wir uns sparen. *Er* hatte *mich* gefunden.

»Es hat keinen Zweck, vor mir wegzulaufen, Anna«, sagte Signor Moretti. »Egal, wie weit du rennst – am Ende wirst du immer wieder vor mir stehen. Hast du denn noch nicht begriffen, dass es deine Bestimmung ist, dieses Spiel mit mir zu spielen?« Seine Stimme klang sanft, aber sie ließ mir trotzdem einen Schauer über den Rücken laufen, weil ich die skrupellose Entschlossenheit dahinter spüren konnte.

»Was wollen Sie von mir?«, stieß ich hervor.

»Das weißt du doch genau. Aber ich sag es gern noch einmal – spielen.« Er lächelte, und wieder wurde mir kalt. Das Auge hinter dem Lorgnon wirkte durch die Linse unnatürlich vergrößert.

»Genau genommen hat das Spiel schon begonnen.« Das riesenhafte Auge zwinkerte mir zu. »Meine Herausforderung hat José ja bereits erhalten – und ihr habt sie angenommen. Und jetzt ist es an der Zeit, die Regeln aufzustellen.« Er holte ein ledergebundenes Buch aus der Tasche seines Jacketts und reichte es mir. »Darin steht alles, was du wissen musst. Du kannst es sozusagen als Skript unseres Spiels sehen.« Er kicherte leise, es klang wie das Sirren von dünnem, geschliffenem Stahl.

Der Name des Autors auf dem Einband war in Gold geprägt. Jules Verne. Und auch den Titel kannte ich: *Reise um die Erde in achtzig Tagen*. Erst gestern hatte ich bei den Vorbereitungen zu unserer Reise in der Bibliothek dieses Buch in der Hand gehabt.

»Es ist gerade erst erschienen«, brach es aus mir heraus.

»Wie klug du bist«, sagte Signor Moretti. »Es ist bereits sehr beliebt. Später wird es weltweit bekannt werden.«

Das wusste ich natürlich selbst. Der Roman war mehrmals verfilmt worden, es gab davon sogar Brettspiele, Hörspiele, Computerspiele. Ich selbst hatte den Roman gelesen, als ich vierzehn oder fünfzehn gewesen war.

»Was soll ich mit diesem Buch?«, fragte ich.

»Um die Welt reisen natürlich.« Signor Moretti klang ausgesprochen vergnügt. »Und zwar in achtzig Tagen.«

»Das ist idiotisch.«

»Nein. Das ist das Spiel.«

Ich zwang mich zur Ruhe. »Sie meinen das im übertragenen Sinn, oder?

»Mitnichten, Mädchen, mitnichten.« Er lachte auf und pochte auf das Buch. »Genau wie es hier steht. Du hast achtzig Tage Zeit. Die ganze Welt wartet auf dich.«

»Und um was spielen wir?«

»Selbstverständlich um Leben oder Tod, sonst wäre es ja langweilig. Gewinnst du, bekommt ihr die Zeitmaschine zurück. Verlierst du, wird Sebastiano sterben.«

Eine eiserne Faust schien mein Herz zusammenzudrücken. Die kalte Gelassenheit in Signor Morettis Blick war der Beweis dafür, wie ernst es ihm war.

»Warum er? Was hat er Ihnen getan?«

»Nichts. Er ist nur zufällig der Mensch, der dir am meisten bedeutet. Und da wir beide um den höchsten Einsatz spielen, geht es um sein Leben.«

»Ihnen bedeutet die Zeitmaschine garantiert nicht annähernd so viel wie Sebastiano mir!«

»Darin täuschst du dich. Im Moment bedeutet sie mir alles, was man schon daran erkennen kann, in welche Gefahr ich mich begeben habe, um sie mir zu verschaffen.«

Ich war absolut sicher, dass ihm der Besitz der Maschine vollkommen egal war, aber wie wollte ich das beweisen?

Ich sah mich in der Gasse um. Noch immer waren wir von diesem dichten Nebel eingehüllt. Ich kannte die Macht der Alten gut genug, um zu wissen, dass Moretti dafür gesorgt hatte, mit mir allein zu sein. Das musste von Bedeutung sein.

»Müssen wir alle die Reise machen oder nur ich?«

»Im Grunde genommen nur du. Aber um dir meine Fairness zu demonstrieren und weil ich so nett bin, weise ich dich darauf hin, dass deine Chance auf den Sieg sich extrem verringert, wenn auch nur einer von euch zurückbleibt. Deshalb seid ihr gut beraten, alle zusammen zu reisen und auch gemeinsam vor Ablauf von achtzig Tagen wieder anzukommen.« Er zog eine Taschenuhr hervor. »Haltet euch einfach ans Skript. Um Mitternacht beginnt unser Spiel.«

»Aber in dem Buch geht die Reise doch in London los!«, rief ich. »Wir würden Tage brauchen, bis wir dort sind!«

»Gewiss, das ist wohl wahr. Und zugleich gibt es mir erneut Gelegenheit, dir zu zeigen, wie fair ich spiele. Denn eure Reise muss zwar in London enden, aber ich gestatte euch, die erste Etappe zu überspringen und von hier aus gleich nach Suez aufzubrechen. Damit habt ihr bereits zu Beginn volle drei Tage eingespart, weil ihr nicht zuerst den Ärmelkanal und dann Frankreich durchqueren müsst, sondern gleich von Italien aus den Weg übers Mittelmeer nehmen könnt.« Ein seelenloses Lächeln erschien auf seinem Gesicht. »Aber die gewonnene Zeit müsst ihr gut nutzen, denn auf eurem Weg sind einige … nun ja, besondere Aufgaben zu erfüllen, sonst gilt das Spiel so oder so als verloren.«

»Welche Aufgaben?«

»Ihr müsst unterwegs an bestimmten Etappenzielen Zeitreiseportale versiegeln. *Irreguläre* Tore«, betonte Signor Moretti. »Wenn die Tore nicht zur festgesetzten Zeit geschlossen werden, können jederzeit Menschen aus anderen Zeiten in diese Epoche übertreten und dann hier festsitzen.«

»Aber das könnte den ganzen Zeitstrom zerstören!«, rief ich erschrocken aus.

»Ja, eben. Deshalb müsst ihr sie rechtzeitig versiegeln, wenn ihr keine Entropie riskieren und damit die gesamte euch bekannte Zukunft aufs Spiel setzen wollt. Sämtliche Einzelheiten stehen in dem Buch.« Signor Moretti machte eine nachlässige Handbewegung. »An den entscheidenden Stellen habe ich es um ein paar Hinweise ergänzt.«

»Aber was haben Sie denn von dieser ganzen Sache? Ich meine, wieso müssen wir unbedingt so ein blödes Spiel veranstalten? Das ist doch völlig sinnlos. Wenn Sie irgendwelche alten Konflikte mit José offen haben, müssen Sie uns doch nicht um die Welt jagen! Wieso können Sie sich nicht einfach mal in aller Ruhe mit ihm zusammensetzen und re…«

Ich hielt mitten im Wort inne, denn Signor Moretti wandte sich schweigend ab und ging durch den Nebel davon.

Verstört wartete ich, bis die Dunkelheit ihn verschluckt hatte. »Sebastiano?«, flüsterte ich.

In der Gasse blieb es still.

»Sebastiano!« Oh Gott, ich musste ihn sofort finden. Rufend machte ich mich auf die Suche nach dem nächsten Straßenschild, um herauszufinden, wo ich war. Doch dann blieb ich wie angewurzelt auf Höhe des Maskenladens stehen, den ich vorhin schon gesehen hatte. Meine kopflose Flucht musste mich hierher zurückgeführt haben. Innen brannte Licht.

Und dann geschah etwas Merkwürdiges. Obwohl ich mir nichts sehnlicher wünschte, als Sebastiano zu finden, setzte ich mich in Bewegung, stieß die Tür auf und ging hinein, fast wie eine Marionette, die an unsichtbaren Fäden in den Laden gezogen wurde. Sofort wurde ich von starken Déjà-vu-Gefühlen erfasst. Hier drin sah es genauso aus wie in den Maskenläden, die ich während meiner früheren Abenteuer besucht hatte. Die Regale und Stellagen waren voll mit alten, verstaubten Gewändern und historischen Accessoires, aber vor allem enthielten sie ein umfangreiches Maskensortiment. Ich sah die bekannten und bei Touristen beliebten Masken der Commedia dell'arte, unter anderem die der Figuren Arlecchino und Colombina. Daneben fanden sich Masken von Fabel- und Tierwesen.

Und es gab eine Katzenmaske. Ich entdeckte sie sofort, obwohl sie nicht besonders auffällig präsentiert war. Sie hing zwischen allem möglichen Plunder an einem der Ständer. Es handelte sich um eine Halbmaske aus feinem schwarzem Samt, umrandet von zarter Goldstickerei. Dort, wo bei einer Katze für gewöhnlich die Barthaare sprießen, waren dünne, biegsame Goldfäden angenäht.

Zögernd griff ich danach – und fast unmittelbar fühlte ich die tief verborgene Magie. Wie unter einem inneren Zwang setzte ich die Maske auf. Sie passte perfekt. Ich hatte nichts anderes erwartet. Etwas in mir wollte mich überreden, sie wieder abzunehmen und rasch von hier zu verschwinden, doch die innere Verbindung war bereits zu stark. Ein unbekannter Teil meines Wesens war schon mit der Maske verschmolzen. Ich fuhr mit den Fingerspitzen darüber und ertastete die schmiegsame Textur, die sich anfühlte wie eine zweite Haut. Und als ich mich zu dem halbblinden Spiegel in der Ecke umwandte, um mein Gesicht zu betrachten, wusste ich, dass sie mir gehörte.

Zögernd blickte ich mich in dem Laden um, und im nächsten Moment trat wirklich Esperanza durch eine versteckte Seitentür ein. Sie sah aus wie früher – gebeugt, zerknittert, so alt wie die Zeit selbst. Ich war nicht sicher, ob sie je in der Realität unserer Welt richtig Fuß gefasst hatte, so wie José und die anderen Alten, oder ob sie sich nicht vielmehr von Beginn an in einer Art unzugänglicher Zwischendimension aufgehalten hatte und höchstens für kurze, surreale Begegnungen wie diese hier Gestalt annahm.

Jetzt jedenfalls war sie da und sprach zu mir.

»Du hast sie gefunden«, sagte sie mit ihrer brüchigen Stimme.

»Sie hat wohl eher mich gefunden.«

Esperanza nickte. »Es stimmt beides. Ihr seid füreinander bestimmt. Ihre Magie wird dich und andere retten – wenn du sie im richtigen Moment benutzt.«

Ich stöhnte unhörbar und spürte, wie sich die innere Lähmung, die sich nach meiner Begegnung mit Moretti eingestellt hatte, in Wut verwandelte.

Das, was Esperanza gesagt hatte, war wieder eine dieser ominösen Andeutungen, an denen auch José Gefallen fand. Die Alten schienen ein Problem mit unmissverständlichen Beschreibungen zu haben. Sie behaupteten immer gern, sie dürften nicht zu viel über die Zukunft verraten, weil ein Vorwegnehmen der Ereignisse alle Abläufe über den Haufen werfen und das große Ganze in Gefahr bringen könne, aber für den Job als Zeitwächter war diese Art von Briefing ziemlich unergiebig und frustrierend.

»Kannst du mir über den richtigen Moment zufällig etwas mehr sagen?«, erkundigte ich mich spitz.

Zu meinem Erstaunen konnte Esperanza das tatsächlich. »Du darfst mit ihr die Zeit nur wechseln, wenn du bereit bist, die Schwelle des Todes zu überschreiten.«

Oh bitte! Langsam reichte es mir. »Ich nehme an, das würde ich bemerken, oder? Ich meine, wenn ich bereit bin, die Schwelle des Todes zu überschreiten.«

Darauf kam keine Antwort.

»Wenn du mir das nicht sagen kannst, dann verrate mir wenigstens ganz schnell noch etwas über diesen Moretti, der mir vorhin aufgelauert hat. Und den du ganz sicher kennst.« Ich zeigte ihr das ledergebundene Buch von Jules Verne. »Gibt es bei diesem Spiel irgendwas, worauf ich besonders achten muss?«

Darauf schien Esperanza nicht näher eingehen zu wollen. Ich zwinkerte ungläubig, aber ihre Gestalt war plötzlich von einem Flimmern umgeben, sie sah aus wie eine instabile 3-D-Projektion. Im nächsten Moment war sie verschwunden. Ich suchte nach der Tür, durch die sie vorhin gekommen war, aber auch die war weg.

Na großartig. Heute schien wirklich nicht mein Tag zu sein.

Ich stürzte aus dem Laden. »Sebastiano!«, rief ich.

Weit und breit war kein Nebel mehr zu sehen. Die Gaslaternen warfen ihr Licht auf Touristen und Einwohner, die achtlos an mir vorbeigingen. Sie unterhielten sich und lachten, und im Hintergrund war auch wieder die Leierkastenmusik zu hören. Der Maskenladen hinter mir war noch da, aber drinnen war es dunkel, und die Tür war verschlossen.

»Anna? Anna!«

Endlich! Das war Sebastianos Stimme!

»Hier bin ich!« Ich rannte in seine Richtung, und gleich an der nächsten Ecke landete ich in seinen Armen. Er umschlang mich fest und murmelte Flüche in mein Haar.

»Wo warst du die ganze Zeit? Ich habe eine Höllenangst um dich ausgestanden!«

»Frag mich mal, was für Angst *ich* hatte!« Ich drückte meine Nase in seinen Hemdkragen, froh, wieder bei ihm zu sein.

Sebastiano fluchte lauter. »Du hast eine neue Maske! Hattest du wieder eine Begegnung mit Esperanza? Und was ist das für ein Buch?« Er hielt mich eine Armlänge von sich. »Du bist ja völlig durcheinander. Was ist passiert?«

»Wir brauchen Moretti nicht mehr zu finden«, sagte ich. »Er hat mich gefunden.«

Wir flüchteten in die Sicherheit unseres Zimmers im *Danieli*. Während Sebastiano beim Zimmerkellner eine heiße Schokolade für mich bestellte, wickelte ich mich in unsere Bettdecke. Obwohl es eine laue Nacht war, zitterte ich immer noch am ganzen Körper. Erst als Sebastiano sich an mich schmiegte und mich mit seinem Körper wärmte, ließ der Schock langsam, aber sicher nach, und ich konnte Sebastiano endlich alles der Reihe nach berichten. Nur eine Stelle ließ ich aus – die, bei der es um den Spieleinsatz ging. Ich brachte es nicht über mich, ihm zu sagen, dass wir um sein Leben spielen mussten.

Wir beide hatten schon viele lebensbedrohliche Situationen erlebt. Gewöhnen würde ich mich nie daran, aber bisher hatten wir immer gemeinsam unseren Kopf aus der Schlinge ziehen können. Doch während ich von Morettis Herausforderung erzählte, wusste ich, dass es diesmal etwas anderes war. Wenn wir es nicht schafften, wenn wir Morettis wahnwitziges Spiel nicht gewinnen würden, dann starb Sebastiano. So einfach und so unfassbar schrecklich war das. Und genau aus diesem Grund bekam ich es nicht über die Lippen.

Stattdessen sprach ich über die Reise selbst. Auch Sebastiano hatte den Roman von Jules Verne gelesen. Und im Gegensatz zu mir schien er das Ganze viel hoffnungsvoller zu betrachten. Kein Wunder, er wusste ja auch nicht, was wirklich auf dem Spiel stand.

Je länger wir redeten, desto mehr blitzten seine Augen.

»Soweit ich weiß, beruht der Roman auf einer wahren Begebenheit«, sagte er. »Das Vorbild für Vernes Romanheld Phileas Fogg war ein Amerikaner. Und dieser Typ hat es auch in achtzig Tagen einmal um die Welt geschafft. Warum dann nicht wir?« Er sprang vom Bett und begann im Zimmer auf und ab zu gehen. »Ich verstehe ja, dass du verstört bist, Anna, aber sieh es einfach mal als Abenteuer! Schließlich haben wir dank Barnaby unbegrenzte Ressourcen. Mit Geld erreicht man viel.« Er zog seine Taschenuhr aus der Weste. »Bis Tagesanbruch haben wir mindestens noch fünf Stunden. Wir machen einen Plan. Und dann besiegen wir Moretti und holen uns die Zeitmaschine zurück. Komm, das wird Spaß machen!«

Er beugte sich vor und drückte mir einen Kuss auf die Lippen.

Ich küsste ihn zurück und verfluchte mich. Warum hatte ich nicht gleich gesagt, um welchen Einsatz es hier ging? Jetzt brachte ich es einfach nicht mehr übers Herz.

Ich hätte es nicht für möglich gehalten, aber bereits zwei Tage nach meinem nächtlichen Gespräch mit Moretti befanden wir uns mit der *Mongolia* – einem Dampfer, der von Brindisi in Süditalien aus gestartet war – auf hoher See.

Der Beginn unserer Reise war so reibungslos abgelaufen, dass es fast schon magisch erschien. Sebastiano und ich waren uns noch in der Nacht meiner Begegnung mit Signor Moretti einig geworden, dass wir so schnell wie möglich aufbrechen mussten.

Obschon Fatima und Ole mich manchmal in den Wahnsinn treiben konnten, wussten sie, wie wichtig eine gute Zusammenarbeit war, wenn es darauf ankam. Sie hatten sich voller Eifer an den Vorbereitungen beteiligt.

Gemeinsam waren wir am Morgen vor unserem Aufbruch losgezogen, um in kürzester Zeit alles zu kaufen, was wir uns für eine Weltreise noch beschaffen konnten, angefangen von einem Minimum an tropengeeigneter Kleidung über Koffer, Hutschachteln und diversen Accessoires bis hin zu Kursplänen, Landkarten, Reiseführern und Billets. Was uns fehlte, wollten wir uns im Laufe der Reise besorgen. Dank Barnaby hatten wir genug Geld zur Verfügung, um alles Weitere unterwegs organisieren zu können.

Von Venedig aus hätten wir auch über Land nach Süditalien reisen können (für ein Teilstück der Strecke gab es sogar bereits eine Eisenbahnlinie), aber Sebastiano hatte in Erfahrung gebracht, dass wir mit einem Dampfer Brindisi erreichen konnten, kurz bevor dort die *Mongolia* in See stechen sollte. Auf dem kleinen Schiff, das uns am ersten Tag unserer Reise von Venedig nach Brindisi brachte, war es eng, ungemütlich und kalt. Doch dafür legten wir pünktlich im Hafen von Brindisi an. Was unser Glück war, denn das Dampfschiff, mit dem wir die nächsten Wochen über die Weltmeere schippern würden, lag schon abfahrbereit am Kai.

Und so schafften wir es gerade noch rechtzeitig auf die *Mongolia*, die als Fernziel Bombay hatte.

Mit der Betonung auf *fern*, denn bis dahin musste unser Schiff die enorme Entfernung von mehr als siebentausend Kilometern zurücklegen. Und das war nur ein kleines Teilstück der gewaltigen Reise! Alles in allem lagen etwa vierzigtausend Kilometer vor uns.

Erst auf der *Mongolia* fingen wir an zu begreifen, was das wirklich bedeutete. Nachdem wir uns in unseren Kabinen eingerichtet hatten, trafen wir uns im Erste-Klasse-Salon, um Tee zu trinken und Kriegsrat abzuhalten. Nach all den Vorbereitungen und der Hektik war es das erste Mal, dass wir alle zusammen eine ruhige Minute hatten. Nur Fox war nicht mit von der Partie. Seine Abwesenheit hatte jedoch nichts mit Desinteresse zu tun, sondern lag an seiner Seekrankheit. Wir hatten es kaum aus Venedig herausgeschafft, als er auch schon spuckend über der Reling hing. Es hatte ihn als Einzigen von uns richtig übel erwischt. Auf die *Mongolia* hatte er sich mit bitterer Leidensmiene geschleppt, war sofort in seine Koje verschwunden und stand wahrscheinlich höchstens auf, wenn er wieder einen frischen Eimer brauchte. Er tat mir ein bisschen leid, aber um ehrlich zu sein, fand ich es auch praktisch, dass er uns jetzt nicht mehr ständig nerven konnte.

»Moretti hat uns genaue Anweisungen für unsere Etappenziele mitgegeben.« Sebastiano hatte den Roman von Jules Verne zu unserem Treffen mitgebracht und die Stelle aufgeschlagen, wo der Beginn der Route beschrieben wurde. Hier und da war der Rand mit handschriftlichen Anmerkungen in roter Tinte bedeckt, die Signor Moretti dort für uns eingetragen hatte. Beim Anblick der kleinen, spindeldürren Buchstaben grauste es mich jedes Mal. Wir hatten in den letzten beiden Tagen das Buch von Anfang bis Ende gelesen und auch die Notizen gründlich studiert. Signor Morettis Anweisungen waren überwiegend im Stil dubioser Rätsel gehalten, jedenfalls war nie auf Anhieb erkennbar, was genau damit gemeint war. So lautete beispielsweise eine Aufgabe für unser erstes Etappenziel Suez, dort die *Bezwinger der Tore* zu finden. Ohne die ominösen Bezwinger brauchten wir erst gar nicht weiterzureisen, denn wir würden sie noch öfter brauchen, und wenn wir sie nicht entdeckten, hatten wir schon verloren. Es gab ein paar Hinweise, wo wir danach suchen sollten, doch die waren kaum weniger rätselhaft.

Mir wurde ganz elend zumute, wenn ich bloß daran dachte. Die Angst um Sebastiano schnürte mir die Luft ab. Noch immer hatte ich es nicht über mich gebracht, den anderen und Sebastiano zu gestehen, worum wir wirklich spielten.

Sebastiano erläuterte noch einmal die einzelnen Etappen unserer Reise, damit wir uns die Route bildlich vorstellen konnten. Er klappte die Landkarte aus, die wir vor unserem Aufbruch noch besorgt hatten.

»Wir sind jetzt auf dem Mittelmeer unterwegs nach Suez«, sagte Sebastiano und tippte auf die Karte. »Von dort geht es weiter durchs Rote Meer in den Indischen Ozean, die arabische Halbinsel entlang bis Aden.« Auch das zeigte er auf der Karte. »Von Aden fahren wir bis Bombay. Ab Bombay müssen wir über Land weiter, mit der Eisenbahn quer durch Indien bis nach Kalkutta. Von dort aus wieder per Schiff – oder genauer: mit mehreren Schiffen – nach Singapur, Hongkong, Yokohama, San Francisco. Ab da geht es mit der Eisenbahn quer durch Nordamerika nach New York. Und dann die letzte Etappe per Schiff zurück nach Europa.«

»Und das alles in achtzig Tagen«, bemerkte Ole. Er sah ziemlich skeptisch aus. »Es wird nicht klappen.« Er sagte es nicht zum ersten Mal, sondern hatte das seit unserem Aufbruch in

Venedig schon fast gebetsmühlenartig wiederholt, aber heute hatte ich meine Nerven nicht im Griff.

»Wie kannst du so was Blödes sagen?«, fuhr ich ihn an.

Mein ruppiger Ton beeindruckte ihn nicht. »Ich habe ein paar Berechnungen angestellt. Danach geht die Wahrscheinlichkeit einer pünktlichen Ankunft gegen null.«

Fatima sah ihn von oben herab an. »Wie kann man so was im Vorhinein ausrechnen?«

Ole zog einige eng mit Formeln und Diagrammen bekritzelte Blätter hervor, die er vor Fatima ausbreitete. »Sieh es dir selber an, wenn du mir nicht glaubst. Es ist eine ganz einfache stochastische Analyse mit wenigen Variablen.«

Ich war über diese Aufzeichnungen ebenso verdattert wie Fatima. Dass Oles Interesse für Mathematik bereits derart weit gediehen war, hätte ich nie erwartet. Und dass er damit womöglich richtiglag, traf mich wie ein Schlag ins Gesicht.

»Lass mal sehen«, sagte Sebastiano. Er war in der Schule ein Ass in Mathe gewesen und hätte das Fach um ein Haar studiert, ehe er sich dann doch lieber für Geschichte entschieden hatte. Stirnrunzelnd betrachtete er Oles Berechnungen, dann zuckte er unbehaglich mit den Schultern. »Sieht plausibel aus. So gesehen könnten wir es tatsächlich gleich sein lassen. Verdammt, womöglich ist das doch alles eine Schnapsidee.« Jede Anwandlung von Abenteuerlust schien ihm auf einmal vergangen zu sein. »Vielleicht sollten wir das Ganze abbrechen und versuchen, Moretti auf andere Weise kleinzukriegen und uns die Zeitmaschine zurückzuholen?«

»Kommt nicht infrage!«, widersprach ich entsetzt. Ich merkte, wie ich die Fassung verlor. Sofort riss ich mich zusammen und gab mich zuversichtlich. »Wir gehen von einer maximal hohen Wahrscheinlichkeit aus, dass wir es auf jeden Fall schaffen, egal wie viele schmutzige Tricks wir dafür anwenden müssen! Wir haben Barnaby und endlos viel Geld! Wir besitzen ein überlegenes Zukunftswissen und sind ausgebildete Troubleshooter! Und vor allen Dingen haben wir schon viel aussichtslosere Einsätze geschafft!«

Sebastiano musterte mich eindringlich. »Hast du vergessen, mir irgendwas zu sagen, Anna?«

»Wieso?« Ich versuchte, einen gelassenen Eindruck zu machen, doch es misslang mir kläglich. Sebastiano kannte mich viel zu gut.

»Es geht bei dem Spiel gar nicht nur um die Rückgabe der Zeitmaschine, oder?«, bohrte er nach. »Wir spielen auch noch um einen anderen Einsatz, stimmt's?«

Ich ließ den Kopf hängen und kämpfte gegen einen drohenden Nervenzusammenbruch an. Es war zwecklos, die Wahrheit noch länger zu verheimlichen. Die anderen mussten erfahren, wie ernst dieses Spiel wirklich war.

Ich nahm Sebastianos Hand und blickte ihn verzweifelt an. »Wir spielen um dein Leben«, flüsterte ich.

Nach diesem Geständnis herrschte Schweigen. Die anderen sahen mich erschüttert an. Wie Sebastiano es aufnahm, konnte ich nicht sehen, denn ich wich seinem Blick aus, während ich versuchte, mich zu rechtfertigen.

»Ich hätte es bestimmt noch gesagt ... ganz bald! Ich wollte doch einfach bloß, dass wir nicht von vornherein total verzweifelt an die Sache rangehen. Verzweiflung und Angst sind kontraproduktiv. Jedenfalls kommt man mit Mut und Zuversicht besser ans Ziel. Es reicht doch schon, dass ich so ein Angsthase bin!« Ich redete und redete, und meine Stimme klang immer kratziger, bis ich am Ende doch noch anfing zu weinen. »Es tut mir leid. Ich hätte es sofort erzählen sollen.«

Sebastiano legte den Arm um meine Schultern und blickte mich ernst an. »Du hast das wirklich die beiden letzten Tage und Nächte mit dir rumgeschleppt?«

Ich nickte bedrückt. »Ich bin so ein verdammter Feigling!«

»Das war nicht feige. Du wolltest mich nur vor dieser Belastung bewahren.« Er strich mir übers Haar. »Mach dir keine Gedanken. Ich habe keine Angst, und verzweifelt bin ich erst recht nicht. Eigentlich ist es genau anders herum: Ab sofort gilt für mich das Jetzt-erst-recht-Prinzip.« Er stand auf und reckte sich zu seiner vollen Größe. »Bevor ich sterbe, schicke ich Moretti zur Hölle. Der Kerl soll mich kennenlernen!«

»Mich auch!«, bekräftigte Ole grimmig und sprang ebenfalls auf.

»Dito«, erklärte Barnaby. »Ich habe ein paar Sachen drauf, davon kann dieser Typ bloß träumen!«

»Was immer für ein Gelingen nötig ist«, stimmte Fatima ein. Sie blickte Sebastiano unverwandt an. »Du hast für meine Rettung alles riskiert, und dasselbe kannst du von mir erwarten.«

Nachdem das geklärt war, ging es mir besser. Nicht dass meine Sorge um Sebastiano dadurch geringer war, aber es gab mir Rückhalt, die schreckliche Furcht um ihn nicht länger mit mir allein ausmachen zu müssen. Zugleich hatte ich nun die Gewissheit, dass alle ihr Möglichstes geben würden, um das Spiel zu gewinnen.

Die gegen null tendierende Wahrscheinlichkeit konnte mich mal. Was Jules Vernes Romanheld Phileas Fogg und sein Diener Passepartout fertiggebracht hatten, schafften wir schon lange!

»Wir kriegen das hin«, sagte Sebastiano. Es klang kämpferisch. »Wer nicht wagt, der nicht gewinnt, das ist ein tolles Motto, oder?«

Ja, das war es natürlich. Nur war das Gewinnen noch nie so lebenswichtig gewesen wie diesmal.

Bei der *Mongolia* handelte es sich um eine Kombination aus Segel- und Dampfschiff, wie sie in den 1870er-Jahren noch üblich war. Der Rumpf war verhältnismäßig schmal und lang, mittschiffs ragte ein großer, nach hinten geneigter Schornstein in die Höhe, und übers Deck verteilt gab es drei Segelmasten.

Die Tagesabläufe an Bord folgten immer derselben Routine – abends kroch man in die Koje, morgens machte man sich so gut wie möglich frisch und ging im Salon der Ersten Klasse frühstücken, dann vertrieb man sich irgendwie die Zeit bis zum Lunch, anschließend langweilte man sich bis zum Nachmittagstee und danach bis zum Dinner. Abends spielte im Salon eine kleine Bordkapelle auf, und es wurde reihum Whisky und Portwein serviert, aber viel mehr passierte nicht. Danach ging alles von vorn los.

Ab und zu berieten wir uns über Signor Morettis Anweisungen, in denen es meist um irgendwelche Suchaktionen nach den verborgenen Toren ging, die wir versiegeln mussten. Die Aufgabe, die wir in Suez ausführen sollten, lautete folgendermaßen:

Findet den Pfad zum Felsen der singenden Monde und ergreift dort die Bezwinger der Tore. Folgt sodann dem Pfad zum Haus des lachenden Toten und verschließt das verborgene Tor. Sonst Weiterreise unstatthaft + Spiel verloren.

Das war das erste Tor, das wir versiegeln mussten. Vorausgesetzt, wir fanden es. Beziehungsweise davor noch *die singenden Monde* und die *Bezwinger*, und hinterher natürlich den *lachen-*

den Toten, wobei sich höchstens noch am Rande die Frage stellte, wieso ein Toter überhaupt lachen konnte.

Ich war froh, als am Horizont der Leuchtturm von Port Said auftauchte, eine ägyptische Hafenstadt an der Einfahrt zum Suezkanal, der die Passage vom Mittelmeer zum Roten Meer bildete. Was bedeutete, dass es nun nicht mehr lange dauerte, bis wir Suez erreichen würden.

Und tatsächlich, schon am nächsten Tag hatten wir den langen, schmalen Kanal bereits hinter uns gelassen. Unter dröhnenden Dampfausstößen aus dem Schiffsschornstein legte die *Mongolia* in Suez an, dem nördlichen Hafen im Roten Meer.

Bis jetzt waren wir im Fahrplan. Jeder von uns hatte eine Taschenuhr. Wir stellten unsere Uhren nach dem Schiffschronografen, der wiederum laufend der jeweiligen Ortszeit angepasst wurde – bei einer so weiten Reise gab es wegen der überquerten Meridiane ja häufiger Zeitverschiebungen, die wir im Auge behalten mussten.

Unsere Reise mit der *Mongolia* sollte bereits nachmittags weitergehen – sofern wir rechtzeitig die gestellte Aufgabe lösten. Wir hatten keine Zeit zu verlieren und machten uns deshalb sofort auf den Weg.

Unser erstes Handicap bestand darin, dass der verhinderte Interpolagent Fox uns folgte. Kreidebleich und sehr mitgenommen kam er über die Gangway hinter uns her gestolpert und weigerte sich standhaft, wieder an Bord zu gehen und sich hinzulegen.

»Ich habe lange genug auf diesem schaukelnden Kahn herumgelegen«, sagte er mit schwacher, aber entschlossener Stimme. »Was immer ihr hier für krumme Dinger plant – ich lasse euch nicht aus den Augen! Versucht es nur, dann schreie ich alles zusammen!«

Wir mussten ihn folglich zu unserer Suchaktion mitnehmen, wenn wir keine Zeit verlieren wollten. Ursprünglich hatten wir vorgehabt, zwei Gruppen zu bilden, doch als wir an Land kamen, entschieden wir spontan, lieber zusammenzubleiben. In der Umgebung des Hafens herrschte ein unbeschreibliches Durcheinander. Menschen aller Rassen und Nationen tummelten sich auf dem Hafengelände und in der näheren Umgebung, darunter Inder, Araber, Afrikaner, Chinesen und natürlich zahlreiche Europäer. Hochbeladene Kamele und Esel wurden von den Einheimischen am Zügel vorbeigeführt, Fuhrwerke und Handkarren rollten zwischen den Lagerhäusern und den Kais hin und her, und mittendrin schleppten Scharen von halb nackten Trägern zahlreiche Kisten und Säcke zu den vielen vor den Landungsstegen ankernden Schiffen und Lastbooten. Laute Rufe schallten über das Gelände, und hinzu kam der Krach von diversen Baustellen. Auf einer benachbarten Werft wurde gehämmert und gesägt, und in der Nähe des Hafens wuchsen zwischen den niedrigen alten Steinhäusern neue, größere Gebäude empor. Offenbar erlebte Suez durch die Anbindung ans Mittelmeer gerade einen wirtschaftlichen Aufschwung.

Doch von Wohlstand war der Ort noch weit entfernt. Abgesehen von einigen besser gestellten Kaufleuten waren die meisten Menschen ärmlich gekleidet und teilweise unterernährt.

Auch die Stadt selbst bot einen eher kargen Eindruck. Man sah kaum Grün, und außerhalb der bebauten Bereiche erhoben sich trostlose felsige Hügel.

Kaum hatten wir einen Fuß an Land gesetzt, als wir auch schon von einem Dutzend Einheimischer umringt waren, die sich uns als Führer anboten. Sie schrien wild durcheinander, jeder behauptete, die Stadt am besten zu kennen und uns die schönsten Stellen zeigen zu können. Ein paar von ihnen riefen sich gegenseitig über die Köpfe der anderen hinweg Bemerkungen über mich und Fatima zu, die eindeutig nicht jugendfrei waren. Dass wir dank des Sprachumwandlers jedes Wort verstanden, wurde ihnen erst klar, als Sebastiano auf Arabisch seine Stimme erhob und ihnen erklärte, dass er denjenigen als Führer anheuern werde, der ihm sowohl den Felsen der singenden Monde als auch das Haus des lachenden Toten zeigen könne. Als Lohn bot er im Erfolgsfall einen Goldsovereign und zusätzlich fünf Schillinge im Voraus.

Darauf setzte konsterniertes Schweigen ein, gefolgt von ohrenbetäubendem Geschrei, denn fünfundzwanzig Schillinge waren in dieser Gegend und für diese Zeit viel Geld. Die Männer diskutierten darüber, ob wir vielleicht verrückt seien, denn in der ganzen Umgebung gebe es keine Plätze mit diesen Namen. Nur einer stand ruhig daneben. Er hob die Hand und erklärte, die genannten Ziele zu kennen. Daraufhin riefen die anderen zornig durcheinander und bezichtigten ihn der Lüge. Sie unterstellten ihm, dass er sich mit der angebotenen Anzahlung davonmachen wolle, doch er verschränkte nur die Arme und blickte herausfordernd in die Runde. »Ich weiß, wo diese Orte sind«, erklärte er.

Damit war der Fall entschieden.

Unser Führer hieß Omar und war höchstens sechzehn. Den Vorschuss sackte er freudestrahlend ein und führte uns in gemächlichem Tempo durch das bunte Treiben des Hafens in die Stadt. Er trug das typische wallende Gewand der Fellachen, eine

Dschallabija, und an seinem Gürtel steckte ein Krummdolch, den Ole anerkennend musterte.

»Sieht aus, als wäre er schon häufig benutzt worden«, bemerkte er.

»Der Dolch stammt von meinem Großvater. Er hat damit vielen Feinden ein blutiges Ende bereitet. Ich kann ebenfalls sehr gut damit umgehen.«

»Schön für dich.« Ole zog seine Jacke aus und brachte damit seinen eigenen Waffengurt zum Vorschein. Daran hing ein Säbel, der mindestens dreimal so groß war wie Omars Dolch. Omar schluckte sichtlich.

»Ich wette mein letztes Hemd, dass dieser Bursche den Weg nicht kennt«, sagte Fox. Er sah bleich und abgekämpft aus, aber ihm schien nichts zu entgehen. »Deshalb schleicht er auch so langsam dahin. Die anderen Typen haben das völlig richtig durchschaut. Er wartet bloß auf die passende Gelegenheit, mit dem Vorschuss zu verschwinden, denn er hat keine Ahnung, wo wir hinwollen. Nebenbei – wo *wollen* wir überhaupt hin? Was zum Teufel sind singende Monde und lachende Tote?«

Ole hielt bekanntlich nicht viel von Fox, schien aber seinen Verdacht zu teilen.

Er legte Omar mit Nachdruck die Hand auf die Schulter. »Du würdest doch nicht einfach mit deinem Vorschuss verschwinden, oder?«

»Niemals!«

»Gut. Denn du solltest wissen, dass mir noch keiner entkommen ist.«

»Ich laufe nicht weg.«

»Und du weißt auch wirklich, wo wir hinwollen?«

»Ja, natürlich!«, stammelte Omar.

»Dann schreite unverzüglich schneller aus.«

»Oh, sieh nur, Anna, da drüben ist ein Basar«, rief Fatima erfreut. Sie deutete auf eine überdachte, mit Verkaufsständen vollgestopfte Marktgasse. »Da *müssen* wir uns mal umsehen! Die haben immer die unglaublichsten Seidenstoffe! Und so köstliche kleine Honigkrapfen, ich kann sie schon riechen!«

»Ich kann die jungen Damen gern über den Basar führen«, bot Omar sofort an. »Und ich garantiere, dass Sie beim Feilschen nicht übers Ohr gehauen werden!«

»Das garantiere ich schon selber«, erklärte Fatima. »Barnaby, hast du mal rasch ein paar Goldstücke für mich?« Doch dann verzog sie reumütig das Gesicht. »Lass das Geld stecken. Ich habe nicht nachgedacht. Fürs Einkaufen haben wir jetzt wirklich keine Zeit.«

Ich war stolz auf sie. Wie musste sie ihre alte Heimat mit den bunten, orientalischen Basaren vermissen, und doch stellte sie uns und Sebastiano vor ihre eigenen Bedürfnisse! Ich legte ihr eine Hand um die Schulter und wandte mich dann an Omar.

»Was genau bedeutet eigentlich *Fels der singenden Monde*?«, fragte ich ihn. »Wofür steht die Bezeichnung?«

»Nun ja«, antwortete er. »Es … scheint mir eine Art Sinnbild zu sein.«

Sebastiano hielt inne. »*Scheint*? Du weißt es gar nicht?«

»Doch, doch!«, stotterte Omar. »Was ich meinte, ist Folgendes: Es *kann* nur ein Sinnbild sein, denn einen wirklichen Ort mit diesem Namen gibt es hier weit und breit nicht.«

»Aber du weißt, wofür das Sinnbild steht und wo wir es finden, oder?«

Omars zögerliches Nicken ließ erkennen, dass er zwar *hoffte*, uns zu der richtigen Stelle führen zu können, sich dessen aber keineswegs sicher war. Trotzdem befolgte er Oles Anweisung und ging deutlich schneller. Ole hielt sich dicht neben ihm, nach dem Motto *Vertrauen ist gut, Kontrolle besser*. Falls Omar es wagen sollte, sich ohne Vorankündigung aus dem Staub zu machen, hatte er schlechte Karten, und ihm war anzusehen, dass er das genau wusste.

Er führte uns durch das verschachtelte Gassengewirr der Altstadt. Die würfelförmigen Häuser standen hier eng beieinander. Statt Fenster wiesen die meisten nur schmale, schartenartige Öffnungen auf, was ebenso wie die weiße Tünche an den Fassaden die Hitze fernhalten sollte. Und heiß war es wirklich. Obwohl wir schon Oktober hatten, waren es bestimmt dreißig Grad im Schatten. Die Sonne hatte ihren Höchststand bereits überschritten und brannte auf uns herab. Fatima und ich trugen breitkrempige Hüte, passend zu unseren Damenoutfits im viktorianischen Stil, und zusätzlich hatten wir gerüschte Sonnenschirme dabei, die in dieser Epoche zur Standardausstattung einer Dame von Welt gehörten. Ansonsten hatten wir an Kleidung alles weggelassen, was hinderlich oder unbequem war. Zu unserer Aufmachung gehörte eigentlich eine Tournüre, ein Halbgestell aus Rohrgeflecht, das unterm Kleid auf Höhe des Hinterteils getragen wurde, doch auf diese modische Ausbuchtung hatten wir heute verzichtet, ebenso auf Mieder, Zierkragen, Strümpfe und Unterröcke. Trotzdem schwitzten wir um die Wette.

Den Männern erging es nicht besser. Sie hatten ihre Jacketts ausgezogen, die Westen aufgeknöpft und die Ärmel ihrer Hemden hochgekrempelt – bis auf Barnaby, der aus naheliegenden Gründen die Jacke anbehalten musste, schließlich verbarg er darunter seine dämonischen Schwingen. Immerhin schien die Hitze ihm nicht so viel auszumachen wie uns, was sicher daran lag, dass er aus einer Welt stammte, wo es deutlich heißer werden konnte als auf der Erde.

Omar führte uns durch Gassen, die teilweise so schmal waren, dass für Gegenverkehr kein Platz blieb. Man musste sich zwischendurch immer wieder an die Hauswand drücken, um Leute vorbeizulassen. Mehrere verschleierte Frauen mit Einkaufskörben, einen Jungen, der eine Ziege am Strick führte, und zuletzt zwei Träger mit einer Sänfte, deren Vorhänge heruntergelassen waren; vermutlich saß eine vornehme Dame darin.

Wir trabten Omar hinterher, durch die ganze Stadt, wie es schien, und als er schließlich abrupt stehen blieb, war Ole so überrascht, dass er gegen ihn prallte.

»Wir sind da«, erklärte Omar. Vorsichtig setzte er hinzu: »Ich *glaube*, dass wir da sind. Beim Felsen der singenden Monde.«

Ich sah sofort, wieso er davon ausging, dass die Bezeichnung auf diesen Ort zutreffen könnte. Das Haus, vor dem wir standen, lag am äußeren Rand der Stadt, es war halb in eine Felswand hineingebaut, sodass die seitlich herausragende Gesteinsformation auf einer Seite eine natürliche Wand des Hauses bildete. Jemand hatte einen Eisenhaken in den Felsen geschlagen, und daran hing ein Windspiel, bestehend aus fünf handtellergroßen, hauchdünn gehämmerten Messingscheiben, die bei oberflächlicher Betrachtung tatsächlich wie kleine Monde aussahen. Sie schlugen im Luftzug leise klimpernd gegeneinander, es klang wie weit entfernter, feiner Feengesang.

Omar sah uns halb ängstlich, halb erwartungsvoll an.

»Ist es richtig?«

»Hm. Das ist die Frage.« Sebastiano besah sich das Windspiel, dann betrachtete er das Haus. »Wer wohnt da?«

»Niemand, *Sidi*«, sagte Omar. »Das Haus ist schon seit einer Weile verlassen. Manche sagen, der Platz sei verflucht.«

Sebastiano holte das Buch heraus und schlug die Seite mit

Signor Morettis Anweisungen auf, obwohl er sie längst auswendig kannte.

»*Ergreift dort die Bezwinger der Tore*«, murmelte er. »*Dort …* Das ist hier, oder? Also muss es in der Nähe sein.«

»Ergreifen …« Ole runzelte die Stirn. »Klingt irgendwie danach, als müssten wir etwas fangen.«

»Oder es einfach nur in die Hand nehmen«, sagte Barnaby. »So rein vom Sprachgefühl her«, setzte er eilig hinzu, als er Oles gewittrige Miene bemerkte.

»Jedenfalls klingt es nicht so, als müssten wir noch groß nach diesen Bezwingern suchen«, stimmte Fatima zu.

»Nein, denn ihr habt sie schon gefunden«, mischte sich Omar ein.

Wir fuhren alle zu ihm herum.

»Was meinst du?«, erkundigte ich mich.

Er deutete auf das Windspiel. »Eigentlich sind es Amulette, sie wirken gegen dunkle Mächte und halten das Haus frei von bösen Geistern. Das, was sie sind, steht auf ihnen geschrieben.«

Sebastiano nahm vorsichtig das Windspiel vom Haken. Gemeinsam mit den anderen trat ich näher, um mir die fünf schimmernden Scheiben genauer anzusehen. Eine feine Gravur verzierte die glänzenden Messingoberflächen, es waren arabische Schriftzeichen: ف ا تح

Dank des intergalaktischen Translators (meine private Bezeichnung für den Sprachumwandler) konnten wir das Wort alle lesen. Es lautete *Fatih* – Bezwinger.

»Scheint tatsächlich zu passen«, sagte Ole verdutzt. Er warf Omar einen anerkennenden Blick zu. »Gut gemacht, Junge.«

Omar errötete vor Freude.

»Offenbar ist für jeden ein Bezwinger da«, sagte Fatima. »Fünf Leute, fünf Scheiben.«

»Wieso fünf?«, widersprach Fox. »Wir sind zu sechst. Wer kriegt dann keine?«

»Dreimal darfst du raten«, sagte Ole. Seine Hand lag am Säbel. Es war nicht zu übersehen, dass Fox ihn zur Weißglut trieb.

Sebastiano steckte kurzerhand alle Scheiben ein. »Bring uns jetzt zum Haus des lachenden Toten, Omar.«

Omar nickte stumm und ging voraus. Wieder führte er uns durch die Stadt, diesmal in einen anderen Randbezirk, und ich war nicht die Einzige, die nach kurzer Zeit das Gefühl hatte, dass er nicht recht wusste, wohin es eigentlich gehen sollte.

Ole hielt ihn am Arm fest. »Du spielst ein falsches Spiel! Wir laufen immer wieder um denselben Häuserblock herum!«

»Ja, weil er hier irgendwo sein muss«, sagte Omar. Es klang ein wenig ängstlich, wobei nicht ganz klar war, ob er sich vor Ole fürchtete oder eher vor etwas anderem.

»*Er*? Wer?« Ich warf einen verstohlenen Blick auf meine Taschenuhr. Unsere Zeit wurde langsam knapp.

»Er, der manchmal lacht«, erwiderte Omar. »Sein Lachen schwebt über den Dächern, aber nicht jeder kann es hören. Ich kann es jedoch.« Es kam nur als Flüstern heraus, und nun war klar, wovor Omar Angst hatte. »Es muss euer Toter sein, da er den Gestank der Unterwelt verbreitet, wenn sein Lachen erklingt.«

»Du hältst uns zum Narren!« Ole stieß Omar rabiat gegen eine Hauswand, doch im nächsten Moment zuckte er erschrocken zusammen, denn hoch über ihm setzte auf einem Minarett ein durchdringend lautes Rufen ein, das gleich darauf wie ein Echo von weiteren Türmen in der Stadt widerhallte.

»Zeit für das Mittagsgebet!«, sagte Omar schnell. »Ich muss in die Moschee! Bis gleich!«

Ehe Ole sich's versah, hatte Omar sich losgerissen, hetzte mit weiten Sprüngen davon und verschwand in dem Gebäude neben dem Minarett.

»Ich schätze, die Moschee hat einen Hinterausgang«, sagte Fox. »Den Burschen sehen wir nie wieder.«

»Irgendwas hat ihm große Angst gemacht«, sagte Fatima.

Ich tippte auf meine Taschenuhr. »Wir haben nicht mehr viel Zeit«, erklärte ich besorgt. »Das Schiff legt in weniger als einer Stunde ab!«

»Wir gehen Haus für Haus ab, bis wir die ganze Gasse durchhaben«, sagte Sebastiano. »Wenn wir uns aufteilen, finden wir es rechtzeitig!«

»Nicht nötig«, sagte Barnaby. Sein warziges Gesicht nahm einen niedergeschlagenen Ausdruck an. »Euch allen ist ja bekannt, dass meine Nase sehr viel feiner ist als eure.«

»Mir nicht«, sagte Fox.

Barnaby ignorierte ihn. »Kurzum, mir stieg soeben der von Omar erwähnte Geruch der Unterwelt in die Nase.«

Ich erstarrte. *Der Geruch der Unterwelt* … Damit konnte Omar nur den Gestank von Schwefel gemeint haben, den Menschen für gewöhnlich mit der Hölle in Verbindung brachten. Es gab nur eine Art von Portalen, die in geöffnetem Zustand diesen Geruch absonderten – die Tore zur Dämonenwelt.

An den bestürzten Mienen der anderen sah ich, dass sie dieselbe Schlussfolgerung gezogen hatten.

»Woher genau kommt es?«, fragte Sebastiano angespannt.

»Von dort.« Barnaby wies auf ein unscheinbares Haus am Ende der Straße. Entschlossen ging er darauf zu. Wir folgten ihm zögernd.

Sebastiano holte die Messingscheiben hervor und hielt sie bereit, während Ole mit der Faust gegen die Tür hämmerte. Unter seinem harten Klopfen öffnete sie sich von selbst und schwang mit einem geisterhaften Knarren nach innen auf. Jetzt rochen wir es auch – der unverwechselbare Gestank von Schwefel wallte uns entgegen, und aus der Tiefe des dunklen Hauses schwebte der hohle Klang eines weit entfernten Kicherns.

»Hört sich gruselig an«, befand Fox. »Ich warte dann mal lieber draußen.«

»*Dschinn*«, flüsterte Fatima. Mit einem Mal hielt sie in jeder Hand einen ihrer Wurfdolche. Wo immer sie die vorher an ihrem Körper versteckt hatte – es war mir nicht aufgefallen.

Ole zog mit einem *Raaatsch* den Säbel.

»Krass«, sagte Fox, der sich entgegen seiner Ankündigung dicht bei uns hielt. »Macht ihr jetzt einen auf Ghostbusters, oder was?«

Im Haus war es trotz des einfallenden Tageslichts stockfinster, und nicht nur das: Obwohl man die Dimensionen des vor uns liegenden Raums nicht abschätzen konnte, vermittelte er den Eindruck, als würde er sich in unendliche Weiten erstrecken.

Und dann begann es. In der Ferne des Raums, viel weiter weg, als es nach der Größe des Hauses möglich gewesen wäre, breitete sich ein rötliches Glimmen aus, und gleichzeitig wurde der Gestank stärker.

»Oh mein Gott«, entfuhr es mir. Das war tatsächlich ein Portal zur Dämonenwelt, und es war aktiv! Mit anderen Worten, es konnte jederzeit eines dieser teuflischen Biester herauskommen! Einige von denen waren, wie wir seit unserem letzten Abenteuer wussten, sehr gefräßig!

»Bleibt hinter mir«, sagte Barnaby leise.

Wir hatten alle das Haus betreten. Im nächsten Moment knallte die Tür hinter uns zu, und wir waren von der Außenwelt abgeschnitten. Mein entsetzter Aufschrei wurde von dem hohl klingenden Kichern untermalt, das nun deutlicher zu hören war als zuvor.

»Was zum Henker ist das?«, fragte Fox. »Eine Art Geisterbahn oder so was?«

So unrecht hatte er damit gar nicht. Denn nun kam aus Richtung des rötlichen Glühens eine Gestalt nähergewankt. Mit baumelnden Armen schlurfte sie auf uns zu und wurde dabei immer schneller, und gleichzeitig breitete sich der rote Lichtschein weiter aus, was die Sicht auf die Umgebung verbesserte. Doch die Details, die jetzt zu erkennen waren, machten alles nur schlimmer. Der Raum, der sich hinter dem Glühen auftat, erstreckte sich in endlose Fernen, es wirkte wie eine riesige, zerklüftete unterirdische Höhle. Und das kichernde … *Ding*, das uns entgegenkam, stammte eindeutig von da drüben. Es war ein Dämon, und zwar einer der besonders scheußlichen Art. Er bot mit seinen verrotteten Hautfetzen und den starren, halb verwesten Augen einen grauenvollen Anblick, und jetzt war auch klar, was Moretti mit dem *lachenden Toten* gemeint hatte.

»Sieht aus wie ein verdammter Zombie«, sagte Fox. »Wie so ein Typ aus *The Walking Dead*. Du musst ihm mit dem Säbel den Kopf abschlagen, Ole. Kopf ab ist das beste Mittel gegen Untote.«

»Kopf ab ist auch das beste Mittel gegen Leute mit einer großen Klappe«, blaffte Ole ihn an. Zu Barnaby sagte er: »Worauf wartest du? Brauchst du eine Extraeinladung oder was? Wenn du dich gerade ein bisschen schwach fühlst, kann ich das auch übernehmen.«

Der Zombie-Dämon kam immer näher, sein schauriges Kichern ging mir durch und durch. Ich schrie leise auf.

»Barnaby!«

»Keine Angst, Anna.« Barnaby streifte in einer fließenden

Bewegung seine Jacke ab. Mit einem Knattern entfalteten sich seine schwarzen Dämonenschwingen, und im nächsten Augenblick segelte er durch die Luft und packte das schaurige Wesen. Es gab einen kurzen, von Knurren und Zischen begleiteten Kampf, bei dem alles so rasend schnell ging, dass man kaum Einzelheiten ausmachen konnte. Barnabys flatternde Schwingen verbargen fast alles, nur für einen Sekundenbruchteil sah man die gebleckten, lückenhaften Zähne des grauenhaften Wesens, als es versuchte, nach Barnaby zu schnappen – zum Glück vergeblich. Im nächsten Moment war das Ding verschwunden, und Barnaby landete mit einem eleganten Schwung vor uns auf dem Boden. Er rollte die Schwingen ein und zog die Jacke wieder an. Seine Bewegungen waren immer noch unnatürlich schnell, wie in einer Art Zeitraffer.

»Das habe ich gerade nur geträumt«, sagte Fox. »Du hast keine Flügel.«

»Schwingen«, sagte Barnaby. »Die richtige Bezeichnung lautet Schwingen.«

Fox schüttelte den Kopf. »Das ist alles nicht echt«, erklärte er. »Jetzt weiß ich auch, warum mir seit Tagen so übel ist und ich nur noch kotzend in der Koje liege. Ihr habt mir was ins Essen gemischt. Und jetzt habt ihr mir auch noch irgendwelche Halluzinogene verpasst, sodass ich diesen ganzen abgefahrenen Geisterbahnquatsch sehe.« Er deutete auf die Bezwinger-Mondscheiben in Sebastianos Hand. »*Das* ist auch nicht echt.«

Die Scheiben hatten begonnen zu leuchten. Sie verströmten ein intensives weißgoldenes Licht, das sich strahlenförmig in Richtung des rötlichen Glimmens ausbreitete und es überall dort, wo es damit in Berührung kam, zum Verlöschen brachte. Es dauerte nur wenige Augenblicke, und von dem Rot war nichts mehr zu sehen.

Die fremdartige Landschaft war verschwunden, wir standen in einem heruntergekommenen Zimmer mit niedriger Decke und schmutzigem Steinfußboden. Durch die schmalen Fensteröffnungen fiel Tageslicht herein.

»Das Portal ist geschlossen«, stellte Sebastiano fest.

»Die Bezwinger haben funktioniert«, stimmte ich erleichtert zu. Was für eine Horrorvision, wenn auf einmal unzählige Dämonen durch das offene Tor in diese Zeit gekommen wären!

Doch dann bemerkte ich Barnabys sorgenvolle Miene. »Es *hat* doch funktioniert, oder?«, vergewisserte ich mich.

»Das Portal ist geschlossen«, bejahte Barnaby.

»Und das Ding ist jetzt eine Mikrobe, oder?« Schaudernd suchte ich mit Blicken den Fußboden ab, obwohl ich wusste, dass es dort nichts zu sehen gab. Der Zombiedämon war nach der Schrumpfaktion nicht größer als das Tausendstel eines Staubkorns, wenn überhaupt. Aber allein die Vorstellung, dass er sich – egal wie winzig – immer noch hier im Zimmer aufhielt, war nicht besonders angenehm.

Eilig stieß ich die Tür auf und trat auf die sonnenhelle Gasse hinaus. Die anderen folgten mir ins Freie.

Alle wirkten sehr erleichtert. Nur Barnaby sah immer noch aus, als plagten ihn große Sorgen. Unruhig blickte er von einer Seite zur anderen.

»Was ist los mit dir?«, fragte Sebastiano irritiert.

»Da gibt es ein kleines Problem«, antwortete Barnaby widerstrebend.

»Heraus mit der Sprache«, befahl ihm Sebastiano.

»Es ist noch einer durchgekommen.«

Wir wussten, was das bedeutete. Jeder Einzelne war einer zu viel. Manche dieser Dämonenwesen betrachteten die Gegend auf dieser Seite der Portale als eine Art *All-you-can-eat*-Büfett.

Sebastiano und ich wechselten bestürzte Blicke.

»Weißt du, wo er ist?«, wollte Sebastiano wissen.

»Ganz in der Nähe. Ich kann es rasch erledigen.«

Fatima sah auf ihre Taschenuhr. »Das Schiff legt gleich ab.«

»Exakt nach Vorschrift, auf keinen Fall später«, warf Fox ein. »Die Mannschaft kriegt eine fette Prämie, wenn das Schiff den Zielhafen einen Tag früher erreicht, als es im Fahrplan steht. Die haben keine Minute zu verschenken und warten garantiert nicht auf uns.«

»Ich bin rechtzeitig wieder an Bord«, erklärte Barnaby.

»Ja, klar.« Fox grinste. »Notfalls fliegst du uns einfach hinterher, was?«

»Genau«, sagte Barnaby.

Fox starrte ihn an. »Ich habe nur einen Witz gemacht.«

»Ich auch.«

»Das, was da in dem Haus passiert ist, war eine Fata Morgana.«

»Eben.«

Fox fixierte Barnaby immer noch, doch der gab sich unbeteiligt. »Geht ruhig schon vor«, sagte er zu uns. »Ich verspreche, ich brauche nicht lange.«

Aber das erste Mal, seit wir ihn näher kannten, brach Barnaby ein Versprechen, das er uns gegeben hatte.

Denn als die *Mongolia* Anker lichtete und mit tutendem Schornstein aufs Rote Meer hinausfuhr, war ein Dämon weniger an Bord.

Barnaby hatte es nicht rechtzeitig geschafft.

Teil 2

Ich stand an der Reling und blickte voller Entsetzen zurück. Bis zum Ablegen hatte ich noch fest daran geglaubt, dass Barnaby in letzter Sekunde erschien. Doch er war nicht aufgetaucht, und je weiter sich die *Mongolia* vom Hafen entfernte, desto schneller schwand meine Hoffnung. Die Silhouette der Stadt wurde immer kleiner, die dort ankernden Frachtboote verdeckten den Blick auf die Landungsstege, und nach und nach versank der ganze Küstenstrich in dem dunstigen Licht des späten Nachmittags.

Ich fühlte mich schrecklich. Das Gefühl, Barnaby im Stich gelassen zu haben, war übermächtig. Doch wir hatten nicht länger auf ihn warten können. Das nächste Linienschiff fuhr erst in einer Woche, wir hätten das Spiel gleich auf der ersten Etappe verloren, was gleichbedeutend mit Sebastianos Todesurteil gewesen wäre.

Sebastiano hatte versucht, den Kapitän zu einer späteren Abfahrt zu überreden, aber vergeblich. Der Typ hatte nur seine Pünktlichkeitsprämie im Kopf, also wollte er sofort Bares, und das hatten wir nicht. Unser ganzes Reisegeld befand sich in der Gürteltasche, und die hatte Barnaby.

Sebastiano quälte sich mit Selbstvorwürfen. »Wieso habe ich ihn bloß allein gelassen? Was für ein unglaublich dämlicher Fehler! Wie konnte ich nur so *dumm* sein!« Er hatte sich gar nicht beruhigen wollen und war türenknallend in der Kabine verschwunden.

Dabei war es genauso mein Fehler. Ich hätte ja ebenfalls dran denken können. Wir waren einfach zu selbstverständlich davon ausgegangen, dass Barnaby das Problem leicht lösen konnte, denn wir hatten schon häufiger gesehen, wie mühelos er andere Dämonen außer Gefecht setzte.

Jetzt mussten wir uns nicht nur um ihn sorgen, sondern auch um die Weiterreise. Warum hatten wir uns eigentlich nicht darum gekümmert, dass jeder von uns stets eine größere Summe Geld bei sich trug, für den Fall, dass wir getrennt würden? Wie hatten wir das bloß vergessen können?! Ich dachte daran, was Moretti gesagt hatte. Er hatte mich darauf hingewiesen, dass sich meine Chance auf den Sieg extrem verringerte, wenn auch nur einer von uns zurückblieb. Und wie sehr das stimmte! Abgesehen davon, dass Barnaby eine unserer besten Waffen war, war er der Schlüssel zu dem, was diese wahnwitzige Reise überhaupt ansatzweise möglich machte: unbegrenzte finanzielle Ressourcen.

Für die Fahrt mit der *Mongolia* war alles im Voraus bezahlt. Aber wie es ab Bombay ohne unsere Goldvorräte weitergehen sollte, war völlig ungeklärt. Das ganze Spiel stand plötzlich auf der Kippe.

Niedergeschlagen wandte ich mich von der Reling ab, um mich auf die Suche nach Sebastiano zu machen, doch er war nicht in unserer Kabine. Entweder war er in den Salon gegangen, um sich mit den anderen zu beratschlagen, oder er tigerte irgendwo auf einem der unteren Decks herum, bemüht, seiner Sorgen irgendwie Herr zu werden.

Ich versuchte es erst im Salon. In Suez war eine Reihe neuer Passagiere an Bord gekommen, hauptsächlich Kaufleute und Kolonialbeamte. Gemeinsam mit den übrigen Erste-Klasse-Passagieren hatten sie sich zur Tea Time im Salon eingefunden und stellten sich den anderen vor, worauf die üblichen lebhaften Tischgespräche einsetzten.

Ich hörte nur mit halbem Ohr zu und wollte gerade wieder auf die Suche nach Sebastiano gehen, als ich sah, wie Fatima sich angeregt mit zwei neuen Passagieren unterhielt.

Zwei männlichen Passagieren.

Offensichtlich *alleinstehende* männliche Passagiere.

Herrje, auch das noch! Ich kannte Fatimas Wirkung auf Männer und ihren Spaß daran, mit ihnen ihre Spielchen zu treiben. Da konnte alles Mögliche passieren. Stumm fluchend drängte ich mich zwischen den Tischen durch und kam gerade dazu, als die beiden sich bereits nach allen Regeln der Kunst vorstellten. Mir blieb nichts anderes übrig, als es ihnen nachzutun.

Offenbar handelte es sich um einen Ingenieur, der für den Ausbau des indischen Eisenbahnnetzes zuständig war, sowie einen Forschungsreisenden von der Royal Society – Sir Butterfield. Letzterer war stark übergewichtig und wog bestimmt zweieinhalb Zentner. Doch sein maßgeschneiderter Anzug passte tadellos, und auf seinen blank geputzten Schuhen zeigte sich kein Stäubchen. Für seine makellose Kleidung war, wie er gleich wortreich und völlig ungefragt erklärte, sein indischer Diener zuständig, der ihn auf der Reise begleitete und reglos im Hintergrund auf Befehle wartete – ein Sikh, wie man an seinem formvollendet gebundenen Turban erkannte. Mr Preston, der Eisenbahningenieur, war etwas jünger und deutlich schlanker als Lord Butterfield und hatte eine bedauernswerte Ähnlichkeit mit einem Frosch. Das hielt ihn jedoch nicht davon ab, Fatima sofort anzugraben und sie in ein Gespräch zu verwickeln. Die Unterhaltung bestand im Wesentlichen darin, dass er alles über sich erzählte und Fatima kaum zu Wort kommen ließ.

»Meine Mutter starb im letzten Jahr, seither sehne ich mich

häufig nach weiblicher Gesellschaft«, vertraute er ihr an, während er an seiner Teetasse nippte und dabei immer näher an sie heranrückte. »Weiblichkeit kann im Leben eines Mannes einen wesentlichen Einfluss entfalten. Und dabei rede ich nicht nur von den wichtigen Aspekten des Hegenden und Pflegenden oder von Aufmerksamkeit und Fürsorge.« Er machte eine bedeutungsvolle Pause und glubschte Fatima mit seinen Froschaugen an. »Sondern auch von gewissen … ähm, eher das Herz berührenden Gefühlen.«

Fatima flatterte mit ihren Wimpern. »Ja, solche Gefühle sind sehr wichtig. Ich kann Sie absolut verstehen, Mister Preston.«

»Wie außerordentlich verständnisvoll von Ihnen, Miss! Und darf ich sagen, dass Sie höchst liebreizend sind?«

»Jederzeit«, sagte Fatima.

Ich stieß sie unter dem Tisch mit dem Fuß an, doch sie ignorierte es und fuhr ungerührt fort: »Für nette Komplimente habe ich immer ein offenes Ohr.«

Mr Preston schien das als Einladung zu betrachten. Er legte kühn seine Hand auf ihre. »Gestatten Sie mir ein weiteres Kompliment! Ihre Augen gleichen funkelnden Brombeeren!«

Ach du je. Konnten Brombeeren funkeln?

Ich überlegte gerade, wie ich dem Gespräch ein Ende machen konnte, da trat von hinten Ole an unseren Tisch heran. Er starrte Mr Prestons Hand an und anschließend Fatima. »Lässt du dir etwa gerade von diesem Hohlkopf ein schmutziges Angebot machen?«

Mr Preston erhob sich ruckartig. »Mister … Wie auch immer Sie heißen mögen, Sie haben mich und die junge Dame soeben aufs Schwerste beleidigt. Ich erwarte umgehend eine Entschuldigung. Sonst, so fürchte ich, muss ich auf der üblichen Satisfaktion bestehen.«

»Klar.« Ole grinste erwartungsvoll. Er überragte Mr Preston um Haupteslänge und schlug die Jacke zurück, sodass man den Säbel sehen konnte. »Wollen wir es gleich erledigen? Lieber hier oder draußen an Deck? Mir ist es egal. Wobei sich draußen sicher das Blut besser wegwischen lässt.«

Ein pflichtbewusster Schiffsoffizier mischte sich mit tadelndem Kopfschütteln ein. »Duelle sind streng verboten, Gentlemen. Das gilt erst recht an Bord eines englischen Schiffes.«

Mr Preston reckte sich. »Dann tragen wir es im nächsten Hafen aus.«

»Falls ich dich nicht vorher ins Meer werfe«, teilte Ole ihm mit.

Das war genug! Ich sprang auf. »Hier handelt es sich um ein Missverständnis. Mister Erikson wollte niemanden beleidigen. Ihm hat lediglich die vertrauliche Art von Mister Preston nicht behagt. Was ja wohl völlig verständlich ist. Denn Mister Erikson steht in einer besonderen Verbindung zu Miss Fatima. Er ist … ihr Verlobter.«

Von allen Seiten trafen mich verblüffte Blicke, besonders von Fatima und Ole, doch klugerweise hielten sie den Mund.

»Es tut mir leid … Ich ahnte ja nicht … bitte tausend Mal um Verzeihung …«, stammelte Mr Preston. Er hatte die Farbe einer reifen Tomate angenommen und wäre erkennbar gern im Boden versunken. Stattdessen ergriff er die Flucht und verschwand mit wehenden Frackschößen aus dem Salon.

Lord Butterfield hatte die ganze Auseinandersetzung mit interessierter Miene zur Kenntnis genommen.

»Da ging er hin und ward nicht mehr gesehen«, meinte er mit einem Zwinkern. Er winkte seinem indischen Diener, der sich beeilte, Tee nachzuschenken und von irgendwoher einen ganzen Berg sehr lecker aussehender Scones herbeizuzaubern, die uns bisher vom Salonsteward noch nicht aufgetischt worden waren. Vermutlich stammten sie aus Lord Butterfields eigenen Beständen. Kein Wunder, dass er so dick war.

Ich wandte mich an Ole und Fatima und bedeutete ihnen mit eindringlichen Blicken, mir nach draußen zu folgen. Was sie dann auch taten, allerdings mit deutlichem Widerwillen, denn sie wussten ganz genau, dass jetzt eine Strafpredigt fällig war.

»Was fällt euch eigentlich ein?«, fragte ich empört, sobald wir eine halbwegs unbeobachtete Stelle an Deck erreicht hatten – direkt neben einem der in Halterungen aufgehängten Rettungsboote. »Wir haben mit Barnabys Verschwinden schon genug Probleme am Hals. Wisst ihr nicht, was hier los ist, wenn wir unerwünschte Aufmerksamkeit auf uns lenken? Wenn ihr so weitermacht, ruiniert ihr noch alles!«

»Wer ist Mister Erikson?«, wollte Fatima wissen, ohne auf meine Vorhaltungen einzugehen.

»Das bin ich«, erklärte Ole. »Da mein Vater Erik heißt und ich sein Sohn bin, heiße ich Ole Erikson. Das steht auch in meinem Pass.«

»Ach so. Cool. Wusste ich gar nicht.«

»Du weißt vieles über mich nicht.«

»Das würde ich nicht sagen. Ich glaube, ich weiß die wichtigsten Dinge über dich.«

»Ist ein Name nicht wichtig?«

»Nicht wirklich«, sagte Fatima. »Namen gehören zu den Dingen, die man sehr einfach ändern kann. Nimm nur meinen. In meinem Pass steht Fatima Laila Alev.«

»Ich kenne deinen Namen.«

»Irrtum. Denn das ist nicht mein Name. Ich hatte in Wahrheit nie einen zweiten Vornamen, und erst recht keinen Nachnamen. Ich war immer nur Fatima. Den Rest habe ich dazuerfunden, weil ich irgendwas für diesen dämlichen Pass in der neuen Zeit brauchte.« Sie blickte Ole abwägend an. »Wie findest du es, dass wir jetzt verlobt sind?«

Er wurde fast so rot wie zuvor Mr Preston. »Wir sind nicht verlobt.«

»Hast du nicht gehört, wie Anna es eben verkündet hat?«

»Das war nur ... improvisiert«, sagte ich. »Um die kritische Situation zu entschärfen.« Frustriert blickte ich zwischen Fatima und Ole hin und her. Meine Standpauke war verpufft, bevor ich überhaupt richtig damit losgelegt hatte. Es interessierte die beiden gar nicht, dass sie sich unmöglich benommen hatten.

»Möchtest du denn, dass Anna als Lügnerin dasteht?«, erkundigte Fatima sich. Sie lächelte Ole sonnig an. »Fändest du es so furchtbar, mit mir verlobt zu sein?«

Die Röte in seinen Wangen vertiefte sich. »Du machst dich lustig über mich. Das tust du andauernd.« Er drehte sich auf dem Absatz um und stapfte davon.

Fatima blickte ihm mit verengten Augen nach, sagte aber kein Wort.

»Es tut mir leid, dass ich diese blöde Ausrede erfunden habe«, meinte ich ein wenig kleinlaut.

»Wieso?«, sagte sie geistesabwesend. »Es hat doch gewirkt. Glaubst du, er findet mich dumm?«, fragte sie dann unvermittelt.

»Wer?«, fragte ich verdutzt zurück. »Ole?«

Sie nickte.

»Wie kommst du darauf?«

Wieder hob sie die Schultern. »Ich begreife manche Dinge nicht, die er ohne Mühe gelernt hat. Vieles hat er sich sogar in kurzer Zeit selbst beigebracht. Er sieht es sich im Internet oder in Büchern an und *versteht* es.«

»Ach, du meinst die Mathematik.« Ich schüttelte den Kopf. »Dafür braucht man eine bestimmte Begabung, es ist wie … Messerwerfen. Die meisten Menschen könnten noch so viel mit Wurfmessern üben, sie würden es nie richtig lernen. *Du* hast es praktisch von allein gekonnt.« Tröstend fügte ich hinzu: »Ich bin in Mathe auch die totale Niete. Einmal bin ich sogar in der Schule deswegen sitzen geblieben. Und das Messerwerfen versuche ich erst gar nicht, denn ich *weiß*, dass ich es nicht hinkriege.«

»Denkst du, dass er vielleicht ein Problem damit hat, dass ich früher ein Haremsmädchen war?«

»Auf keinen Fall«, sagte ich sofort, denn ich wusste genau, dass das keins von Oles Problemen war. Die Beziehung zwischen ihm und Fatima war … kompliziert, aber Fatimas Vergangenheit spielte dabei keine Rolle. Teilweise lief es bei den beiden so ab wie zwischen Torero und Stier – einer wedelte mit dem roten Tuch, und der andere stürzte sich blindlings darauf. Auf die Idee, einfach mal das Tuch und den Degen wegzulegen und auf einer anderen, friedlicheren Ebene zu kommunizieren, waren sie bislang noch nicht gekommen.

Und dabei hätte es wirklich geholfen. Alles andere hätte sich dann nämlich wahrscheinlich von ganz allein ergeben, denn dass die zwei eine besondere Verbindung hatten, bemerkte ein Blinder. Die Atmosphäre zwischen ihnen war manchmal so heiß, dass man förmlich die Funken fliegen sah. Vor allem, wenn Ole in ihrer Gegenwart zum Trainieren das Hemd auszog oder Fatima mit offenen Haaren und knappem Bustier ihre Wurfmesser auf die Zielscheibe schleuderte.

Davon abgesehen war es von himmelschreiender Offensichtlichkeit, wie eifersüchtig beide reagierten, sobald jemand Drittes aufkreuzte, der auch nur ansatzweise Flirtabsichten hatte.

Ich lenkte zu einem anderen, weniger verfänglichen Thema über. »Hast du Sebastiano gesehen? Wir müssen einen Plan machen, wie wir weiterkommen, falls Barnaby nicht bald wieder auftaucht. Ohne das Geld, das er bei sich trägt, schaffen wir es sonst nie bis Kalkutta.«

Fatima rollte mit den Augen. »Den Plan hatte ich längst! Das war doch überhaupt der Grund, warum ich das nervtötende Gerede von diesem Preston so lange ertragen habe. Er will genau wie wir von Bombay aus mit der Eisenbahn weiter nach Kalkutta, das habe ich schon bei seiner Einschiffung mitbekommen. Ich dachte, es könne nicht schaden, schon im Vorfeld ein bisschen was für die Finanzierung unserer Tour zu tun. Wir könnten einen Sponsor brauchen, und der Typ ist stinkreich.«

»Wirklich?« Ich verspürte Gewissensbisse. Bis gerade eben hatte ich angenommen, sie hätte einfach nur ihre übliche Masche bei Männern abgezogen.

»Ja, wirklich«, versetzte Fatima lakonisch. »Seine Mutter hat ihm ein Vermögen vererbt, er schwimmt praktisch in Geld. Und hätte ich bloß noch eine halbe Stunde Zeit mit ihm gehabt – er hätte mir aus der Hand gefressen. Aber das können wir jetzt wohl vergessen, nachdem du mich mal eben so mit Ole verlobt hast.«

Mit diesen Worten ließ sie mich einfach stehen und ging zu ihrer Kabine. Niedergeschlagen blickte ich ihr nach. Heute lief aber auch wirklich alles schief!

Ich sah Sebastiano schon von Weitem. Er stiefelte mit großen Schritten auf dem Oberdeck auf und ab, den Kopf gesenkt, die Fäuste geballt.

Wir befanden uns jetzt auf offenem Meer. In der Ferne erstreckten sich die Gebirgszüge und kargen Küstenstriche der arabischen Halbinsel. Die Hitze nahm weiter zu, und man musste darauf achten, sich nicht zu lange außerhalb der Sonnensegel aufzuhalten, die das Promenadendeck überspannten.

Es zerriss mir das Herz, Sebastiano so unruhig herumtigern zu sehen. Ich wusste, wie ihm zumute sein musste. Die Hektik der letzten Tage und unsere Suche nach dem ersten Rätsel hatten uns wenigstens das Gefühl gegeben, Morettis Herausforderung anzunehmen, doch jetzt standen uns wieder Tage auf See bevor, in denen wir zur Untätigkeit verdammt waren. Und in denen wir uns mit der Tatsache auseinandersetzen mussten, dass der Einsatz Sebastianos Leben war.

Aber sosehr ich mich auch danach sehnte, mich von ihm in die Arme nehmen zu lassen und ihm zu versichern, dass wir gemeinsam eine Lösung finden würden, kannte ich ihn doch gut genug, um ihm jetzt Zeit zum Alleinsein zu geben.

Immer, wenn er mit Schuldgefühlen zu kämpfen hatte und sich wegen irgendwelcher echter oder vermeintlicher Versäumnisse mit Selbstvorwürfen quälte, war er in reizbarer, düsterer Stimmung. Egal, wie oft ich ihm versichern würde, dass er nicht allein auf dieser Mission war, er würde mir nicht zuhören. In seinen Augen hatte er im entscheidenden Moment versagt – als wir Barnaby zurückgelassen und dabei obendrein auch noch das Geld vergessen hatten. Und ich würde erst wieder an seine Vernunft appellieren können, wenn er sich diese Vorwürfe von der Seele gelaufen hatte.

Ich warf ihm einen letzten sehnsüchtigen Blick zu, zog mich

ins Innere des Schiffes zurück und entschied mich dann, nach Fox zu sehen, den ich seit dem Ablegen in Suez nicht mehr zu Gesicht bekommen hatte. Das ließ nach den bisherigen Erfahrungen mit ihm nur einen Schluss zu – die Seekrankheit hatte ihn wieder in ihren Klauen. Tatsächlich lag er bleich und leidend im Bett, als ich nach kurzem Anklopfen und seinem schwachen *Herein!* seine Kabine betrat. Ich hatte beim Steward eine kleine Kanne Tee und etwas Zwieback besorgt.

»Wie geht es dir?«, fragte ich, während ich ihm Tee einschenkte.

»Das siehst du doch«, brachte er kraftlos hervor.

»Du solltest ein bisschen Zwieback essen, damit du was im Magen hast.«

»Hab ich schon versucht. Bring mir lieber einen frischen Eimer. Den Steward habe ich seit Ewigkeiten nicht mehr gesehen.«

Ich holte ihm das Gewünschte, obwohl ich genau wusste, dass der Steward – wie auch schon während der Passage durchs Mittelmeer – öfter bei Fox hereinschaute und sich zuverlässig um alles kümmerte.

Ich stellte Fox den Eimer hin. »Brauchst du sonst noch irgendwas?«

»Nur meine Ruhe. Und eine Rückfahrkarte nach Hause.«

»Du weißt, dass wir einmal um die ganze Erde reisen müssen. Und leider führt der größte Teil der Fahrt übers Meer.«

»Erinnere mich nicht daran. Aber ihr werdet schon sehen, was ihr davon habt, dass ihr mich auf diese wahnsinnige Tour mitgeschleppt habt.«

»Das hast du dir schon selbst eingebrockt. Wieso hast du uns nicht einfach in Ruhe gelassen?«

»Das hättest du wohl gerne. Aber das hier ist der Fall meines

Lebens, und den bringe ich zu Ende, so wahr ich hier sitze. Oder vielmehr liege.« Fox stieß ein blechern klingendes Lachen aus, hörte aber sofort damit auf, da ihm wieder übel wurde. Mit bleichem Gesicht beugte er sich aus der Koje über den Eimer, allerdings ohne mehr hervorzubringen als ein bisschen stinkenden Schleim. Alles andere hatte er schon vorher von sich gegeben.

Ich stand auf.

»He, wo willst du hin?«

»Raus hier. Sonst wird mir auch noch schlecht.«

Im Gang vor den Kabinen stieß ich auf Ole. Bei meinem Anblick blieb er abrupt stehen. Seine Miene verhieß nichts Gutes, und am liebsten hätte ich mich wortlos an ihm vorbeigedrückt, doch er stellte sich mir in den Weg und blickte zornig auf mich herunter.

Immerhin schien sich der größte Teil seiner Wut nicht gegen mich zu richten, wie ich gleich darauf zu meiner Erleichterung feststellte.

»Wieso macht sie das immer?«, fragte er mich zusammenhanglos.

»Wer?«, fragte ich zurück, um Zeit zu gewinnen.

»Fatima. Wieso reizt sie mich jedes Mal in Gegenwart anderer bis aufs Blut und ist erst zufrieden, wenn ich ihr den Hals umdrehen will und alle es mitkriegen?«

Mir lag dieselbe Erklärung auf der Zunge, die ich schon Fatima hatte geben wollen. Dass sich die beiden so lange gegenseitig bekriegen würden, bis einer von ihnen einknickte und als Erster seine echten Gefühle eingestand – von denen ich überzeugt war, dass es sie gab. Doch ich verkniff es mir gerade noch rechtzeitig. Als Hobby-Psychologin konnte ich mir bei den beiden nur die Finger verbrennen.

»Vielleicht solltest du es einfach an dir abperlen lassen«, schlug ich diplomatisch vor. »Wenn sie merkt, dass es dir total egal ist, wird sie schon damit aufhören.« Eifrig setzte ich hinzu: »Das wäre auch eine gute Übung für gewaltfreie Reaktionen. Du könntest es ja sogar als Teil deiner Ausbildung zum Zeitwächter betrachten – ein bewusstes Training in Selbstbeherrschung. So eine Art … positive Autosuggestion, mit dem Ziel, Stress abzubauen und Konflikte zu vermeiden. Immer, wenn du merkst, dass du wütend auf Fatima wirst, holst du tief Luft und sagst dir: Ich bin cool. Ich bin relaxed. Ich bin überlegen. Ich kann mit dieser Situation gelassen und erwachsen umgehen.«

Kaum hatte ich das alles gesagt, wurde mir klar, dass ich es doch getan hatte: Ich hatte die Hobby-Psychologin herausgekehrt. Was keine gute Idee gewesen war. Obwohl ich es nicht für möglich gehalten hätte, verfinsterte Oles Gesicht sich noch mehr, und diesmal richtete sich sein Unmut eindeutig gegen mich. Seine Hände ballten sich zu Fäusten, seine Augen verengten sich – ein untrügliches Zeichen wachsender Wikinger-Aggression, die ein Ventil suchte.

»Vergiss es einfach!«, sagte ich schnell. »War wohl keine gute Idee!« Hastig schob ich mich an ihm vorbei und ließ ihn einfach stehen.

An Deck stellte ich mich an die Reling und blickte über das Meer. Der Kapitän hatte zwischenzeitlich Segel setzen lassen. Die großflächige Leinwand knatterte im Wind, es ging eine steife Brise. Entsprechend unruhig verlief die Fahrt. Bei besonders heftigen Böen geriet das Schiff ins Schlingern und sackte auch schon mal in ungemütlich tiefe Wellentäler. Ich war froh, dass ich einigermaßen seefest war – auch von den anderen Passagieren hatten sich bereits einige mit verkniffenen Gesichtern und leicht grün um die Nase in ihre Kabinen zurückgezogen, obwohl es dort stickig und heiß war.

Eine Bö fuhr mir ins Gesicht und löste Strähnen aus meinen Haaren, die ich praktischerweise zu einem Zopf geflochten hatte – meine bevorzugte Frisur auf unseren Zeitreisen in vergangene Epochen.

Lord Butterfields beleibte Gestalt näherte sich über das Deck. Sein indischer Diener folgte ihm in angemessener Entfernung und wartete im Hintergrund, als der Forschungsreisende der Royal Society sich neben mich an die Reling stellte.

»Ah, Signora Foscari! Wie schön, ein bekanntes Gesicht zu sehen!«, begrüßte er mich mit seiner tiefen Stimme. »Gestatten Sie, dass ich Ihnen ein wenig Gesellschaft leiste?«

»Natürlich«, sagte ich höflich, obwohl ich eigentlich keinen großen Wert auf Konversation legte.

»Waren Sie schon einmal in Indien?«, erkundigte sich Lord Butterfield.

»Nein, noch nie. Ich bin sehr gespannt.«

»Was führt jemanden aus einem so schönen Land wie Italien in diese fernen Gefilde?«

»Mein Gatte hofft, in Indien Geschäfte tätigen zu können. Sie selbst waren bestimmt schon mehrmals dort, oder?«

»Gewiss glauben Sie das, weil ich einen indischen Diener habe. Aber tatsächlich ist es meine erste Forschungsreise in diese Gegend.«

»Da ist ein indischer Diener sicher nützlich.« Ich blickte zurück zu dem Sikh, der mit vor der Brust gekreuzten Armen in zehn Schritten Entfernung bei einem der Schiffsmasten stand, als wäre er bereit, jederzeit auf den kleinsten Wink hin die Befehle seines Herrn auszuführen.

»Singh habe ich erst in Suez engagiert, denn der Butler, der vorher in meinen Diensten stand, hat mich ohne Vorankündigung verlassen.« Lord Butterfield hielt inne und sah mich mitfühlend an. »Anscheinend haben wir damit etwas gemeinsam. Wie ich hörte, hat auch Ihr Diener Sie ganz plötzlich im Stich gelassen. Daher Ihre bekümmerte Miene?«

»Wir hoffen, dass er bald wieder auftaucht«, antwortete ich ein wenig förmlich.

»Genau dasselbe hoffte ich auch. Aber ich wartete vergeblich. Deshalb nahm ich Singh in meine Dienste. Zum Glück ist er überaus tüchtig. Und er versteht sich auf die Zubereitung köstlicher Scones, meine große Leidenschaft, nicht nur zur Teezeit. Allerdings ist er stumm. Ein angeborenes Leiden.«

»Das tut mir leid.«

»Eigentlich ist es sehr praktisch, denn niemand ist diskreter als ein stummer Diener.« Der Forschungsreisende lachte dröhnend. »Hauptsache, er kann gut hören.«

Darauf fiel mir keine passende Erwiderung ein.

Lord Butterfield wechselte das Thema. »Ich konnte übrigens vorhin nicht umhin, einen Teil Ihres Gesprächs mit Signorina Fatima mit anzuhören.« Halb bedauernd, halb entschuldigend blickte er mich an. »Nicht dass Sie denken, ich hätte Sie belauschen wollen – ich stand nur rein zufällig gerade auf der anderen Seite des Rettungsbootes, weil ich mich auf einen Verdauungsspaziergang an Deck begeben hatte.« Er legte eine Hand auf seinen ausladenden Bauch. »Die vielen Scones … Leider esse ich oft mehr, als mir guttut.«

»Was haben Sie denn mit angehört?«, fragte ich erschrocken.

»Nur zwei Sätze«, beruhigte er mich. »Ich zog mich sofort

zurück, als ich Sie reden hörte. Ganz gewiss hätte ich es Ihnen gegenüber mit keinem Wort erwähnt, aber in diesem Fall sehe ich mich veranlasst, es doch zu tun. Denn wie sonst kann ich Ihnen meine Hilfe antragen?«

»Hilfe?«, echote ich vorsichtig.

Er nickte nachdrücklich. »Ich hörte, wie Sie erwähnten, dass Ihr Diener Barnaby verschwunden sei und dass er unglücklicherweise Ihre Reisekasse mit sich führte. Weshalb Sie nun in Schwierigkeiten stecken, weil Sie Ihre Reise nur bis Bombay gebucht haben, aber anschließend weiter bis nach Kalkutta wollen. Da ich selbst ebenfalls bis Kalkutta reise und folglich dieselbe Eisenbahn benutzen werde wie Sie und Ihre Begleitung, ist es meine Ehrenpflicht als Gentleman, Sie aus diesem finanziellen Engpass zu befreien.«

»Das können wir unmöglich annehmen«, entfuhr es mir – eine Bemerkung, für die ich mich gleich am liebsten selbst in den Hintern getreten hätte. Dieses unverhoffte Angebot kam doch wie gerufen!

»Ich bestehe darauf, für Ihre Unkosten aufzukommen und Ihnen die nötigen Mittel zur Verfügung zu stellen«, erklärte Lord Butterfield glücklicherweise sofort.

»Aber höchstens leihweise«, erwiderte ich. »Sie würden jeden Penny zurückbekommen!«

Er machte eine wegwerfende Handbewegung. »Das bezweifle ich nicht. Sie erscheinen mir in jeder Beziehung als kreditwürdig. Und nun will ich Sie nicht länger stören, Signora.« Mit einer kurzen Verbeugung empfahl er sich und schlenderte über das Deck davon, gefolgt von seinem stummen indischen Diener.

Ich wartete ein paar Augenblicke, bis er sich in angemessener Entfernung befand, dann rannte ich zu meiner und Sebastianos gemeinsamer Kabine. Inzwischen war er von draußen zurückgekehrt und saß am Tisch. Unter Zuhilfenahme unseres Kursplans rechnete er endlose Zahlenkolonnen zusammen, denen ich schon auf den ersten Blick ansah, dass es sich um Kostenaufstellungen handelte. Seine bekümmerte Miene ließ ahnen, worüber er sich den Kopf zerbrach.

»Unsere Reise ist bis Kalkutta gesichert«, platzte ich heraus, und dann erzählte ich ihm von Lord Butterfields großzügigem Hilfsangebot.

Sebastiano wirkte sichtlich erleichtert. »Das verschafft uns ein bisschen Luft!« Er legte die Schreibfeder zur Seite und stand auf. »Ich werde Lord Butterfield anbieten, einen Schuldschein auszustellen. Und ich hab immer noch nicht die Hoffnung aufgegeben, dass es Barnaby irgendwie noch schafft, wieder zu uns zu stoßen. Er schien so zuversichtlich, dass er diesen Dämon im Handumdrehen erledigen kann. Irgendetwas anderes muss dazwischengekommen sein.«

»Lord Butterfield hilft uns bestimmt.« Ich umarmte ihn und legte meinen Kopf an seine Brust, um das tröstliche Geräusch seines Herzschlags zu hören. »Er ist ein echter Gentleman. Und bis Kalkutta sind wir noch eine ganze Weile unterwegs – Zeit genug, um uns ein bisschen mit ihm anzufreunden.«

Es klang weit zuversichtlicher, als ich mich fühlte.

Abends nach dem Dinner gingen Sebastiano und ich gemeinsam an Deck spazieren. Es war bereits dunkel. Am Himmel funkelten unzählige Sterne. Die große Schiffsschraube dröhnte im hinteren Teil des Schiffes, und der Dampf aus dem Schornstein trieb im Licht der Deckslaternen in geisterhaft weißen Nebelfetzen hinter der *Mongolia* her. Aus dem Salon tönte Klavierspiel herüber, einige Gäste saßen dort noch bei einem Sherry zusammen. Andere Passagiere schlenderten über das Deck und genossen nach der Hitze des Tages die frische Luft. Vereinzelt war in der Dunkelheit das Aufglühen von Tabakspfeifen zu sehen. Das Pfeiferauchen gehörte in dieser Epoche zum guten Ton.

Sebastiano und ich gingen Arm in Arm die Reling entlang. Ich spürte die Umrisse der runden Amulette in seiner Jackentasche – die Bezwinger. Er trug sie immer bei sich, damit ihm nicht noch mal dasselbe passieren konnte wie mit der Gürteltasche. Geld ließ sich notfalls auf irgendeine Weise auftreiben. Neue Mondscheiben nicht. Ein schwaches Schaudern erfasste mich, es war wie ein Hauch von Gefahr, zu vage, um das Jucken in meinem Nacken auszulösen, aber doch so weit spürbar, dass es als Ahnung von Unheil durchging. Wir würden sehr gut auf diese Dinger aufpassen müssen!

Jemand näherte sich uns von der Seite. Es war Fox. Wachsbleich, aber entschlossen kam er herangeschlurft und umklammerte neben uns mit beiden Händen die Reling.

»Geht es dir besser?«, fragte ich, obwohl ich den deutlichen Eindruck hatte, dass er immer noch schwer seekrank war.

Anstelle einer Antwort würgte er ausgiebig und spuckte einen Schwall unverdauter Magenflüssigkeit über Bord.

»Wieso bleibst du nicht einfach im Bett?«, fragte Sebastiano in gereiztem Tonfall.

»Ich muss zwischendurch auch mal aufstehen«, gab Fox genauso gereizt zurück. »Außerdem muss ich mit euch reden.«

»Worüber?«

»Über diesen Lord Butterfield. Fatima hat mir vorhin erzählt, dass er euch aus der Klemme helfen will. Ihr solltet ihm nicht trauen.«

Sebastiano spannte sich an. »Wieso nicht?«

»Mit dem Kerl stimmt was nicht.«

»Wie kommst du darauf?«

»Ich habe einen Riecher für so was.«

»Ach. So ähnlich, wie du den auch bei uns hattest, was? Dann lass dir sagen, dass wir auf deinen Riecher keine Rücksicht nehmen können, denn wir sind auf Lord Butterfields Hilfe angewiesen. Vergiss nicht, dass deine Chancen auf eine Rückkehr in unsere eigene Zeit rapide sinken, wenn wir nicht planmäßig um die Welt reisen können. Für diese Reise brauchen wir jede Menge Geld. Und Lord Butterfield ist im Moment die einzige Geldquelle, die wir anzapfen können.«

»Ich habe vorhin auf der Treppe zum Oberdeck mitgekriegt, wie er mit seinem Diener über euch sprach.«

»Der Diener ist stumm und kann überhaupt nicht sprechen«, warf ich verwirrt ein.

»Ich sagte ja nicht, dass der Diener sprach. Sondern dass Lord Butterfield *mit ihm* sprach.«

»Was hat er denn genau gesagt?«, erkundigte Sebastiano sich ungeduldig.

»Er sagte: ›Die Weiterreise der Ärmsten ist geregelt. Doch mir liegt auch daran, dass sie sich auf der Fahrt nach Kalkutta richtig wohlfühlen und nichts entbehren müssen.‹«

»Hä?«, meinte Sebastiano. »Und *das* findest du verdächtig?«

»Es klang irgendwie komisch, als er das sagte«, verteidigte sich Fox. »Ich meine – die Bahnfahrt bezahlen *und* dann noch dafür sorgen, dass wir uns wohlfühlen? Wer kommt denn auf so was?! Hallo? Ihr kennt den Typen doch überhaupt nicht!«

»Du hast eben keine Ahnung, wie ein Ehrenmann tickt«,

teilte ich Fox mit. »Lord Butterfield ist ein Gentleman! Er ist vom selben Schlag wie Phileas Fogg in Jules Vernes Roman – immer bereit, anderen aus der Not zu helfen. Die wirklich angesehenen Männer dieser Zeit sind halt so. Aber das wirst du nie begreifen, weil dir so ein Charakter völlig fremd ist.«

»Ja, weil es die bloß in Romanen gibt. Sei doch nicht so dämlich, Anna! Der Typ will euch mit seiner Großherzigkeit einwickeln, und dann schlägt er bei der erstbesten Gelegenheit zu.«

Sebastiano lachte ihn aus. »Ach ja? Und was wird er dann deiner Meinung nach machen? Uns das Geld klauen, das er uns borgen will?«

»Nein, aber er könnte beispielsweise einer von diesen Mädchenhändlern sein, die hier die Gegend unsicher machen. Habt ihr noch nicht von denen gehört? Sie schnappen sich hübsche Frauen und verschachern sie für ein märchenhaftes Vermögen an irgendeinen Haremsbesitzer. Am liebsten sind ihnen hübsche blonde Europäerinnen wie Anna. Vielleicht wartet er nur darauf, mit ihr den Profit seines Lebens einzufahren. Die Sklaverei ist hier ein blühendes Geschäft.«

»Und du hast eine blühende Fantasie«, sagte ich. »Aber danke für das Kompliment.«

»Komm mal wieder runter«, riet ihm Sebastiano. »Am besten gehst du zurück in deine Koje.«

Dann nahm er meinen Arm und zog mich mit sich. Wir gingen weiter in Richtung Bug und ließen Fox einfach stehen.

»Denkt an meine Worte«, rief er uns nach. »Vorsicht ist besser als Nachsicht! Der Typ führt irgendwas im Schilde! Ich verstehe was von diesen Dingen! Ihr vertraut einfach zu schnell den falschen Leuten!«

Wir hätten wohl besser auf ihn gehört, denn er hatte recht. Allerdings auf eine völlig andere Art, als wir zu dieser Zeit ahnten.

Die restliche Passage durch das Rote Meer und die anschließende Fahrt durch den arabischen Golf verliefen beinahe beschaulich. Sobald wir die Küstengewässer des Indischen Ozeans erreichten, wurde die See ruhiger und erstreckte sich in endloser, glitzernder Bläue vor uns. In Aden, einer Hafenstadt im südlichen Jemen, legten wir nur kurz an, damit Kohlen und Vorräte an Bord gebracht werden konnten, ansonsten gab es keine Unterbrechungen der Reise. Und es passierte auch sonst nichts weiter. Außer lesen, schlafen, im Liegestuhl dösen und übers Deck promenieren konnte man nicht viel unternehmen. Außer natürlich essen – davon gab es zu jeder Mahlzeit immer reichlich, auch wenn die englische Küche an Bord nicht wirklich nach meinem Geschmack war. An Schildkrötensuppe und Austernsoße konnte ich mich einfach nicht gewöhnen, doch den anderen mundete es, vor allem Lord Butterfield, der den größten Teil des Tages damit verbrachte, sich irgendwas zwischen die Kiemen zu schieben.

Doch nicht alle an Bord hatten es so gut wie wir. Ich wusste, wie die Passagiere der zweiten und dritten Klasse in den unteren Decks hausten: in niedrigen, miserabel gelüfteten Gemeinschaftsunterkünften, wo sie mit Stockbetten oder Hängematten vorliebnehmen mussten. Bettwäsche wurde ihnen dort nicht gestellt, die musste jeder selbst mitbringen. Zum Essen bekamen sie Haferbrei, Eintopf und Zwieback, die Universalnahrung auf langen Schiffspassagen. Wenn sie an die frische Luft wollten, konnten sie dafür nur einen kleinen Bereich nutzen, der streng vom deutlich geräumigeren Promenadendeck der ersten Klasse abgegrenzt war. Die einfachen Leute sollten den vornehmeren Reisenden nicht ins Gehege kommen, schließlich hatten die eine Menge Geld für ihre luxuriöse Unterbringung bezahlt und wollten unter sich bleiben.

Ich hatte häufig ein schlechtes Gewissen, wenn ich daran dachte, doch meine Möglichkeiten, es zu ändern, waren beschränkt. Ich gewöhnte mir an, regelmäßig frisches Obst und ein paar Kuchenstücke an die Kinder der ärmeren Familien zu verteilen. Viel mehr konnte ich nicht tun.

Elf Tage, nachdem die *Mongolia* in Suez Anker gelichtet hatte, erreichten wir planmäßig Bombay. Mittlerweile waren wir seit sechzehn Tagen unterwegs, davon die meiste Zeit auf See. Die Hitze war weiterhin gewöhnungsbedürftig und stellte uns vor Herausforderungen – die Erfindung der Klimaanlagen lag noch in ferner Zukunft. Zum Glück gab es an Bord des Schiffes eine Wäscherei, sodass wir regelmäßig unsere durchgeschwitzte Kleidung wechseln konnten.

Schon bevor wir in Bombay – dem heutigen Mumbai – von Bord gingen, hatten wir uns ausgiebig mit der dort zu erfüllenden Aufgabe beschäftigt. Signor Morettis Anmerkung dazu war ebenso kurz wie undurchschaubar. Sie lautete: *Ein Tor führt euch zum anderen. Schließen und weiterreisen.*

»Na toll«, sagte ich, während ich mich auf unserem Weg vom Hafen zum Bahnhof frustriert umschaute. »Wir müssen nur mal eben ein Tor finden, um ein anderes zu finden – nichts leichter als das. In Mumbai gibt es in dieser Zeit ja auch bloß ungefähr hunderttausend Gebäude mit Toren. Parks, Gärten und andere eingezäunte Bereiche nicht mitgerechnet.«

Tatsächlich war schon der erste Eindruck der Stadt so einschüchternd, dass man fast den Mut verlieren konnte. Mit der Kutsche, die wir im Hafen gemietet hatten, fuhren wir an einer unübersichtlichen Vielzahl auffallender und teils gewaltiger Bauwerke vorbei. Pagodendächer wurden von hohen Kirchtürmen und Minaretten überragt, daneben fanden sich Villen mit Säulenfassaden, alte Herrscherpaläste hinter hohen Mauern, Festungsbauten mit vergitterten Fenstern. Und jedes einzelne dieser ehrwürdigen und sehenswerten Gebäude besaß mehrere Tore.

Außerdem wimmelte es überall nur so von Menschen, die mancherorts ein solches Gedränge bildeten, dass es kaum ein Durchkommen gab. Bereits im Jahr 1873 war Bombay eine der bevölkerungsreichsten Metropolen der Welt gewesen, mit mehr als einer halben Million Einwohnern und heillos verstopften Straßen. An diesem Tag schien die Stadt zudem ein besonderes Fest zu feiern, denn die ganze Umgebung war mit Lampions, bunten Tüchern und Blumen geschmückt. Überall waren die Einheimischen in Feierstimmung unterwegs.

Unsere Droschke musste während der Fahrt zum Bahnhof immer wieder stehen bleiben. Ich wischte mir den Schweiß von der Stirn, die Wärme war wirklich kaum zu ertragen. Und es war laut, obwohl es in dieser Epoche noch gar keinen Motorenlärm gab. Das Rattern von metallbeschlagenen Kutschrädern mischte sich mit den Schreien halbnackter Männer, die Fahrgäste mit ihren Rikschas beförderten und ständig Leute anbrüllten, die ihnen im Weg standen. An jeder Ecke standen Straßenhändler, die schreiend ihre Waren anpriesen, umringt von lautstark feilschenden Frauen und untermalt vom Hufschlag vorbeitrottender Esel. Mittendrin trieb ein Junge zwei meckernde Ziegen vor sich her. Hier und da ruckelte auch ein Ochsenkarren vorbei, was weiteres Geschrei nach sich zog, weil dadurch die Fahrbahn für andere Verkehrsteilnehmer blockiert war.

Sebastiano beharrte trotz alledem darauf, dass die Aufgabe lösbar sei. »Moretti spielt vielleicht ein raffiniertes Spiel, aber er stellt keine unüberwindbaren Hürden auf. Das entspräche nicht dem Verständnis der Alten für eine spannende Partie. Sie tricksen und fordern einen heraus, aber sie halten sich an die Regeln und mogeln nicht.«

Trotzdem blieben uns für das Finden und Schließen des Tors nur vier Stunden. Sogar etwas weniger, denn wir mussten ja rechtzeitig vor der Abfahrt des Zuges am Bahnhof sein.

Den hatten wir nach einer anstrengenden Fahrt durch die verstopften Straßen immerhin endlich erreicht. Als Erstes beförderten wir mithilfe von ein paar Trägern unsere Koffer in den Gepäckaufbewahrungsraum und kauften uns am Fahrkartenschalter Billets für den Zug nach Kalkutta. Dank Lord Butterfield hatten wir wieder eine beruhigende Menge Bargeld zur Verfügung. Er war auf Sebastianos Angebot eingegangen, dass wir ihm einen Schuldschein ausstellten. Offenbar war er so reich, dass ihm die Summe, die er uns lieh, kein großes Kopfzerbrechen bereitete.

Unser Gönner, der ebenfalls bereits am Bahnhof eingetroffen war und sich im dortigen Restaurant kreuz und quer durch die Speisekarte futterte, versprach mir, ein Auge darauf zu haben, dass unser Gepäck ordnungsgemäß in den dafür vorgesehenen Waggon geschafft wurde.

»Und Sie sind sicher, dass Sie nicht noch rasch eine Kleinigkeit zu sich nehmen möchten?«, fragte er, mit dem Löffel auf eine dampfende, nach Curry riechende Schüssel deutend, die inmitten zahlreicher anderer gut gefüllter Schälchen und Platten vor ihm auf dem Tisch stand. Sein Diener Singh häufte ihm von allem etwas auf den Teller, und Lord Butterfield spachtelte genussvoll drauflos. »Es ist mehr als genug da!«, betonte er zwischen zwei Bissen. »Und es schmeckt wirklich großartig. Scharf, aber köstlich.«

»Danke, aber wir haben noch etwas Unaufschiebbares zu erledigen«, sagte ich. Vor lauter Aufregung und Sorge hätte ich sowieso nichts runterkriegen können, egal wie gut es schmeckte. Außerdem war ich in Eile. Sebastiano, Fatima und Ole warteten schon beim Ausgang auf mich. Nur Fox hatte sich einen Platz im Restaurant gesucht, aber lediglich eine Tasse Tee bestellt. Sein Magen musste sich nach der überstandenen Seereise erst wieder an normale Verhältnisse gewöhnen.

Mr Preston, der sich ebenfalls bereits mit seinem Gepäck für die Weiterreise nach Kalkutta am Bahnhof eingefunden hatte, strich unschlüssig um mich herum. Schließlich nahm er seinen ganzen Mut zusammen und verbeugte sich vor mir. »Madam, darf ich es wagen, Ihnen und Miss Fatima mein Geleit anzutragen?«

Ich unterdrückte nur mit Mühe ein Kichern, weil der ungewollte Reim so lustig klang und mich ein bisschen an meine Unterhaltung mit Goethe erinnerte, aber dann wurde mir der Ernst der Lage bewusst, und die kurze Aufwallung von Heiterkeit verflog wieder.

»Ein andermal gerne«, sagte ich. »Aber wir müssen vor der Abfahrt des Zuges noch etwas Dringendes erledigen und sind sehr in Eile.«

»Ja, das hörte ich wohl, und genau deshalb möchte ich Ihnen meine Dienste anbieten. Ich war schon diverse Male in Bombay und kenne mich recht gut in der Stadt aus.«

»Ich glaube nicht, dass Sie uns bei unserer Suche helfen können«, wehrte ich ab.

»Meine Ortskenntnisse sind wirklich vortrefflich! Was suchen Sie denn?«

»Ach, einfach bloß ein Tor. Eine Art … Sehenswürdigkeit.«

»Eine Sehenswürdigkeit?«, mischte Lord Butterfield sich ein. Er tupfte sich mit einer Serviette den Mund ab und blickte mich neugierig an. »Zumindest theoretisch bin ich mit den lokalen Sehenswürdigkeiten bestens vertraut. Als Mitglied einer Forschungsgruppe der Royal Society beschäftige ich mich seit Jahren mit der indischen Kultur sowie mit allen nur erdenklichen religiösen und historischen Stätten. Von speziellen Toren in Bombay kam mir allerdings bisher nichts zu Ohren. Können Sie es vielleicht spezifizieren?«

Ich fand, dass wir nichts zu verlieren hatten. Ein Versuch konnte nichts schaden, schließlich waren wir auch in Suez mit fremder Hilfe ans Ziel gelangt.

»Wir suchen ein Tor, das zu einem anderen Tor führt«, erklärte ich.

Lord Butterfield runzelte nachdenklich die Stirn. »Bildlich gesehen? Oder bedarf es semantischer Analyse?«

Auch Mr Preston wirkte ratlos. »Was soll das denn für ein Tor sein?«

»Das wissen wir nicht, deswegen suchen wir es ja.«

»Ich suche mit Ihnen zusammen!«, bot sich Mr Preston an. »Bis in den letzten Winkel der Stadt, wenn es sein muss!«

Sebastiano steckte von draußen den Kopf durch die Restauranttür. Er tippte ungeduldig auf sein Handgelenk, genauer gesagt, auf eine imaginäre Armbanduhr – wir mussten wirklich los.

»Vielen Dank, aber nicht nötig«, sagte ich zu Mr Preston. »Bitte entschuldigen Sie mich. Bis später dann!«

Dann beeilte ich mich, zu den anderen zu kommen.

Während wir uns draußen startklar machten, ging mir Lord Butterfields Bemerkung nicht aus dem Kopf.

Eine semantische Analyse … Semantik war eine nützliche Wissenschaft, sie ergründete die Bedeutung hinter den Zeichen. Auch bei den Begriffen und Wendungen, die Signor Moretti uns für unsere Suche in Suez hingeworfen hatte wie Teile eines Puzzles, hatte jeweils eine unerwartete Bedeutung dahintergesteckt. Der findige Omar hatte genau das Wissen beigesteuert, das uns gefehlt hatte, und dann war die Lösung auf einmal ganz leicht gewesen.

Aber was bedeutete *Ein Tor führt euch zum anderen*?

In Bombay befand sich offenbar kein besonderes Tor, das alle anderen in der Gegend an Ruhm und Bedeutung überstrahlte, so wie das Brandenburger Tor in Berlin oder der Arc de Triomphe in Paris. Wir hatten uns folglich bereits an Bord der *Mongolia* anhand unseres Reiseführers eine Liste von bekannten Gebäuden in Bombay zusammengestellt, die allesamt große Tore aufwiesen. Es gab bloß dummerweise viel zu viele von dieser Sorte. Ganz zu schweigen davon, dass wir gar nicht sicher sein konnten, hinter einem dieser Tore das eigentliche Tor zu finden, nämlich das Portal, das wir schließen mussten.

»Wir bilden zwei Gruppen – Anna geht mit mir, Ole mit Fatima«, sagte Sebastiano. »Wer immer das Portal zuerst findet, versucht es mithilfe der Bezwinger zu schließen. Wir treffen uns in genau zwei Stunden wieder hier und schauen, wie weit wir gekommen sind.« Er händigte Fatima und Ole je eine Mondscheibe aus.

»Das wird nichts«, sagte Fatima mit einem frustrierten Blick auf das Menschengewimmel ringsherum und das uns umgebende Verkehrschaos. »Wie sollen wir denn hier irgendein Tor finden? Dieser Moretti will uns reinlegen, damit er uns zu Verlierern erklären kann!« Ihre Augen blitzten vor Zorn.

Ich hatte das ungute Gefühl, dass sie recht haben könnte, aber freiwillig aufzugeben kam nicht infrage. »Ein Tor führt euch zum anderen«, murmelte ich. Nachdenklich fuhr ich fort: »Vielleicht versuchen wir es wirklich zuerst noch mal mit Semantik.«

»Wer oder was ist Semantik?«, wollte Fatima wissen.

»Ein anderes Wort für Bedeutungslehre.«

»Und was soll die uns sagen?«

»Sie kann uns beispielsweise zeigen, dass die Dinge nicht immer das sind, was sie auf den ersten Blick zu sein scheinen.«

Fatima runzelte die Stirn. »Du meinst, es gibt einen verborgenen Sinn hinter dem Wort *Tor*?«

»Den gibt es ganz sicher«, sagte Ole. »Denn sonst wüssten wir ja, wo wir hingehen müssen.«

»Hm«, meinte Sebastiano nachdenklich. »Es *gibt* doch eine zweite Bedeutung. Ein Tor kann ein Portal sein. Aber auch ein Mensch, der Torheiten begeht.«

»Ein Teekesselchen«, rief ich aufgeregt. »Sebastiano, du hast es! Das muss es sein!«

»Wieso hat er ein Teekesselchen?«, wollte Ole irritiert wissen. »Und wieso sehe ich es nirgends?«

»Weil das Wort *Tor* eins ist«, sagte Sebastiano. »Es hat zwei Bedeutungen. *Teekesselchen* ist ein Begriff für ein Wort, das für mehrere Dinge gleichzeitig stehen kann. Etwa Schloss. Oder Bank. Oder eben auch Tor.«

»Genau. Es ist ein Homonym«, erklärte ich. »Möglicherweise auch ein Polysem, aber das müsste ich erst in einem etymologischen Wörterbuch nachschlagen.«

»Das sparen wir uns«, sagte Ole. »Zumal es uns nichts

bringt. Echte Tore kann man erkennen. Sie können aus Holz sein oder aus Stein, breit oder schmal, schlicht oder mit Schnitzereien verziert, sie können auf einem Fußballplatz stehen oder am Ende einer Zugbrücke. Man *sieht* sie, wenn man sie vor sich hat. Das gilt auch für Zeitportale. Aber woran sollen wir einen Dummkopf erkennen?«

»Ein Tor muss nicht unbedingt ein Dummkopf sein«, sagte ich. »Das ist nur eine Bedeutung des Wortes.«

Sebastiano nickte zustimmend. »Es steht auch für Narr, Trottel, Mensch ohne Verstand …«

»Das nützt uns nichts«, wehrte Ole ab. »Wie immer man es auch bezeichnet – es laufen einfach zu viele von der Sorte herum. Auf den ersten Blick durchschaut man sie nicht.«

»Ach, bei manchen sieht man es sofort«, sagte Fatima.

»Was willst du damit andeuten, Weib?«

»Gar nichts. Wieso?«

»Da hast du es«, sagte Ole zu mir. »Sie tut es schon wieder.«

Sebastiano beendete voller Ungeduld die Debatte. »Hört auf, euch zu streiten, und macht lieber ein paar konstruktive Vorschläge!«

»Ich schlage vor, wir legen uns hier irgendwo auf die Lauer und warten, bis Moretti aufkreuzt«, erwiderte Ole prompt. »Dann erledige ich ihn eigenhändig, und das dämliche Spiel ist vorbei.«

»Ich habe ein paar Wurfmesser dabei«, sagte Fatima. »Nur für den Fall, dass du es nicht hinkriegst.«

»Moretti auszuschalten ist nur die letzte Option«, sagte Sebastiano. »Zuerst versuchen wir, dieses dämliche Spiel zu gewinnen. Ich will die Zeitmaschine zurückhaben.«

»Deine Entscheidung«, meinte Fatima. »Ist ja dein Leben, das auf dem Spiel steht.« Sie hielt inne. »He, seht mal da!«

Ich folgte ihrem Blick. Vor uns hatte sich die Menschenmenge geteilt und ließ einen Mann mittleren Alters durch, der stolpernd näher kam. Er war barfuß, hatte ein schmutziges Leinentuch um seinen Körper geschlungen und machte einen geistesabwesenden Eindruck. Und man sah auf den ersten Blick, dass er kein Einheimischer war, denn er hatte helle Haut und rote Haare. Mit verwirrter Miene blieb er vor uns stehen.

»Ist das der Bahnhof?«, fragte er.

»Ja, warum?«, fragte Sebastiano zurück.

»Weil ich nach Hause will.«

»Wo ist denn Ihr Zuhause?«

Der Mann blickte ihn seltsam benommen an. »Ich weiß nicht.«

»Wie ist Ihr Name?«

Ein Hauch von Besorgnis zeigte sich in den Zügen des Mannes. »Das weiß ich auch nicht. Können Sie es mir sagen?«

»Ich fürchte nein. Aus welchem Land stammen Sie?«

»Ich weiß nicht«, murmelte der Mann mit leerem Blick.

»Und woher kommen Sie jetzt gerade? Wo waren Sie zuletzt?«

»In einer Kammer aus Stoff. Da saß ich drin. Als ich rauskam, hat jemand das Tuch um mich gewickelt, weil ich nichts anhatte. Wo bin ich hier? Was ist das für ein Land?«

»Indien. Was ist das Letzte, woran Sie sich erinnern?«

»Ich weiß nur noch, dass ich in der Kammer aus Stoff saß.« Immer noch wie betäubt schüttelte der Mann den Kopf. »Wieso kenne ich meinen Namen nicht? Und warum erinnere ich mich an nichts? Was tue ich in Indien? Mein Kopf fühlt sich völlig leer an!«

»Wo ist die Kammer aus Stoff?«, mischte ich mich ein.

Der Mann drehte sich suchend um und zeigte auf eine Straßeneinmündung. »Irgendwo dahinten.«

Sebastiano und ich wechselten Blicke. »*Er* ist der Tor«, stellte er leise fest.

»Der uns hier einfach so zufällig findet?«, flüsterte ich.

»Nein, zufällig ist das vermutlich nicht«, bestätigte Sebastiano grimmig. »Aber uns bleibt keine Wahl.« Er wandte sich zu dem Mann um. »Kommen Sie. Bringen Sie uns dorthin, wo Sie zuletzt waren.« Er fasste den Mann am Arm und führte ihn in die gezeigte Richtung. Der Fremde ließ sich willenlos mitziehen. Er beschwerte sich auch nicht, als er ins Stolpern geriet, weil Sebastiano schneller ausschritt. Wir durchquerten einen Basar, auf dem Gewürze und Haushaltsgegenstände feilgeboten wurden. An manchen Ständen roch es betäubend nach Curry, Zimt und Muskat. Lautes Feilschen und Stimmengewirr erfüllten die Umgebung. Um uns herum herrschte heilloses Gedränge. Ich schnappte Gesprächsfetzen auf, die ich dank des intergalaktischen Translators verstand und denen ich entnahm, dass das heutige Fest *Diwali* hieß und zu Ehren der Götter begangen wurde. Doch ich konnte nicht länger zuhören, denn ich musste weiterlaufen, sonst hätte ich die anderen im Gewühl verloren.

Ganz am Ende der Straße stand eine scheinbar herrenlose Sänfte.

»Die Kammer aus Stoff«, sagte Fatima, während sie abrupt vor mir stehen blieb.

Seltsamerweise schlugen die Leute einen Bogen darum, keiner schien sich dafür zu interessieren.

»Das ist es«, sagte der rothaarige Mann. Der Schweiß lief ihm übers Gesicht. Er hielt sich schwer atmend vom Laufen die Seiten. »Da saß ich drin.«

»Ich sehe mir das mal genauer an. Wartet hier.« Sebastiano ging geradewegs auf die Sänfte zu und schlug vorsichtig die Abdeckung zurück, dann wandte er sich zu uns um und nickte. Triumph malte sich in seinen Zügen. Er holte eine der Mondscheiben hervor und streckte sie in das Innere der Sänfte. Ich sah kurz ein weißliches Licht aufflimmern, dann war es auch schon wieder vorbei. Sebastiano kam zu uns zurück. »Geschafft. Es war nur ein kleines, nicht besonders stabiles Tor. Unsere Aufgabe hier ist erfüllt.«

Von Erleichterung durchflutet strahlte ich ihn an. »Das hast du großartig gemacht!«

»Das kann nicht dein Ernst sein«, sagte Ole verdrießlich zu mir. »Wieso lobst du ihn dafür? Ein kleines Kind hätte das gekonnt!«

Sebastiano küsste mich auf die Wange, dann sagte er augenzwinkernd zu Ole: »Ich gebe zu, ich bin im Vorteil, weil sich meine Freundin leicht von mir beeindrucken lässt.«

»Bah, müsst ihr euch eigentlich immer gegenseitig so anschmachten?«, meinte Ole leicht angewidert. »*Streitet* ihr euch eigentlich auch manchmal?«

»Ich führe lieber eine harmonische Beziehung«, sagte ich hoheitsvoll.

»Haben wir nicht was Wichtigeres zu besprechen?«, wollte Fatima wissen. Sie betrachtete den Fremden. »Zum Beispiel, was wir jetzt mit dem da machen?«

»Da gibt es nicht viel zu besprechen«, sagte Sebastiano. »Wir müssen ihn mitnehmen. Und zwar aus denselben Gründen wie Fox.«

Ole verdrehte die Augen. »Merkst du nicht, was hier gerade passiert ist? Das war gar keine richtige Aufgabe. Der Typ ist auf uns zugekommen. Er hat *uns* gefunden, nicht wir ihn. Moretti hat ihn durch das Tor direkt hierhergeschickt. Das ist alles ein abgekartetes Spiel!«

Ich nickte. Ole hatte den wunden Punkt getroffen, der Sebastiano und mir schon vorhin aufgefallen war. »Moretti muss damit einen besonderen Plan verfolgen«, sagte ich.

»Den verfolgt er schon die ganze Zeit«, stimmte Sebastiano düster zu. »Trotzdem müssen wir ihn mitnehmen, darüber gibt es keine Diskussion.«

»Das sehe ich anders«, widersprach Ole. Er musterte den rothaarigen Mann voller Argwohn. »Ich sollte ihn mir mal vorknöpfen. Vielleicht fällt ihm dann ganz schnell alles wieder ein.«

»Nein, den Zustand simuliert er nicht.« Sebastiano betrachtete den Fremden forschend. »Diese Art von Behandlung durch einen Alten wurde mir auch mal zuteil. Alles weg, restlos gelöscht.«

»Das wusste ich gar nicht«, sagte Fatima neugierig. »Wann war das denn?«

»Ist schon ein paar Jahre her. Passierte auf einem Einsatz in Paris.« Sebastiano lächelte mir zu. »Anna hat mich damals da rausgeholt.«

»Sebastiano war felsenfest davon überzeugt, er sei ein Musketier«, berichtete ich Ole und Fatima. »Der Alte, der dort die Epoche durcheinanderbrachte, hatte ihm fremde Erinnerungen eingepflanzt.«

Fatima wollte sofort alles darüber wissen, doch Sebastiano winkte ungeduldig ab. »Später«, sagte er nur knapp.

Er nahm mich beiseite. »Ole hat recht. Irgendwas am Auftauchen dieses Typen hier ist faul. Eine Falle. Und Moretti will, dass wir da reinlaufen. Ich hoffe nur, wir kommen ihm irgendwie zuvor. Denn hierlassen können wir den Typen nicht, das würde unter Umständen verheerende Auswirkungen auf den Zeitstrom haben.«

Ich seufzte. Wir waren in einer klassischen Zwickmühle. »Wir nehmen ihn mit«, sagte ich laut. »Das ist unser letztes Wort.«

Ole war alles andere als überzeugt, das sah man ihm an, doch er fügte sich unserer Anweisung.

Und so trat John Doe, wie wir den armen erinnerungslosen Fremden kurzerhand tauften, mit uns die Reise nach Kalkutta an.

Die Fahrt mit der kolonialen Eisenbahn war angenehmer als gedacht. Sebastiano und ich hatten ein kleines Abteil für uns allein, sogar mit einem angrenzenden privaten Waschraum. Der Zug war noch ganz neu und blitzte außen und innen nur so vor Sauberkeit. Man wurde zwar auf manchen kurvigen Strecken ein bisschen durchgeschüttelt, und es war auch deutlich lauter als in einem modernen Zug, aber die Sitze waren gut gepolstert und ließen sich zu Liegen ausklappen.

»Findest du, dass ich dich zu sehr anschmachte?«, fragte ich Sebastiano abends nach dem Zubettgehen. »Oder dass wir zu wenig streiten?«

»Warte. Lass mich überlegen. Nein.« Er drehte sich zu mir um. Seine Bewegungen waren eher zu erahnen als zu sehen, denn es war sehr dunkel. »Ich lasse mich gerne von dir anschmachten. Ehrlich.«

»Hm. Vielleicht wirke ich auf andere damit … kritiklos. Du weißt schon, nach dem Motto, Liebe macht blind.«

»Kritisier mich ruhig. Ich kann Kritik vertragen.« Sebastiano strich mir zärtlich eine Haarsträhne hinters Ohr. Dafür, dass es so finster um uns herum war, bewies er eine erstaunliche Zielsicherheit.

»Das ist es ja«, sagte ich. »Mir fällt nichts ein, was an dir auszusetzen wäre. Zumindest nichts Wichtiges.«

»Du kannst auch gern unwichtige Kritik äußern. Jederzeit.«

Er zog mich in seine Arme und küsste meinen Hals. Ich sog seinen vertrauten Geruch ein und versuchte nachzudenken, aber mir fielen beim besten Willen keine Kritikpunkte ein. Ganz im Gegenteil …

Der Zug fuhr die ganze Nacht durch. Wir schliefen lange und frühstückten im Salonwagen, ehe wir uns wieder auf unsere Plätze zurückzogen.

Ab und zu ließ die Dampflok ein ohrenbetäubendes Tuten hören, und manchmal sah man den Rauch aus dem Schornstein draußen am Waggon vorbeitreiben. Die Landschaft zog an uns vorbei wie eine Reihe von Postkartenmotiven aus der indischen Kolonialzeit. Gewürz- und Teeplantagen wechselten mit unberührtem Urwald, unwirtliche Höhenzüge mit grünen Tälern. Hier und da sah man altehrwürdige Tempelanlagen, prachtvolle Grabmonumente und edle Paläste wie Perlen aus der Umgebung hervorleuchten. Nur die Hälfte Britisch-Indiens unterstand der englischen Krone; der größere Teil des Subkontinents war unter zahlreichen Maharadschas aufgeteilt, von denen viele enorm begütert waren und in teils märchenhaften Residenzen lebten.

Die meisten Menschen, die das Land bevölkerten, waren indessen bitterarm. Hin und wieder sah man gebückte Frauen in bunten Saris am Flussufer Wäsche waschen. Magere alte Männer, die bis auf Turban und Lendenschurz nackt waren, führten

Ziegenherden oder Büffel zur Tränke. Überall in der Nähe von Dörfern waren spielende Kinder zu sehen, braun gebrannt und häufig ohne einen Fetzen Stoff am Leib. Manchmal rannten sie ausgelassen neben den Gleisen her und streckten die Hände zu den offenen Fenstern hoch, in der Hoffnung auf ein paar Almosen. Immer, wenn der Zug an so einer Kinderschar vorbeifuhr, warf ich ein paar Pennys hinaus und bedauerte es, nicht mehr für sie tun zu können.

Jeder der Reisenden vertrieb sich die Zeit auf eigene Weise. Manche lasen, manche schlummerten, andere bewunderten die Aussicht. Wem es zu langweilig war, bloß dazusitzen und die draußen vorbeiziehende Landschaft zu betrachten, konnte sich im Salonwagen Tee servieren lassen oder Karten spielen.

Zu unserer Reisegruppe hatten sich unser Gönner Lord Butterfield und der allgegenwärtige Mr Preston zugesellt, die viel Zeit mit uns verbrachten, wenn wir uns im Salonwagen aufhielten.

Sebastiano saß meist neben mir und tüftelte mithilfe unseres Kursbuchs Pläne und Ersatzpläne aus, für den Fall, dass irgendwas auf den noch vor uns liegenden Etappen schiefging. Das Kursbuch enthielt zahlreiche Streckenbeschreibungen und Abfahrtszeiten für alle möglichen weltumspannenden Verkehrsmittel, Eisenbahnverbindungen und Dampfschifffahrt inklusive. Es trug einen ellenlangen Titel, wurde aber abgekürzt nur *Bradshaw's* genannt, nach dem Herausgeber.

Mit unerwarteten Zwischenfällen auf der Route musste natürlich ständig gerechnet werden. Auch in Jules Vernes Roman hatte Phileas Fogg während seiner Reise ein paarmal den Anschluss verloren. Einmal hatte er ein Schiff verpasst und musste eine lebensgefährliche Seefahrt auf einem gecharterten Segler unternehmen, um die verlorene Zeit aufzuholen. Ein anderes

Mal hatte die Eisenbahn zwischen Bombay und Kalkutta auf freier Strecke halten müssen, weil ein Stück des Schienenstrangs fehlte. Nur dank eines halsbrecherischen Ritts auf einem gemieteten Elefanten hatte er die Etappe doch noch rechtzeitig geschafft. Nebenher hatte er, ganz old-fashioned Gentleman, noch eine wunderschöne junge Frau vor dem grausamen Schicksal der Witwenverbrennung bewahrt.

Für die Bewältigung all dieser Widrigkeiten hatte Phileas Fogg allerdings einen Sack voller Geld dabeigehabt. Damit konnten wir nach Barnabys Verschwinden leider nicht mehr punkten, denn wir besaßen bloß das, was Lord Butterfield uns freundlicherweise geborgt hatte. Und weil wir jetzt auch noch für John Does Weiterreise aufkommen mussten, war unsere Barschaft bereits schneller als erwartet geschrumpft.

Eingelullt von dem Geratter des Zuges, döste ich immer wieder ein. Die Fahrt mit der indischen Transkontinentaleisenbahn schien eine tiefenentspannende Wirkung auszuüben, obwohl die Angst um Sebastiano ständig im Hintergrund lauerte.

Lord Butterfields Diener Singh hatte sich in den Küchenwaggon begeben, um frische Scones für seinen Herrn zu backen. Pünktlich zur Teestunde servierte er im Salonwagen die duftenden, buttrigen Gebäckstücke, und diesmal bekamen wir ebenfalls welche angeboten. Sie waren tatsächlich ein Hochgenuss. Ich verzehrte sie andächtig und leckte mir hinterher sogar die Finger ab. »Die sind wirklich vorzüglich!«, sagte ich zu Lord Butterfield. »Ihr Diener ist ein großartiger Bäcker!«

»Das ist er, aber ich fürchte, es tut nicht allen gut.« Der beleibte Forschungsreisende strich mit reumütiger Miene über seinen enormen Bauch.

Mr Preston und John Doe saßen am Nachbartisch, ich hörte die beiden reden. Meist sprach Mr Preston. Von John Doe kamen, wenn überhaupt, nur einsilbige Erwiderungen. Der arme Kerl wusste immer noch nicht, wer er war und woher er stammte. Wir hatten ihm das Nötigste zum Anziehen besorgt und ihm erklärt, dass er bei uns fürs Erste gut aufgehoben sei.

»Das Zeug schmeckt gut«, sagte er gerade. »Was ist das?«

»Scones«, entgegnete Mr Preston. »Seit einiger Zeit ist es in England Sitte, dieses Gebäck zur Teezeit zu verzehren. Oft reicht man es auch mit Sahne und Konfitüre. Kennen Sie keine Scones?«

»Ich weiß nicht. Wo fahren wir hin?«

»Nach Kalkutta.«

»Dauert das lange?«

»Noch drei Tage.«

»Das kommt mir für eine Eisenbahnfahrt sehr lange vor.«

»Diese Eisenbahn zieht sich nicht in gerader Linie durchs Land. Die direkte Entfernung nach Kalkutta beträgt nur tausend Meilen, eine Entfernung, für die wir insgesamt weniger als dreieinhalb Tage bräuchten, wenn wir eine mittlere Geschwindigkeit von gut dreihundert Meilen pro Tag zugrunde legen. Aber weil die Bahnlinie durch den Norden über Allahabad führt, vergrößert sich die Gesamtstrecke um mindestens ein Drittel.« Selbstbewusst schloss Mr Preston: »Als Eisenbahningenieur kenne ich mich ein wenig mit diesem Thema aus. Was machen Sie beruflich, Mr Doe?«

»Ich weiß nicht.«

»Sie wissen es nicht?«, kam es hörbar irritiert von Mr Preston. »Sicher belieben Sie zu scherzen, Sir!«

Ich mischte mich ein. »Mr Doe hat einen Gedächtnisverlust erlitten, Mr Preston. Bitte quälen Sie ihn nicht mit Fragen, die er nicht beantworten kann.«

»Oh, du lieber Himmel! Ich hatte ja keine Ahnung!« Mr

Preston war bestürzt. Er wandte sich an John Doe. »Wie ist denn das passiert? Hatten Sie einen Unfall? Oder leiden Sie an einer Krankheit?«

»Ich weiß nicht.«

Mr Preston tätschelte beruhigend John Does Hand. »Immerhin wissen Sie Ihren Namen noch. Das ist ein guter Anfang.«

Beim nächsten Halt begab ich mich in den Gepäckwagen, wo unsere Koffer ordentlich gestapelt und mit Namensschildern versehen an der Wand standen. Ich wollte mich fürs Dinner frisch machen und brauchte dafür ein paar Sachen.

Dabei stieß ich auf Fatima, die sich über ihren offenen Koffer beugte und entnervt darin herumwühlte.

»Suchst du was?«, wollte ich wissen.

»Ja, irgendwas, das nicht total verknittert oder verschwitzt ist. Ich habe kaum noch was zum Anziehen.«

»Frag mich mal. Ich habe noch weniger dabei als du.«

Auf der *Mongolia* hatte der Quartiermeister sich um die Wäsche der Passagiere gekümmert, das Personal hatte sogar alles frisch gebügelt. Diesen Premium-Service gab es hier im Zug leider nicht, deshalb musste man notgedrungen alles mehrmals anziehen und mit dem auskommen, was man hatte. Das war in unserem Fall ziemlich wenig, jedenfalls für eine Weltreise von achtzig Tagen. Vor unserem Aufbruch in Venedig hatten wir uns nur das Allernötigste an Reiseausstattung beschaffen können. Ein paar zusätzliche Klamotten und vor allem ein paar ordentliche Waffen hatten wir uns unterwegs besorgen wollen, doch auch dazu waren wir bei den bisherigen kurzen Landgängen nicht gekommen, zum Einkaufen war einfach keine Zeit geblieben.

»Drei Garnituren Unterwäsche, zwei Tageskleider, ein Rock, zwei Blusen, zwei Paar Schuhe, drei Paar Strümpfe, zwei Nachthemden, zwei Hüte«, zählte Fatima mit frustrierter Miene auf. »Und ich hatte alles schon mal an.«

»Das kommt daher, dass du dich mehrmals am Tag umziehst.«

»Was bleibt mir denn übrig? In dieser Eisenbahn schwitzt man wie in einem Dampfbad.«

Das war tatsächlich nicht übertrieben – das tropische indische Klima verwandelte den Zug in einen Backofen, und es half auch nicht viel, zwischendurch die Fenster aufzureißen, um den Fahrtwind hineinzulassen.

»Habt ihr euch eigentlich wieder vertragen, du und Ole?«, fragte ich Fatima.

Sie tat so, als hätte sie mich nicht gehört. Anscheinend wollte sie nicht darüber reden. Was vermutlich sowieso besser war, denn ich hatte schließlich oft genug die Erfahrung gemacht, dass dieses Thema nur Ärger nach sich zog.

Fatima sortierte einige Kosmetikartikel in ihrem Koffer um. In dieser Epoche gab es, genauso wie in unserer, diverse nützliche Körperpflegeprodukte: Eau de Toilette, Puder, Gesichtscreme, Zahnpasta, Make-up, Lippenrot (das allerdings von der Queen als sündig erachtet wurde und daher für anständige, unter lauter Engländern reisende Damen nicht zum guten Ton gehörte), Shampoo, Rouge, Kajal für die Augen und sogar eine Art Deodorant. Letzteres war jedoch mit Vorsicht zu genießen, denn es bestand aus einer Mixtur auf Ammoniakbasis, die zwar zuverlässig Schweißdrüsen versiegelte, aber gleichzeitig Löcher in die Achselhöhlen ätzte, wenn man zu viel davon auftrug.

All diese Pflegeartikel befanden sich in hübschen silbernen Fläschchen, Döschen und Schächtelchen – die Wegwerfgesellschaft lag noch in weiter Zukunft. In diesem Jahrhundert wurden die Behältnisse, sobald der Inhalt aufgebraucht war, noch ordentlich wieder aufgefüllt. Dafür ging man meist in eine Drogerie oder Apotheke, die sich auf die Herstellung von Kosmetik, Duftwässerchen und Reinigungsmitteln spezialisiert hatte und alles frisch vor Ort zusammenmischte.

Fatima schraubte eine kleine Deckeldose auf und betupfte sich die Lippen mit einer rötlichen Substanz (der erste moderne Lippenstift würde erst in zehn Jahren präsentiert werden), dann stäubte sie sich mit einer aus einer Hasenpfote hergestellten Quaste etwas Puder auf die Nase. Anschließend griff sie zu einem winzigen gläsernen Fläschchen und betrachtete es begehrlich.

»Lass den Stöpsel lieber drauf«, empfahl ich ihr, denn ich wusste, was es enthielt und wie gefährlich das Zeug war. »Außer, du willst blind werden. Oder beim Messerwerfen nie mehr ins Schwarze treffen.«

Das wollte sie auf gar keinen Fall, also steckte sie das Fläschchen mit den Augentropfen aus Tollkirschenextrakt wieder weg. Sie hatte es an unserem letzten Tag auf der *Mongolia* der Frau eines englischen Kolonialbeamten abgeschwatzt. Die hatte bei Tisch von dem Extrakt geschwärmt, und dabei hatten ihre unglaublich großen Pupillen gefunkelt wie zwei schwarze Diamanten, was Fatima schwer beeindruckt hatte. Sie hatte noch am selben Abend das Atropin – das war der wissenschaftliche Ausdruck dafür – bei sich selbst ausprobiert und mit ihren glutäugigen dunklen Blicken den ganzen Salon in Bann geschlagen. Das hatte ihr sehr gefallen. Sie selbst hatte allerdings nur noch verschwommene Umrisse sehen können, wie sie hinterher zugeben musste, weshalb sie seither vernünftig genug war, die Finger von den hochgiftigen Tropfen zu lassen. Hoffentlich.

Ich suchte mir aus meinem Koffer ein paar Kleidungsstücke heraus, die am wenigsten müffelten (wobei ich damit kaum aufgefallen wäre, denn im Zug rochen sowieso alle ziemlich streng), und packte Waschlappen, Seife, Kamm und Handtuch obendrauf. Direkt neben Sebastianos und meinem Abteil befand sich ein abgetrennter Sanitärbereich, den ich nach der Weiterfahrt des Zuges aufsuchte. Dort gab es einen Waschtisch, eine Waschschüssel und einen großen Krug voller Wasser, das ich behutsam in die Schüssel goss und meinen Waschlappen darin tränkte. Ich hatte mich gerade nackt ausgezogen und angefangen, mich von oben bis unten einzuseifen, als die Lokomotive ein durchdringendes Tuten ausstieß, das aus unerfindlichen Gründen viel bedrohlicher klang als sonst. Mein Nacken fing an zu jucken, ein ganz schlechtes Zeichen. Und wie immer ein zuverlässiges, denn nur Augenblicke später bremste der Zug mit einem heftigen Ruck ab. Ich wurde zu Boden geschleudert und schrie laut auf – eher vor Schreck als vor Schmerz, denn ich landete mit dem Hinterteil auf den Sachen, die ich vorhin ausgezogen hatte. Der Krug krachte vom Waschtisch und zerbrach auf dem Holzboden. Die bremsenden Räder kreischten auf den Schienen, ein furchterregendes Geräusch, wie ein schriller, metallischer Todesschrei. Gleich darauf kam der Zug mit einem weiteren harten Ruck zum Stillstand. Auf meinen Klamotten sitzend, rutschte ich quer durch das kleine Wasch-Kabuff und prallte gegen die hölzerne Trennwand. Ich schrie erneut auf, diesmal vor Schmerz, weil mein Hinterkopf mit Karacho gegen die Wand schlug. Gleichzeitig platschte mir ein Schwall seifiges Wasser ins Gesicht. Wie von einer überflüssigen Last befreit, löste sich im nächsten Sekundenbruchteil die Waschschüssel aus der Halterung des Tisches und sauste direkt auf mich zu. Ich warf mich zur Seite und konnte dem Porzellangeschoss gerade noch ausweichen, bevor es mir den Schädel zertrümmerte. Dicht neben mir schlug die Schüssel ein Loch in die dünne Holzfüllung der Wand, groß genug, um den Kopf durchzustecken.

Der Moment der Stille, der nach dem plötzlichen Halt des Zuges eingesetzt hatte, endete abrupt, als sich im benachbarten Waggon aufgeregtes Geschrei erhob. Die Reisenden riefen durcheinander. Hier und da war auch ein Stöhnen und Ächzen zu hören, anscheinend war ich nicht die Einzige, die sich wehgetan hatte.

»Anna?«, hörte ich Sebastiano meinen Namen brüllen. »Wo bist du?«

»Hier«, schrie ich.

»Wo ist *hier*?«

»Im Waschraum!« Mit zittrigen Fingern schob ich den Riegel an der Tür zurück.

Nur einen Moment später war Sebastiano da und hielt mich in seinen Armen.

»Alles in Ordnung?«, keuchte er. »Geht es dir gut?«

»Ja, alles super.«

»Gott sei Dank!«

»Was ist denn passiert? Wieso haben wir auf einmal angehalten?«

»Keine Ahnung. Wir werden es sicher gleich erfahren.« Er hielt mich noch etwas fester und drückte mich eng an seinen Körper. Ich war von oben bis unten nass und glitschig, was die Umarmung zu einer ziemlich rutschigen Angelegenheit machte, aber das war mir egal.

»Du bist voller Seife und hast nichts an«, stellte Sebastiano fest, doch es schien ihn kaum zu stören, denn er machte keine Anstalten, mich loszulassen, was wiederum mich dazu veranlasste, mich noch dichter an ihn zu schmiegen. Er fühlte sich so unglaublich gut an! Im nächsten Moment merkte ich allerdings, dass er nicht so sehr auf körperliche Nähe aus war als vielmehr darauf, mich vor unerwünschten Blicken abzuschirmen, denn er sagte unwirsch über die Schulter: »Hör auf, sie anzustarren, und verzieh dich.«

Vorsichtig lugte ich an ihm vorbei. Vor der Tür stand Singh, der stumme Diener von Lord Butterfield. Und tatsächlich, er starrte uns beharrlich und auf eine leicht unheimliche Weise an.

»Oder willst du, dass ich dir die Nase breche?«, fuhr Sebastiano ihn an.

Wie zur Besänftigung hielt der Sikh uns einen Teller mit Scones hin. Anscheinend kamen sie gerade frisch aus dem Ofen des Küchenwagens, denn sie sahen aus, als wären sie noch warm. Von der sanft gebräunten Oberfläche des Gebäcks stieg ein verführerischer Duft auf, was mir nur noch mehr klarmachte, wie surreal diese Situation war. Der Zug hatte eben eine derart heftige Vollbremsung gemacht, dass vermutlich alles durcheinandergeflogen war, ich war splitterfasernackt – und der Diener von Lord Butterfield bot uns Scones an?

»Hast du mich nicht verstanden?«, raunzte Sebastiano den Inder an. Sein Ärger war nicht zu überhören.

Vorsichtig stellte der Sikh den Teller vor sich auf den Boden und zog sich dann geräuschlos zurück. Ich nutzte die Gelegenheit, um hinter Sebastianos breitem Rücken Hemd, Höschen, Strümpfe und Kleid überzustreifen – es dauerte eine Weile, weil die langen Damenstrümpfe in dieser Epoche umständlich mit Bändern an der Unterhose festgenestelt werden mussten.

»Was ist denn eigentlich passiert?«, fragte ich erneut.

»Ich weiß es wirklich nicht. Aber es sieht nicht so aus, als ob Menschen verletzt sind.«

Sebastiano spähte ins Freie. Das aufgeregte Stimmengewirr hatte sich inzwischen nach draußen verlagert. Ich war kaum fertig angezogen, als sich Ole hinter Sebastiano in die Türöffnung schob.

»Ein Elefant«, erklärte er.

»Ein Elefant?«, fragte Sebastiano.

Fatima lugte hinter Ole hervor. »Er hat auf den Schienen gestanden und den Zug zum Anhalten gezwungen.«

»Ach so«, meinte ich erleichtert. Einen Moment lang hatte ich ein ähnliches Szenario befürchtet wie in Jules Vernes Roman: Dass wir deshalb angehalten hatten, weil ein Stück von der Schienenstrecke fehlte. Und dass wir als Nächstes wie Phileas Fogg mit einem für horrendes Geld gemieteten Elefanten bis zur nächsten Station reiten mussten.

Zerstreut sah ich mich nach dem von Singh bereitgestellten Teller um. Ein paar leckere Scones wären mir jetzt höchst willkommen gewesen, nach überstandener Gefahr hatte ich immer Appetit auf was Süßes. Aber offenbar nicht nur ich – der Teller war leer. Der letzte Teekuchen verschwand gerade in Oles gefräßigem Mund – und auch Fatima kaute. Oh Mann!

Ich kam nicht dazu, mich zu beschweren, weil Ole gerade mit vollen Backen eine weitere Erklärung hinzufügte. »Der Elefant wurde von einem der Leute aus dem Dorf extra dahin gestellt, um die Weiterfahrt zu blockieren und damit eine Entgleisung zu verhindern. Denn weiter vorn fehlt ein Stück von den Schienen.«

Der Schreck fuhr mir in die Glieder. Meine erste Befürchtung war doch richtig gewesen!

Sebastiano strebte mit großen Schritten zur Tür und stieg aus dem Zug. Ich folgte ihm eilig. Draußen war bereits die Abenddämmerung heraufgezogen. Keine fünfzig Meter vom Zug entfernt erstreckte sich dichter Dschungel, nur durch eine kleine Grasfläche von den Bahngleisen getrennt. Die typischen Geräusche des Urwalds drangen zu uns herüber: Gekreisch von Affen, das durchdringende Krächzen tropischer Vögel. Die Luft hatte sich leicht abgekühlt, aber es war immer noch schwül. Mücken tanzten durch die Luft, und zwei oder drei von ihnen ließen sich auf mir nieder. Ich schlug ungeduldig nach ihnen und blickte mich weiter um.

Ein Stück weiter vorne wurde gerade ein Elefant von einem Inder weggeführt.

Spontan fiel mir wieder ein, was Phileas Fogg in dieser Situation getan hatte. »Wir müssen ganz schnell versuchen, den Elefanten zu mieten!«

Lord Butterfield, der ebenfalls aus dem Zug gestiegen war, hatte meine Worte gehört. »Sicher spielen Sie auf den Roman an, in dem ich Sie schon häufig lesen sah und der auch in meiner Bibliothek einen Ehrenplatz hat. Der wilde Elefantenritt des Helden durch den indischen Dschungel – eine meiner Lieblingsstellen!« Lord Butterfield zwinkerte vergnügt. »Es wäre sicherlich ein spannendes Abenteuer!«

»Ja, vor allem, wenn sechs Leute auf einem einzigen Elefanten sitzen sollen«, ertönte es hinter mir. Die missmutige Bemerkung kam von Fox, der gerade über die Eisenleiter aus dem Zug herabstieg und sich ein blutbeflecktes Taschentuch gegen die Stirn drückte. Offensichtlich hatte er sich den Kopf deutlich härter angeschlagen als ich. John Doe, der mit verwirrter Miene hinter ihm hertrottete, schien das Bremsmanöver zum Glück unversehrt überstanden zu haben.

»Wer sagt denn was von sechs Leuten?« Ole musterte Fox herausfordernd. »Mit Anna, Sebastiano, Fatima und mir sind es nur vier. Vier Leute kann so ein Elefant spielend tragen.«

Fox reckte das Kinn. »Das könnte dir so passen, mich und John Doe hier in der Wildnis zurückzulassen! Du wartest ja schon die ganze Zeit auf so eine Gelegenheit! Aber ich komme auf alle Fälle mit! Mich werdet ihr nicht los!« Ein Geistesblitz erhellte seine Miene. »Wir nehmen ganz einfach *zwei* Elefanten!«

»Ich sehe hier keinen zweiten Elefanten«, sagte Ole. »Sogar der erste ist schon wieder verschwunden.«

»Der wurde wieder ins Dorf zurückgebracht«, warf Lord Butterfield ein. »Es liegt eine halbe Meile entfernt von hier, wie ich eben hörte. Möglicherweise gibt es dort noch mehr Elefanten. Jedoch fürchte ich, dass ein Elefantenritt zur nächsten Station weitaus mehr Zeit in Anspruch nimmt als eine Fahrt mit dem Zug.«

»Warum müssen wir auf einem Elefanten reiten?«, wollte John Doe mit großen Augen wissen.

»Niemand muss auf einem Elefanten reiten«, sagte Mr Preston, der gerade mit gewichtiger Miene von der Lok herüberkam und den letzten Teil unserer Unterhaltung aufgeschnappt hatte. »Ich habe soeben in meiner offiziellen Eigenschaft als Eisenbahningenieur mit dem Zugführer gesprochen und kann Sie alle beruhigen – die Reparatur der Schienen wird nicht lange dauern. Man hat sogar bereits damit begonnen. Es wurden Laternen aufgestellt, damit die nötigen Arbeiten über Nacht durchgeführt werden können. Spätestens morgen früh wird es weitergehen.«

Mir sank das Herz, und ich sah, dass es Sebastiano ebenso erging. Eine ganze Nacht! Das war ein halber Tag von achtzig!

Bis jetzt hatten wir gut in der Zeit gelegen, aber unser Spielraum schmolz auf bedenkliche Weise dahin, wenn wir so lange hier festsaßen. Alles hing davon ab, dass wir rechtzeitig in Kalkutta ankamen. Das Schiff nach Hongkong würde fahrplanmäßig von dort ablegen, ob wir es bis dahin an Bord schafften oder nicht. Ganz zu schweigen davon, dass wir vorher noch ein weiteres Zeitportal finden und schließen mussten. Im Geiste sah ich bereits Scharen von nicht in diese Zeit gehörenden Menschen durch Kalkutta irren, wenn wir das Tor nicht rechtzeitig versiegeln konnten.

Mr Preston bot Fatima seinen Arm. »Darf ich Sie in den Zug zurückbegleiten? Es ist schon fast dunkel, und hier draußen soll es einen Tiger geben, der auf menschliche Beute aus ist. Außerdem wird gleich das Dinner serviert. Es soll Roastbeef mit grünen Erbsen geben. Ich liebe Roastbeef, wenngleich es diese indischen Köche sicher nicht auf so unvergleichlich schmackhafte Weise zubereiten können, wie meine Mutter es tat, Gott hab sie selig.«

Ole schubste Mr Preston nachlässig zur Seite. »Pfoten weg von meinem Mädchen.« Er nahm Fatimas Hand und zog sie an seine Lippen. Sie blickte wie hypnotisiert zu ihm auf, als er ihre Fingerspitzen küsste, eine nach der anderen.

»Gehen wir spazieren?«, fragte er mit rauer Stimme.

»Warum nicht?«, hauchte sie.

»Aber das Roastbeef … der Tiger …«, wandte Mr Preston ein. Verstört sah er zu, wie Ole und Fatima Arm in Arm in Richtung Dschungel gingen. Wobei sie eigentlich gar nicht gingen, sondern eher liefen. Sie rannten beinahe. Und unterwegs schlang Ole seinen Arm um Fatima und zog sie mit einem Ruck an sich, sodass sie ins Stolpern geriet und sich an ihm festklammern musste, um nicht hinzufallen. Worauf er stehen blieb und sie packte, als wäre er ein Tiger und sie seine Beute. Im nächsten Moment beugte er sich zu ihr herab und küsste sie stürmisch. Und Fatima holte nicht etwa eines von ihren scharfen Messern hervor und stieß es ihm ins Herz, sondern erwiderte seinen wilden Kuss voller Leidenschaft und Begeisterung. Jedenfalls sah es für mich nach Begeisterung aus, soweit ich es aus der Entfernung beurteilen konnte. Ole und Fatima hatten sich bereits ein ganzes Stück vom Zug entfernt, und es wurde allmählich dunkel. Die beiden waren vor dem Hintergrund des undurchdringlichen Dschungels nur noch zwei schattenhafte Umrisse. Oder genauer: *ein* Umriss, denn sie hielten einander so eng umschlungen, dass kein Blatt Papier zwischen sie gepasst hätte.

Gleich darauf liefen sie Hand in Hand weiter und verschwanden im Urwald. Der Wind trug noch ein letztes Geräusch herüber – ein entzücktes Kichern von Fatima.

Ich ließ langsam den Atem entweichen. »Krass«, murmelte ich. Der intergalaktische Translator verwandelte es in ein vornehmeres und eher zeitgenössisch klingendes *Erstaunlich.* Allerdings traf diese Beschreibung nicht genau, was ich meinte, der Sprachumwandler hatte sich schon bessere Übersetzungen ausgedacht. Doch das hing sicher damit zusammen, dass ich selber nicht genau wusste, was ich von dem Ganzen halten sollte. Meine Gedanken überschlugen sich förmlich, während ich versuchte zu begreifen, was da gerade passiert war. Beunruhigt blickte ich zu Sebastiano hinüber, der mit finsterer Miene auf die Stelle starrte, an der Ole und Fatima sich eben noch wie von Sinnen geküsst hatten.

»Sicher kommen sie gleich wieder«, meinte Mr Preston tapfer.

»Ja, die brauchen garantiert nicht lange«, stimmte Fox zu. Süffisant fügte er hinzu: »Um sich mal eben rasch zu *verloben.*«

Mr Preston ignorierte ihn. »Nun, wir wollen das Dinner im Speisewagen nicht verpassen«, teilte er uns würdevoll mit. »Ich glaube, ich werde vor dem Essen einen Sherry trinken.«

»Kann ich auch einen Sherry haben?«, fragte John Doe eifrig.

»Gewiss, mein Freund. Kommen Sie nur.« Mr Preston schien dankbar zu sein, dass er nicht allein abziehen musste. Die beiden stiegen wieder in den Zug.

Lord Butterfield zog seine Taschenuhr hervor. »Tatsächlich, es ist Essenszeit. Ah, da kommt Singh schon mit den Horsd'œuvre. Seltsamerweise weiß er zu jeder Zeit, worauf ich gerade Hunger habe.«

Der Sikh war ebenso plötzlich wie geräuschlos neben uns aufgetaucht. Er trug ein Tablett mit köstlich aussehenden Appetithäppchen, von denen Lord Butterfield sich ein paar herauspickte und sie sich genießerisch einverleibte. »Ah, unvergleichlich, lieber Singh! Diese Kombination aus kross gebratener Entenbrust mit einem Hauch von Curry und süßer Ananas! Und diese cremige Ummantelung – ist das Cheddar? Ja, ich glaube, es ist Cheddar.« Er stopfte sich sofort noch ein paar Häppchen in den Mund und kaute verzückt. Dann drehte er sich mit reumütigem Gesicht zu mir und Sebastiano um. »Wie unhöflich von mir! Das ist sonst gar nicht meine Art! Ich bin untröstlich! Singh, biete Signor Foscari und seiner Gattin auf der Stelle auch etwas an!«

Der Sikh kam mit ausdrucksloser Miene näher und hielt mir das Tablett hin. Unwillkürlich streckte ich die Hand aus, um mir einen – oder zwei oder drei – der kleinen Spieße zu schnappen, doch Sebastiano ergriff meinen Arm und hielt mich fest.

»Wir müssen Ole und Fatima zurückholen. Die zwei könnten sich sonst … verirren.«

Ich stolperte, als Sebastiano mich durch das hohe Gras in Richtung Dschungel zog. Er fluchte unterdrückt und blickte ein paarmal über die Schulter zurück, als fürchtete er, dass uns jemand folgen könnte. Schwer atmend blieben wir schließlich am Rand der Grasfläche dicht vor den dunkel aufragenden Baumriesen des Dschungels stehen und schauten zurück. Drüben stand der Zug wie ein regloser, lang gestreckter Koloss auf den Schienen, die aus unerfindlichen Gründen an dieser Stelle unterbrochen waren. Wie es dazu gekommen war, hatte bisher niemand erwähnt – vielleicht, weil keiner es wusste.

Von hier aus konnten wir jetzt auch die Laternen sehen, die nicht weit entfernt von der Lokomotive ein diffuses Licht verbreiteten. Davor zeichneten sich schattenhaft die Silhouetten der Arbeiter ab, die im Laufe der Nacht das Malheur beheben sollten.

Und dann hörten wir Ole und Fatima miteinander reden. Das heißt, sie *redeten* nicht wirklich. Es war eher eine Art … andere Kommunikation. Eine von der Sorte, bei der man rot wurde, wenn man genauer zuhörte.

»Du bist so heiß«, keuchte Ole.

»Und du bist der Hammer«, stöhnte Fatima zurück. »Ein Wikinger-Hammer! Ja, mach weiter. Nicht so fest! Und nicht so schnell!«

»Warte hier«, sagte Sebastiano zu mir. »Ich versuche, das Schlimmste zu verhindern.«

»Vielleicht finden sie es ja gar nicht so schlimm«, gab ich zu bedenken. »Schließlich sind sie beide erwachsene Menschen.«

Doch Sebastiano kämpfte sich bereits durch Schlingpflanzen und sperriges Unterholz in die Richtung vor, aus der die Stimmen gekommen waren. Ich schlug seine Aufforderung, auf ihn zu warten, in den Wind und folgte ihm auf dem Fuße. Mehrmals unterdrückte ich ein Fluchen, als mir zurückschnellende Zweige ins Gesicht peitschten. Man merkte sofort, worin sich ein Dschungel von einem europäischen Mischwald unterscheidet – alle Pflanzen wuchsen hier viel dichter und bildeten ein teilweise kaum zu durchdringendes Gewirr. Während außerhalb des Dschungels noch Dämmerung herrschte, war es hier unter den dichten Baumkronen fast vollständig dunkel. Hoffentlich verirrten wir uns nicht!

Um uns herum waren die vielfältigen und ein wenig beängstigenden Geräusche der hiesigen Fauna nun ganz nah – das gellende Geschrei der Affen und Vögel aus dem Geäst über uns, das Rascheln und Knistern zwischen den Bäumen, wenn kleinere Tiere durchs Unterholz huschten. Ob wir auch den menschenfressenden Tiger hören würden, wenn er sich zufällig in der Nähe aufhielt? Wohl eher nicht, befand ich. Denn der würde sich bestimmt sehr leise anpirschen.

Ich horchte in mich hinein – dabei achtete ich vor allem auf ein etwaiges Jucken in meinem Nacken, für den Fall, dass sich wirklich gleich ein Tiger auf uns stürzte – und versuchte gleichzeitig den Zweigen auszuweichen, die andauernd in meinem Gesicht landeten. Es kam mir vor, als würden wir bereits ewig durch diesen unheimlichen Dschungel stapfen (hinterher stellte sich heraus, dass wir höchstens zehn Meter weit hineingegangen waren), als Sebastiano stehen blieb und laut sagte: »Sofort aufhören, ihr zwei!«

Wir hatten Fatima und Ole gefunden. Sie lagen eng umschlungen auf einem Moosbett und knutschten heftig herum.

Ole hob den Kopf. »Haut ab, und lasst uns in Ruhe«, knurrte er.

»Ja, verschwindet, sonst könnte ich aus Versehen ein paar Messer nach euch werfen!«, pflichtete Fatima ihm atemlos bei.

Sebastiano packte Ole am Kragen (was bloß bildlich gesprochen war, denn Ole hatte gar kein Hemd mehr an) und zerrte ihn von Fatima weg. Ole stürzte sich mit Wutgebrüll auf Sebastiano, worauf dieser gezwungen war, seine Judo-Künste anzuwenden. Ole segelte durch die Luft und landete in einem stachligen Strauch.

»Es waren die Scones«, rief Sebastiano, als Ole sich fluchend aus dem Gebüsch herauskämpfte und erneut auf ihn losstürzen wollte. »Sie waren für Anna und mich gedacht, und ihr habt sie gegessen!«

»Ja, und sie haben fantastisch geschmeckt!«, schrie Ole.

»Mir auch«, rief Fatima.

»Kapierst du es nicht?«, schrie Sebastiano, während er Ole abermals mit einem Judogriff über seine Schulter schleuderte. »Es war eine Liebesdroge! Ein fauler Zauber! Dieser Singh ist ein *Dämon*!«

Ich erstarrte vor Schreck, als mir klar wurde, was geschehen war. Schon einmal hatten unsere dämonischen Widersacher Sebastiano und mich mit präparierten Keksen dazu bringen wollen, dass wir alle Vorsicht vergaßen und ohne Schutz miteinander schliefen – mit dem Ziel, später einmal unser Kind in die Hände zu bekommen.

»Und was ist mit Lord Butterfield?«, fragte ich Sebastiano schockiert. »Ist der auch ein Dämon?«

»Natürlich.«

»Das ist mir ganz egal!«, brüllte Ole außer sich. »So eine Gelegenheit kriege ich nie wieder!«

»Ach, ich bin für dich bloß eine *Gelegenheit*?«, fragte Fatima. Es klang eingeschnappt.

Ole, der sich gerade wieder auf Sebastiano werfen wollte, wandte sich abrupt zu ihr um. »Das habe ich nicht gesagt.«

»Doch, das hast du. Anna und Sebastiano können es bezeugen.«

»Du hast es gesagt«, bestätigte ich, erleichtert, dass die Situation endlich entschärft war, im wahrsten Sinne des Wortes. Der Zauber war gebrochen.

»Du … Wüstling!«, sagte Fatima schneidend.

»Aber du wolltest es doch auch!«, hielt Ole ihr vor.

»Das ist kein Argument«, versetzte Fatima wütend. »Glaubst du etwa, ich ziehe mit einem Typen los, nur weil der auf eine billige und praktische *Gelegenheit* aus ist?«

»Und wie war das noch gleich mit dem Wikinger-Hammer?«, entgegnete Ole voller Empörung.

Sebastiano fuhr dazwischen. »Schluss mit dem Blödsinn. Wir gehen jetzt zurück zum Zug.«

»Du hast mir gar nichts zu sagen«, schnauzte Ole ihn an.

Hatte ich da gerade von irgendwoher ein Fauchen gehört? »Pst«, sagte ich. »Seid bitte mal still!«

»Du hast mir erst recht nichts zu sagen, Weib!«, schnappte Ole zurück.

»Ein Wort noch in diesem Ton zu Anna, und du kriegst eins auf die Nase«, sagte Sebastiano gefährlich ruhig.

Ich wandte hektisch den Kopf hin und her und lauschte in die Dunkelheit – jetzt war es wirklich fast völlig dunkel, man konnte kaum noch ein paar Schritte weit sehen! –, aber ein Fauchen hörte ich nicht. Doch das war auch nicht nötig, denn mein Nacken hatte begonnen zu jucken, und zwar nicht nur ein bisschen, sondern auf die ganz üble *Renn-um-dein-Leben*-Weise.

»Wir müssen aus dem Wald raus«, stieß ich panisch hervor. »*Sofort.* Wir sind in Lebensgefahr.«

Das kapierten die anderen endlich. Ole hatte die schnellsten Reflexe, er preschte durchs Unterholz wie eine Art lebendige Dampframme, dicht gefolgt von Fatima. Sebastiano packte mich und schob mich vor sich her. Er selbst bildete die Nachhut – für den Fall, dass die Gefahr hinter uns war. Und das war sie wirklich, wie gleich darauf klar wurde, denn diesmal war das Fauchen nicht zu überhören. Es verwandelte sich unvermittelt in das Gebrüll einer hungrigen, aggressiven Großkatze. Die Affen in den Baumwipfeln hoch über uns kreischten viel schriller als vorher, auch sie fürchteten den mörderischen Jäger. Mein Nacken brannte wie verrückt – hatten wir überhaupt noch eine Chance? Ich erinnerte mich unvermittelt an die gewaltigen Königstiger, die ich einmal in einem Zoo gesehen hatte. Auch die Texttafeln neben dem Gehege hatte ich nicht vergessen: Die riesigen indischen Raubtiere konnten bis zu drei Meter lang und dreihundert Kilo schwer werden. In unserer Zeit gab es nicht mehr viele bengalische Tiger, aber in dieser Epoche waren sie noch zahlreich vertreten. Die meisten fanden ihre Beute im Tierreich, doch manche von ihnen waren gefürchtete Menschenfresser, die ganze Dörfer in Angst und Schrecken versetzten. Und einer davon war jetzt hinter uns her. Erneut ertönte das hungrige Gebrüll, diesmal sehr dicht hinter uns!

Vor uns wurde es heller, denn im Zug waren inzwischen die Lampen angezündet worden. Im nächsten Moment hatten wir den Rand des Dschungels erreicht und rannten über die grasbewachsene Fläche zwischen den Baumriesen und den Gleisen. Mein Nacken stand förmlich in Flammen, ich schrie voller Angst auf, denn ich spürte, dass der Tiger zum Sprung ansetzte.

Da zerriss ein lauter Knall die Luft. Ein Schuss! Vor lauter Schreck geriet ich ins Stolpern. Sebastiano bewahrte mich gerade noch vorm Hinfallen. Er nahm meine Hand und zog mich weiter.

Das Jucken in meinem Nacken hörte abrupt auf, die Gefahr

hatte sich verzogen – zusammen mit dem Tiger, der von dem Schuss abgeschreckt worden war und das Weite gesucht hatte.

Vorn beim Zug stand Fox, eine rauchende Pistole in der Hand. Seine Gestalt war umgeben vom Schein einer der Laternen, die in regelmäßigen Abständen entlang der Waggons aufgestellt waren.

Er grinste uns an. »Das wäre beinahe schiefgegangen, was? Ich würde sagen, dafür habe ich einen bei euch gut.«

Wir waren ihm natürlich unendlich dankbar für diese Rettung in allerletzter Sekunde, aber trotzdem war Sebastiano nicht damit einverstanden, dass Fox auf einmal unter die Waffenbesitzer gegangen war. Er entwand ihm die Pistole so schnell, dass Fox nur verdutzt gucken konnte.

»He, was fällt dir ein!«, beschwerte er sich. »Gib sie mir sofort wieder zurück! Du kannst einem Beamten von Interpol nicht einfach die Waffe abnehmen! Das ist Widerstand gegen die Staatsgewalt!«

»Deine Staatsgewalt kannst du dir in diesem Jahrhundert sonst wohin stecken. Woher hast du die Pistole? Deine ist es auf keinen Fall.«

Fox musste zugeben, dass sie nur von Lord Butterfield geborgt war. Genauer gesagt: Lord Butterfield hatte ihm die Pistole in die Hand gedrückt, nachdem Sebastiano und ich im Dschungel verschwunden waren.

»Er sagte, es könne sein, dass ich sie brauche«, berichtete Fox widerwillig. »Um damit in die Luft zu schießen, sobald ein Tiger auftaucht.« Er war immer noch sauer, weil Sebastiano ihm einfach sein neues Spielzeug weggenommen hatte. »Anscheinend ist der Kerl Hellseher oder so was.«

»Eher *oder so was*«, sagte Sebastiano düster. »Er ist ein reinrassiger Dämon. Und inzwischen garantiert über alle Berge.«

Er sollte recht behalten. Lord Butterfield und sein Diener Singh waren spurlos verschwunden. Mr Preston, der die beiden als Letzter gesehen hatte, erzählte uns, dass sie einfach ohne ein Wort des Abschieds davonspaziert seien. Dabei habe der Diener den riesigen Schrankkoffer seines Herrn auf den Schultern getragen, als wöge er nichts. Mr Preston hatte sein Dinner unterbrochen und war ihnen nachgeeilt, um sich nach dem Grund ihres unvermittelten Aufbruchs zu erkundigen, doch als er die nächste Wegbiegung erreicht hatte, waren die beiden seltsamerweise nicht mehr zu sehen gewesen.

»Es schien fast, als hätten sie sich in Luft aufgelöst«, berichtete er sichtlich verwundert.

Sebastiano und ich verbrachten eine unruhige Nacht. Nachdem wir unsere Sitze in Betten verwandelt hatten, lagen wir endlos lange wach und lauschten den Geräuschen des Dschungels, die von draußen in unser Abteil drangen. Wegen der drückenden Luft, die sich nach der Tageshitze in den Waggons staute, standen die meisten Türen und Fenster des Zuges offen – zum Glück bewacht von einigen indischen Männern aus dem nahen Dorf, die mit Fackeln und Gewehren draußen Posten bezogen hatten, denn der menschenfressende Tiger, der schon seit längerer Zeit die Gegend terrorisierte, konnte jederzeit zurückkehren. Mir liefen immer noch Schauer der Angst über den Rücken, wenn ich bloß daran dachte, dass wir um ein Haar als Abendmahlzeit dieser Bestie geendet wären.

Sebastiano und ich unterhielten uns leise über die Wendung,

die unser Abenteuer unversehens genommen hatte. Uns war schon vorher klar gewesen, dass wir mehr als nur einen Feind hatten, und wir wussten auch, dass die dämonischen Mächte sich an unsere Fersen heften würden, sobald sie die Chance witterten, sich das zu holen, was sie wollten.

Unsere Tochter.

Doch dass wir auf dieser Reise plötzlich am anderen Ende der Welt von ihnen entdeckt und belauert werden würden, hatten wir so nicht erwartet.

Sebastiano machte sich wieder mal Vorwürfe.

»Ich hätte besser aufpassen müssen. Statt mich von der Großzügigkeit dieses Fettsacks blenden zu lassen, hätte ich hinterfragen müssen, wieso sein Diener stumm war.«

»Ja, das hättest du!«, platzte ich heraus. Ich merkte sofort, wie patzig meine Antwort klang. Und unfair obendrein. Schließlich hätte ich ja selber merken können, was da für ein Spiel gespielt wurde. Die meisten Dämonen, mit denen wir bisher zu tun gehabt hatten, waren stumm gewesen. Trotzdem trieb mich irgendein inneres Teufelchen, die Verantwortung von mir auf Sebastiano abzuwälzen.

»Zumal Lord Butterfield Singhs Stummheit ja als *ein angeborenes Leiden* erklärt hat«, fuhr ich fort. »Was er ja gar nicht wissen konnte, wenn er Singh erst in Suez als Ersatz für seinen Butler aufgegabelt hatte. Der konnte es ihm ja wohl schlecht selber mitgeteilt haben.«

»Das wusste ich gar nicht!« Sebastiano spannte sich an und rückte ein Stück von mir ab. »Wann hat der Fettsack dir das mit dem angeborenen Leiden gesagt?«

»Gleich am ersten Tag auf der *Mongolia*, nachdem wir Suez verlassen hatten.«

»Und warum hast du es dann nicht *mir* erzählt?«

»Weil ich es nicht für wichtig hielt. Jetzt im Nachhinein erscheint es mir natürlich seltsam.«

»Wenn du es mir direkt erzählt hättest, hätte ich es *sofort* seltsam gefunden.« Es klang ziemlich entnervt.

»Ach ja, hättest du?«, sagte ich verärgert. »Du bist ja auch ein Meister im Kombinieren und ich nur ein bisschen blond und blöd.«

Sebastiano schüttelte den Kopf. »Das habe ich doch gar nicht gesagt!«

»Aber du hast es *gedacht*!«

»Das ist Unsinn.«

»Nein, ist es nicht!«

Darauf erhielt ich keine Antwort mehr und versank ebenfalls in Schweigen.

Der Plan, den Lord Butterfield und sein Diener verfolgt hatten, lag jetzt glasklar auf der Hand: Die Scones und die Horsd'hœuvres waren aus denselben teuflischen Ingredienzien zusammengebraut gewesen wie die speziellen Kekse, die uns bei unserem letzten Abenteuer am Hofe von Heinrich dem Achten serviert worden waren. Sie sollten Sebastiano und mich dazu zwingen, alle Hemmungen fallen zu lassen und jenes besondere Kind zu zeugen, mit dessen Hilfe die Zeit beherrscht werden konnte.

»Immerhin haben wir es noch rechtzeitig herausgefunden, um Ole und Fatima von Dummheiten abzuhalten«, resümierte ich, in dem schwächlichen Versuch, die angespannte Stimmung zwischen Sebastiano und mir ein bisschen aufzulockern.

Doch Sebastiano schien weit davon entfernt zu sein, das Ganze gelassener zu betrachten. »Ich verstehe nicht, wieso Butterfield uns dermaßen reinlegen konnte. Tatsächlich hatte ich von Anfang an irgendwie ein komisches Gefühl bei dem Kerl.«

Das konnte ich unmöglich so stehen lassen. »Ach wirklich?

Aber dass er unsere Reisekasse aufpolstern konnte, kam dir sehr gelegen.«

»Ja«, kam es gereizt zurück. »Sonst hätten wir das dämliche Spiel gegen Moretti nämlich schon auf dem Roten Meer verloren.«

»Wenn du mir jetzt vorwerfen willst, dass ich im Gegensatz zu dir wegen Lord Butterfield *kein* komisches Gefühl hatte, erinnere ich dich daran, dass Fox uns ausdrücklich vor ihm gewarnt hat und du nichts davon hören wolltest!« Ich setzte mich auf und stieß mir den Kopf an der Wand des Waggons, was meine Laune erst recht in den Keller sacken ließ. Grollend schloss ich: »Gib es doch einfach zu, dass du ihn genauso nett fandest wie ich.«

»Fitzjohn war auch nett.«

Ein Frösteln überlief mich bei diesen Worten. Ja, Mr Fitzjohn war ebenfalls sehr nett gewesen – bevor er sich als übelster Bösewicht aller Zeiten entpuppt hatte. Was Lord Butterfield betraf, so war der womöglich noch schlimmer, denn er war obendrein ein Dämon. Was zwar nicht automatisch besagte, dass es unter denen keine netten Typen gab (das beste Beispiel dafür war Barnaby), doch die meisten hielt man sich besser vom Hals.

»Immerhin hat Lord Butterfield uns das Leben gerettet, indem er Fox die Pistole dalließ«, hob ich hervor. »Also hat er es doch irgendwie gut mit uns gemeint.« Doch mein halbherziges Bemühen, Lord Butterfield weniger schurkisch wirken zu lassen, kam nicht gut bei Sebastiano an.

»Der Kerl wollte bloß verhindern, dass ein hungriger Königstiger seine Pläne durchkreuzt. Wenn du was anderes glaubst, bist du naiv.«

»Du hältst mich für naiv? Na toll!«

Das war mir jetzt echt zu viel. Ich kletterte aus dem Bett.

»Anna, warte! Was hast du vor?«

»Ich brauche frische Luft.«

»Du gehst nicht allein raus.«

»Du kannst mich mal«, entfuhr es mir. »Wohin ich wann gehe, bestimme ich immer noch selber. Draußen sind genug Männer, die auf mich aufpassen können.«

Als Sebastiano Anstalten machte, mir zu folgen, wies ich ihn scharf zurück. »Ich will dich gerade nicht sehen! Kapierst du das nicht? Lass mich bloß in Ruhe!«

Das tat er dann klugerweise auch. Ich war so geladen, dass ich ihn sonst wahrscheinlich angeschrien hätte. Trotzdem kamen mir die Tränen, denn es fühlte sich schrecklich an, mit Sebastiano zu streiten. Ungeduldig fuhr ich mir mit dem Handrücken über die Augen. Es fehlte noch, dass ich mir die Schuld für unseren Krach gab!

Draußen war es inzwischen deutlich weniger stickig als im Zug, es wehte ein frischer Wind – eine angenehme Abwechslung nach der schwülen Hitze des Tages.

Als ich aus dem Zug stieg, bemerkte ich, dass ich nicht die Einzige war, die nicht schlafen konnte. Ole übte sich im Gewichtheben: Er stemmte eine der dicken Holzschwellen, mit denen die Eisenbahnschienen verschraubt wurden, wieder und wieder in die Höhe. Die Bengalen aus dem benachbarten Dorf standen beim Zug und beobachteten uns mit schweigender Wachsamkeit.

»Guten Abend«, sagte ich mit bemühter Höflichkeit, während ich mit verschränkten Armen bei ihm stehen blieb.

Anstelle einer Erwiderung warf er den Holzbalken von sich und rieb sich die Hände, ehe er sich im Licht der neben ihm stehenden Laterne seine Fingerkuppen anschaute. »Verflucht, ich habe mir jede Menge Splitter eingezogen.«

»Du solltest aufhören, dir die Hände zu reiben. Wenn du das machst, dringen die Splitter nur noch tiefer in die Haut. Wenn du willst, kann ich es mir morgen bei Tageslicht mal ansehen.« In meinem Koffer befand sich unsere Reiseapotheke, eine stabile kleine Lederkiste, die unter anderem saubere Mulltupfer, Verbandschere, Pinzette, Heilsalbe und Jod enthielt.

Ole zuckte mit den Schultern und betrachtete mich. »Was machst du allein hier draußen?«

»Luft schnappen. Außerdem bin ich nicht allein. Du bist ja hier. Und diese freundlichen Inder, die auf uns und den Zug aufpassen. Falls uns wirklich von irgendwoher Gefahr droht, würde außerdem mein Nacken jucken.«

»Auf dieses Jucken kann man sich nicht immer verlassen.«

»Manchmal setzt es ein bisschen spät ein«, gab ich zu.

»Und bei Dämonen wirkt es überhaupt nicht«, fügte Ole an.

Auch damit hatte er leider recht, denn anderenfalls wären wir vielleicht nicht so leicht auf Lord Butterfield hereingefallen.

»Jeder andere im Zug könnte theoretisch ebenfalls ein Dämon sein«, fuhr Ole fort. »Zum Beispiel dieser angebliche Eisenbahningenieur Preston. Oder John Doe, der seinen Gedächtnisverlust höchstwahrscheinlich nur vorspielt. Von diesem penetranten Idioten Fox ganz zu schweigen. Ich denke immer noch, sie sollten alle verschwinden.« Damit erst gar kein Irrtum darüber aufkam, worauf er hinauswollte, fügte er hinzu: »Und zwar auf die einzig dauerhafte und verlässliche Weise.«

Ich schüttelte den Kopf. »Jetzt übertreib bloß nicht wieder. Das sind ganz normale Menschen, alle drei.«

»Deine Meinung ist bedeutungslos«, stellte Ole klar. »Denn dein Verständnis von solchen Fragen ist naturgemäß begrenzt, da du nur ein Weib bist.«

»Wenn du auf dieser Welle reitest, brauchst du dich nicht

zu wundern, dass du bei Fatima auf keinen grünen Zweig kommst.«

»Welche Welle meinst du?«, wollte Ole befremdet wissen.

»Es ist eine Redensart.«

»Ich weiß, dass es eine Redensart ist, aber nicht, welche Welle du meinst.«

»Die frauenfeindliche.«

»Ich bin kein Frauenfeind«, widersprach Ole herablassend.

»Doch, natürlich«, belehrte ich ihn. »Solange du nicht kapierst, dass Frauen gleichberechtigt sind, bist du einer.«

»Frauen können nicht gleichberechtigt sein, weil sie zu schwach sind.«

»Findest du, dass Fatima schwach ist?«

Das stimmte ihn nachdenklich. »Im Zweikampf bin ich ihr um Welten überlegen. Aber auf der kurzen Strecke ist sie schneller als ich. Und ihre Reflexe sind besser. Ihr Auge beim Messerwurf und ihre Treffgenauigkeit sind unerreicht.«

Das klang schon deutlich objektiver und unvoreingenommener.

»Aber dennoch ist sie schwach, denn ihr Wankelmut ist beispiellos«, fuhr Ole fort. »Zuerst wollte sie mit mir in den Wald gehen und sich mir hingeben. Erst, als ihr so plötzlich aufgetaucht seid und behauptet habt, unser beiderseitiges Verlangen komme von einem Liebeszauber, hat sie ihre Meinung geändert.«

»Na ja, es kam von den Scones.«

»Das ist nicht wahr«, widersprach Ole im Brustton der Überzeugung. »Ich wollte Fatima auch so. Ich wollte es die ganze Zeit. Und ihr erging es ebenso, das weiß ich genau, denn sie hat es mir gesagt. Warum hätte sie mich anlügen sollen?«

»Aber in dem Moment war es keine Lüge! Fatima war … ähm, durch den Wind. Genau wie du. Diese teuflische Droge hat alle klaren Gedanken bei euch ausgeschaltet. Ihr wart beide nicht mehr ihr selbst, verstehst du?«

Ole blieb die Antwort schuldig, doch es war gar nicht nötig, dass er was sagte. In seinen Augen glomm eine gefährliche Wut auf, und ich ahnte, dass er mir die Schuld dafür gab, dass es mit Fatima nicht so lief, wie er es sich wünschte. Ich hatte das dringende Bedürfnis, die Unterhaltung an dieser Stelle abzubrechen. Folglich murmelte ich irgendwas und kehrte zum Zug zurück. Als ich die steilen Stufen zum Waggon erklomm, spürte ich Oles zornige Blicke im Rücken.

Sebastiano war tief und fest eingeschlafen, womit sich meine Überlegungen, wie ich ihm innerhalb unseres beengten Privatabteils für den Rest der Nacht aus dem Weg gehen konnte, vorläufig erledigt hatten. Wenn er schlief, konnten wir nicht streiten.

Gedankenverloren tastete ich nach dem Seidenband mit dem flachen Samtfutteral, das ich niemals ablegte. In dem Futteral befand sich die Maske, die Esperanza mir in Venedig gegeben hatte. Manchmal trug ich es am Gürtel, manchmal um den Hals, aber ich hatte es immer griffbereit. Denn falls wirklich einmal der Augenblick käme, da ich sie benötigte, blieb mir wahrscheinlich keine Zeit, erst groß in meinen Sachen herumzukramen.

Ich fragte mich, ob ich es wissen würde, wenn ich sie zum Einsatz bringen musste. Welches Ereignis würde dazu führen, dass ich bereit war, *die Schwelle des Todes zu überschreiten*? Und woran konnte ich das erkennen? Auf der Flucht vor dem Tiger war ich beispielsweise gar nicht auf den Gedanken gekommen, die Maske zu benutzen, obwohl wir uns definitiv in Lebensgefahr befunden hatten. Und selbst wenn es mir in dem Augenblick eingefallen wäre – ich hätte es wahrscheinlich trotzdem nicht gewagt, aus Furcht, die anderen unfreiwillig im Stich zu lassen. Ich selbst konnte mithilfe der Maske jederzeit die Schranken der Zeit durchbrechen und mich quasi wegbeamen, irgendwohin, wo ich einen festen Bezugspunkt hatte: einen Menschen, den ich liebte, einen bestimmten Ort, nach dem ich mich sehnte. Doch ich hatte noch nie versucht, dabei jemanden mitzunehmen.

Dunkle Gedanken bemächtigten sich meiner, und meine Angst und meine Sorgen schienen ins Unermessliche zu wachsen. Unruhig wälzte ich mich hin und her, bis sich schließlich irgendwo auf der Grenze zwischen Schlaf und Wachsein ein tröstlicher Gedanke herausbildete: Bis jetzt war immer noch alles gut gegangen, oder etwa nicht? Der Gedanke verlor sich in den Tiefen eines goldenen Traums. Ich wandelte über die sonnenbestrahlten Wege einer unbekannten Stadt und hielt die Hand des kleinen Mädchens, das eines Tages meine Tochter sein würde. Ich konnte sogar ihr Gesicht sehen. Sie blickte zu mir auf und lächelte.

Du bist da!, sagte ich glücklich.

Ja, flüsterte sie. *Ich bleibe nun bei dir.*

Aber dann kam ein Sturm auf und wirbelte mich davon, und als der Wind später abflaute, war der Traum vorbei.

Als ich am nächsten Morgen aufwachte, waren wir schon wieder unterwegs. Der Zug fuhr mit eintönigem Geratter quer durch das Landesinnere, vorbei an kleinen und größeren Ortschaften, ausgedehnten Hügelketten und lang gezogenen, schilfbewachsenen Flussniederungen.

Das Frühstück ließ ich ausfallen, weil mir die Auseinandersetzung mit Sebastiano auf den Magen geschlagen war. Er wollte mit mir reden, aber mir war so elend zumute, dass ich mich nur stumm hinter einem Buch verkroch. Dafür bekam ich mittags einen Bärenhunger und ging beim nächsten Halt des Zuges in den Speisewagen, wo ich eine doppelte Portion Curryreis mit Hühnchen verzehrte. Dazu trank ich frische Limonade und fragte mich zum wiederholten Male, wo jetzt wohl Lord Butterfield und sein Diener stecken mochten. Hoffentlich in der tiefsten Hölle am anderen Ende des Universums, und zwar für immer und ewig. Wir konnten vermutlich von Glück sagen, dass sie uns nicht entführt und gefangen gesetzt hatten, so wie es Mr Fitzjohn und sein Gehilfe Reggie schon einmal versucht hatten. Deren widerwärtiger Plan hatte darin bestanden, Sebastiano und mich zusammen einzusperren und uns so lange mit jenen speziellen Keksen zu füttern, bis ihr Vorhaben aufging. Nur mit letzter Not hatten wir ihre menschenverachtenden Absichten durchkreuzen können.

Fatima kam ebenfalls in den Speisewagen und setzte sich zu mir. Sie roch frisch gewaschen und war wie immer hinreißend schön. Die Männer im Waggon verschlangen sie geradezu mit Blicken. Mehrere Engländer, die in Begleitung ihrer Ehefrauen reisten, wurden deswegen bereits schief von ihren Gattinnen angesehen. Einer fing sich sogar einen Rippenstoß ein.

An diesem Tag hatte Fatima ihre lange schwarze Mähne zu einer eleganten Hochsteckfrisur gebändigt, bis auf ein paar Ringellöckchen, die aussahen, als wären sie dem Kamm zufällig entwichen – ein gewollter Effekt, der zum modischen Look dieser Zeit gehörte. Ihre hochgeschlossene, mit Biesen verzierte weiße Bluse war fleckenlos sauber und geplättet. Offenbar hatte sie im Zug eine Art Wäscheservice, zumindest aber ein Bügeleisen aufgetrieben.

»Du hast letzte Nacht mit Ole gesprochen, oder?«, fragte sie mich ohne irgendwelche Umschweife.

Ich nickte zögernd, insgeheim bereit, die Unterhaltung jederzeit zu beenden, bevor sie unangenehm werden konnte. Gebranntes Kind scheute das Feuer.

»Was hat er über mich gesagt?«, wollte Fatima wissen.

»Nichts Besonderes.«

»Du denkst, dass wir nur deshalb im Wald verschwunden sind, weil wir die Scones gegessen haben.«

Ich hob nach dieser Feststellung nur nichtssagend die Schultern. Bloß nicht festlegen. Keine Konfrontation, kein Ärger.

»Ich habe darüber nachgedacht«, erklärte Fatima. »Und dabei habe ich mich gefragt, warum diese Scones so anders gewesen sein sollen. Meiner Meinung nach haben sie genauso geschmeckt wie die, von denen ich schon auf dem Schiff probiert hatte.«

»Das kann ich nicht beurteilen, weil ich gestern Abend keine gegessen habe. Außerdem heißt das ja nichts. Die Droge ist vermutlich geschmacksneutral.«

Fatima ging nicht weiter darauf ein. »Was hat Ole zu dem Thema gesagt?«, fragte sie mich geradeheraus. »Ich will es wissen. Alles.«

Ich holte Luft und entschied mich für die Wahrheit. »Er meinte, er hätte es so oder so gewollt, schon die ganze Zeit. Und dass es dir ebenso erging.«

Ich sah sie eindringlich an, doch sie sagte kein Wort und schaffte es obendrein, eine absolut unbeteiligte Miene aufzusetzen.

Leicht besorgt sah ich sie an. »Was hast du jetzt vor?«

»Nichts«, behauptete sie.

»Hauptsache, ihr beiden fangt nicht schon wieder an zu streiten.«

»Sprach die, die zufällig Streit mit ihrem Verlobten hat«, sagte Fatima. Es klang eine Spur gönnerhaft.

»Woher weißt du das? Hast du Sebastiano und mich gestern Abend etwa belauscht?«

»Das musste ich gar nicht. Ein Blinder würde merken, dass ihr euch aus dem Weg geht.« Neugierig fügte sie hinzu: »Werdet ihr euch bald wieder versöhnen? Wer wird den ersten Schritt tun – du oder Sebastiano?«

Das war in der Tat die große Frage. Seit dem Aufstehen hatten wir nicht miteinander gesprochen.

»Du kannst mir ruhig dein Herz ausschütten, wenn du Kummer hast«, bot Fatima mir an. Diesmal klang es *eindeutig* gönnerhaft. Aber das wirklich Schlimme daran war, dass ich um ein Haar in Tränen ausgebrochen wäre und das Angebot angenommen hätte.

Es ging mir nämlich wirklich mies, denn Sebastiano und ich stritten bekanntlich sonst nie, und dass wir Krach hatten, belastete mich sehr. Doch Fatima war nicht meine Therapeutin, sondern meine Schülerin. Was mich daran erinnerte, dass wir den Unterricht schon viel zu lange hatten schleifen lassen. Die Arbeitsblätter, die ich in der Gegenwart für das Jahr 1873 vorbereitet hatte, waren zwar wegen unseres überstürzten Aufbruchs nicht mehr zum Einsatz gekommen. Aber ihr Inhalt war mir noch gut im Gedächtnis.

Ich gab mich cool und zog meine Taschenuhr heraus. »Heute Nachmittag um fünf Uhr erwarte ich dich und Ole im Salonwagen.«

Fatima zog eine Braue hoch. »Nehmen wir den Afternoon Tea zusammen ein?«, fragte sie im gezierten Ton einer bessergestellten Lady. Anscheinend hatte sie sich schon einiges bei der hochnäsigen britischen Gesellschaft abgeguckt, die unter den Erste-Klasse-Reisenden stark überrepräsentiert war.

»Wir können nebenher auch Tee trinken«, stimmte ich zu.

»Aber hauptsächlich will ich einige Fakten aus dieser Epoche mit euch durchnehmen. Zum Beispiel den indischen Sepoy-Aufstand und die chinesischen Opiumkriege. Und euch ein paar Informationen über die Besiedlung von Nordamerika geben.«

»Meinetwegen«, sagte Fatima ohne einen Hauch von Interesse.

Auch Ole, dem ich noch vor der Weiterfahrt des Zuges über den Weg lief, konnte sich spannendere Unterrichtsthemen vorstellen. Erst als ich ihm erklärte, dass ich unter anderem über bestimmte kriegerische Bräuche der Indianer referieren wollte, etwa den Einsatz des Marterpfahls, die Sitte des Skalpierens und die Verwendung von Tomahawks, erwachte seine Neugier, und er versprach, sich pünktlich zum Unterricht einzufinden.

Immerhin schien er wegen letzter Nacht nicht mehr sauer auf mich zu sein.

»Hast du eigentlich inzwischen mit Fatima gesprochen?«, erkundigte ich mich beiläufig, während ich seine Fingerspitzen verarztete und mit der Pinzette einige ziemlich hartnäckige Splitter herauszog.

Ole tat so, als hätte er meine Frage nicht gehört, doch ein Hauch von Röte überzog seine gebräunten Wangen.

Ich brannte vor Neugier, sah jedoch ein, dass es mich nichts anging. Während ich seine Finger mit etwas Jod betupfte, schwor ich mir ein für alle Mal, den Mantel des Schweigens über das Thema zu breiten und mich nie wieder in die Beziehung der beiden einzumischen.

Anschließend suchte ich weiter nach Sebastiano. Es war höchste Zeit, dass wir uns wieder vertrugen. Mittlerweile wusste ich nicht mal mehr genau, wieso wir überhaupt gestritten hatten. Es gab gar keinen richtigen Grund für ein Zerwürfnis. Außerdem *hasste* ich Streit. Streit war kindisch, überflüssig und anstrengend. Leute, die sich zankten, waren einfach nur unfähig, wie vernünftige Erwachsene miteinander zu reden.

Ich fand Sebastiano vorn in der Lokomotive, wo er sich vom Maschinisten die Bedienung der Instrumente erklären ließ. Er hatte Rußspuren im Gesicht, und auch seine Hände waren schwarz vom Kohlenstaub. Ohne Kohle kein Druck im Dampfkessel und ohne Dampfdruck kein Antrieb für die Lok. Dampfmaschinen hatten in diesem Jahrhundert das moderne Industriezeitalter eingeläutet und das Transportwesen zu Lande und auf dem Wasser revolutioniert. Erst durch sie waren die entlegensten Orte der Erde in kürzester Zeit erreichbar und für uns eine Reise um die Welt in achtzig Tagen möglich geworden – zumindest theoretisch und wenn alles so klappte, wie es sollte.

Ich sah das Leuchten in Sebastianos Augen und erinnerte mich, wie er mir einmal seinen allerersten Berufswunsch anvertraut hatte: Als kleiner Junge hatte er – wie unzählige andere kleine Jungs auch – Lokomotivführer werden wollen. Später hatte er dann zu Kampfpilot und Rennfahrer tendiert, ehe er sich gängigeren Berufszielen zugewandt und ganz bieder Geschichte studiert hatte. Dass er am Ende dann doch noch in einem absolut ungewöhnlichen Job gelandet war, hätte er sich als Kind nie träumen lassen, genauso wenig wie ich.

Mein Herz strömte über vor Liebe bei seinem Anblick, und als hätte er meine Anwesenheit gespürt, drehte er sich zu mir um und lächelte. Seine Lippen formten meinen Namen, und wie von allein trugen meine Füße mich zu ihm hin. Ich ergriff seine rußigen Hände und fing an zu weinen.

Bestürzt sah er mich an. »Was ist denn los? Was ist passiert?«

»Nichts. Ich will mich nur wieder mit dir vertragen.«

Er umschloss mich mit seinen Armen. »Das möchte ich doch auch! Ich wollte mich gar nicht mit dir streiten. Ich habe mich nur so über mich selbst geärgert, dass ich Butterfield nicht früher durchschaut habe.«

»Aber ich war gemein und ungerecht zu dir.« Die Tränen wollten gar nicht mehr aufhören zu fließen.

Sebastiano schüttelte den Kopf. »*So* schlimm war es auch wieder nicht.« Er küsste mich auf die Wange. »Wahrscheinlich war der Stress mit dem Tiger und den Scones einfach etwas zu viel auf einmal. Wirklich, es macht mir nichts aus, wenn du ausnahmsweise ein bisschen launisch bist. Es kommt so selten vor, dass es mich gar nicht stört.«

Ich löste mich aus seiner Umarmung. Meine Tränen versiegten schlagartig. »Du findest mich *launisch*?«

»Nein, das habe ich doch gar nicht gesagt!«

»Doch. Sogar wörtlich. Oder willst du etwa behaupten, ich sei zu blöd zum Zuhören?«

Sein irritiertes Schweigen sprach Bände. Über seine Schulter sah ich das verhaltene Grinsen des Lokführers.

Ich ließ Sebastiano stehen und ging zurück zu unserem Waggon.

Danach war ich erst recht niedergeschmettert. Was bildete Sebastiano sich eigentlich ein? Ich war *nicht* launisch! Wie konnte er ernsthaft so was behaupten? Wenn das kein Grund zum Streiten war, was denn dann?

Die nachmittägliche Unterrichtsstunde im Salonwagen verlief ebenfalls unerfreulich. Am liebsten hätte ich gleich wieder aufgehört, zumal Ole und Fatima ohnehin kaum zuhörten. Was auch nicht weiter verwunderlich war, weil ich sehr leise sprechen musste. Die anderen Reisenden im Waggon sollten nicht alles mitkriegen, denn oft flocht ich bei meinen Ausführungen zukünftige Entwicklungen ein – solche anachronistischen Details hätte mir die Sperre bei unautorisierten Zuhörern sofort gestrichen, also bemühte ich mich lieber gleich um eine gedämpfte Stimme. Die sich allerdings manchmal nur schwer gegen das Geratter des Zuges durchsetzen konnte, was meine Schilderungen wohl noch einschläfernder machte. Ich merkte es daran, dass Ole mehrmals unverhohlen gähnte und Fatima kaum noch die Augen offen halten konnte.

Zu allem Überfluss setzte sich Fox an unseren Tisch und behauptete, sich als geschichtsbegeisterter Mensch sehr für meinen fachkundigen Vortrag zu interessieren. Ich widerstand dem Impuls, seine Äußerung als Blödsinn abzutun, denn damit hätte ich zugegeben, wie sterbenslangweilig mein Unterricht war. Also fuhr ich einfach tapfer fort, an den Mann zu bringen, was ich über diesen Geschichtsabschnitt wusste. Mit dem Ergebnis, dass sowohl Ole als auch Fatima eingedöst waren, als ich mit meiner Zusammenfassung über Aufstieg und Niedergang der Ostindien-Kompanie im britischen Empire fertig war.

Ich ersparte mir den Versuch, mit einem kurzen Abriss über die Opiumkriege in China wieder frischen Wind in die Sache zu bringen, denn damit hätte ich garantiert auch niemanden mehr vom Hocker gerissen.

Fox nippte mit angeödeter Miene an seiner Teetasse. »Warum erzählst du nicht was über die mörderische Bruderschaft der *Thuggee*? Diese Sekte indischer Meuchelmörder, die im Laufe der Jahre über eine Million Menschen ausgeraubt und umgebracht haben sollen, alles zu Ehren der Göttin Kali. Dieser Göttin begegnen die Inder übrigens mit höchstem Respekt, denn es ist nicht mit ihr zu spaßen. Wusstest du, dass Kali auf Bildern oft eine Kette aus Menschenschädeln trägt? Und einen Rock aus abgeschlagenen Armen? Willst du uns nicht darüber was erzählen?«

»Wozu? Du weißt ja anscheinend schon alles.«

Ole öffnete die Augen. »Ich will jetzt endlich was über Skalps und Marterpfähle hören.« Zu Fox sagte er: »Wir brauchen dich hier nicht. Verzieh dich!« Zur Untermauerung seiner Aufforderung legte er die Hand auf den Griff seines Säbels, den er nur zum Schlafen abnahm.

Fox sah ein, dass er Ole besser nicht provozierte. Widerspruchslos stand er auf und gesellte sich zu John Doe und Mr Preston, die am Nachbartisch saßen und Pikett spielten. Nach allem, was ich bisher mitbekommen hatte, schlug sich John Doe für einen Mann ohne Gedächtnis recht ordentlich, auch wenn Mr Preston ihm die Regeln des Spiels ständig neu erklären musste, weil John Doe dazu neigte, sie gleich wieder zu vergessen.

»Ich würde sagen, wir veranstalten jetzt mal ein Kartenspiel für richtige Männer«, sagte Fox.

»Halten Sie Pikett etwa für unmännlich, Sir?«, erkundigte Mr Preston sich leicht verstimmt.

»Was soll ich sagen … ja. Jedenfalls im Vergleich. Denn

Sie haben wahrscheinlich noch nichts von Poker gehört, dem männlichsten Spiel aller Zeiten.«

»Poker?«

»Ja. Zweiundfünfzig Karten, der Geber hält die Bank.« Fox schnappte sich den Kartenstapel und fing an zu mischen. Nebenher zündete er sich einen Zigarillo an und verpestete die Luft mit Tabakqualm.

Ich bekam einen Schwall davon ins Gesicht und musste würgen. Es stank wirklich widerlich. Ich merkte, wie mir der Curryreis vom Mittagessen hochkam.

»Der Unterricht ist für heute beendet«, konnte ich gerade noch hervorstoßen, ehe ich mir die Hand vor den Mund schlug und mich aus dem nächstbesten offenen Fenster beugte. Ich gab in hohem Bogen mein Mittagessen von mir. Leider stand der Wind ungünstig, und außerdem fuhr der Zug gerade in eine Kurve. Weiter hinten hörte ich jemanden aus einem anderen offenen Fenster bitterböse schimpfen, und ich beeilte mich, den Kopf zurückzuziehen, ehe der Betroffene mich sehen und für die Sauerei zur Rechenschaft ziehen konnte.

Anscheinend hatte ich mir den Magen verdorben. In den Tropen konnte man gar nicht genug aufpassen, was man zu sich nahm. Überall lauerten gefährliche Keime, die einem zum Verhängnis werden konnten. Bis zur Erfindung des Antibiotikums dauerte es noch Jahrzehnte, da konnte ich in der Zwischenzeit hundertmal an der Cholera gestorben sein!

Als wenig später Sebastiano auftauchte und mich als ein in Selbstmitleid versunkenes Häuflein Elend vorfand, war unser Streit vergessen. Er organisierte mir Kamillentee und bestand darauf, dass ich die Füße hochlegte. Auch sonst war er erkennbar besorgt um mich und fragte ein ums andere Mal, was er für mich tun könne. Kein Wort davon, dass er mich naiv oder launisch fand. Ich war zutiefst erleichtert, dass die Welt zwischen uns wieder – oder immer noch – in Ordnung war.

Jedenfalls für eine Weile. Aus unerklärlichen Gründen bahnte sich nämlich bald darauf der nächste Zwist an. Es begann damit, dass Sebastiano schon wieder wie ein Besessener über dem *Bradshaw's* brütete.

»Du hast dieses Kursbuch bestimmt schon hundert Mal gelesen«, sagte ich entnervt. »Kennst du es nicht langsam auswendig?«

»Noch nicht ganz.«

»Ich verstehe nicht, wieso du wieder und wieder da reingucken musst. Wenn sich unterwegs Probleme mit dem nächsten Anschluss ergeben, kannst du doch einfach erst im Bedarfsfall eine Alternative nachschlagen.«

»Ich hätte die alternativen Anschlüsse gern im Kopf. Für den Fall der Fälle.«

»Für welchen Fall?«

»Dass uns das Kursbuch abhandenkommt.«

»Wieso um alles in der Welt sollte es uns denn abhandenkommen?«

Sebastiano zählte ein paar Möglichkeiten an den Fingern ab. »Diebstahl, Raubüberfall, Sturmflut, Schiffbruch, Feuer.«

Verdrossen musste ich zur Kenntnis nehmen, dass er die besseren Argumente hatte. Doch wenigstens ließ er es nicht rechthaberisch raushängen. Er legte sogar den *Bradshaw's* zur Seite und nahm sich stattdessen den Roman von Jules Verne vor – was ich allerdings genauso überflüssig fand, denn *den* kannten wir wirklich auswendig. Zumindest das, was daran wichtig für uns war: die rätselhaften Anweisungen, die Signor Moretti zu den einzelnen Etappen unserer Reise hinterlassen hatte.

In Kalkutta beispielsweise erwartete uns folgende Aufgabe:

Findet das Haus der Schwarzen. Versiegelt das Tor jenseits der Treppe zum Wasser und hütet euch vor dem verborgenen Widersacher.

Ich fand es reichlich grotesk, dass Signor Moretti uns vor einem *Widersacher* warnte, denn bisher waren wir berechtigterweise davon ausgegangen, dass in diesem Spiel *er* der Bösewicht war.

Was unter dem *Haus der Schwarzen* zu verstehen war, mussten wir ebenfalls noch herausfinden.

Wir hatten schon hin und her überlegt, welche verborgenen Bedeutungen wohl hinter der Formulierung steckten, waren aber mit unseren Mutmaßungen noch keinen Schritt weiter. Wenigstens wussten wir, dass es dort eine *Treppe zum Wasser* geben musste.

Zu dumm, dass uns Lord Butterfields Expertise als Forscher nicht mehr zur Verfügung stand. Auch wenn er natürlich gar kein Forschungsreisender war, hätte er auf die Frage, wo sich in Kalkutta das *Haus der Schwarzen* befand, möglicherweise eine gute Antwort gewusst. Er hatte uns ja auch schon in Bombay auf die richtige Spur gebracht, sein Hinweis auf die Semantik war höchst hilfreich gewesen.

Diese Erwägungen behielt ich aber lieber für mich, denn sonst hätte Sebastiano mich bloß wieder für unbedarft gehalten. Und darauf hatte ich nun gerade *wirklich* keine Lust.

»Du siehst aus, als hättest du schlechte Laune«, meinte Sebastiano.

»Das bildest du dir nur ein«, behauptete ich, doch besonders überzeugend klang meine Antwort nicht. Eher … schlecht gelaunt. »Und falls doch, liegt es bloß daran, dass ich Hunger habe«, fuhr ich fort. Und das stimmte tatsächlich, wie ich zu meinem Erstaunen feststellte. Mir knurrte sogar der Magen, es war nicht zu überhören.

»Vorhin war dir noch schlecht«, wandte Sebastiano ein.

»Das ist mindestens eine Stunde her.«

»Nein, höchstens eine halbe.«

»Ich finde nicht, dass wir darüber diskutieren müssen«, erklärte ich. »Jedenfalls ist es lange genug her, dass ich *jetzt* Hunger habe und was essen möchte.«

»Bist du sicher, dass dein Magen das schon wieder verträgt?«, fragte Sebastiano liebevoll.

»Hundertprozentig. Er knurrt schon.«

»Ja, ich hab's gehört.« Er stand auf. »Ich besorge dir ein bisschen Zwieback.«

»Ich will Kuchen«, widersprach ich. »Oder nein, besser ein Schinkensandwich. Oder am liebsten beides, dann kann ich zuerst das Sandwich essen und anschließend den Kuchen. Oh, und vielleicht haben sie ja in der Küche auch irgendwas Saures. Ich möchte Mixed Pickles.«

Sebastiano blieb abrupt stehen und drehte sich zu mir um. »Du willst Mixed Pickles? Und Kuchen und Schinkensandwich?« Eindringlich sah er mich an. »Du kotzt gegen den Wind und willst gleich darauf alles Mögliche durcheinanderfuttern. Und dann bist du auch noch … äh, launisch.«

Ich war zutiefst verletzt und musste gegen die Tränen ankämpfen. »Wenn das wirklich deine Meinung über mich ist, hole ich mir wohl besser selber was zu essen«, sagte ich würdevoll.

»Das war keine Meinung, sondern eine Feststellung. Oder vielmehr eine Aufzählung, die ich noch beliebig fortsetzen könnte. Aber ich glaube, das muss ich gar nicht, oder? Mein Gott, Anna!« In seinem Gesicht stand ein Ausdruck, den ich nicht genau einordnen konnte, weil mehrere Gefühle in ihm um die Oberhand zu kämpfen schienen – Angst, Erstaunen, aber zugleich auch überschäumende Freude. Er kam zu mir zurück, setzte sich neben mich, schlang beide Arme um mich und drückte meinen Kopf gegen seine Brust. Sein Herz raste förmlich, ich spürte, wie es an meiner Wange hämmerte. Und als wäre es ansteckend, fing im nächsten Augenblick auch mein eigenes Herz an schneller zu klopfen.

»Oh«, flüsterte ich. Bei all dem Stress der letzten Zeit hatte ich wohl schlichtweg die simplen Tatsachen verdrängt: Wir hatten seit unserem Einsatz am Hofe von Heinrich dem Achten nicht mehr verhütet, und ich war überfällig. Und zwar schon seit einer Weile, wie ich beim raschen Nachrechnen feststellte. Dass es mir nicht längst aufgefallen war, konnte ich nur dem ganzen turbulenten Durcheinander der letzten Wochen zuschreiben.

Und dann war da noch der Traum von vergangener Nacht. Ich hatte schon öfter von dem kleinen Mädchen geträumt, doch nie zuvor hatte sie gesagt, sie bleibe bei mir. Ich hätte einfach genauer hinhören sollen.

Wir bekamen ein Kind.

Sebastiano und ich brauchten eine Weile, um uns zu fassen. Wir waren beide zittrig, aufgeregt, ängstlich, besorgt, glücklich, wobei das bloß die wichtigsten Gefühle waren, die ich näher bezeichnen konnte. Kurzum, wir befanden uns in einem totalen emotionalen Ausnahmezustand. Endlose Minuten lang hielten wir einander einfach nur fest, bis der Aufruhr in unserem Inneren sich ein bisschen gelegt hatte.

Es war natürlich nicht so, als hätte uns die Tatsache, dass wir Eltern wurden, vollkommen unerwartet getroffen. Schließlich hatten wir uns bewusst dafür entschieden. Nachdem wir unser kleines Mädchen zum ersten Mal im magischen Spiegel gesehen hatten, war für uns klar gewesen, dass wir nicht länger warten wollten. Wenn nicht jetzt, wann dann – das war unsere Devise gewesen. Unser Hochzeitstermin hatte festgestanden, unser Leben war – jedenfalls soweit bei Zeitwächtern davon überhaupt die Rede sein konnte – in halbwegs geordneten Bahnen verlaufen. Im Hintergrund hatten mächtige Feinde gelauert, doch mit José und Barnaby hatten wir ebenso mächtige Beschützer gehabt. Wir hatten auf ein Gleichgewicht der Kräfte vertraut und auf die Macht unserer Liebe, die uns dabei helfen würde, die Zukunft in unserem Sinne zu gestalten.

Dass sich so schnell eine neue Bedrohung manifestieren konnte, hatte niemand von uns erwartet. Ein jäher Anflug von Angst breitete sich in mir aus. Das Spiel, das Signor Moretti uns aufgezwungen hatte, wies vielleicht Komponenten auf, die wir noch gar nicht kannten. Ganz zu schweigen davon, dass die dämonischen Mächte sich wieder eingemischt hatten und ihre eigenen Interessen verfolgten.

Sebastiano rückte ein Stück von mir ab und strich mir das Haar aus der Stirn. »Wie fühlst du dich?«

»Gut«, sagte ich, was zumindest teilweise der Wahrheit entsprach, denn trotz aller Widrigkeiten und Sorgen war ich unbeschreiblich glücklich. »Ich frage mich bloß, wie es sein kann, dass du es eher gemerkt hast als ich.«

»Ich hatte letzte Nacht einen Traum von unserer Tochter. Sie sagte mir, sie sei jetzt bei dir.«

»Oh«, flüsterte ich, und nun kamen mir doch die Tränen. »Ich habe auch von ihr geträumt.«

Er blickte mich ernst an. »Ab sofort gehst du ohne mich nirgendwohin.«

Ich wischte mir die Wangen ab und musste lächeln. »Nicht mal aufs Klo?«

»Du weißt, was ich meine. Keine spontanen Abstecher aus dem Zug, keine unbewachten Landausflüge bei den Schiffsreisen. Was immer du unternimmst – du musst mir vorher Bescheid sagen.«

Obwohl das nach arg übertriebener Bevormundung klang, nickte ich nur friedfertig. Seit ich wusste, was mit mir los war, schien ich deutlich weniger auf Krawall gebürstet zu sein. (Wobei ich die Bezeichnung *launisch* wirklich überzogen fand – ich hatte bloß meine Standpunkte vertreten!)

Sebastianos Gesichtszüge hatten sich verhärtet. »Die Karten sind jetzt neu gemischt, nicht nur wegen Butterfield. Wir müssen uns nach allen Seiten absichern, auch im Spiel gegen Moretti.«

Ich gestand, dass mir gerade eben ähnliche Gedanken durch den Kopf gegangen waren, die ich aber nicht an mich heranlassen wollte. Nicht in diesem Moment. »Wir müssen die Reise um die Welt unbedingt schaffen«, beschwor ich ihn. »Sonst ist das Spiel verloren, und das wäre gerade jetzt … Ich könnte es nicht ertragen, wenn …« Ich brach ab und holte verzweifelt Luft. »Versprich mir, dass wir planmäßig weitermachen und alle Aufgaben erfüllen!«

»Ich habe nicht vor, das Spiel abzubrechen«, beruhigte Sebastiano mich. »Wir müssen sowieso nach Europa zurück, denn da gibt es die einzigen regulären und verlässlich eingestellten Portale.«

»Vielleicht brauchen wir ja gar kein Portal für die Rückkehr. Denn wenn wir das Spiel gewinnen, muss Signor Moretti uns die Zeitmaschine zurückgeben. Oder glaubst du, er hat uns belogen und wird sie nicht mehr herausrücken?«

»Nein, das ist nicht der Stil der Alten. Aber bis zum Ende der Reise hat Moretti garantiert noch Asse im Ärmel, die wir nicht kennen. Und wenn es hart auf hart kommt, will ich ein sicheres Portal nach Hause in der Nähe haben.« Sebastiano strich mir sanft eine Haarsträhne hinters Ohr. »In Europa gibt es außerdem bessere Ärzte, falls du mal einen brauchst.«

»Ich habe nicht vor, in dieser Epoche zu irgendeinem Arzt zu gehen«, erklärte ich. »Weder jetzt noch später. Schon gar nicht zu einem Frauenarzt.«

Die meisten Gynäkologen dieser Zeit waren nämlich erschreckend rückständig. Erst seit ein paar Jahren kam man allmählich dahinter, dass deutlich mehr Mütter und Kinder Geburt und Wochenbett überlebten, wenn die Ärzte sich mal gelegentlich die Hände wuschen und ihre Instrumente desinfizierten. Doch von diesem neumodischen Ansatz war die medizinische Fachwelt in dieser Epoche nur schwer zu überzeugen. Es würde noch etliche Jahre dauern, ehe sich – sehr langsam und nur nach und nach – moderne Hygienestandards durchsetzten.

Nein, ich würde mich und mein Kind garantiert keinem Scharlatan ausliefern, der Antisepsis für Spinnerei hielt. Zum Glück war eine Schwangerschaft keine Krankheit. Bis zu unserer Rückkehr in unsere eigene Zeit würde ich auch ohne Arzt klarkommen und anschließend alle verpassten Vorsorgeuntersuchungen nachholen.

»Sagen wir es den anderen?«, fragte ich.

Sebastiano zögerte, dann nickte er. »Ole und Fatima sollten es auf alle Fälle erfahren. Was Fox angeht – ich weiß nicht. Der Kerl ist und bleibt mir unsympathisch. Und John Doe geht es auch nichts an, zumal der momentan nicht mehr Verstand hat als ein Stück Brot. Sein Kopf wurde wirklich sehr gründlich leer geräumt.«

Wir konnten nach wie vor nicht ausschließen, dass Moretti für John Does Zustand verantwortlich war und ihn bei uns eingeschleust hatte, weil er ihn auf irgendeine kranke Weise zum Teil seiner Pläne machen wollte. Aber ganz sicher konnten wir nicht sein, auch nicht, was John Does Rolle in diesem Spiel anging. *Dass* er eine hatte, zogen wir allerdings nicht in Zweifel, wobei es theoretisch jedoch möglich war, dass seine Anwesenheit sich zu unseren Gunsten auswirkte, so ähnlich, wie es bei Fox schon eingetreten war: Hätte der nicht den Schuss abgefeuert, wären Sebastiano oder ich dem Angriff des Königstigers zum Opfer gefallen.

Sebastiano küsste mich und stand auf. »Bevor wir mit Ole und Fatima reden, muss ich noch was Wichtiges erledigen.«

Verwirrt blickte ich zu ihm hoch. »Was denn?«

»Mixed Pickles besorgen.«

Wir kamen frühmorgens in Kalkutta an. Die Verspätung betrug zwar mehrere Stunden, hätte aber deutlich schlimmer ausfallen können. Einen Teil der verlorenen Zeit hatten wir durch schnellere Geschwindigkeit und verkürzte Aufenthalte bei den nachfolgenden Bahnstationen wettgemacht. Inzwischen wusste ich, dass Sebastianos Unterredung mit dem Lokomotivführer genau diesem Zweck gedient hatte: Für die Mehrarbeit des Maschinisten, den erhöhten Kohleverbrauch und die raschere Weiterfahrt war zwar ein Teil unserer leider nun noch kleineren Reisekasse draufgegangen, aber das war immer noch besser, als das Dampfschiff zu verpassen, das pünktlich um zwölf Uhr mittags nach Hongkong ablegen würde. So trafen wir rechtzeitig genug in Kalkutta ein, um ebenso wie in Bombay – was ein erstaunlicher Zufall und somit sicher ein gutes Zeichen war – fast vier Stunden Zeit für das Schließen des dort befindlichen Tors zur Verfügung zu haben. Genau diese zusätzlichen Stunden hatte Sebastiano uns in weiser Voraussicht verschafft. Ich hatte reumütig beschlossen, ihn nie wieder wegen des *Bradshaw's* zu nerven.

Nach unserer Ankunft organisierte er den Transport unseres Gepäcks zum Hafen, während wir anderen uns von Mr Preston verabschiedeten, dessen Reise in Kalkutta endete. Er war untröstlich, dass Fatima ab sofort ohne seine Begleitung auskommen musste, und er beteuerte ihr mit zahlreichen blumigen Wendungen, wie sehr sie ihm ans Herz gewachsen sei.

»Meine liebe Mutter hätte es in höchstem Maße gebilligt«, stammelte er beispielsweise, ohne genau zu erklären, was damit gemeint war. Doch das war leicht zu erraten, denn als er sich ein letztes Mal vorbeugte und Fatima die Hand küsste, hatte er Tränen in den Augen. Ole beobachtete es mit geballten Fäusten und entspannte sich erst, als Mr Preston einen Schritt zurücktrat.

Die Stimmung zwischen Ole und Fatima kam mir immer noch vor wie elektrisch aufgeladen. Harmonie sah anders aus. Sie schienen einander irgendwie zu belauern, als ob sie darauf warteten, dass einer von ihnen beiden aus der Deckung kam. Keiner wollte sich als Erster die Blöße geben, auf den anderen zuzugehen.

Das, was im Dschungel zwischen ihnen passiert war, schienen sie aus ihrem Gedächtnis getilgt zu haben.

»Sie tun einfach so, als wäre es nicht passiert«, hatte Sebastiano gemeint, als ich mit ihm darüber gesprochen hatte. »Weil sie nicht sicher sein können, ob nicht doch ein falscher Zauber im Spiel war.«

Mr Preston zog den Abschied von Fatima selbstquälerisch in die Länge. »Vielleicht sehen wir uns einmal in Europa wieder«, sagte er gerade mit hoffnungsvoller Stimme.

Fatima strahlte ihn gewohnheitsmäßig an. »Wieso nicht?«

Mr Preston legte sich die Hand aufs Herz. »Fürwahr, Sie machen mich zum glücklichsten Mann des Empire!«

Ich hörte Oles Fingerknöchel knacken. »Wir sollten uns schon mal nach einem guten Führer umsehen«, sagte ich eilig zu ihm, um ihn von Mr Preston abzulenken. Ich warf einen Blick auf meine Taschenuhr, die ich bereits auf die örtliche Zeit umgestellt hatte. »Jede Minute zählt.«

Damit weckte ich Mr Prestons Aufmerksamkeit. »Müssen Sie wieder eine Sehenswürdigkeit finden? Vielleicht kann ich Ihnen weiterhelfen. Ich war schon mehrmals in Kalkutta.«

Einen Versuch war es wert. »Wir müssen zum *Haus der Schwarzen.*«

»*Haus der Schwarzen, Haus der Schwarzen*«, wiederholte Mr Preston ratlos. »Ist das womöglich eine Anspielung auf Menschen von dunkler Hautfarbe? Das trifft in Kalkutta auf ausgesprochen viele Einwohner zu.«

»Es muss da eine Treppe zum Wasser geben.«

»Wasser …«, meinte Mr Preston nachdenklich. »In Kalkutta gibt es sehr viel Wasser. Der Ganges mit all seinen Nebenarmen und Seitenkanälen … Und natürlich gibt es an den Ufern auch viele Treppen, wo die Leute ins Wasser steigen und sich waschen können.«

»Ich besorge uns dann mal eben einen vernünftigen Führer«, sagte Ole von oben herab.

»Ich weiß es«, meldete sich John Doe, der die ganze Zeit stumm dagestanden und geistesabwesend in die Runde geblickt hatte.

Ole blieb stehen und starrte ihn an. »Was weißt du?«

»Ich weiß, was das *Haus der Schwarzen* ist.«

»Wirklich?«, fragte ich perplex. »Seit wann?«

»Seit man es mir sagte.«

»Wer sagte es dir denn?«

»Lord Butterfield. Er nahm mich zur Seite und schärfte es mir ein, bevor er fortging, und er betonte, ich müsse es mir merken, da es sehr wichtig sei.«

»Es wäre mir neu, dass du dir irgendwas merken kannst«, sagte Fox, der die Unterhaltung argwöhnisch verfolgt hatte.

John Doe achtete nicht auf ihn. »*Die Schwarze* ist auf Sanskrit der Name der Göttin Kali«, führte er mit monotoner Stimme, aber ohne innezuhalten aus. »Mit *Haus* ist ein Tempel gemeint, der ihr zu Ehren errichtet wurde.«

Ich wechselte fassungslose Blicke mit Sebastiano, der sich nach dem Verladen des Gepäcks zwischenzeitlich wieder zu uns gesellt und alles mitbekommen hatte.

»Damit wissen wir aber noch immer nicht, wo dieser Tempel steht«, sagte Fox verdrießlich. »Wahrscheinlich gibt es in Kalkutta Hunderte Kali-Tempel und mindestens genauso viele Führer, die allesamt nur auf unser Geld aus sind.«

»Der Tempel steht am Ufer des Adi-Ganga-Kanals, zu welchem eine große Treppe hinabführt«, erklärte John Doe in leierndem Tonfall.

Fox glotzte ihn an. »Ich fasse es nicht. Und das hat dir alles der Fettklops erzählt? Der scheint ja wirklich viel zu wissen. Wieso hast du ihn nicht auch nach deinem Namen und deiner Herkunft gefragt, das hätte sich doch angeboten.«

John Doe sah verwirrt aus. »Ich weiß nicht.«

»Ich kenne den Weg zu diesem Tempel«, erklärte Mr Preston eifrig. »Denn ich war schon einmal dort. Gestatten Sie, dass ich Sie hinführe, es ist gar nicht weit!«

Er war hocherfreut, dass er damit einen Grund hatte, noch eine Weile bei uns zu bleiben. Genauer gesagt: dass er Fatima höflich seinen Arm reichen konnte, damit sie nicht ohne männliche Unterstützung laufen musste.

Das Intermezzo im Dschungel schien Mr Preston ebenso wie Fatima und Ole einfach aus seiner Erinnerung gestrichen zu haben. Er ging weiterhin davon aus, dass Fatima noch ungebunden und keineswegs mit Ole verlobt war – eine logische und naheliegende Annahme, denn schließlich gingen die beiden einander beharrlich aus dem Weg und ignorierten sich gegenseitig.

Ich spannte meinen Sonnenschirm auf und hängte mich bei Sebastiano ein, denn ich wollte mit ihm unter vier Augen über die plötzliche Wendung sprechen, mit der John Doe uns so unerwartet konfrontiert hatte.

»Was denkst du?«, fragte ich. »Wieso hat Lord Butterfield uns schon wieder geholfen?«

»Aus demselben Grund wie bei dem Tiger. Auf den ersten Blick sieht es so aus, als stünde er auf unserer Seite. Aber ich bin sicher, dass es ihm dabei nur um seine eigenen Interessen geht.«

»Ob er in die Zukunft blicken kann, mit einem Spiegel oder so?«

»Was das *Haus der Schwarzen* betrifft, könnte er theoretisch unsere Gespräche über das Thema belauscht oder einen heimlichen Blick auf Morettis Anmerkungen geworfen haben. Aber ich vermute, dass er tatsächlich einen Zugang zu künftigem Wissen hat, denn sonst hätte er die Sache mit dem Tiger nicht voraussehen können. Immerhin ist eine Sache dadurch jetzt klarer geworden: Butterfield und Moretti stecken bei diesem Spiel nicht unter einer Decke. Butterfield versucht offenbar, Moretti auszubooten.« Sebastiano unterbrach sich. »Aber mach bloß nicht wieder den Fehler, das *nett* zu finden, hörst du?«

»Tu ich ja gar nicht«, verteidigte ich mich, obwohl ich in diesem Moment genau das gedacht hatte.

Sebastiano schien es zu ahnen. »Anna, er hilft uns nur, weil er sich unser Kind unter den Nagel reißen will. Denen geht es nur um Macht. Das sind keine Menschen.«

Obwohl es in der tropischen Morgensonne bereits sehr warm war, fröstelte ich. Sebastiano hatte recht, ich musste mich hüten, den Alten und den Dämonen menschliche Regungen zu unterstellen, wo es keine gab. Diese Wesen dachten in anderen Kategorien. Es mochte Ausnahmen geben, so wie José und Barnaby. Aber mit solchen Ausnahmen war es wie in der Mathematik – sie bestätigten bloß die Regel.

Das Stadtbild von Kalkutta wies mit seiner Mischung aus indischer und europäischer Architektur Ähnlichkeiten mit Bombay auf, obwohl hier alles noch dörflicher und überschaubarer wirkte. Das hinduistische *Divali*-Fest schien mehrere Tage zu umfassen, denn es war immer noch im Gange – auch hier waren die Straßen und Plätze malerisch geschmückt, ebenso wie die Tempelanlage, zu der Mr Preston uns führte. Sie bestand aus mehreren großen Bauwerken mit pagodenartigen Dächern und war umgeben von strohgedeckten Hütten. Zum Kanal hin fiel das grasige, mit Sträuchern bewachsene Ufer steil ab. Von dem großen Platz zwischen den Tempelbauten führte eine breite Freitreppe direkt zum Wasser hinunter.

Unten dümpelten mehrere überdachte *Dinghis*, und auf den Stufen der Treppe hielt sich etwa ein Dutzend Einheimischer auf. Mindestens ebenso viele waren ins Wasser gewatet und wuschen sich dort mit gemächlichen Bewegungen.

Als wir die Treppe hinabstiegen, trafen uns neben neugierigen auch feindselige Blicke. Viele Inder fühlten sich durch die Kolonialherrschaft unterjocht. Ein Aufstand im Jahr 1857 war blutig niedergeschlagen worden, es hatte auf beiden Seiten Massaker gegeben. Mahatma Gandhi war schon geboren, doch es würde noch mehr als sechs Jahrzehnte dauern, bis sein gewaltloser Widerstand dem Land die Unabhängigkeit brachte.

Daran musste ich denken, während wir einer nach dem anderen über die niedrige Seiteneinfassung der Treppe stiegen – unsere Gruppe konnte ja schlecht ins Wasser spazieren – und uns auf dem Abhang neben den Stufen versammelten.

Dort blieben wir ein wenig unschlüssig stehen und sahen uns um.

»Wo soll denn hier das Tor sein?«, fragte Fox. Es klang schadenfroh.

»Welches Tor?«, fragte Mr Preston.

Fox kicherte. »Das dürfen wir nicht verraten. Es ist ein ganz großes Geheimnis. Ich könnte versuchen, es Ihnen zu sagen, aber ich würde es gar nicht herauskriegen. *So* geheim ist es!« Herausfordernd grinste er in die Runde.

Ole zog seinen Säbel und ging auf ihn los. »Willst du Ärger, du Ratte?«

Die Menschen auf der Treppe und im Wasser wurden unruhig, aufgeregtes Stimmengewirr erhob sich, man konnte einzelne Satzfetzen verstehen.

»Fremde ohne Respekt …«

»Keine Achtung vor unserer heiligen Stätte …«

Das weitere Gespräch der Männer drehte sich darum, ob sie die Wachmannschaft rufen oder uns besser gleich eigenhändig ergreifen und wegbringen sollten. Wobei auch in ihre Argumente einfloss, dass Ole sehr groß war und sehr gefährlich aussah und somit vielleicht einiges an Gegenwehr zu befürchten sei.

Sebastiano fluchte unterdrückt. »Ole, du Idiot! Steck den Säbel weg!«

Ole gehorchte, doch es war schon zu spät. Jemand rief laut nach den Tempelwächtern, die gleich darauf im halben Dutzend anrückten. Das sah nach Ärger aus.

»Wir sollten lieber rasch das Weite suchen«, meinte Mr Preston besorgt. »Dies ist eine wichtige hinduistische Kultstätte, und bei den hiesigen religiösen Riten und Festen haben wir Europäer uns herauszuhalten und müssen die indischen Sitten und Gebräuche respektieren.« Ihm fiel eine Einschränkung ein. »Nun ja, Menschenopfer und Witwenverbrennungen sind verboten.«

»Zum Weglaufen ist es zu spät«, sagte Ole. Er reckte sich und ballte knackend die Hände zu Fäusten. »Ich kann zwei von denen erledigen. Sebastiano ebenfalls.«

»Ich auch«, sagte Fatima. Sie wippte in den Knien und lockerte ihre Schultern. »Damit hätten wir alle sechs versorgt.«

»Aber Miss Fatima!«, sagte Mr Preston betroffen. »Was reden Sie denn da?« Fürsorglich ergriff er ihren Arm, anscheinend glaubte er, dass sie in dieser Situation stärkeren Halt benötigte. Sie stieß ihn mit einem Ruck weg, um die Hände frei zu haben.

Ich wusste nicht, wo sie ihre Messer verbarg – vielleicht unter der Tournüre, die sie heute angelegt hatte? Oder doch eher im Sonnenschirm? Sie hatte ihn die ganze Zeit nicht aufgeklappt! –, aber ich bezweifelte nicht, dass sie blitzschnell jedes einzelne davon zum Einsatz bringen würde, wenn es darauf ankam.

»Keine Waffen, kein Blutvergießen«, sagte Sebastiano ruhig. »Wir regeln das gütlich.«

»Das wird sehr teuer, Sir«, gab Mr Preston zu bedenken. »Man wird Ihnen vermutlich Ihre gesamte Barschaft abverlangen.«

Dasselbe befürchtete ich auch. »Wir brauchen das Geld für das Dampfschiff nach Hongkong«, wandte ich entsetzt ein.

Wobei sich diese Frage ohnehin erledigt hätte, wenn wir das Tor nicht bald fanden. Denn in diesem Fall brauchten wir uns erst gar nicht einzuschiffen, weil wir das Spiel gegen Signor Moretti dann verloren hatten. Bei dem Gedanken an die Konsequenzen schien sich eine eiserne Klammer um mein Herz zu legen.

Irgendwas *musste* ich unternehmen!

Ich hatte immer noch die Maske. Damit konnte ich in eine beliebige Zeit und an einen beliebigen Ort springen, mir dort einen Haufen Geld besorgen, es hier irgendwo in der Gegend abholbereit verstecken und dann zu den anderen zurückspringen. Verzweifelt überlegte ich, ob ich es einfach wagen sollte. Doch was passierte, wenn es schiefging, weil ich Esperanzas Ermahnung missachtete?

Du darfst mit ihr die Zeit nur wechseln, wenn du bereit bist, die Schwelle des Todes zu überschreiten.

Ich war definitiv nicht bereit zu sterben. Im Gegenteil. Also konnte ich die Maske nicht benutzen, denn womöglich machte ich damit alles nur noch schlimmer.

Die Tempelwächter bauten sich in bedrohlicher Haltung vor uns auf. Sie waren mit Keulen und Säbeln bewaffnet und machten einen überaus reizbaren Eindruck auf mich. Ihr Kommandant forderte uns mit barschen Worten zum Mitkommen auf.

»Wir werden nun zweifelsohne in den örtlichen Kerker verbracht«, stieß Mr Preston vor. »Dort soll es *sehr* unersprießlich zugehen.« Seine Stimme klang ganz piepsig vor Angst, doch er wirkte mit einem Mal sehr entschlossen. »Es muss wenigstens *einer* von uns weglaufen. Am besten jemand, der den Weg zum Hauptsitz der britischen Kommandantur kennt und sich dort für die Befreiung der anderen starkmachen kann. So wie beispielsweise ich.« Im selben Atemzug hatte er sich auch schon in Bewegung gesetzt und rannte wie ein Wiesel davon.

War das jetzt hilfsbereit oder doch eher feige? Ich konnte nicht groß darüber nachdenken, denn ich wurde durch eine Debatte der Tempelwächter abgelenkt, die sich nicht einigen konnten, ob man den Flüchtigen verfolgen sollte. Doch auch diese Frage blieb am Ende unbeantwortet, denn im nächsten Moment geschah etwas, mit dem keiner von uns gerechnet hatte.

Nur wenige Meter vom Ufer entfernt schien das Wasser plötzlich in Wallung zu geraten. Die Oberfläche blubberte, als würde es darunter kochen, und mit einem Mal roch es nach faulen Eiern. Ein Schimmer rötlichen Lichts schien sich vom Grund des Kanals her auszubreiten.

Die Tempelwächter wichen zurück. Im nächsten Moment wurden ihre Gesichter leer, ihr Blick benommen. Den Männern im Wasser und auf der Treppe erging es ebenso. Wie in Trance stierten sie vor sich hin. Ihre bewusste Wahrnehmung hatte ausgesetzt – der Beweis dafür, dass sich gerade ein Zeitportal öffnete, ein Vorgang, der zufällig anwesenden Menschen stets verborgen blieb. Hier konnten die Betroffenen noch von Glück sagen, dass sie nicht ohnmächtig umsanken, denn auch das passierte bei manchen Portalen. Nur Eingeweihte und Zeitreisende waren von diesem Effekt ausgenommen.

»Schwefelgestank«, sagte Sebastiano. »Ein Dämonentor. Ich kümmere mich darum.« Und schon hatte er einen der hell schimmernden Bezwinger hervorgezogen und watete ins Wasser.

»Nein!«, schrie ich. »Geh nicht allein dahin!«

Ich war wie von Sinnen vor Angst, dass sich das Tor gleich richtig öffnen und eine Horde gefräßiger Dämonen ausspucken würde, die sich sofort mit vereinten Kräften auf Sebastiano stürzten. Doch Sebastiano ließ sich nicht beirren und watete auf die Stelle zu, den Bezwinger einsatzbereit in der Hand. Das rote Licht wurde intensiver, das Wasser leuchtete immer stärker, und der durchdringende Schwefeldampf verschlug mir den Atem. Dennoch zögerte ich keinen Moment lang, Sebastiano zu folgen, ebenso wenig wie Ole und Fatima. Sie hielten ihre Bezwinger bereits in der Hand und schickten sich an, in den Kanal zu steigen.

Im nächsten Moment durchstieß etwas die Wasseroberfläche. Schwarze Schwingen entfalteten sich mit einem *Plopp* in der Luft und verteilten eine Million winziger Tropfen, die im Sonnenlicht einen glitzernden Vorhang bildeten. Wie in einer Zeitrafferaufnahme riss das geflügelte Wesen Sebastiano die Messingscheibe aus der Hand und tauchte mit angelegten Schwingen pfeilschnell wieder in den Kanal. Unmittelbar darauf wurde das Blubbern zu einem wilden Brodeln, riesige Luftblasen stiegen empor und zerplatzten mit betäubendem Schwefelgestank. Ringsherum wurde das Wasser durch ein unheimliches blutrotes Glühen erhellt.

Einen Atemzug später hörte es auf. Das rote Licht erlosch, und das Blubbern erstarb.

Gebannt starrten wir auf die nun wieder still und völlig normal und unauffällig wirkende Stelle. Und schrien eine Sekunde später überrascht auf, als sich erneut die Oberfläche teilte und Barnabys zerknautschtes Gesicht zum Vorschein kam.

Er spuckte einen Schwall Kanalwasser aus und paddelte ungeschickt mit den Händen herum. »Sorry, dass ich mich da mal kurz eingemischt habe«, sagte er zu Sebastiano, während er ihm die Scheibe zuwarf. »Aber das hätte sonst einfach zu lange gedauert.«

Sebastiano fing die Scheibe geschickt auf. »Ach, Barnaby, ich beschwere mich nicht wirklich.« Er lachte übers ganze Gesicht. »Wir haben dich schon vermisst.«

»Das will ich hoffen.« Barnaby zupfte sich die triefende Kappe zurecht, unter der sich seine Hörner verbargen. »Mich und die Geldtasche!« Irgendwie hatte er sich unter Wasser auch seine Jacke wieder angezogen, und seine Stiefel trug er bestimmt auch schon. Sobald er an Land kam, würde keiner vermuten, dass er etwas anderes war als ein sehr klein geratener, buckliger Mann.

»Oh«, meinte er dann erstaunt japsend. »Ich glaube, ich kann gar nicht schwimmen.« Und schon ging er unter.

Sebastiano griff hastig zu und zog ihn wieder hoch, dann klemmte er sich den kleinen Dämon unter den Arm und watete an Land.

»Ich hätte auch fliegen können«, sagte Barnaby prustend. »Aber trotzdem danke.«

»Keine Ursache.« Sebastiano setzte ihn am Ufer ab und wischte sich die nassen Locken aus der Stirn. Sein Blick suchte meinen, und in seinen Augen fing sich das schimmernde Blau des Himmels.

Ich strahlte ihn an und war so erleichtert, dass mir erst verzögert bewusst wurde, in was für einer brisanten Situation wir immer noch steckten.

Die Tempelwächter hatten, ebenso wie die übrigen Männer auf der Treppe und im Wasser, die ganze Zeit vollkommen versunken dagestanden und das Geschehen nicht wahrgenommen, doch in wenigen Augenblicken würden sie wieder zu sich kommen und sich entsinnen, dass wir Störenfriede waren.

Zum Glück hatten wir jetzt genug Geld, um die ganze Sache auf vernünftige Weise wieder in Ordnung zu bringen. Aber Barnaby war anderweitig beschäftigt. Er flitzte über die Böschung und sprang behände auf die Treppe. Dort versuchte gerade jemand, sich klammheimlich dünnzumachen. Erst beim zweiten Hinsehen erkannte ich den Mann, hinter dem Barnaby her war. Es war Singh, Lord Butterfields stummer Diener!

Hastig schubste er die immer noch benommenen Männer um ihn herum zur Seite und eilte die Treppe hinauf, doch Barnaby war ihm dicht auf den Fersen und sprang ihm mit einem Satz ins Genick.

Singh riss den Mund sperrangelweit auf (nein, es war eher ein Maul, denn darin gab es definitiv zu viele und zu spitze Zähne) und stieß ein nichtmenschliches Geräusch aus, irgendetwas Unbeschreibliches zwischen Fauchen und Kreischen, das allerdings im nächsten Augenblick abrupt verstummte. Wahrscheinlich schrie er noch weiter, doch da er jetzt kleiner war als die allerkleinste Bazille, konnte es niemand mehr hören. Für das normale Auge war er verschwunden, Barnaby hatte ihn erfolgreich weggeschrumpft.

Hurtig kam der kleine Dämon nach getaner Tat zu uns zurückgerannt. »Schnell, hierher«, rief er, während er bereits in eines der am Ufer liegenden Dinghis sprang.

Sebastiano zögerte, er hatte wohl immer noch vor, alles auf

die geschäftliche Art zu regeln, sprich, die Tempelwächter mit Barem zu besänftigen.

Doch das leise Jucken in meinem Nacken sagte mir, dass das zu riskant war. Wenn wir blieben, drohte uns Gefahr. Es konnte alles Mögliche passieren: Die Bestechung konnte in die Hose gehen. Vielleicht wollten sie gleich alles, also die ganze Gürteltasche. Möglicherweise ging es ihnen aber auch gar nicht ums Geld, sondern ums Prinzip, weil wir uns ungebührlich benommen und den Frieden der Tempelanlage gestört hatten.

Mir fiel wieder ein, welche Strafe ein britisches Gericht dem Diener von Phileas Fogg in Kalkutta aufgebrummt hatte. Vierzehn Tage hinter Gittern, weil Passepartout aus Versehen mit Schuhen einen Hindutempel betreten hatte – die Kaution, durch deren Zahlung er freigekommen war, hatte einen Riesenbatzen aus Mr Foggs Geldsack verschlungen.

Ich hatte keine Ahnung, was auf das Herumfuchteln mit einem Säbel stand und welche Kaution fällig werden würde, um Ole vor dem Gefängnis zu bewahren. Doch das war in dem Fall sowieso egal – wir hatten einfach keine Zeit für eine Gerichtsverhandlung. Wir hatten *überhaupt* keine Zeit, denn wenn wir jetzt zu irgendeiner Wache oder Behörde mitgehen mussten, verpassten wir das Schiff.

Und bei alledem war noch gar nicht das Risiko einkalkuliert, dass irgendein Würdenträger womöglich von Barnaby verlangte, die Mütze abzunehmen!

»Barnaby hat recht!«, rief ich Sebastiano zu. »Wir müssen so schnell wie möglich von hier weg.«

Die anderen brauchten keine Extraeinladung und beeilten sich genauso wie ich, Barnaby auf das Boot zu folgen. Dessen Besitzer befand sich jedoch dummerweise ebenfalls an Bord. Er hatte sich unter der halbrunden Überdachung zu einem Vormittagsschläfchen hingelegt und fuhr schimpfend hoch, als auf einmal eine Schar ungebetener Gäste sein Dinghi stürmte. Ole packte ihn beim Kragen und hievte ihn kurzerhand über das Dollbord ins Wasser, das dort zum Glück nur hüfttief war.

Barnaby grub eine Handvoll Sovereigns aus der Gürteltasche und überreichte sie dem Mann. »Hier, kauf dir ein neues Boot. Oder mehrere.«

Das Zetern verstummte abrupt. Der Mann starrte ungläubig die Goldmünzen auf seiner Handfläche an. Dann verfolgte er mit großen Augen, wie Sebastiano und Ole sich in die Riemen legten. Das Boot nahm rasch Fahrt auf. Keinen Moment zu früh, denn die Tempelwächter hatten ihre Benommenheit abgeschüttelt und blickten sich verwirrt um. Als sie gewahr wurden, dass wir abgelegt hatten und uns bereits in sicherer Entfernung befanden, schallten uns zornige Rufe hinterher.

Hoffentlich kam keiner von ihnen auf den Gedanken, uns im Hafen abzufangen! Doch das Jucken in meinem Nacken war verebbt, wir hatten die richtige Entscheidung getroffen. Trotzdem hatte ich immer noch ein mulmiges Gefühl, wie von einer schleichend einsetzenden Bedrohung, die sich nicht richtig fassen ließ, weil die Zeit, in der sich die Gefahr manifestieren konnte, noch zu weit in der Zukunft lag.

Teil 3

Wir waren alle sehr erleichtert, Barnaby wieder bei uns zu haben, denn so waren wir unsere drängendste Sorge erst einmal los. Es reiste sich einfach deutlich unbeschwerter mit einer Tasche voller Gold, die niemals leer wurde.

Über sein Verschwinden erzählte er mir und Sebastiano später in der Abgeschiedenheit unserer Schiffskabine eine haarsträubende Geschichte: In Suez habe er es nicht mehr rechtzeitig auf die *Mongolia* geschafft, weil er länger als erwartet gebraucht habe, um den zweiten Dämon aufzuspüren, der durch das Portal entwischt war. Und natürlich habe er uns *nicht* einfach hinterherfliegen können (das sei wirklich bloß ein Scherz gewesen, nachdem Fox das so flapsig ins Gespräch gebracht hatte); vielmehr sei er gezwungen gewesen, uns auf diversen ungemütlichen Seelenverkäufern und sonstigen morschen Kähnen hinterherzufahren. In Bombay habe er die Eisenbahn ganz knapp verpasst. Daher habe er, so ähnlich wie Phileas Fogg in Jules Vernes Roman, einen Elefanten mitsamt *Mahut* gemietet, um uns hinterherzureiten. Aber natürlich nicht die ganze Strecke quer durch den indischen Kontinent, sondern nur bis zur nächsten Bahnstation. Von dort habe ihn eine Eisenbahn-Draisine, betrieben von der Muskelkraft mehrerer kräftiger Inder, das nächste Teilstück bis hin zu der Stelle gebracht, wo unser Zug wegen der fehlenden Schienen liegen geblieben war.

Dort angekommen, habe er entsetzt festgestellt, dass sich

Dämonen in unsere Reisegruppe eingeschlichen hatten. Und schlimmer noch: Sie hatten ihn entdeckt.

»Mir blieb keine Wahl, ich musste mit in die Dämonenwelt zurückkehren«, berichtete Barnaby niedergeschlagen. »Befehl ist Befehl.«

»Hättest du sie nicht alle beide einfach verkleinern können?«, fragte ich.

»Einen Behemoth kann niemand verkleinern«, antwortete Barnaby.

Mit dieser düsteren Bemerkung versetzte er uns einen ziemlichen Schrecken. Dass es sich bei Lord Butterfield um einen hochgestellten Dämon handelte, hatten wir zwar wegen seiner gewählten Ausdrucksweise und unverkennbaren Klugheit bereits vermutet, doch dass er jener Dämonenfürst persönlich war, traf uns gänzlich unvorbereitet. In der Dämonenwelt gab es noch andere seines Ranges, aber er war, wie wir schon früher erfahren hatten, dort einer der mächtigsten Herrscher. Und er verfolgte eindeutig dunkle Interessen. Ursprünglich hatte er mit Mr Fitzjohn, unserem einstigen Widersacher, gemeinsame Sache gemacht, um über Sebastiano und mich an den geheimnisvollen, magischen Schlüssel der Zeit zu kommen. Dieser Schlüssel war unser Kind, dem machtvolle Kräfte geweissagt worden waren. Barnaby hatte es uns einmal eindringlich beschrieben:

Der Schlüssel öffnet alle Portale in alle Zeiten, an allen Orten, wo es einem beliebt. Und er kann Durchgänge zwischen den Welten schaffen, wo immer und wann immer man es will. Dauerhafte Zugänge …

Es war also völlig klar, worauf die dämonischen Mächte es abgesehen hatten. Wir durften keinen Augenblick in unserer Wachsamkeit nachlassen, um unser kleines Mädchen zu beschützen – jetzt mehr denn je, denn es hatte die Grenze von der Zukunft in die Gegenwart bereits durchschritten und war bei uns.

Und zwar ganz ohne den Einfluss von Scones und sonstigen Appetithäppchen, wie ich mir mittlerweile ausgerechnet hatte – ich war längst schwanger gewesen, als Lord Butterfield in Suez an Bord der *Mongolia* gekommen war. Den Plan, uns an jenem Abend in der bengalischen Wildnis mit seinen präparierten Leckerlis in romantische Stimmung zu bringen, hätte er sich jedenfalls rückblickend auch schenken können. (Obwohl ich mich einer gewissen Dankbarkeit darüber, dass er uns vor dem Tiger gerettet hatte, immer noch nicht erwehren konnte.)

Nachdem ihm klar geworden war, dass Sebastiano seine Machenschaften durchschaut hatte, war er jedenfalls schleunigst von der Bildfläche verschwunden.

Dummerweise hatte er Barnaby dazu verdonnert, ihn zu begleiten, doch dann war es dem kleinen Dämon gelungen, seinem ehemaligen Gebieter zu entwischen und durch das Portal im Adi Ganga wieder zu uns zurückzukehren. Etwaigen Verfolgern hatte er sofort den Weg abgeschnitten, indem er das Tor mithilfe des Bezwingers hinter sich verschloss – womit zugleich die Aufgabe erledigt war, die Signor Moretti uns gestellt hatte.

Der Spion und Helfershelfer, den Behemoth alias Lord Butterfield (dieser Name gefiel mir entschieden besser) in Gestalt von Singh in unserer Nähe zurückgelassen hatte, war dank Barnabys Geistesgegenwart ebenfalls aus dem Rennen. Damit war auch Lord Butterfield fürs Erste außen vor, denn laut Barnaby war das nun fest versiegelte dämonische Tor im Adi Ganga das letzte weit und breit gewesen.

Sebastiano und ich waren nicht ganz sicher, ob sämtliche Details von Barnabys Geschichte der Wahrheit entsprachen; wir mussten ihm wohl oder übel vertrauen. Als Sebastiano mir jedoch anschließend einschärfte, immer auf der Hut zu bleiben, auch Barnaby gegenüber, konnte ich nur zustimmen, denn ich hatte nicht vergessen, was José uns schon vor einer ganzen Weile über Barnaby gesagt hatte.

Ihr habt nichts von ihm zu befürchten – vorläufig. Er belügt euch nicht, verschweigt jedoch vieles. Er wird euch das Leben retten. Aber euch auch in Gefahr bringen. Der Zeitstrom um ihn herum ist in Teilen dunkel und unergründlich, doch er schützt auch gleichzeitig den euren. Deshalb darf er nicht unterbrochen werden.

So oder so, wir mussten das Beste daraus machen. Wenn ich nur nach meinem Gefühl ging, war Barnaby ehrlich und loyal, außerdem hatte ich ihn aufrichtig gern und hing sehr an ihm. Doch mein Gefühl hatte mich schon so manches Mal getrogen. Mit anderen Worten, ich vertraute ihm – aber unter Vorbehalt.

Nach seiner Rückkehr waren wir in Kalkutta wie geplant an Bord des Passagier- und Postschiffs *Malwa* in See gestochen und durchsegelten den Golf von Bengalen in Richtung Singapur. Von dort würde es nach einem kurzen Zwischenhalt weiter über das Südchinesische Meer bis nach Hongkong gehen. Von Beginn an machten wir gute Fahrt, der Wind stand günstig, sodass wir mit Dampf- und Segelkraft vorankamen. Die *Malwa* gehörte wie die *Mongolia* zur Flotte der *Peninsular and Oriental Steam Navigation Company*, kurz P&O. Die P&O-Dampfsegler waren berühmt für ihre Pünktlichkeit und Zuverlässigkeit, von daher konnten wir dem Ziel dieser Etappe – die Seereise nach Hongkong sollte laut Fahrplan elf Tage dauern – einigermaßen zuversichtlich entgegenblicken. Außerdem war es recht bequem an Bord, denn dank Barnabys Rückkehr reisten wir wieder erster Klasse und mussten nichts entbehren. Die *Mal-*

wa war zudem nagelneu, sie war erst in diesem Jahr in Dienst gestellt worden. Die Kabinen boten allen Komfort eines Passagierschiffs dieser Epoche, und auch der Service und die Küche an Bord übertrafen unsere Erwartungen.

Von dem ganzen Luxus hatte ich allerdings nicht viel, denn diesmal war ich fast so seekrank wie Fox und verbrachte die meiste Zeit des Tages in der Koje. Wobei es sich bei mir, anders als bei Fox, im Grunde nicht um eine richtige Seekrankheit, sondern eher um eine ungewöhnlich ausgeprägte Schwangerschaftsübelkeit handelte. Zum Glück war mir nicht permanent schlecht. Es gab zwischendurch sogar Zeiten, da hätte ich sämtliche Essensvorräte an Bord auf einmal wegputzen können. Meist überkamen mich diese Heißhungerattacken immer dann, wenn gerade keine reguläre Mahlzeit in Sicht war, beispielsweise mitten in der Nacht. Da konnte es vorkommen, dass ich vom Knurren meines Magens aufwachte und sofort was zum Futtern brauchte. Sebastiano gewöhnte sich schnell an, immer einen (oder zwei oder drei) Extrahappen für mich aus der Kombüse zu besorgen und für einen Mitternachtsimbiss in unserer Kabine zu bunkern, auch wenn er oft zusehen musste, wie ich nur eine Stunde später alles wieder in einen Eimer reiherte. Mit meiner bisherigen Annahme, dass werdenden Müttern immer nur frühmorgens nach dem Aufstehen schlecht wurde, lag ich wohl falsch. Bei mir wechselten sich Fresslust und Übelkeit intervallmäßig und unabhängig von den Tageszeiten ab.

So gesehen war Fox wesentlich elender dran als ich – er war rund um die Uhr seekrank. Nur selten sah man ihn übers Deck schlurfen, mit tiefen Schatten unter den Augen und ziemlich blass um die Nase.

An einem der folgenden Abende fühlte ich mich fit genug, um ein bisschen frische Luft zu schnappen. Ich setzte meinen

Hut auf, legte meinen Umhang um und begab mich aufs Promenadendeck, wo ich mir den Wind um die Nase wehen ließ. Die anderen saßen alle beim Dinner im Salon. Mir war nicht nach Essen, und so vertrieb ich mir allein die Zeit mit Nachdenken und Herumschlendern.

Aus dem Salon tönte dezente Violinmusik zu mir herüber. Der Erste-Klasse-Luxus der *Malwa* umfasste nicht nur schmackhafte Speisen und erlesene Weine zum Dinner, sondern auch allabendliche Konzerte, meist dargeboten von vorzüglichen Musikern. Man kam sich fast vor wie auf der *Titanic*, obwohl die natürlich noch etliche Nummern größer und vornehmer war und erst in knapp vierzig Jahren vom Stapel laufen würde. Ich kannte mich mit dem Interieur dieses berühmten Luxusschiffes aus, denn ich hatte den Film mit Kate Winslet und Leonardo diCaprio dreimal gesehen. (Trotzdem heulte ich jedes Mal, wenn Jack alias Leonardo sich für seine geliebte Rose aufopferte und für immer in den eisigen Fluten des Atlantiks versank.)

Seit ich unter die Zeitwächter gegangen war, hatte ich schon häufiger darüber nachgedacht, dass wir doch versuchen könnten, die *Titanic* vor dem Untergang zu bewahren (schließlich waren dabei mehr als eintausendfünfhundert Menschen ums Leben gekommen), doch José hatte sofort abgewinkt, wie so oft, wenn ich mit solchen Vorschlägen kam. Seine Argumente waren immer dieselben – es tat ihm sehr um die vielen Menschen leid, die bei dieser und ähnlichen Katastrophen ums Leben kamen, aber jeder größere Eingriff würde bloß den Zeitstrom durcheinanderbringen, bis hin zur totalen Entropie. Wir konnten nur an kleinen Stellschrauben drehen und versuchen, den Zeitstrom in seiner vorgegebenen Form von Störungen und unerwünschten alternativen Verläufen freizuhalten und damit das große Ganze zu bewahren. Das war unser Job, und daran mussten wir uns halten.

Was nicht hieß, dass ich mich damit zufriedengab. Ich fand immer noch, dass man es doch wenigstens mal *versuchen* könnte. Wobei sich dann natürlich zugleich die Frage erhob, ob man nicht bei bestimmten Entwicklungen insgesamt globaler eingreifen müsste. Etwa, indem man Gestalten wie Adolf Hitler und Iwan den Schrecklichen frühzeitig aus dem Verkehr zog, möglichst lange, bevor sie ihre Menschheitsverbrechen planen konnten. Aber dann hätte man auch berühmte Wissenschaftler wie beispielsweise Oppenheimer oder Einstein eliminieren müssen (oder sie hilfsweise wenigstens dazu bringen müssen, Polarforscher zu werden), denn die hatten nicht nur Bahnbrechendes auf dem Gebiet der Physik geleistet, sondern auch maßgeblich zur Entstehung der Atombombe beigetragen. Es schien ein Naturgesetz zu sein, dass dort, wo es Licht gab, immer auch Schatten entstand.

Solche und ähnliche düstere Gedanken gingen mir während meines abendlichen Deckspaziergangs durch den Kopf, und mir wurde das Herz schwer, wenn ich mir ausmalte, in welche Welt unsere kleine Tochter hineingeboren wurde. Nicht nur, dass unser Leben in der Gegenwart ständigen Unwägbarkeiten unterworfen war – auch die Zeit selbst war Bedrohungen ausgesetzt. Würde es Sebastiano und mir gelingen, unser Kind sicher beschützt durch all diese Gefahren zu führen?

Über mir knarrte die Takelage im Wind, begleitet vom dumpfen Stampfen der Schiffsschrauben. Die Sonne war schon vor zwei Stunden untergegangen, die See um uns herum lag in tiefer Dunkelheit. Nur an Bord verbreiteten die Mastlaternen und die Lampen auf der Schiffsbrücke einen mattgelben Schein.

Die ganze Atmosphäre hatte etwas Unwirkliches und Unheimliches. Unversehens erfasste mich der Drang, wieder in die Kabine zurückzukehren. Oder noch besser, zu den anderen in den Speisesaal zu gehen, dorthin, wo sich so viele Menschen wie möglich aufhielten. Es war fast, als ob eine innere Stimme mich warnte, allein hier draußen zu bleiben. Ein eisiger Hauch schien meinen Nacken zu streifen. Als sich im nächsten Augenblick wie aus dem Nichts eine Hand schwer auf meine Schulter legte, fuhr ich mit einem entsetzten Aufschrei herum.

Signor Moretti hob das blinkende Lorgnon vor ein Auge und lächelte auf seine seltsam kalte und unbewegte Art. Er war gekleidet wie für eine rustikale Kutschpartie, mit einem karierten Mantel im Stil von Sherlock Holmes und Knickerbocker. Dazu trug er eine zum Karomuster des Mantels passende Mütze.

Ich schwankte zwischen dem Bedürfnis, laut um Hilfe zu schreien oder mich auf dem Absatz herumzudrehen und wegzurennen. Schließlich tat ich jedoch keins von beidem, sondern nahm meinen ganzen Mut zusammen, um herauszufinden, was er wollte und wie er so plötzlich mitten auf hoher See auftauchen konnte. »Wie kommen Sie hierher?«

»Nun, ich besitze etwas, das mich in Raum und Zeit sehr mobil macht. Es führt sehr exakte Berechnungen der jeweiligen Zielkoordinaten durch. Das erlaubt eine punktgenaue Landung, wie man sieht.« Er deutete auf einen dunklen Umriss im Windschatten der Deckaufbauten.

Natürlich! Er war mit der Zeitmaschine hergekommen! Offenbar war ich momentan zu dämlich für die einfachsten Schlussfolgerungen. Voller Furcht wich ich vor ihm zurück. Er war hier, um mich zu verschleppen! Irgendwie hatte er herausgefunden, dass ich ein Kind bekam, und bestimmt wusste er auch längst, welche Macht ihm dieses Kind ermöglichen konnte! Jetzt rannte ich doch noch vor ihm weg, aber in meiner Panik achtete ich nicht auf etwaige Hindernisse auf meinem Fluchtweg. Ich stolperte über einen der hölzernen Liegestühle und fiel der Länge nach hin.

Signor Moretti baute sich über mir auf und streckte mir die Hand hin. Ich hütete mich, sie zu ergreifen. Hastig rappelte ich mich hoch und versuchte, mich an ihm vorbeizudrücken, doch er versperrte mir den Weg.

»Keine Angst, du musst nicht vor mir weglaufen, denn ich habe nicht vor, dir etwas anzutun.« Er sprach in diesem seidenweichen Tonfall, den ich schon kannte und bei dem es mir kalt über den Rücken lief. »Damit würde ich ja gegen die Spielregeln verstoßen, und das täte ich nie. Ich schwöre es bei allem, was mir heilig ist! Anna, ich bin ein ehrlicher und fairer Spieler, das sagte ich dir doch bereits. Betrug und Schummeleien sind mir verhasst! Du kannst also ganz beruhigt sein, dir wird nicht das Geringste geschehen. Dein Wohl liegt mir sehr am Herzen.« Bei diesen Beteuerungen legte er den Kopf schräg und betrachtete mich durch sein Lorgnon, als wäre ich ein besonders interessantes Versuchsobjekt auf dem Glasträger eines Mikroskops.

Unwillkürlich musste ich an Sebastianos Worte denken. »Ich glaube nicht, dass Sie wirklich ein Mensch sind.«

»Nun, vielleicht keiner von derselben Art wie du, aber die Unterschiede sind nur minimal. Das kannst du dir gern von meinem Artgenossen José Marinero de la Embarcación bestätigen lassen – so nennt er sich doch seit ein paar Hundert Jahren bei euch Menschen, oder?« Abermals bedachte er mich mit seinem seelenlosen Lächeln. »Wie auch immer, ich bin nicht hier, um dir irgendwelche Gemeinheiten zuzufügen. Ganz im Gegenteil – ich komme heute mit beträchtlichen Zugeständnissen zu dir.« Er räusperte sich, um seine nächsten Worte herauszustreichen. »Eure weiteren Aufgaben sind euch erlassen.«

»Was soll das bedeuten?« Argwöhnisch erwiderte ich seinen Blick. Sein Auge hinter dem Glas des Lorgnons funkelte riesenhaft groß, es sah horrorfilmmäßig aus, nach meinen Begriffen sogar schauriger als alle Dämonen, die mir bisher begegnet waren.

»Das, was ich sagte. Ich habe die Spielregeln nicht geändert, aber es etwas einfacher für euch gemacht. Alle restlichen Aufgaben sind gestrichen. Ihr müsst nur noch pünktlich in London eintreffen, das ist die einzige noch gültige Vorgabe bei diesem Spiel. Ab jetzt gilt derselbe Schwierigkeitsgrad wie in dem Roman. Ohne meine Anmerkungen.«

»Wo ist der Haken?«

»Es gibt keinen. Ich will euch einfach die Reise erleichtern.«

Ich glaubte ihm kein Wort, aber ich kam nicht dahinter, an welcher Stelle er log.

Er schien zu ahnen, was ich dachte. In sein Lächeln schien sich ein Hauch von Traurigkeit zu mischen. »Ich bin kein Unmensch, Anna, wirklich nicht.«

»Warum tun Sie das denn dann alles?«, wollte ich zornig wissen. »Warum haben Sie uns überhaupt in diese ganze Sache hineingezogen?«

»Weil ich ein Spieler bin«, sagte er schlicht. »Auch José ist einer, auf seine Art. Wir Alten können nicht anders, Anna. Wir sind so geboren, es ist unsere Natur. Aber es gehört auch zu meinem Wesen, meine Gegner mit Fairness und Respekt zu behandeln. Und deshalb erlasse ich euch die restlichen Aufgaben, um euch die noch folgenden Etappen etwas zu erleichtern.« Er wirkte mit einem Mal sehr ernst, und seine nächsten Worte klangen auf seltsame Weise ehrlich. »Ihr werdet auch so noch genug Schwierigkeiten haben, die Reise planmäßig fortzusetzen.«

Beklommenheit erfasste mich bei dieser Bemerkung. »Was soll das heißen? Was haben Sie sich jetzt schon wieder ausgedacht?«

»Ich? Gar nichts. Ich habe nur gewisse schlimme Dinge … gesehen. Wenn sie geschehen, ist es euer eigenes Verschulden, damit habe ich nichts zu tun. Nur so viel: Durch Besonnenheit, Nachdenken und Klugheit lassen sie sich verhindern. Es liegt alles in eurer Hand.«

Ich starrte ihn an, unfähig, den Hass zu unterdrücken, der in mir aufbrandete. »Es geht Ihnen gar nicht um die Zeitmaschine. Dieses Spiel ist doch bloß ein dämlicher Aufhänger.« *Um mir mein Kind wegzunehmen*, hätte ich unbedachterweise um ein Haar hinzugefügt. Doch ich behielt es gerade noch für mich. Auch wenn er möglicherweise Mittel und Wege besaß, um in die Zukunft zu blicken, war es keineswegs sicher, dass er tatsächlich über meinen Zustand Bescheid wusste. Solange das nicht definitiv klar war, durfte ich es mit keinem Sterbenswort verraten.

Meine Anklage blieb unbeantwortet. Signor Moretti warf einen versonnenen Blick zum Himmel hinauf. Die Wolkendecke war aufgerissen und gab den Blick auf funkelnde Sterne und einen zunehmenden Mond frei.

»Es wird in den kommenden Tagen einen Blutmond geben«, sagte er unvermittelt. »Eine Nacht voller Magie und Wunder.« Er hielt inne und sah mich an. »Manche sagen, der Blutmond stehe für kommendes Unheil.«

Ein Schauer überlief mich. Ich kannte die Legenden über den Blutmond, der rein wissenschaftlich betrachtet nichts anderes war als eine sogenannte totale Mondfinsternis. In diesen besonderen Nächten kam der Mond der Erde in seiner Umlaufbahn besonders nahe und wirkte daher viel größer als sonst, und die Bezeichnung *Blutmond* rührte daher, dass er in ein mattes rötliches Licht getaucht war, verursacht durch die Sonnenstrahlen, die durch die Atmosphäre gebrochen und in den Schattenkegel der Erde hineingelenkt wurden.

Mit dem Thema hatte ich mich schon vor Jahren vertraut gemacht, denn für uns Zeitreisende waren die Mondphasen von immenser Bedeutung. Die wichtigsten Portale waren nach dem Mondwechsel ausgerichtet, es war wie durch ein stummes Gesetz festgeschrieben, wann sie sich öffneten und einen Übertritt gewährten.

Der Mond war immer schon ein machtvoller und mystischer Begleiter des Menschen gewesen. Tag und Nacht, Schlafen und Wachen, Ebbe und Flut … Die Natur war seinem Rhythmus unterworfen, und das galt auch für die Zeit selbst.

Signor Moretti hatte seinen Blick wieder auf mich gerichtet. »Ich muss nun weiter. Leb wohl, Anna. Eine gute Reise euch allen. Und viel Glück bei euren Entscheidungen, vor allem bei den falschen.«

Mit diesen kryptischen Worten drehte er sich um und eilte zu der als Holzverschlag getarnten Zeitmaschine, die verborgen in den nächtlichen Schatten hinter der Schiffsbrücke auf ihn wartete. Ich sah nur kurz ein weißes Glühen aus den Ritzen dringen, dann war sie auch schon verschwunden.

Hongkong, 1873

Aus Walters Tagebuch

Das historische Hongkong des Jahres 1873 nimmt sich in meinen Augen ebenso fremdartig wie beeindruckend aus, denn hier sehe ich zum ersten Mal vieles, was ich vorher nur aus Büchern kannte. Es gibt zahlreiche Europäer, die das Stadtbild dieser Epoche ebenso bestimmen wie die Einheimischen, doch es sind die Chinesen, die meine Blicke auf sich ziehen, da sie in ihrer hiesigen Erscheinung meinem Auge bisher fremd waren: Kulis mit großen, flachen Hüten, die – ihrer schmächtigen Statur zum Trotz – schwerste Lasten an langen Stangen über den Schultern tragen; Arbeiter, deren Haupt kahl geschoren ist bis auf einen runden Kreis am Hinterkopf, wo das dort wachsende Haar zu einem dünnen Zopf gebunden über den Rücken herabfällt; zartgliedrige Frauen, deren Puppengesichter nur kurz zwischen den Vorhängen einer vornehmen Sänfte hervorschauen; hoheitsvoll einherschreitende Mandarine in strenger Amtstracht, vor denen die einfachen Leute zurückweichen.

In den Läden der Stadt werden kostbare und ausgefallene Dinge feilgeboten – Schnitzereien aus Elfenbein, Silbergeschmeide, Kästchen aus Sandelholz und Jadeschmuck. Manchmal nimmt man auf den Straßen zwischen dem scharfen Duft exotischer Gewürze und dem Unratgestank von Menschen und

Ratten den Geruch nach Opium wahr. Man sagt, dass die Droge denen, die ihr verfallen, nach und nach den Verstand raubt, bis die Menschen am Ende für immer in Träumen versinken und nie mehr erwachen.

Abends ist das dunkle Rund des Hafens erhellt von unzähligen Laternen und Lampions, sodass die ganze Bucht wie ein Himmel voller Sterne schimmert. Tagsüber schwanken viele Hundert Dschunken an der Mole, so dicht beieinander, dass man von einem Segelschiff zum anderen laufen könnte, ohne das Wasser zu berühren.

Während dieser Tage, an denen wir auf Anna und Sebastiano warten, wandere ich manchmal durch den Hafen und stelle mir vor, wie ihr Schiff am Horizont kreuzt und allmählich näher kommt. Doch wir wissen nicht, wann und auf welchem dieser zahlreichen Dampfer sie eintreffen werden. Um sie in dem unbeschreiblichen Menschengewimmel am Hafen nicht zu verpassen, werden wir sie nicht am Kai in Empfang nehmen, sondern dort, wo sie uns ganz sicher begegnen: bei dem Portal, das sie versiegeln müssen. Es liegt in der Nähe eines buddhistischen Tempels, und es ist uns gelungen, in der unmittelbaren Nachbarschaft ein Quartier zu finden, von wo aus wir die Stelle beobachten können.

Durch besagtes Portal sind Jerry und ich ins Jahr 1873 übergetreten, während sich der Vollmond erhob, der hier diesmal zugleich ein Blutmond war. Dass es uns glückte, war keineswegs selbstverständlich, wie Jerry mir zuvor erklärt hat: Diese irregulären Tore sind nämlich überwiegend instabil. Sie bergen die permanente Gefahr, bei einem Durchtritt zu kollabieren, was im schlimmsten Fall zum sofortigen Tod des Benutzers führen kann. Doch nun sind wir glücklicherweise hier und müssen nur noch darauf warten, dass Anna und Sebastiano und die anderen auftauchen, um das Portal zu schließen. Denn das ist ihre Aufgabe in diesem seltsamen und tödlichen Spiel, wie Jerry und ich von José wissen.

Jerry hat den Verdacht, dass all diese Portale einer Verschleierungstaktik dienen und von den wahren Absichten Signor Morettis ablenken sollen – der im Übrigen laut José nicht allein für dieses ganze intrigante Vorhaben verantwortlich sei, sondern einen Hintermann habe, der zu gegebener Zeit noch in Erscheinung treten werde. Näher wollte José sich nicht zu diesen Verwicklungen einlassen – eine seiner üblichen Vorsichtsmaßnahmen zum Schutze des Zeitstroms. Spezifisches Wissen über künftige Abläufe mit Unwissenden zu teilen ist nämlich, wie ich inzwischen weiß, oft gleichbedeutend mit einer erhöhten Gefahr von Entropie.

Ich versuche immer noch, diese Zusammenhänge von Ursache und Wirkung mit dem Verstand zu erfassen, doch da solche Fragen weit über alles hinausgehen, was ich bisher lernen konnte, werde ich wohl noch längere Zeit dafür brauchen. Jerry hat mir empfohlen, nach der Schule Physik zu studieren. Ihm selbst habe dieses Studium die theoretischen Aspekte des Zeitreisens sehr viel nähergebracht.

Letzteres glaube ich ihm unbesehen, denn seine Mitwirkung bei der Konstruktion unserer (leider von Signor Moretti geraubten) Zeitmaschine sowie seine Arbeiten an dem neuartigen Kalibriergerät sprechen für sich. Bis dieses technisch zur Genüge ausgereift ist, werden wir allerdings noch auf die – leider oft vagen und mehrdeutigen – Bilder im magischen Spiegel angewiesen sein. Immerhin hat der Spiegel uns sehr deutlich den Roman von Jules Verne gezeigt. José hat sogleich erkannt, dass damit das von Signor Moretti angezettelte Spiel gemeint ist, um das sich alles dreht. Unsere Gefährten müssen Vernes

Route um die Welt folgen und innerhalb von achtzig Tagen alle Etappen meistern, wenn sie gewinnen wollen.

Dass dieses Spiel als Zusatzaufgabe auch das Versiegeln einer Reihe von irregulären Portalen umfasst, hat José erst vor wenigen Tagen herausgefunden, auf einer kurzen Zukunftsexpedition, über die er jedoch wie üblich nicht spricht. Es scheint, als sei die Zukunft für uns Normalsterbliche vermintes Gelände – allerdings hat diese rigorose Einschränkung wohl nicht immer gegolten. Eine Zeit lang, so erfuhr ich von Jerry, sei sogar im Gespräch gewesen, dass José Anna und Sebastiano mit in die Zukunft nehmen wolle, um auf diese Weise ihr Tätigkeitsfeld als Zeitwächter zu erweitern. Doch davon sei er wieder abgerückt, aus Gründen, über die er ebenfalls nicht spricht.

Jerry hält es für möglich, dass es vielleicht in der näheren Zukunft einen irreparablen Riss in der Zeit gebe, dessen Existenz unmittelbar zur Auslöschung jener Menschen führen könne, die ihn im Wege eines Zeitsprungs zu überschreiten versuchten. Eine Art extratemporales Schwarzes Loch, wie er sich ausdrückte – wobei ich über die genaue Bedeutung dieser Umschreibung bestenfalls Vermutungen anstellen kann. Jedenfalls sei es, so Jerry, eventuell eine Erklärung dafür, dass uns der Weg in die Zukunft versperrt ist. Hinzu kommen natürlich noch die gefährlichen Paradoxa, die bei Begegnungen mit dem eigenen künftigen Ich oder etwaigen Nachkommen entstehen und ebenfalls zur Selbstauslöschung führen könnten.

Doch ich schweife ab – unsere aktuellen Probleme sind anderer Natur. Wir sehen uns schwerwiegenden Gefahren gegenüber, und unsere Mittel, ihnen zu begegnen, sind sehr begrenzt. Seit José sich von seiner Kopfverletzung erholt hat, arbeitet er fieberhaft an einer neuen Zeitmaschine. Vorübergehend hatte er sich dafür sogar nach London begeben, um einen aus der Gegenwart stammenden Ingenieur namens Stephenson, der schon vor Jahren im historischen London von 1813 Fuß gefasst hatte, bei der Konstruktion hinzuzuziehen.

Unterdessen sind Jerry und ich nicht untätig geblieben, denn uns läuft buchstäblich die Zeit davon. Unsere Mission lautet, Anna und Sebastiano und die anderen zu warnen, denn wenn sie die Reise planmäßig fortführen, droht ihnen unweigerlich der Tod.

Postscriptum, zwei Tage später:

Das Schicksal meint es nicht gut mit uns. Wir haben die ganze Nacht bei strömendem Regen auf das Eintreffen unserer Freunde gewartet, aber sie kamen nicht. Als wir im Hafen nach ihnen suchten, erfuhren wir, dass eine Reisegruppe, auf die unsere Beschreibung passte, bereits wieder in See gestochen war. Den Freunden zu folgen hat keinen Zweck, wir können sie nicht einholen. Uns bleibt nun nur noch eine einzige Möglichkeit, sie zu erreichen und vor dem sicheren Tod zu bewahren. Bis dahin können wir nichts weiter tun, als sie in unsere Gebete und Hoffnungen einzuschließen.

Chinesisches Meer und Pazifik, 1873

Die Begegnung mit Signor Moretti hallte noch lange in mir nach, ich war tagelang zutiefst verstört und musste immer wieder darüber nachdenken, welche *falschen Entscheidungen* er wohl gemeint haben könnte. Sebastiano beruhigte mich – das sei nur die ganz persönliche Art dieses Fieslings, Leute in Angst und Schrecken zu versetzen. Wir dürften das nicht zu nah an uns heranlassen, sonst hätte der Typ schon gewonnen. Und falsche Entscheidungen könne man praktisch in jeder Sekunde treffen, schließlich bestehe das ganze Leben aus einer nicht endenden Kette von Entscheidungen – wenn wir erst anfingen, ständig das Für und Wider unseres Verhaltens auf die Goldwaage zu legen, kämen wir aus dem inneren Zwiespalt gar nicht mehr heraus. Wir würden einfach weiterhin das tun, was uns richtig vorkam – Punkt.

So, wie Sebastiano das sagte, klang alles sehr logisch, doch ich brauchte eine ganze Weile, um Signor Morettis plötzliches Auftauchen zu verdauen. Vor allem das Wissen, dass er praktisch jederzeit wie aus dem Nichts in unserer unmittelbaren Nähe aufkreuzen konnte, machte mich fertig.

Ole verkündete, beim nächsten Mal mit Signor Moretti kurzen Prozess zu machen, worauf Fatima meinte, dazu würde er gar nicht mehr kommen, weil sie mit ihren Wurfmessern schneller sei. Bei solchen Androhungen martialischer Gewalt lief es mir zwar regelmäßig kalt über den Rücken, aber trotzdem hatten diese Beteuerungen für mich etwas Tröstliches. Irgendwann gewann meine gewohnte Zuversicht wieder Oberhand, und ich schaffte es, nach vorn zu blicken. Der Blutmond kam und ging, und es passierte nichts – was ebenfalls zu meiner Beruhigung beitrug.

Die folgenden Tage auf See verstrichen in friedlicher Eintönigkeit. Der Himmel spannte sich in wolkenlosem, tiefem Azurblau über uns, und das Meer war eine einzige, bis zum Horizont reichende Fläche aus sattem Türkis. Der Bug der *Malwa* hob und senkte sich kaum in den Wellen, während die Kraft der stetig brummenden Maschine tief im Bauch des Dampfers das Schiff auf seinem Kurs vorantrieb, bis wir schließlich sechs Tage nach unserem Aufbruch in Kalkutta im Hafen von Singapur einliefen. Dort ging die *Malwa* für einen halben Tag vor Anker, um Kohle und Vorräte aufzunehmen. Wir nutzten diesen Stopp für einen kurzen Landgang, um unseren Bestand an Kleidung zu ergänzen – was angesichts der klimatischen Bedingungen auch dringend nötig war.

Die Hitze stieg in diesen Breiten tagsüber regelmäßig auf Temperaturen über dreißig Grad, und die durch den Monsun bedingte extreme Luftfeuchtigkeit trieb uns den Schweiß aus allen Poren. Man hatte das Gefühl, Dampf statt Luft einzuatmen.

Sebastiano, Fatima, Ole und ich ließen uns von einem Boot zur Mole übersetzen und mieteten dort eine offene Pferdekutsche, die von einem freundlich lächelnden Malaien gelenkt wurde. Die Straße war von üppig wuchernden Palmen gesäumt, und das Treibhausklima hatte überall leuchtende Blumen hervorgezaubert, die wie Farbkleckse in der Landschaft schimmerten. Mehrmals kamen wir an Obstgärten vorbei, in denen tropische Früchte wie Ananas und Mango in verschwenderischer Vielfalt gediehen.

Die Häuser entlang unseres Weges waren weiß getünchte Würfel, ebenso wie im heißen Arabien oft fensterlos, um den Bewohnern Schutz vor der glühenden Sonne zu bieten.

In den Einkaufsstraßen der Stadt boten Menschen aus aller Herren Länder ein buntes Bild. Man sah englische Kolonialbeamte in weißen Leinenanzügen, Sikhs in Khakiuniformen, Chinesen in blauen Arbeitskitteln, reiche Einheimische in Kaftans aus leuchtend roter Seide.

Zwischenfälle gab es bei unserem Aufenthalt an Land keine, außer man hätte meine Auseinandersetzung mit Fatima mitgezählt, die beim Besuch eines Modesalons alle Hemmungen verlor. Da uns nun wieder genug Geld zur Verfügung stand, war sie beim Anblick der eleganten Kleider, Hüte, Schuhe und Handtäschchen kaum zu bremsen, denn es handelte sich um Kollektionen aus Paris, die absolut *en vogue* waren. Nur mit Mühe konnte ich sie davon überzeugen, dass sie keine zehn Hüte brauchte.

Für mich selbst erstand ich nur das Nötigste – die meisten Sachen würden mir bald ja sowieso nicht mehr passen. Vorsorglich legte ich mir immerhin ein Umstandskleid zu, ein sackartiges Gewand in Kotzgrün. Schick ging anders, aber es war das einzige Stück, das sie dort für werdende Mütter auf Lager hatten. Fatima erklärte, ich könne unmöglich in so einem hässlichen Zelt von Kleid herumlaufen, aber es gab nun mal keine Auswahl. Ich hatte während der Reise schon viele Frauen gesehen, die ein Kind erwarteten, aber anscheinend war das in dieser Epoche kein Zustand, den man mit fröhlicher Offenheit und entsprechender Kleidung betonte, damit auch andere sich mit einem freuen konnten, sondern eher eine peinliche weibliche Beeinträchtigung, die man lieber schamhaft versteckte. Die Menschen der viktorianischen

Ära waren von Prüderie durchdrungen – in höheren Kreisen galt es sogar schon als anstößig, das Wort *Bein* auch nur zu erwähnen, selbst wenn man bloß über Stuhlbeine sprechen wollte.

Immerhin kaufte ich für Sebastiano bei einem Herrenausstatter drei neue Hemden mit Vatermörderkragen und dazu passende Binder. Außerdem eine grau seidene Weste mit wunderschön ziselierten Jettknöpfen und eine Smokingjacke – für den Fall, dass er sich mal schick machen wollte.

Die Weiterfahrt nach Hongkong verlief ebenso ereignislos wie unser dortiger Aufenthalt. Wir kamen planmäßig an und liefen planmäßig wieder aus, diesmal auf einem anderen, ebenfalls recht neuen Schiff, das wie die *Malwa* sauber, bequem und für Erste-Klasse-Reisende komfortabel ausgestattet war. Von Hongkong selbst sahen wir außer dem Hafengelände nicht viel, und sogar dieses Wenige wurde kaum sichtbar – anhaltendes Regenwetter überzog alles mit einem trüb grauen Schleier, wir kamen in dieser Zeit kaum ins Freie.

Ich kämpfte immer noch mit meiner Übelkeit, stellte aber zu meiner Erleichterung fest, dass es allmählich besser wurde. Anscheinend gewöhnte sich mein Körper langsam an meinen neuen Zustand. Jedenfalls war ich weniger reizbar, schlief wieder ruhiger und aß vor allem mehr. *Viel* mehr. Schon nach ein paar Tagen begannen meine Kleider in der Taille und über dem Busen zu spannen. Wenn das in dem Tempo weiterging, würde ich früher als gedacht das Umstandskleid in Gebrauch nehmen müssen.

Hätte der Grund für unsere Weltumrundung nicht wie ein Damoklesschwert über uns geschwebt, wäre ich mir beinahe wie auf einer netten, historischen Kreuzfahrt vorgekommen. Jedenfalls war das Reisen per Schiff in dieser Zeit gar nicht so übel, wenn man genug Geld für eine Luxuskabine hatte und auch sonst alles so funktionierte, wie es sollte.

Seit Signor Moretti uns die restlichen Aufgaben erlassen hatte, schienen schlagartig sämtliche äußeren Schwierigkeiten beseitigt zu sein. Unser einziges Problem bestand darin, den nächsten Anschluss nicht zu verpassen. Und nicht mal das erwies sich als schwierig, denn auch auf der Fahrt von Hongkong nach Yokohama klappte alles reibungslos. Kein Sturm brachte das Schiff ins Wanken, keine Piraten kreuzten unseren Kurs durch das Ostchinesische Meer, kein Riff und keine Sandbank kamen uns in die Quere. Es gab keinerlei Verspätungen und Verzögerungen, im Gegenteil: Die Winde standen während der Fahrt so günstig, dass wir sogar einen Tag früher als im *Bradshaw's* vorgesehen im Hafen von Yokohama vor Anker gingen.

Trotzdem verzichteten wir auf einen Landausflug, und so sahen wir auch von Japan nur die Ansicht vom Meer und vom Hafen aus, immerhin diesmal bei schönem Wetter – zuerst von ferne den Fuji, den gewaltigen Vulkan, der ganz Japan überragt und vor dem Blau des Himmels eine Kulisse von erhabener Schönheit bildet; beim Einlaufen in die Bucht dann die grün bewachsenen Hügel, die vielen am Kai dümpelnden Schiffe, die in allen Größen vertreten waren, vom gewaltigen Ozeandampfer wie jenem, mit dem wir den Pazifik überqueren würden, über schnittige Kriegsschiffe und behäbige Handelsfrachter bis hin zu den unzähligen *Sampans*, den flachen Booten, die mit einem einzigen langen Ruder durchs Wasser bewegt wurden, so ähnlich wie unsere venezianischen Gondeln. Einheimische in blauem Kattun und mit kahl geschorenen Schädeln liefen in einer unüberschaubaren Vielzahl umher und schleppten Lasten zu den Schiffen und Booten. Andere luden Säcke und Kisten ab, die sie unter eintönig klingenden Gesängen zu wartenden Karren transportierten. Frauen in bunten Kimonos kamen vorbeigeeilt, wobei es eher aussah, als würden sie gleiten – da ihre Schuhe aus dicken Holzplatten bestanden, die nur durch Zehenriemen gehalten wurden, konnten sie die Füße nicht richtig anheben.

Als endlich am frühen Abend das Lotsenboot längsseits ging und unser Schiff auslief, blickten wir der längsten Etappe unserer Reise entgegen: der Überquerung des Pazifiks. Dabei mussten wir von einem Kontinent zum anderen die ungeheure Entfernung von beinahe neuntausend Kilometern zurücklegen. Laut Fahrplan dauerte die Fahrt von Yokohama nach San Francisco zweieinhalb Wochen.

Wir hatten uns auf der *Acapulco* eingeschifft, einem großen – und ebenfalls noch ganz neuen – Dampfsegler der Pacific Mail Steamship Company. Der Service an Bord ließ wieder keine Wünsche offen. Das aus einer Heerschar von Chinesen bestehende Kabinenpersonal war rührend um das Wohlergehen der Erste-Klasse-Passagiere bemüht. Sie wuselten überall umher, putzten, polierten, schleppten schmutzige Wäsche weg und brachten frische. Die Stewards balancierten andauernd Tabletts mit Essen und Getränken, brachten einem Tee und Limonade zum Liegestuhl an Deck und erfüllten auch sonst jeden Extrawunsch mit einem Lächeln.

Auch die Ausstattung der Kabinen war vom Feinsten – glänzend poliertes Teakholz, blütenweiße Bettwäsche mit dem eingestickten Emblem der Schiffslinie, eine Wasserkaraffe nebst Trinkgläsern aus geschliffenem Kristallglas, sogar eine Schale mit frischem Obst. Bei dem Anblick bekam ich – wie schon auf den anderen Schiffen zuvor – ein schlechtes Gewissen.

Hunderte von Menschen reisten mit uns auf diesem Schiff

und waren dabei im Zwischendeck auf engstem Raum in stickigen Gemeinschaftskabinen zusammengepfercht. Manche Damen und Herren aus der ersten Klasse vertrieben sich gern die Zeit damit, zum unteren Deck hinabzuschauen und die ärmeren Passagiere zu beobachten wie Tiere im Zoo, sei es beim Singen, Spielen, Streiten oder Raufen – die Snobs vom Oberdeck lebten ihren Voyeurismus ganz offen aus, und keiner schien etwas dabei zu finden. Einige dieser hochherrschaftlichen Typen fanden es besonders witzig, ab und zu ein paar Münzen hinunterzuwerfen und dann zuzusehen, wie die Leute sich darum balgten. Es war abstoßend, und ich musste mich mehr als einmal beherrschen, deswegen keinen Streit vom Zaun zu brechen. Ich brachte jeden Tag so viel Obst und Kuchen nach unten, dass ich mir dafür sogar einen Rüffel vom Chefsteward einfing, doch das war mir egal. Wenn es nach mir gegangen wäre, hätte ich die ärmeren Familien auch mit Goldmünzen versorgt, wir hatten ja schließlich unerschöpfliche Vorräte, doch Sebastiano hatte mir das Versprechen abgerungen, auf gar keinen Fall damit anzufangen – nichts hätte schneller dazu geführt, dass wir aufflogen. Vor allem Barnaby musste sich stets vor Entdeckung hüten.

Die meisten der armen Migranten stammten aus China, und auf sie wartete in den USA ein Leben voller harter Arbeit und Diskriminierung. Ich hatte einiges darüber gelesen, und es deprimierte mich ziemlich. Chinesische Einwanderer wurden als billige Arbeitskräfte in Amerika dringend gebraucht, aber gesellschaftlich waren sie stigmatisiert. So sehr, dass dort gegen die *gelbe Flut*, wie man Migranten aus China zutiefst menschenverachtend nannte, in naher Zukunft ein Einwanderungsverbot verhängt werden würde. Diese Abneigung würde sich noch zu hysterischem Hass steigern: 1877 würde es in

San Francisco zu einem Aufstand kommen, bei dem ein Mob von mehreren Tausend Menschen mordend und brandschatzend durch Chinatown ziehen würde, und das war nur eine der vielen rassistischen Attacken, wie es sie im ganzen Land geben würde und bereits gegeben hatte. Zu wissen, was die Menschen auf diesem Schiff in wenigen Jahren in dem Land ihrer Hoffnungen und Träume erwartete, erfüllte mich mit Trauer und Scham.

Doch auch Einwanderer aus anderen Ländern hatte es an Bord des Schiffes verschlagen. Darunter waren Männer, die von unentdeckten Goldminen träumten, Frauen, die Liebe und Glück auf einem anderen Kontinent suchten, Familien, die vor Hunger und Unterdrückung flohen. Und natürlich fanden sich unter den Passagieren auch zwielichtige Abenteurer, Vagabunden und Hasardeure, die einfach nur möglichst rasch und unkompliziert zu Geld kommen wollten. Der rasante wirtschaftliche Aufschwung hatte die Nachfrage nach Saloons, Spielhöllen, Bordellen und billigen Absteigen in die Höhe schnellen lassen und lockte Spieler und Spekulanten jeglicher Couleur an.

Dass manche dieser Glücksritter auch in der ersten Klasse reisten, blieb uns nicht lange verborgen.

Im Salon wurde an den Abenden zum Zeitvertreib nicht nur Whist gespielt wie in Jules Vernes Roman, sondern auch Fox' Lieblings-Männerspiel Poker, und die Einsätze waren beträchtlich. Einer der Spieler, ein gut aussehender junger Typ mit Pomade im Haar und gezwirbeltem Schnurrbart, gewann fast immer, er schleppte schon nach drei Tagen einen angeberischen Vorrat an Goldstücken und Scheinen mit sich herum und warf bei jeder Gelegenheit mit Trinkgeld nur so um sich.

Doch seine Glückssträhne wurde ihm zum Verhängnis. Am vierten Abend unserer Fahrt sprang sein Gegenüber plötzlich wie von der Tarantel gestochen auf und bezichtigte ihn der Falschspielerei.

Ich saß zufällig mit Sebastiano am Nebentisch, wir bekamen alles mit.

»Du Betrüger! Du spielst mit gezinkten Karten!«

»Unverschämtheit!«, rief der pomadisierte Typ – ein bisschen zu schnell, wie ich fand. »Ich spiele immer ehrlich!«

Der andere Mann, offensichtlich ein schlechter Verlierer, zeigte mit dem ausgestreckten Finger auf Mr Pomade. »Er hatte ein Ass im Ärmel!«

»Der Klassiker«, murmelte Sebastiano.

»Das ist lächerlich«, sagte der Pomadentyp. »Alle vier Asse liegen auf dem Tisch. Ich habe selber gerade drei davon hingelegt, zusammen mit den zwei Königen. Ich hatte ein Full House, meine Herren.«

»Ja, und du hast mindestens eins von den Assen aus dem Ärmel gezogen!«, schrie sein Gegenüber. »Und die Könige auch, die hast du dir schon beim Mischen in die Manschetten geschoben und dann gegen die anderen Karten ausgetauscht!«

»Das würde ich niemals tun!«

»Wenn das so ist, kannst du ja deine Jacke ausziehen und die Hemdsärmel aufrollen, du mieser Bastard!«, schrie der Verlierer.

»Das ist eine Beleidigung!«, brüllte Pomade zurück. »Dafür verlange ich Satisfaktion!«

»Die kannst du haben, du verlogener Mistkerl!«

»Dann hätten wir das ja geklärt«, sagte Pomade. »Ich überlasse dir die Wahl der Waffen.«

»Ich wähle die Pistole!«

Pistolenduelle waren offenbar auch auf dieser Seite der Erdkugel eine sehr verbreitete und beliebte Sitte, Konflikte zu lösen.

»Aber meine Herren, ich bitte Sie!« Einer der anderen Mitspieler erhob sich vom Tisch, ein grauhaariger älterer Herr mit einer modischen, mit Perlmuttknöpfen verzierten Paisleyweste. Er hatte sich uns bereits vorgestellt – ein amerikanischer Knopffabrikant mit dem einprägsamen Namen van Vaal. Mr van Vaal benahm sich deutlich zivilisierter und besonnener als die beiden aufgebrachten Kontrahenten.

»Mr Chester, der Vorschlag, das Jackett abzulegen, hat einiges für sich«, sagte er sehr vernünftig zu Pomade. »Vielleicht tun Sie es einfach, dann wäre diese unangenehme Angelegenheit sofort zu unser aller Zufriedenheit geklärt.«

»Ich denke ja gar nicht dran«, erwiderte Pomade alias Chester hitzig. »Wir haben gerade miteinander ausgemacht, wie wir die Sache regeln, und dabei bleibt es. Nur wegen so einer haltlosen Anschuldigung mache ich doch hier keinen Striptease!«

Der Ausdruck war offenbar nicht allen Leuten im Salon geläufig, aber diejenigen, die ihn kannten, zuckten peinlich berührt zusammen, insbesondere einige Damen an den umliegenden Tischen. Zwei oder drei von ihnen versteckten schamhaft ihre Gesichter hinter Fächern oder Weinkarten. Doch richtig wegschauen wollte keine, alle lugten voller Aufregung herüber, damit ihnen auch ja nichts entging.

Genau wie schon auf der *Mongolia* ruinierte auch hier ein Schiffsoffizier die Duellplanung schon im Ansatz. »Ich bedaure, meine Herren, aber Ehrenhandel sind gesetzlich verboten. Ausnahmen können wir an Bord der *Acapulco* nicht dulden. Jeder, der sich über dieses Verbot hinwegsetzt, wird unverzüglich in Arrest genommen.«

»Dann vergessen wir das Ganze doch am besten sofort«, sagte Chester bereitwillig, während er mit energischen Bewegungen seine Krawatte festzog. »Ich bin nicht besonders nachtragend.« Als er die Hände wieder herunternahm, rutschten ihm ein paar Karten aus dem Ärmel und flatterten zu Boden. Mindestens eine davon war ein Ass.

»Na so was«, sagte Sebastiano ironisch. »Schon seltsam, wo doch alle Asse ausgespielt waren.«

Das war so ziemlich die letzte in normalem Ton vorgebrachte Bemerkung, die in den nächsten Sekunden um mich herum zu hören war. Der Anblick der falschen Karten auf dem blank gewienerten Parkett des Schiffsalons rief nicht nur bei den betrogenen Spielern, sondern auch bei den übrigen Passagieren einen Sturm der Entrüstung hervor. Erregtes Gerede und wüste Schimpfworte schallten durch den Salon, und zwei zornige Spieler stürzten sich auf Chester und traktierten ihn mit ihren Fäusten. Er wehrte sich aus Leibeskräften, und schon war eine heftige Schlägerei im Gange. Der Erste Offizier warf sich ebenfalls ins Getümmel, und zu dritt bändigten sie den tobenden Chester und schleppten ihn mit vereinten Kräften aus dem Salon.

Das Stimmengewirr um uns herum ebbte zu einem Raunen ab.

»Was passiert jetzt mit Mr Chester?«, fragte eine Dame zwei Tische weiter Mr van Vaal, den sie offenbar als kompetenten Fachmann in dieser Angelegenheit betrachtete.

»Dies ist ein amerikanisches Schiff, folglich wird er, sobald wir San Francisco erreichen, dort vor Gericht gestellt.« Mr van Vaal streichelte den oberen Perlmuttknopf an seiner Weste und machte ein betrübtes Gesicht. »Vermutlich wird man ihn an Ort und Stelle aufhängen. Mit Falschspielern wird meist kurzer Prozess gemacht, vor allem, wenn die Gefängnisse schon voll von anderen gesetzlosen Gestalten sind – und das ist in Kalifornien fast immer der Fall.«

Ich warf Sebastiano einen beklommenen Blick zu, den er mit resignierter Miene erwiderte. Die Strafgesetzbarkeit in den allermeisten Epochen der Vergangenheit war rau, um nicht zu sagen barbarisch. Zu unserer Zeit hätte Chester, wenn überhaupt, höchstens eine Bewährungsstrafe bekommen. Hier endete er wahrscheinlich am Galgen. Ohne Chance, ohne Hoffnung. Ein junger Mann von höchstens fünfundzwanzig Jahren, der sein Leben buchstäblich verspielt hatte.

Mit einem Mal überkam mich wieder die Übelkeit, von der ich schon gehofft hatte, sie endgültig los zu sein.

»Alles in Ordnung?«, fragte Sebastiano besorgt.

»Nur das Übliche. Bleib sitzen, ich bin gleich zurück.« Hastig stand ich auf und eilte an Deck (der Weg dorthin war kürzer, in die Kabine hätte ich es nicht mehr geschafft), wo ich im Schutz des großen Schornsteins mein Abendessen über die Reling entsorgte.

Zu meinem Entsetzen wurde nicht weit von mir gerade der immer noch heftig tobende Mr Chester vom Ersten Offizier und einem Schiffsmaat gefesselt und geknebelt und zusätzlich mit einem dicken Strick an einen Mast gebunden. Hastig wich ich zurück, bevor mich die Männer sehen konnten.

»Wir warten am besten noch eine oder zwei Stunden, bis alle Passagiere zu Bett gegangen sind und ein bisschen Ruhe eingekehrt ist«, sagte der Erste Offizier zum Maat. »Dann sieht es keiner, wenn wir ihn verschwinden lassen, und niemand fühlt sich von dem Anblick belästigt.«

Oh mein Gott! Sie wollten ihn heimlich über Bord werfen!

Und hinterher würden sie einfach behaupten, er hätte Selbstmord begangen. Das ganze Geld, das er in den letzten Tagen gewonnen hatte, war wahrscheinlich gerade eben in ihren eigenen Taschen verschwunden. Ihr Gewissen würden sie beruhigen, indem sie sich einredeten, dass er ja sowieso aufgehängt worden wäre. Ich konnte mir gut vorstellen, was sie dachten: Sie würden ihm nur die Schande und die öffentliche Erniedrigung bei der Hinrichtung ersparen, es war quasi ganz in seinem Sinne, friedlich im Pazifik zu ertrinken statt würdelos am Galgen zu baumeln.

Ich war froh, dass ich meinen Mageninhalt schon von mir gegeben hatte, denn in diesem Augenblick wäre mir sonst sofort alles hochgekommen.

Verstört wartete ich darauf, dass die Männer verschwanden. Endlich waren sie mit der Fesselungsaktion fertig und zogen ab. Der Schiffsmaat verpasste Chester zum Abschied noch einen Tritt. Ich zuckte zusammen, und Chester stöhnte schmerzvoll unter seinem Knebel.

Was für miese, gemeine Kerle!

Ich lauschte dem Geräusch ihrer verklingenden Schritte nach, dann eilte ich zu dem gefesselten Chester und beugte mich zu ihm herab. »Keine Angst, ich lasse nicht zu, dass sie Sie einfach so über Bord werfen!«, flüsterte ich. »Ich werde mich an den Kapitän persönlich wenden! Notfalls sage ich es allen, die auf diesem Schiff sind!«

Er schüttelte hektisch den Kopf und blickte verzweifelt stöhnend zu mir hoch.

Ich konnte mir natürlich denken, woher sein Stress rührte. »Ja, ich weiß. Der Galgen ist auch keine schöne Alternative. Aber ehrlich gesagt habe ich keine Ahnung, was man dagegen ausrichten kann.« Mir kam ein Gedanke. »Oh, vielleicht könnten wir einen richtig guten Anwalt für Sie anheuern. Jemand wie Matthew McConaughey in *Der Mandant.*« Ich hielt inne. »Ach, den können Sie ja noch gar nicht kennen, der kommt erst in …« Mitten im Satz brach ich ab. Der Translator und die Sperre funktionierten nicht! Ich hatte eben einen Filmschauspieler nebst Film erwähnt, der erst im einundzwanzigsten Jahrhundert in die Kinos kam! Das war doch gar nicht möglich!

Es sei denn …

Entgeistert blickte ich Chester an, der noch lauter stöhnte und heftig nickte. Mit ruckenden Bewegungen seines Kopfes gab er mir zu verstehen, dass ich ihm den Knebel abnehmen sollte.

»Sie sind ein Zeitreisender«, sagte ich ungläubig.

Energisches Nicken.

Ich befreite ihn von dem Knebel, der aus einem zusammengeknüllten Taschentuch bestand, sowie aus einem seidenen Herrenschal, den man Chester stramm um Hals und Kopf gewickelt hatte, damit er das Taschentuch nicht ausspucken konnte.

»Aus welchem Jahr kommst du?«, wollte ich wissen, automatisch zum *Du* übergehend. Schließlich waren wir so was wie Kollegen.

»Nimm mir die Fesseln ab«, forderte er mich auf.

»Ich weiß nicht …«

»Willst du, dass sie wiederkommen und mich über Bord werfen?«

»Ich habe doch schon gesagt, dass ich mich an den Kapitän wende«, widersprach ich lahm.

»Und was ist dann? Glaubst du vielleicht, er lässt mich laufen? Sobald wir an Land gehen, bin ich ein Fall für den Henker.

Du hast selbst gesagt, dass mir der Strick droht. Jetzt binde mich schon los!«

»Aber wo willst du denn hin? Du kannst ja nicht einfach abhauen. Wir befinden uns mitten auf dem Pazifik!«

»Ich verstecke mich irgendwo unter Deck, sie werden mich schon nicht finden.«

»Das ist Blödsinn. Die kennen das Schiff viel besser als du und werden jeden Winkel durchsuchen, bis sie dich haben.«

»Nein, das werden sie nicht. Denn du sagst ihnen einfach, dass ich über Bord gesprungen bin. Du warst hier draußen, um frische Luft zu schnappen, und dabei hast du gesehen, wie ich mich von den Fesseln befreit und ins Meer gestürzt habe. Du hast noch versucht, mich davon abzuhalten, aber es war zu spät.«

»Ich bin nicht so gut im Lügen«, meinte ich betreten.

»Auch nicht, wenn ich sonst hängen muss?«, gab Chester lakonisch zurück. »Vorhin wolltest du mir noch das Leben retten.«

Er hatte recht. Wieso stellte ich mich so an? Es wäre außerdem nur eine Notlüge.

»Aus welchem Jahr kommst du?«, wiederholte ich meine Frage von eben, während ich mich daranmachte, seine Fesseln zu lösen. Es waren fachmännisch geknüpfte Seemannsknoten. Zum Glück gehörten die zum Lehrplan unserer Zeitreise-Akademie, ich wusste daher, wie sie aufgingen.

»Ich stamme aus zweitausendfünzig«, sagte Chester.

Ich schnappte nach Luft. »Das ist ja in der Zukunft!«

»Sag bloß.«

Sein sarkastischer Tonfall gefiel mir nicht, und unwillkürlich fragte ich mich, ob es wirklich eine so gute Idee war, ihn loszubinden. Doch jetzt war es zu spät, seine Hände waren schon frei. Den

Rest schaffte er selbst. Mit hastigen Bewegungen entledigte er sich auch der Fußfesseln und sprang auf. »Besten Dank, Anna.«

»Du kennst mich?«, fragte ich verdattert.

»Du kennst mich auch«, gab er zurück. »Du weißt es bloß noch nicht. Auf jeden Fall war es eine gute Entscheidung, mich zu befreien, denn du brauchst mich noch.«

Ich starrte ihn an. »Wobei?«

»Das ist geheim.«

»Wie ist dein richtiger Name?«

»Chester. Bis bald, man sieht sich.«

Damit wandte er sich ab und schlich in Richtung Heck davon. Sich nach allen Seiten umblickend, verschwand er in der Dunkelheit zwischen den Deckaufbauten.

Vergeblich gegen meine Fassungslosigkeit ankämpfend, beeilte ich mich, in den Salon zurückzukehren. Sebastiano stand mit einigen Männern in einer Ecke des Raums und unterhielt sich mit ihnen. Unter ihnen befanden sich auch der Kapitän und Mr van Vaal.

Als ich an Sebastianos Seite trat, legte er fürsorglich den Arm um mich. »Geht es dir gut?«

»Äh – nein«, murmelte ich.

Jetzt oder nie. Das war *die* Gelegenheit, meine Lüge zu platzieren. Eine zweite Chance würde ich nicht kriegen.

»Er ist über Bord gesprungen«, stieß ich hervor.

»Wer?«, fragten der Kapitän und Sebastiano einstimmig.

»Mr Chester. Ich war an Deck, weil ich … um Luft zu schnappen, und da sah ich, wie er sich die Fesseln abstreifte und über Bord sprang. Es ging alles ganz schnell, ich konnte nichts mehr tun!«

»Das ist ja grauenvoll!«, sagte Mr van Vaal betroffen. »Und Sie Ärmste mussten das mit ansehen?«

»Ja, es war ganz furchtbar«, behauptete ich. Ich gab mir Mühe, möglichst geschockt auszusehen. Was mir nicht weiter schwerfiel, denn soeben näherte sich der heimtückische Erste Offizier.

»Wir haben den Kerl vorläufig an Deck festgebunden, Captain«, informierte er den Kapitän. »Da er nicht aufhört zu randalieren, möchte ich noch eine Weile warten, ehe er nach unten befördert wird. Wenn alle Gäste in ihren Kabinen sind, kann er in den Gängen kein unliebsames Spektakel mehr bieten. Vielleicht hat er sich bis dahin ja auch etwas beruhigt. Und in der Zwischenzeit bereite ich im Laderaum eine Arrestzelle für ihn vor. Eine geeignete Stelle habe ich gerade schon freiräumen lassen.« Er schüttelte traurig den Kopf. »Das erste Mal an Bord der *Acapulco*, dass wir einen Passagier in Eisen legen müssen. Oh, und hier ist das Geld, das der Kerl bei sich hatte. Da alles ergaunert war, ist es an die rechtmäßigen Eigentümer zurückzugeben. Das übernehmen wohl besser Sie, Captain.«

Ich sah restlos entgeistert zu, wie der Erste Offizier dem Kapitän eine dicke Geldbörse überreichte. Er hatte Chester gar nicht umbringen, sondern nur vorübergehend an Deck ruhigstellen wollen! Und an dem Geld wollte er sich auch nicht bereichern!

»Da der Delinquent inzwischen über Bord gesprungen ist, dürfte sich die Gefahr eines Spektakels erledigt haben«, sagte der Kapitän.

»Was?«, fragte der Erste Offizier verdattert. »Aber wie …«

»Du bist ja kreidebleich«, sagte Sebastiano zu mir. »Ich bringe dich in unsere Kabine.« Eilig führte er mich weg.

»Wie konnte er über Bord springen?«, hörte ich den Ersten Offizier im Vorbeigehen noch zutiefst erstaunt sagen. »Ich habe ihn doch eigenhändig gefesselt! Mit Palsteks und doppelt geschlungenem Rundtörn!«

»Anscheinend ist Ihre Technik bei den Seemannsknoten ein wenig eingerostet«, versetzte der Kapitän. »Sie sollten das häufiger üben.«

»Was war das denn gerade für eine schräge Sache?«, wollte Sebastiano von mir wissen, nachdem er in unserer Kabine von innen die Tür verriegelt und sich mit ernster Miene zu mir umgewandt hatte.

Ich beeilte mich, ihn einzuweihen.

Seine Augen verengten sich. »Der Typ sagte, dass du ihn noch *brauchen* wirst? Wann und warum?«

»Das hat er nicht erwähnt.«

Sebastiano blickte mich konsterniert an. »Hat er denn wenigstens erwähnt, durch welches Portal er gekommen ist und wer ihn geschickt hat?«

»Nein. Er hat nur das gesagt, was ich dir gerade erzählt habe.«

Sebastiano war nicht gerade begeistert, auch nicht davon, dass dieser Chester sich noch irgendwo auf dem Schiff herumtrieb.

»Wenn sie ihn schnappen und hören, dass du ihn befreit hast, kann es richtigen Ärger geben.«

»Mir blieb nichts anderes übrig. Sonst wäre er am Galgen geendet, und dann wäre ich dran schuld gewesen.«

»Er war selber schuld«, korrigierte Sebastiano mich. »Was musste er auch unbedingt falschspielen, und das auch noch auf so eine plumpe Art? Er hätte sich denken können, dass er auffliegt, und ganz sicher wusste er auch, was ihm dann blüht.« Er seufzte. »Kann es sein, dass du vielleicht manchmal ein bisschen zu gutherzig bist?« Er schloss mich in die Arme.

Ich blieb die Antwort schuldig, denn ich konnte nicht reden, wenn Sebastiano mich küsste. Was er in diesem Moment ausgiebig tat. Er drückte mich fester an sich, und sein Kuss wurde rasch immer leidenschaftlicher. Wir bewegten uns gerade in Richtung Bett, als es an der Tür klopfte.

Sebastiano ließ mich widerstrebend los und ging aufmachen. Draußen auf dem Gang standen Ole und Fatima.

»Was zum ...«, sagte Sebastiano verärgert. Dann hielt er inne und starrte ungläubig auf Oles blutgetränktes Hemd. Knapp unter dem rechten Schlüsselbein ragte der Griff eines Messers heraus. »Du bist verletzt!«

»Oh mein Gott!« Ich musste mich für einen Moment an der Wand abstützen.

»Du solltest besser nicht hinschauen, Weib«, riet Ole mir. »Das ist in deinem Zustand sicher nicht gesund.« Das war das erste Mal, dass er sich einen Kommentar über meine Schwangerschaft erlaubte. Als wir ihm davon erzählt hatten, war es ihm nur ein zustimmendes Brummen wert gewesen.

»Unsinn.« Ich holte tief Luft und eilte zu ihm. »Was ist passiert? Hast du dich in einen Kampf verwickeln lassen? Wer war dein Gegner? Ist er schwer verwundet?« Ich sog scharf die Luft ein, als ich sah, wie tief das Messer in seiner Schulter steckte. Zum Glück hatte es keine lebenswichtigen Organe getroffen und schien auch keine Arterien verletzt zu haben; anderenfalls hätte Ole nicht aufrecht vor uns stehen und ganz normal mit uns sprechen können.

»Mit meinem Gegner ist alles in Ordnung«, antwortete Ole. »Außer, dass sie behauptet, es sei meine eigene Schuld.«

»War es ja auch«, erklärte Fatima. »Du hast dich ohne Ankündigung bewegt.«

»*Du* warst das?«, fragte ich entgeistert. »Hast du … hast du etwa mit einem deiner Dolche nach ihm geworfen?«

»Nicht nur mit einem, sondern mit vielen.« Ihre ungewohnt bleiche Gesichtsfarbe und die weit aufgerissenen Augen signalisierten, dass sie längst nicht so abgebrüht war, wie sie tat. Sie machte sich fast ins Hemd vor Angst. So hatte ich sie vorher noch nie gesehen, nicht mal in den brenzligsten Situationen, und davon hatte es bei unseren Einsätzen schon einige gegeben.

»Wieso zum Teufel wirfst du mit Messern nach Ole?«, wollte Sebastiano wissen. Er winkte Ole in unsere Kabine, wartete, bis auch Fatima eingetreten war, und verriegelte dann wieder die Tür.

»Es war ein Spiel«, erklärte Ole. »Wir haben gewettet. Zehn Dolche aus fünf Schritt Entfernung, und keiner davon durfte mich treffen, aber gleichzeitig durften sie allesamt nicht weiter als eine Handbreit von meinem Körper entfernt ins Holz gehen.«

»In welches Holz?«

»Das von der Wand meiner Kabine«, sagte Fatima kleinlaut.

»Du hast ihn als lebende Zielscheibe benutzt«, stellte Sebastiano grimmig fest. »Ich fasse es nicht!« Zu Ole sagte er: »Leg dich aufs Bett. Nein, warte, ich breite zuerst rasch ein paar Handtücher aus, sonst blutest du uns noch die Laken voll. Anna, hol mir den Erste-Hilfe-Koffer.«

Ich hatte ihn schon aus dem Wandfach genommen und geöffnet. »Um was habt ihr gewettet?«, fragte ich Fatima.

»Darüber möchten wir nicht sprechen«, erklärte Ole. Fatima nickte zustimmend. Ihr eben noch so blasses Gesicht färbte sich tiefrot.

»Aha«, meinte Sebastiano, als hätte sich damit alles geklärt. »Wieso hast du das Messer in der Schulter stecken lassen?«, wollte er dann von Ole wissen.

»Das habe ich ihm bei einem unserer Kurse beigebracht«, erklärte ich.

Tatsächlich war ein Messer, das einem zufällig (in der Regel aber natürlich *nicht* zufällig) in den Körper gestochen und nicht gleich wieder herausgezogen wurde, ein recht brauchbarer Wundverschluss, oft sogar besser als jede Kompresse. Deshalb war es nicht verkehrt, es erst mal drin zu lassen, bis ein Ersthelfer vor Ort war. So wie jetzt ich.

Ich schob Sebastiano zur Seite, schließlich war ich ausgebildete Rettungssanitäterin. Er hatte zwar auch ein paar Kurse belegt, aber ich hatte die besseren Qualifikationen.

»Bist du sicher, dass du das hinkriegst?«, fragte er besorgt.

»Ganz sicher.«

»Ich bin ebenfalls ganz sicher«, fügte Ole hinzu. »Sie kann es besser als du. Geh zur Seite.«

Sebastiano räumte widerstrebend das Feld und machte mir Platz.

Ich erschauderte, als ich den Messergriff und das ausgetretene Blut sah. Das hier war keine Übung, sondern brutale Realität. Ich hatte auf unseren früheren Abenteuern schon schwere Wunden versorgt (meist die von Sebastiano), aber die Furcht, im entscheidenden Moment einen Fehler zu begehen, ließ sich in solchen Momenten nur schwer abschütteln. Doch dann holte ich tief Luft und forderte Fatima auf, abgekochtes Wasser und hochprozentigen Rum aus der Kombüse zu besorgen. Sie verschwand wortlos.

Ich sah mir die Wunde näher an und war bereit, mein Bestes zu geben. Jedenfalls dachte ich keinen Moment lang darüber nach, ob wir nicht ausnahmsweise lieber den Schiffsarzt hinzuziehen sollten. Den hatte ich nämlich schon im Speisesalon kennengelernt. Der Typ war dem Aussehen nach mindestens achtzig und roch schon beim Frühstück nach Whisky.

Ich tupfte den Bereich um die Messerklinge vorsichtig mit Jodtinktur ab. Ole musste höllische Schmerzen haben, doch nach Wikingerart ignorierte er sie einfach.

»Wie seid ihr bloß auf so einen Blödsinn gekommen?«, wollte ich wissen. »Kam diese bescheuerte Idee von dir oder von Fatima?«

»Von mir«, sagte er. Dabei wirkte er auf absurde Weise zufrieden. Es schien beinahe, als sei es ihm gar nicht unrecht, dass sie ihn bei diesem hirnrissigen Spiel verletzt hatte. Mir kam sofort ein entsprechender Verdacht.

»Du hast dich absichtlich bewegt, oder? Es war dir ganz egal, ob sie dich trifft.«

Er zuckte mit den Schultern. Das hätte er allerdings besser gelassen, denn das tat nun *richtig* weh. Er konnte ein Stöhnen nicht unterdrücken.

»Dumm gelaufen«, sagte Sebastiano. »Das nächste Mal sprichst du vorher einfach mit mir. Es gibt bessere Stellen. Die rechte Schulter ist immer blöd. Zu nah am Gelenk. Außerdem ist es dein Schwertarm.«

»Ich habe zwei Schwertarme«, widersprach Ole.

»Ich glaube, ich weiß jetzt, was dich auf dieses gefährliche Spiel gebracht hat«, sagte ich nachdenklich. »Du bist es quasi psychologisch angegangen. Zum einen wolltest du Fatima die Möglichkeit geben, ihre Aggressionen gegen dich abzubauen, womit du ihr implizit eine gewisse Hochachtung und großes Vertrauen in ihre Fähigkeiten entgegengebracht hast. Aber im Gegenzug musste sie dabei auch Rücksicht auf deine persönliche Integrität nehmen, symbolisiert durch deine körperliche Unversehrtheit.«

»Hä?«, kam es von Ole.

Ich hätte die ganze Sache gern genauer ergründet, doch dafür blieb keine Zeit, denn Fatima kehrte mit heißem Wasser und einer Flasche Rum zurück.

»Das wird jetzt sehr, sehr weh tun«, warnte ich Ole. Ich reichte ihm ein zusammengerolltes Handtuch zum Draufbeißen, dann desinfizierte ich mir die Hände und Oles Wunde großzügig mit Rum, bevor ich den Griff des Messers umfasste und es mit einem kräftigen Ruck herauszog. Oles markerschütterndes Stöhnen fiel mit einem kurzen Aufschluchzen hinter mir zusammen. Ich konnte mich nicht zu Fatima umdrehen, weil ich damit beschäftigt war, die Blutung zu stillen. Doch Ole hatte die Augen geöffnet und sah über meine Schulter hinweg Fatima an. In seinem Blick lag etwas Suchendes, Fragendes, und während ich die Verletzung versorgte, hatte ich den Eindruck, er hätte gefunden, worum es ihm ging.

Oles Schulter war in den nächsten Tagen fest bandagiert, und er trug den Arm in einer Schlinge. Offiziell war er die Treppe vom Niedergang herabgestürzt und hatte sich dabei den Arm ausgerenkt. Die Wunde heilte gut, wie ich beim Verbandswechsel zufrieden hatte feststellen können. Rund um die Naht waren keine Entzündungen zu sehen, es würde eine glatte und unauffällige Narbe zurückbleiben. Davon hatte Ole schon so viele, dass eine mehr nicht auffiel. Bei den zahlreichen Kämpfen, die er in seiner angestammten Zeit einst ausgefochten hatte, war ihm schon deutlich Schlimmeres widerfahren. Das zehnte Jahrhundert war für die meisten Menschen eine ziemlich brutale Zeit gewesen, vor allem bei den Wikingern.

Was immer auch der Gegenstand von Oles und Fatimas Wette gewesen war – der Vorfall schien beide um einiges friedlicher gestimmt zu haben. Ich hörte die zwei während der restlichen Zeit auf der *Acapulco* kein einziges Mal mehr streiten. Sie gingen höflich miteinander um, teilweise sogar zuvorkommend. Einmal sah ich, wie Ole Fatima den Stuhl zurechtrückte, und einmal schnitt sie ihm bei Tisch das Fleisch klein. Ein anderes Mal half sie ihm an Deck in die Jacke, weil ein frischer Wind ging.

So oder so, es war eindeutig ein Fortschritt, und ich hoffte, dass sie sich weiterhin vertrugen.

Manchmal stellte ich mir vor, wie es jetzt wohl Schummel-Chester ergehen mochte, der sich irgendwo im Inneren des Schiffs als blinder Passagier versteckt hielt und darauf wartete, dass wir San Francisco erreichten. Dort würde er sich dann vermutlich in dem allgemeinen Gewimmel, das beim Entladen der Fracht und dem Auschecken der Passagiere stets herrschte, rasch von Bord stehlen und seiner Wege gehen. Welche wiederum die meinen irgendwann in der Zukunft noch einmal kreuzen würden – sofern er in diesem Punkt die Wahrheit gesagt hatte.

Sebastiano war der Ansicht, ich solle nicht alles unbesehen glauben, was mir fremde Typen erzählten, vor allem nicht bei Zeitreisenden, denn von denen hätten viele es hervorragend drauf, andere Leute gewohnheitsmäßig anzulügen.

Was das anging, hatte er wohl recht. Wir selbst bildeten da keine Ausnahme. Im Grunde logen wir ständig – über unsere Herkunft, unsere Identität, unsere Absichten.

Der Einzige von uns, der rückhaltlos ehrlich auftrat, war John Doe, aber auch nur deshalb, weil er keine Ahnung hatte, wer er war, woher er kam und was er genau wollte.

An unserem letzten Tag auf der *Acapulco* traf ich ihn und Fox auf dem Promenadendeck. Die beiden waren in ein Gespräch vertieft und sahen mich nicht kommen, sodass ich einen Teil ihrer Unterhaltung unbemerkt mit anhörte.

»Ich würde gern wieder nach Hause gehen«, sagte John Doe gerade. Es klang deprimiert. »Wenn ich nur wüsste, wo mein Zuhause ist.«

»Ich würde *überallhin* gehen, an jeden noch so popeligen Ort. Hauptsache, er schwimmt nicht auf dem Meer«, erwiderte Fox genauso deprimiert. Er hatte sich in eine Decke gewickelt und auf einem der Liegestühle ausgestreckt. Die letzten Tage hatte er sich häufiger aus der Koje gequält. Bleich, abgeschlagen und hohläugig hatte er der Seekrankheit wenigstens zeitweise ein paar Stunden an der frischen Luft abgetrotzt, als müsste er sich davon überzeugen, dass die Fahrt bald zu Ende war. Und das war sie in der Tat: In der Ferne sah man bereits die kalifornische Küste am Horizont.

John Doe lag auf dem Liegestuhl neben Fox und blickte trostlos auf den Pazifik hinaus. »Ich bin froh, dass wir Anna und Sebastiano haben. Sie sagen uns, wo es langgeht.«

»Ja«, meinte Fox missmutig. »Und meist benutzen wir dafür ein verdammtes, schwankendes Schiff.«

»Das geht nicht anders, weil wir um die Erde reisen müssen.« John Doe dachte nach. »Warum müssen wir eigentlich um die Erde reisen?«

»Weil es in Morettis verfluchtem Playbook steht.«

»Wer ist Moretti? Und was für ein Playbook?«

Fox hieb sich die flache Hand vor die Stirn. »Gott im Himmel! Ich habe es dir doch vor ein paar Tagen schon mal ausführlich erklärt!«

»Ich hab's vergessen.«

»Irgendwann fällt's dir von allein wieder ein. Dann wirst du auch ganz bestimmt merken, was für ein tougher und cooler Bursche du in Wirklichkeit bist. Vertrau mir.«

»Das tue ich«, sagte John Doe tapfer. »Es ist gut, Freunde zu haben, denen man vertrauen kann und die einen cool finden. Ich bin auch froh, dass Anna und Sebastiano und die anderen meine Freunde sind.«

»Vertrau lieber nur mir. *Ich* bin dein Freund. Und wenn du wissen willst, wo's langgeht, frag einfach mich.«

»Gut. Ich mag dich. Ich mochte dich von Anfang an. Und ich finde es schön, dass du mein Freund bist.«

Fox brummte irgendwas Unverständliches.

»Magst du mich auch?«, wollte John Doe wissen. Zaghaft fügte er hinzu: »Oder stören dich meine roten Haare? Viele Leute mögen keine roten Haare.«

»Ich habe nichts gegen rote Haare, auch wenn du damit wie ein Feuermelder aussiehst«, sagte Fox großmütig. Bei diesen Worten blickte er hoch und sah mich an der Reling stehen. »Hörst du uns schon lange zu?«, fragte er verärgert.

»Nein«, behauptete ich. Zu John Doe sagte ich: »Wegen deiner roten Haare musst du dir keine Gedanken machen, das ist eine wirklich tolle Haarfarbe! Und du bist auch *insgesamt* sehr sympathisch.«

John Doe strahlte über das ganze Gesicht. »Das freut mich, Anna!« Er zeigte auf die kleine, krummbeinige Gestalt, die gerade über das Deck zu uns herübergeschlendert kam. »Da ist Barnaby.«

»Das wird ja hier ein richtiger Volksauflauf«, sagte Fox missfällig. »Ich bin dann mal weg.« Mit verdrossener Miene stemmte er sich aus dem Liegestuhl hoch und stapfte davon.

Barnaby blieb bei uns stehen und sah ihm kopfschüttelnd nach. »Ob er auch manchmal gute Laune hat?«

Das konnte ich nur mit einem Schulterzucken beantworten. Falls Fox je fröhlicher Stimmung war, hatte er es jedenfalls bisher gut verborgen.

»Anna, ich möchte mit dir reden. Spazieren wir ein Stück die Reling entlang?«

»Ich kann auch mit euch spazieren«, schlug John Doe vor.

»Es soll ein Gespräch unter vier Augen sein«, erklärte Barnaby freundlich.

John Doe schien im Geiste die Anzahl unserer Augen zu zählen, dann nickte er eifrig. »Du willst mit Anna allein sprechen.«

»Ganz genau.«

»Gut.« John Doe lehnte sich zurück und betrachtete wieder versonnen das Meer.

Ich blickte seufzend zu ihm zurück, während ich mit Barnaby über das Deck schlenderte. »Armer Kerl.«

»Das wird sich noch herausstellen.«

»Was meinst du damit?«, fragte ich leicht verunsichert.

»Dass wir ja gar nicht wissen, wie er wirklich ist. Jetzt kommt er uns harmlos vor, weil er ein Mann ohne Erinnerungen ist. Aber wir dürfen nicht außer Acht lassen, dass er möglicherweise von Moretti in unseren Kreis eingeschleust wurde. Und Moretti führt bekanntlich nicht immer Gutes im Schilde. Theoretisch könnte John Doe sich als der schlimmste Serienkiller aller Zeiten entpuppen.«

»Das ist ein Witz, oder?«

»Natürlich«, stimmte Barnaby sofort zu. »Es sollte nur ein Beispiel sein.«

»Weißt du etwas über ihn, das wir nicht wissen?«, fragte ich ihn geradeheraus.

»Dummerweise nicht«, sagte Barnaby.

»*Wenn* du etwas über ihn wüsstest, würdest du es uns aber sagen, oder?«

»Klar.«

Mir schien, als hätte er mit der Antwort einen winzigen Moment gezögert, doch bevor ich diesem Eindruck nachgehen konnte, sprach Barnaby das Thema an, das ihm am Herzen lag.

»Anna, hast du schon mal darüber nachgedacht, dass Moretti uns die restlichen Aufgaben aus einem ganz bestimmten Grund erlassen haben könnte?«

»Sicher«, sagte ich. Sebastiano und ich hatten uns sogar ziemlich lange darüber den Kopf zerbrochen. Allein schon aus dem Grund, weil wir Signor Moretti alle möglichen Tricks und Finten zutrauten. Wir hatten sogar darüber debattiert, ob wir uns in Hongkong und Yokohama nicht einfach trotzdem nach den dort befindlichen Toren umsehen sollten – vielleicht wollte Signor Moretti uns ja aus irgendwelchen geheimen Gründen nicht in der Nähe dieser Portale haben.

Doch letztlich hatten wir dann doch entschieden, keine Zeit mit der Suche nach irregulären Portalen zu verschwenden. Wir konnten zwar nicht ausschließen, dass sie für irgendwelche unautorisierten Übertritte benutzt wurden, aber für uns war es nun mal eindeutig wichtiger, pünktlich weiterzureisen und keine Anschlüsse zu verpassen. Schließlich ging es um nicht mehr und nicht weniger als um Sebastianos Leben.

Das alles erklärte ich Barnaby, worauf er gedankenvoll nickte.

»Findest du, dass wir uns falsch entschieden haben?«, fragte ich ihn unumwunden.

»Nein, nach Lage der Dinge war es eine gute Entscheidung. Sämtliche bisherigen Suchaktionen waren mit beträchtlichen Risiken verknüpft. Warum sollte man diese Risiken dort eingehen, wo es nicht erforderlich ist?«

Das klang sehr rational und vernünftig, aber auch irgendwie … zwiespältig.

»Das nächste irreguläre Portal wäre Signor Morettis Anweisungen zufolge erst wieder in New York«, meinte ich zögernd. »Vielleicht können wir ja danach suchen und es sicherheitshalber versiegeln, sobald wir dort sind. Vorausgesetzt, wir kriegen noch rechtzeitig das Schiff nach Liverpool.«

»Das sollten wir im Auge behalten«, sagte Barnaby. Dann musterte er mich forschend. »Wie geht es dir?«

»Du meinst gesundheitlich? Sehr gut.«

Das war nicht übertrieben. Unter der lästigen Übelkeit hatte ich seit der vergangenen Woche gar nicht mehr gelitten. Das Essen schmeckte mir ohne Einschränkung (abgesehen von gewissen Speisen, an die ich mich nie gewöhnen würde, etwa Nierenpastete oder die auch auf diesem Schiff allseits beliebte Schildkrötensuppe), und die ständigen Gefühlsschwankungen hatten sich auch gelegt. Träume von meiner kleinen Tochter hatte ich seit jener Nacht in Indien nicht mehr gehabt, doch auf eine unerfindliche, beinahe mystische Art wusste ich, dass sie bei mir war. Ein winziges Wesen in einem tiefen, traumgleichen Schlaf, umgeben von sanfter Dunkelheit und darauf wartend, irgendwann das Licht unserer Welt zu sehen. In meinen Gedanken war ein Bild, wenn ich mich auf sie konzentrierte – eine sich entfaltende Blüte, von einer goldenen Sonne beschienen und sachte von einem warmen Wind gestreichelt, und wenn ich ganz tief in mich hineinhorchte, spürte ich, dass das Bild von ihr kam.

»Habt ihr euch eigentlich schon einen Namen für sie überlegt, du und Sebastiano?«, fragte Barnaby.

»Wir haben ein paar in der engeren Auswahl«, sagte ich. »Aber das wird erst verraten, wenn sie da ist.«

Ein kleines Lächeln erhellte sein warziges Gesicht, und da ahnte ich, dass er den Namen bereits kannte.

Die *Acapulco* warf pünktlich am frühen Morgen in der San Francisco Bay Anker. Nach den üblichen Zollinspektionen mussten wir wegen der örtlichen Quarantänebestimmungen alle zur Untersuchung vor einem Amtsarzt vorbeimarschieren, der eventuelle Pockenfälle feststellen sollte. Die Untersuchung beschränkte sich allerdings darauf, dass er einen kurzen Blick auf unsere Zungen warf und uns flüchtig den Hals abtastete.

Anschließend wurden wir von einer Fähre an Land gebracht und betraten zum ersten Mal während eines Zeitreiseeinsatzes amerikanischen Boden. Auch hier blieb keine Zeit für Besichtigungen – die berüchtigte Gefängnisinsel Alcatraz und die Seal Rocks, bekannt für die dort lebenden Robben, sah man nur von fern, und die Golden Gate Bridge und Fisherman's Wharf gab es noch nicht.

Am Pier hielt ich verstohlen Ausschau nach Schummel-Chester. Ob seine Flucht geklappt hatte? Beim Entladen des Schiffs herrschte emsige Betriebsamkeit, am Kai wimmelte es nur so von Trägern und Kutschern. Bestimmt war es nicht weiter schwierig für ihn, im Gedränge unterzutauchen. Blieb nur die Frage, wann wir ihn wiedersehen würden.

Hoffentlich nicht so bald, dachte ich mit vagem Unbehagen. Wo der Typ auftauchte, gab es garantiert Ärger.

Nachdem wir unser Gepäck zum nahen Bahnhof expediert hatten, beschlossen wir nach einigen Diskussionen, doch noch ein paar Besorgungen in der Stadt zu machen. Uns fehlte warme Kleidung – und in diesen Breiten war es bereits empfindlich kühl. Wir hatten Anfang Dezember, und vor uns lagen noch fast drei Wochen Reisezeit, in denen wir mit eisigen Temperaturen rechnen mussten. Auch wenn wir uns dabei meist in – hoffentlich beheizten – Innenräumen aufhalten würden, konnten jederzeit unvorhergesehene Zwischenfälle eintreten, die uns zu einem vorübergehenden Aufenthalt im Freien zwangen.

Um uns mit dem Nötigsten einzudecken, mieteten wir eine Droschke und ließen uns in die Montgomery Street fahren, wo es laut der Beschreibung in Jules Vernes Roman diverse gut ausgestattete Läden geben sollte.

Die Fahrt durch die Stadt nahm meine Aufmerksamkeit gefangen. Das historische Flair von San Francisco erinnerte an manchen Stellen auf verblüffende Weise an die Kulisse diverser Hollywood-Western. Es gab noch viele niedrige Holzhäuser mit vorgebauten Veranden aus roh zusammengezimmerten Brettern, und man sah vereinzelt Leute zu Pferde. Doch in der Innenstadt wirkte die Umgebung bereits deutlich moderner, mit neuen, höheren Backsteingebäuden und breiten, schachbrettartig angelegten Straßen. Es gab sogar eine Art Omnibusse auf Schienen, die legendären Cable Cars, die in dieser Zeit noch von Pferden gezogen wurden. Die gesetzlose alte Goldgräberstadt war längst Geschichte, und die zwielichtigen Saloons waren zivilisierten, sauberen Lokalen gewichen. In einem kehrten wir zu einem zweiten Frühstück ein, bevor wir, gestärkt mit Rührei, Brot und Speck, unsere Einkaufstour starteten.

Diesmal verwahrte Sebastiano die Gürteltasche, denn wir hatten uns aufgeteilt: Barnaby sollte sich bis zur Abfahrt des Zuges am späten Nachmittag um Fox und John Doe kümmern und dafür sorgen, dass sich beide rechtzeitig am Bahnhof einfanden. Sebastiano und ich waren gemeinsam mit Ole und Fatima unterwegs.

Ole bestand darauf, uns endlich besser zu bewaffnen, zum Beispiel mit Repetiergewehren, sechsschüssigen Colts und säckeweise Munition. Ich fand das etwas übertrieben, aber Sebastiano neigte ausnahmsweise eher Oles Ansicht zu.

»Ein paar ordentliche Waffen können nicht schaden«, meinte er. »Sicher ist sicher. Die Personenzüge werden in dieser Epoche ziemlich oft überfallen.«

»Lies dir einfach noch mal die betreffende Stelle in dem Roman durch«, empfahl Ole mir herablassend.

»Meinst du die, wo die Bisonherde die Bahnstrecke blockiert?«

»Nein, die mit dem Indianerüberfall.«

Inzwischen wusste Ole alles über Indianer – ich hatte die Fahrt auf der *Acapulco* für einige wichtige Unterrichtseinheiten genutzt und dabei vielleicht stellenweise ein klitzekleines bisschen übertrieben. Seitdem war Ole nämlich nicht davon abzubringen, sich gegen Sioux, Cheyenne und Pawnee rüsten zu müssen, wenn wir nicht alle skalpiert werden oder am Marterpfahl enden wollten.

»Ich dachte eigentlich eher an Überfälle durch bewaffnete Banden«, meinte Sebastiano. »Solche Typen wie Billy the Kid und Jesse James.«

»Wer sind Billy the Kid und Jesse James?«, fragte Ole.

Sebastiano seufzte, aber er hatte davon angefangen und musste es nun auch genauer erklären, mit dem Ergebnis, dass Ole sich jetzt erst recht neue Waffen zulegen wollte.

Dass ich ihn gebeten hatte, seine verletzte Schulter noch zu schonen, schien ihn nicht zu interessieren, denn in dem Waffengeschäft, das wir als Erstes aufsuchten, bestand er darauf, eigenhändig das Durchladen und Anlegen mit unterschiedlichen Gewehren zu üben, ehe er sich für den Erwerb einer enormen Repetierbüchse entschied, eine original Winchester, wie er mir stolz erklärte. Dazu benötigte er dann natürlich auch noch massenweise Patronen, die zusammen mit dem Gewehr ungefähr eine Tonne wogen – was ich merkte, als er mir die Munitionskiste reichte, weil er beide Hände brauchte, um eine doppelläufige Schrotflinte genauer zu betrachten.

Sebastiano ließ sich unterdessen die Handfeuerwaffen vorführen. Er entschied sich für ein monströses Modell namens *Peacemaker*, das gerade erst ganz neu von Samuel Colt entwickelt worden war, wie wir von dem Ladeninhaber erfuhren.

Fatima sah sich derweil ein paar kleinkalibrige Pistolen an, welche die Dame von Welt ganz elegant im Knöchelholster tragen konnte (O-Ton des Ladeninhabers). Sie wollte gleich zwei von den Dingern, für jeden Knöchel eins.

Ich stand bei den Verkaufsgesprächen nur in der Ecke und betete im Stillen, dass aus diesen Waffen nie eine Kugel abgefeuert werden musste. Doch Prophylaxe war in diesem Fall anscheinend alles – zumindest schienen die Amerikaner das so zu sehen, denn es war eine Tatsache, dass viele Männer, die uns in San Francisco über den Weg liefen, einen Revolvergurt umhängen hatten. Offensichtlich fand man hierzulande nichts dabei, notfalls das Recht selbst in die Hand zu nehmen. Cowboys und Indianer suchte man in der Innenstadt von San Francisco an diesem trüben Dezembertag im Jahr 1873 allerdings vergebens. Dennoch wusste ich, dass der Anschein von Friedfertigkeit trog: Die zweite Hälfte des neunzehnten Jahrhunderts war als eine von Unruhen und Konflikten bestimmte Zeit in die Geschichtsbücher eingegangen. Das Ende des amerikanischen Unabhängigkeitskrieges lag erst wenige Jahre zurück, und auch die Auseinandersetzungen zwischen Weißen und Indianern waren im Jahr 1873 noch lange nicht beigelegt. Die große Schlacht am Little Bighorn, bei der die U.S.-Kavallerie unter General Custer im Kampf gegen die von Häuptling Sitting Bull angeführten Indianer eine schwere Niederlage einstecken musste, würde beispielsweise erst in drei Jahren stattfinden.

Nachdem Sebastiano und Ole unser frisch erstandenes Waffenarsenal mithilfe unseres Kutschers hinten auf dem Gepäckbrett der Droschke befestigt hatten (die neuen Revolvergurte mit dem Peacemaker ließen Ole und Sebastiano gleich an, und auch Fatima bestand darauf, ihr Knöchelholster anzulegen), gingen wir endlich in die Läden, in denen ich mich deutlich wohler fühlte – abgesehen davon, dass ich ein bisschen davor zurückscheute, Pelzkleidung zu kaufen. Leider gab es in dieser Zeit praktisch keine richtig warme Winterkleidung ohne Pelz, und sei es auch nur als Futter, Kragenbesatz oder Kapuzeneinfassung. Von manchen Mantelaufschlägen baumelten sogar die angenähten Köpfe der armen Tiere herab, mit glitzernden Glasäuglein und scheinbar fröhlich gebleckten Reißzähnchen. Ich suchte mir einen (kopflosen) nerzgefütterten Umhang aus und hoffte, dass ich ihn bis zum Ende der Reise nicht so oft brauchen würde. Daneben erstand ich ein Paar Lederschnürstiefel mit Robbenfellbesatz und eine dazu passende Persianermütze mit Ohrenklappen im Kosakenstil. Ich schwor mir, nach unserer Rückkehr in unsere eigene Zeit eine großzügige Spende an PETA zu überweisen.

Vervollständigt wurde mein Outfit für den anstehenden Winter durch lange Strickstrümpfe, Fäustlinge, Schal und Wolljacke. Die anderen kleideten sich ebenfalls für die kalte Jahreszeit ein, wodurch sich unser Reiseequipment am Ende unserer Shoppingtour dermaßen aufgebläht hatte, dass wir noch zwei Koffer dazukaufen mussten, die mitsamt Inhalt ebenfalls auf dem Gepäckbrett der Kutsche verstaut wurden.

In einer Drogerie ließen wir uns außerdem mehrere Tiegel und Fläschchen mit diversen Körperpflegemitteln abfüllen, und weil danach noch ausreichend Zeit blieb, ließen Sebastiano und Ole sich bei einem Barbier rasieren und die Haare schneiden, während Fatima und ich uns in einem Kolonialwarenladen ein bisschen Süßkram für die Zugreise besorgten.

Wenig später liefen wir Barnaby, Fox und John Doe über den Weg, die sich ebenfalls für den Winter eingekleidet hatten. Es traf sich, dass wir alle gleichzeitig mit unseren Besorgungen fertig waren und daher noch gemeinsam Mittagessen gehen konnten, bevor wir zum Bahnhof fuhren. Dass wir darauf besser verzichtet und lieber auf das Abendessen im Zug gewartet hätten, war uns zu diesem Zeitpunkt noch nicht klar. Aber hinterher ist man bekanntlich immer schlauer.

Das Lokal, in dem wir zum Essen einkehrten, hätte sich von der Einrichtung her auch in London befinden können. Auch die besser situierten Leute, die an den umliegenden Tischen saßen, sahen nicht anders aus als in Europa Ende des 19. Jahrhunderts – die Frauen trugen hochgeschlossene lange Kleider und federverzierte Hütchen oder Rüschenhauben, die Männer elegante schwarze Gehröcke nebst passender Weste und dazu Zylinder oder Melone. Nur beim Personal zeigten sich Unterschiede: Durch eine offene Schwingtür sah man ausschließlich Chinesen in der Küche arbeiten, und bedient wurden die Gäste von ehemaligen Sklaven.

Einer von ihnen, fast noch ein Junge, kam mit zwei vollgehäuften Speisetellern aus der Küche. Bei einem der Tische geriet er ins Stolpern und fiel der Länge nach hin, zusammen mit den Tellern, die klirrend auf dem Boden zerbrachen. Das Essen spritzte in alle Richtungen. Der Sturz war nicht etwa auf seine Ungeschicklichkeit zurückzuführen, sondern darauf, dass ein etwa zwölfjähriger Knabe dem jungen Schwarzen ein Bein gestellt hatte – und zwar absichtlich, wie seinem hämischen Gesichtsausdruck zu entnehmen war.

Am Nebentisch stand ein schnauzbärtiger Mann mit einem Stetson-Hut auf und trat dem jungen Schwarzen, der sich gerade vom Boden hochrappeln wollte, hart in die Seite.

»Kannst du nicht aufpassen, Nigger?«, schrie er dabei. Er deutete auf die Fettflecken an seiner Hose. »Siehst du, was du angerichtet hast?«

Das Ganze passierte nur drei Schritte von mir entfernt, ich dachte gar nicht groß nach, sondern bückte mich spontan und half dem Jungen auf.

»Danke, Ma'am«, flüsterte er verschüchtert.

»Keine Ursache.« Empört wandte ich mich an den Typen, der ihn getreten hatte. »Was fällt Ihnen eigentlich ein, Sie Grobian? Haben Sie nicht gesehen, dass es nicht seine Schuld war?« Zu dem immer noch höhnisch grinsenden Knaben sagte ich: »Du solltest dich was schämen!«

»Is' doch bloß ein Nigger«, erwiderte er nur frech.

Ich war sprachlos vor Entsetzen.

»Und Sie sollten mal besser den Mund nicht zu voll nehmen, klar?«, raunzte mich der Typ mit dem Stetson an. »Sonst müsste ich glauben, dass Sie auf Ärger aus sind. Und den können Sie gerne haben, wenn Sie's drauf anlegen.«

Ringsum erhob sich vereinzeltes Murren, doch niemand schien sich zum offenen Widerspruch berufen zu fühlen. Und gleich darauf begriff ich auch, wieso – der Typ lüftete beiläufig sein Jackett, und dadurch wurde das Marshal-Abzeichen auf seiner Weste sichtbar. Augenscheinlich war er ein Mann des Gesetzes und konnte sich einiges erlauben. Das schien auch Gewalt, offenen Rassismus und verbale Attacken gegen unbescholtene Personen zu umfassen.

Hastig gab ich Sebastiano und Ole ein Zeichen, sich zurückzuhalten, denn die beiden standen hinter dem Typen und hatten daher die Marke auf seiner Brust nicht gesehen. Aber seine unverschämten Bemerkungen waren ihnen natürlich nicht entgangen, und schon nahm das Unheil seinen Lauf.

»Mister, Sie sprechen da gerade mit meiner Frau«, sagte Sebastiano mit eisiger Stimme. »Ich schlage vor, Sie entschuldigen sich auf der Stelle bei ihr und bei dem Kellner, dann könnte ich geneigt sein, das Ganze zu vergessen.«

Der Typ zog blitzartig sein Schießeisen und hielt es Sebastiano unter die Nase. »Und du redest da gerade mit einem Deputy Marshal der Vereinigten Staaten, mein Junge. Ich schlage vor, du kommst sofort mit mir auf die Wache, dann könnte ich geneigt sein, dich nicht auf der Stelle abzuknallen.«

Ich fiel Ole in den Arm, denn er griff reflexartig zu seinem Revolver. Eine Schießerei hatte uns gerade noch gefehlt! Ganz zu schweigen davon, dass Sebastiano sich dann vermutlich als Erster eine Kugel eingefangen hätte, denn der Marshal (wie um alles in der Welt konnten solche Widerlinge zu Gesetzeshütern ernannt werden?!) hatte seine Pistole bereits entsichert. Ich verstand zwar nicht viel von Waffen, aber das hatte ich genau mitgekriegt.

Ole stöhnte, denn ich hatte mit beiden Händen zugefasst, und seine verletzte Schulter war immer noch schmerzempfindlich.

Der Marshal hatte ein widerliches Haifischgrinsen aufgesetzt. »Noch jemand, der wegen Missachtung des Gesetzes hinter Gitter will?«, erkundigte er sich reihum.

Logischerweise wollte keiner. Ole beherrschte sich eisern, doch es fiel ihm schwer, wie ich an seinen mahlenden Kiefermuskeln und den geballten Fäusten erkennen konnte.

Barnabys hässliches Gesicht hatte sich in besorgte Falten gelegt, und auch John Doe schaute betroffen drein.

»Was hat Sebastiano denn getan?«, wollte er im Flüsterton von Fox wissen.

»Keine Ahnung, aber irgendwas werden sie sich schon ausdenken. Störung der Sonntagsruhe oder so.«

»Ist denn heute Sonntag?«, fragte John Doe.

»Nein, aber wen interessiert's. Er wird eingebuchtet und muss wahrscheinlich tagelang in der Arrestzelle schmoren, bis er vor einen Richter kommt und eine Kaution festgesetzt wird. Bis dahin ist unsere Eisenbahn längst in New York und das ganze Spiel verloren.« Unbewegt sah Fox zu, wie der Marshal Sebastiano mit vorgehaltener Waffe durch das voll besetzte Lokal nach draußen trieb. Sebastiano warf einen beschwörenden Blick über die Schulter zurück, mit einer stummen Anweisung an uns, die leicht zu deuten war: Ruhe bewahren, einen Plan schmieden und auf eine passende Gelegenheit warten. Und das alles möglichst schnell, damit wir die Eisenbahn nicht verpassten, die in exakt vier Stunden abfahren würde.

Geschockt sah ich ihm nach. Es war mal wieder alles meine Schuld! Sicher, ich hatte einem Menschen beigestanden, den man übelst schikaniert hatte. Aber durch meine Einmischung hatte ich zugleich unsere ganze Weiterreise in Gefahr gebracht – und damit auch unmittelbar Sebastianos Leben!

Als wüsste er, was mir durch den Kopf ging, warf Fox mir einen abfälligen Blick zu. »Du hättest auch ausnahmsweise einfach mal die Klappe halten können«, sagte er, nachdem wir alle eilig das Lokal verlassen und uns draußen auf dem Trottoir versammelt hatten.

»Lass Anna in Ruhe«, fuhr Fatima ihn an. »Sie kann tun, was sie für richtig hält.«

»Ja, aber war es auch für uns und unsere Mission richtig? Diese unüberlegte Zivilcourage vorhin – das war so was von überflüssig.«

»Nein, das war es nicht«, sagte John Doe mit unerwartetem Nachdruck. »Anna hat richtig gehandelt. Sie hat jemanden beschützt, der hilflos war. Sie ist ein guter Mensch. Ich mag Anna.«

Erstaunt sah Fox ihn an. »Was hast du denn auf einmal für Allüren?«

Das schien John Doe selbst nicht recht zu wissen. Er blickte wieder verwirrt und ein bisschen desorientiert vor sich hin, so wie meistens.

»Hört auf mit dem kleinlichen Gezänk«, fuhr Ole dazwischen. »Konzentriert euch lieber auf unser Problem. Wir müssen Sebastiano befreien.«

»Gut gesprochen, Wikinger«, sagte Barnaby.

Ole betrachtete ihn abweisend. »Spar dir deinen Spott, du dreister Troll!«

»Es war ganz aufrichtig gemeint«, versicherte Barnaby.

Ole starrte ihn misstrauisch an, sagte aber nichts mehr.

Barnaby seufzte verhalten. »Also kommen wir zur Sache. Wie gehen wir vor, um Sebastiano rauszuholen?«

»Bestechung?«, schlug ich sofort hoffnungsvoll vor. »Der Marshal ist so ein Widerling, der ist bestimmt käuflich! Wir müssen ihm nur genug bieten!«

»Wie gut, dass wir unerschöpfliche Geldvorräte haben«, warf Fatima ein.

Das traf glücklicherweise zu. Sebastiano trug zwar immer noch die Gürteltasche bei sich, aber zur Erzeugung von Goldmünzen benötigte Barnaby die Tasche nicht – die diente ihm dabei lediglich zur Aufbewahrung. Wenn er Gold brauchte, konnte er es auch jederzeit einfach aus der Jackentasche ziehen. Oder es bei jemandem hinter den Ohren hervorholen wie ein geschickter Magier. Was er im Grunde auch war, nur dass es bei ihm kein Taschenspielertrick war, sondern echte Zauberei. Wenn nötig, konnte er auch Juwelen aus dem Hut ziehen, was er bei unserem ersten gemeinsamen Abenteuer am Hof von Heinrich dem Achten schon nachhaltig unter Beweis gestellt hatte.

»Na gut«, sagte ich, tapfer bemüht, mir meine schreckliche Angst um Sebastiano nicht allzu deutlich anmerken zu lassen. »Dann machen wir jetzt am besten mal einen richtig guten Plan. Irgendwelche Vorschläge?«

Oles Idee (einfach ins Büro des Marshals marschieren, den Typen über den Haufen schießen und mit Sebastiano wieder abziehen) wurde von uns anderen einstimmig abgelehnt. Gegen Fatimas Vorschlag – sie wollte sich als Saloonmädchen verkleiden und den Marshal in einem tief ausgeschnittenen Kleid mit einem Sack voller Gold in das Hinterzimmer seines Büros locken, und wenn sie anschließend wieder herauskämen, hätte sie die Sache geregelt – sprachen sich ebenfalls alle geschlossen aus. Vor allem Ole war entschieden dagegen.

Einigkeit bestand auch darüber, dass ich selbst mich bei der Befreiungsaktion heraushalten sollte – zum einen, weil der Marshal sowieso schon sehr schlecht auf mich zu sprechen war, zum anderen wegen meines Zustandes. Ich selbst hatte in dem Moment gar nicht mehr daran gedacht, dass ich mich eigentlich schonen sollte, aber Barnaby hob ausdrücklich hervor, dass ich für diesen Tag schon genug Stress hinter mir hätte.

Daher sollte Fatima die Hauptrolle bei der Befreiungsaktion übernehmen. Sie würde sich als Sebastianos Schwester ausgeben und dem Marshal einen Sack voller Gold für seine Freilassung anbieten, und falls das nicht funktionierte, etwa weil der Marshal unbestechlich war oder etwas mehr von Fatima wollte als bloß Gold, würde Ole eingreifen und die Sache auf seine Weise klären. Allerdings musste er mir hoch und heilig versprechen, nicht zu schießen, denn das würde garantiert sämtliche Leute aus der Gegend auf den Plan rufen, sodass hinterher an Flucht nicht mehr zu denken wäre.

Das Büro des Marshals befand sich gleich um die Ecke, wie wir von dem Jungen erfahren hatten, dem ich geholfen hatte. Wir konnten also einfach hier stehen bleiben und warten, bis Ole und Fatima zusammen mit Sebastiano zurückkehrten.

Zur Vorbereitung des Einsatzes griff Barnaby mehrmals in seine Jackentasche und holte jedes Mal eine große Handvoll Goldmünzen heraus. Wir standen bei dem von uns gemieteten Pferdefuhrwerk und hatten einen Kreis um ihn gebildet, damit die Leute, die an uns vorbeikamen, nicht mitbekamen, welche Zauberei hier im Gange war.

Fox sah Barnaby mit verengten Augen zu. »Wenn ich es nicht heute Morgen schon gesehen hätte, als du mir und John Doe die Winterjacken gekauft hast, würde ich es nicht glauben. Wie zum Teufel machst du das bloß?«

»Keine Ahnung«, sagte Barnaby. »Ich konnte es schon als Baby.«

»Du warst echt mal ein Baby?«, fragte Ole, halb spöttisch, halb ungläubig.

»Und zwar ein sehr süßes«, erwiderte Barnaby ungerührt. »Jedenfalls, wenn man meiner Mutter glaubt.« Er häufte das Gold in Fatimas Handtäschchen – eigentlich eher ein Beutel, wie er dem modischen Stil der Zeit entsprach. »Das sind jetzt ungefähr fünfhundert Sovereigns. Meinst du, das reicht?«

Fatima wog den Samtbeutel in der Hand. »Auf jeden Fall. Wir wollen nicht übertreiben. Also dann mal los. Bist du bereit, Ole?«

»Jederzeit. Sekunde noch.« Ole überprüfte die Patronenkammern an seinem nagelneuen Colt.

»Es wird nicht geschossen«, sagte ich vorsorglich noch einmal zu ihm. Er nickte nur zerstreut. Dann bot er Fatima höflich den Arm. Sie hakte sich bei ihm ein, und gemeinsam gingen sie in stolzer Haltung über die Straße. Fatimas Rock schwang über ihren eleganten schmalen Schnürstiefeln hin und her, und ihr zobelbesetzter Umhang und ihr kleiner schwarzer Seidenhut verliehen ihr eine Aura unnachahmlicher Eleganz. Ole wirkte ziemlich smart mit seiner Felljacke und dem leicht schräg aufgesetzten Halbzylinder. Nur seine Hose war ein klarer Stilbruch – es war eine waschechte Levi's der allerersten Generation, aus unverwüstlichem Denim und mit Nieten beschlagen.

»Sie sind so ein schönes Paar«, sagte John Doe, während er Fatima und Ole schwärmerisch nachblickte. Leicht verträumt blickte er Fox an. »Findest du nicht auch?«

Fox schnaubte nur verächtlich.

»Fox ist anscheinend nicht so der Romantiker«, sagte Barnaby.

»Ich glaube, dass jeder Mensch eine romantische Ader hat«, meinte John Doe.

»Dann müsstest du ja auch eine haben«, spottete Fox.

»Aber natürlich«, erwiderte John Doe im Brustton der Überzeugung. »Ich *liebe* romantische Geschichten!«

Fox starrte ihn ungläubig an. »Echt jetzt? Ist das dein Ernst? Das sagst ausgerechnet *du*?«

»Wieso denn nicht?«, fragte John Doe. Er sah verwirrt und ein bisschen gekränkt aus.

Stirnrunzelnd blickte ich Fox an. »Ja, wieso nicht? Gibt es einen Grund, warum John sich kein Urteil über romantische Gefühle erlauben sollte?« Ich verkniff mir gerade noch den Hinweis, dass John Doe sich im vergangenen Monat schon zweimal *Pride and Prejudice* von Jane Austen bei mir ausgeborgt hatte, einer meiner Lieblingsromane, der auf keinem meiner Einsätze in der Vergangenheit fehlen durfte (natürlich nur auf denen nach 1813, vorher gab es das Buch ja noch gar nicht).

»Das ist lächerlich«, befand Fox.

Ich hörte schon gar nicht mehr hin, weil meine Anspannung mit jeder Sekunde zunahm und dadurch alles andere in den Hintergrund trat. Voller Nervosität behielt ich die gegenüberliegende Straßenecke im Auge, wo jeden Moment Sebastiano, Ole und Fatima auftauchen mussten. Vorausgesetzt, alles war gut gegangen. Ich versuchte, mich damit zu beruhigen, dass *ga-*

rantiert alles gutgegangen war, denn anderenfalls hätte ja mein Nacken jucken müssen.

Etwas an diesem Gedanken beunruhigte mich, und es dauerte einen Moment, bis ich dahinterkam, woran das lag: In dem Lokal hatte mein Nacken *nicht* gejuckt, obwohl die Situation dort wirklich brenzlig gewesen war. Und auch an jenem Abend an Deck der *Malwa* hatte ich nichts gespürt, als Signor Moretti urplötzlich hinter mir aufgetaucht war.

Unvermittelt erkannte ich, dass mein Nackenjucken mich vor ihm hätte warnen müssen, wenn alles mit rechten Dingen zugegangen wäre. Doch ich erinnerte mich nur an diesen schwachen eisigen Hauch, kurz bevor Signor Moretti mich berührt hatte. Seine Hand auf meiner Schulter hatte sich schwer angefühlt, und hatte nicht sein Daumen dabei für einen winzigen Moment meinen Nacken gestreift?

Kalte Angst kroch in mir hoch, als ich begriff, was in jenem Augenblick passiert sein musste. Durch seine Berührung hatte ich meine Gabe verloren!

Ich wusste, dass die Alten zu solchen Manipulationen imstande waren. Esperanza hatte mir einst diese Gabe verliehen, und auf der *Malwa* hatte Signor Moretti sie mir genommen. So wie auch vor Jahren einer der Alten Sebastiano das Gedächtnis geraubt hatte – José hatte es ihm später mit einer Berührung zurückgegeben. Bestimmt konnte er auch bei mir das Jucken wiederherstellen. Doch José war nicht da. Wir waren auf uns allein gestellt.

In diesem Moment ertönten Schüsse.

Gleich darauf kamen Ole, Fatima und Sebastiano um die Ecke geprescht, gefolgt von … Schummel-Chester!

»Ich glaub's nicht«, entfuhr es mir.

Wo kam der denn auf einmal her?

Doch mir blieb keine Zeit, groß darüber nachzudenken. Ole stürmte mit gezogenem Colt über die Straße und ballerte mehrmals in die Luft. Die Leute, die vorhin noch geschäftig zu ihren Einkäufen unterwegs waren, stoben schreiend in alle Richtungen davon. Zwei oder drei warfen sich zwischen Kutschen und hinter einem Stapel Bierfässern in Deckung.

»Los, ab durch die Mitte!«, schrie Chester. »Sie nehmen sicher gleich die Verfolgung auf!«

Sebastiano erreichte mich mit raschen Sprüngen und fasste mich um die Taille. Ich keuchte erschrocken auf, als er mich hochhob, doch die Dinge hatten sich offenbar verselbstständigt, alles ging rasend schnell. Ich konnte nur noch daran denken, wie froh ich war, dass es ihm gut ging. Mit Schwung hob er mich in die Droschke und sprang unverzüglich ebenfalls hinein. Fatima kletterte sofort hinterher, gefolgt von Barnaby.

Der Kutscher hatte sich verschreckt zu uns umgedreht.

»Eine Verfolgungsjagd ist nicht im Preis inbegriffen, Mister«, sagte er zu Sebastiano, während Fox und John Doe sich noch neben uns auf die Sitzbänke quetschten. Fox fluchte, weil John Doe sich auf seinen Schoß setzte – er hätte sonst nicht mehr hineingepasst.

Barnaby förderte eine Handvoll Münzen zutage und reichte sie dem Kutscher. »Hier, ein kleiner Aufschlag.«

Der Mann nahm das Geld und betrachtete es zaudernd. »Ich weiß nicht … Die Kutsche gehört mir nicht, ich würde nur einen Haufen Ärger kriegen …«

Ole fuchtelte dem Kutscher mit dem Colt vor der Nase herum. »Runter mit dir, ich übernehme die Zügel.« Und schon schubste er den Mann hinab und erklomm selbst den Kutschbock. Chester setzte sich neben ihn. »Worauf wartest du? Fahr los!«

Ole drehte sich zu Sebastiano um. »Sicher, dass der Kerl mitkommen soll?«

»Denk dran, dass ihr mich noch braucht«, sagte Chester zu mir.

Sebastiano zögerte kurz und nickte dann.

Ole verdrehte entnervt die Augen, dann ließ er die Peitsche über den Köpfen der beiden Pferde knallen und stieß einen markerschütternden Schlachtruf aus (jedenfalls klang es wie ein Schlachtruf, denn es war nicht mal mit dem intergalaktischen Translator zu verstehen), und im nächsten Moment fuhr die Droschke mit einem heftigen Ruck los.

»Tut mir leid, dass wir so überstürzt abhauen müssen«, sagte Sebastiano zu mir, während er beruhigend den Arm um mich legte. »Aber es geht nicht anders.« Dann brüllte er Ole an: »Achtung, Cable Car von rechts!«

Statt die Zügel anzuziehen, stieß Ole einen weiteren urtümlichen Schrei aus und schwang abermals die Peitsche, worauf die Kutschpferde in einen wilden Galopp fielen und unsere Droschke ungefähr zwei Zentimeter vor den herantrottenden Straßenbahnpferden quer über die Schienen hinwegraste.

Anscheinend befanden wir uns nun auf der Flucht.

Der Einfachheit halber gebe ich hier wieder, wie sich die Befreiungsaktion aus Fatimas Sicht darstellte, weil sie dabei mehr oder weniger die Regie innehatte und alles hautnah aus erster Hand miterlebt hat.

Fatimas Bericht:

Ole und ich betraten zusammen das Büro des Marshals. Eigentlich war es bloß eine nach Tabaksqualm und ungewaschenen Männern stinkende Kammer mit unzähligen Steckbriefen an den Wänden. Das Mobiliar bestand hauptsächlich aus einem alten Schreibtisch und einem Aktenschrank. Sowie einem widerlichen Spucknapf, den der Marshal gerade zum Ausspeien seines Kautabaksafts benutzte, als Ole und ich hereinkamen. Praktischerweise waren außer ihm keine weiteren Gesetzeshüter anwesend, wie ich mit einem Blick erkannte.

In einer der beiden Arrestzellen, die von der Bürokammer durch eine Gitterwand abgeteilt waren, hockten Sebastiano und Chester, der Falschspieler vom Schiff.

Ole war genauso erstaunt wie ich.

»Wie kommst du denn hierher?«, wollte er von Chester wissen. »Haben sie dich auf dem Schiff doch noch erwischt? Wirst du jetzt aufgehängt?«

»Wer will das wissen?«, fragte der Marshal, auf seinem Kautabak herumkauend. Er stand von seinem Schreibtisch auf und zog seinen Revolver.

»Niemand«, beantwortete ich seine Frage, während ich gleichzeitig Oles Arm festhielt, weil er schon dabei war, seinen Colt zu ziehen. »Wir wollen nur Mister Foscary hier rausholen. Und zwar im Guten, weil wir kein Aufsehen und keinen

Ärger möchten.« Ich knallte meinen Samtbeutel mit dem Gold vor ihm auf den Schreibtisch, um die ganze Sache abzukürzen. »Hier ist die Kaution. Lassen Sie ihn raus.«

»Der Marshal kann ihn nicht auf Kaution rauslassen«, widersprach der dämliche Chester. »Das kann nur das Gericht.«

»Wo kein Kläger, da kein Richter«, antwortete ich.

»In dem Fall will ich auch auf Kaution raus«, erklärte Chester. »Der Beutel da sieht aus, als wäre ein Haufen Gold drin. Das reicht sicher für zwei Leute.«

Der Marshal schnürte den Beutel auf, warf einen Blick auf das Gold und beförderte es in seine Schreibtischschublade.

»Ich will den leeren Beutel wiederhaben«, sagte ich. »Den habe ich mir heute erst gekauft, und er passt zu meinem Hut.«

Er ließ die Schublade zu, der Beutel blieb drin. »Wer bist du, hübsches Ding?«, wollte er von mir wissen. »Seine Frau kannst du nicht sein, das war ja die kleine Blondine. Oder seid ihr etwa Mormonen?«

Ich hatte keine Ahnung, was Mormomen waren, und in dem Moment interessierte es mich auch nicht. Ich bemerkte nur dieses bestimmte Glitzern in seinen Augen, das ich schon bei vielen Männern gesehen und hassen gelernt hatte.

»Ich bin Mister Foscarys Schwester«, sagte ich. »Und jetzt schließ die Zelle auf.«

»Tu, was sie sagt«, stimmte Ole zu, die Hand am Colt. »Und zwar sofort.«

Ich hörte das Knacken seiner Fingerknöchel.

»Reiß dich wenigstens *einmal* zusammen«, warnte Sebastiano ihn. Zu dem Marshal sagte er: »Es wäre besser für uns alle, wenn Sie mich einfach gehen lassen.«

»Und mich auch«, fügte Chester hinzu.

»Von euch geht keiner«, erklärte der Marshal. Er richtete den

Revolver auf Ole. »Leg den Waffengurt ab und lass ihn auf den Boden fallen. Und dann nimmst du die Hände hoch. So, dass ich sie sehen kann. Oder ich erschieße dich einfach. Du hast die Wahl.«

Ole gehorchte mit starrer Miene. Er war manchmal leichtsinnig, aber nicht verrückt. Außerdem wusste er, dass ich bewaffnet war und dass er auf mich zählen konnte.

Der Marshal nahm einen Schlüssel von einem Wandbord und schloss damit die zweite Arrestzelle auf. Er winkte mit dem Revolver und richtete ihn drohend auf Ole. »Rein mit dir. Ganz durch, bis an die Wand.«

Ole ging hinein und stellte sich an die rückwärtige Wand, und der Marshal schloss die Gittertür wieder zu.

Dann schob er seinen Revolver zurück ins Holster und wandte sich zu mir. »Ich habe nebenan ein Privatzimmer. Da können wir die zusätzlichen Bedingungen für die Kaution verhandeln.« Das schmierige Grinsen wich ihm aus dem Gesicht, als er die Pistole in meiner Hand sah. »Willst du etwa einen Marshal des Staates Kalifornien bedrohen?«, fragte er mit zornrotem Gesicht.

»Wonach sieht es denn aus?«, fragte ich zurück. »Und jetzt sperr endlich die Zellen auf.«

Statt einfach auf mich zu hören, zog der Blödmann wieder seine Waffe. Ich hatte keine andere Wahl. Aber leider musste ich dreimal schießen, denn beim ersten Mal habe ich ihn verfehlt, weil das Schießen wohl nicht meine Stärke ist. Mit dem zweiten Schuss traf ich seinen Arm, aber den falschen, weshalb er ungehindert ebenfalls auf mich schießen konnte. Die Kugel durchschlug meinen Hut. Mein dritter Schuss traf den Marshal ins Bein, sodass er abermals in der Lage war, auf mich zu schießen. Diese Kugel verfehlte mich knapp. Daraufhin war ich gezwungen, eines meiner Messer auf ihn zu werfen. Diesmal traf ich exakt – seine Hand mit dem Revolver. Danach saß er kampfunfähig auf dem Boden und war darauf beschränkt, mich mit Flüchen und Bedrohungen zu überschütten, während ich beide Zellentüren aufsperrte und gemeinsam mit den Männern schleunigst das Weite suchte.

Ole zeigte sich sehr zufrieden mit dem Ergebnis meiner Mühen, und er lobte meinen schnellen und gut gezielten Messerwurf. Allerdings fand er auch, dass ich im Schießen echte Lücken aufweise. Dem muss ich leider zustimmen. Daher ist nichts gegen seinen Vorschlag einzuwenden, Zielübungen mit ihm zu veranstalten.

Um den Hut tut es mir sehr leid, er war wirklich bezaubernd.

Nachdem wir in halsbrecherischer Fahrt etliche Meilen zurückgelegt und die Stadt weit hinter uns gelassen hatten, brachte Ole auf Sebastianos Kommando hin die Kutsche mitten in der hügeligen Wildnis zum Stehen. Die Pferde keuchten und hatten von der Anstrengung bereits Schaumflocken vorm Maul, sie mussten sich dringend von dem scharfen Galopp erholen.

Hier draußen war außerdem weit und breit niemand in Sicht, der uns gefährlich werden konnte, und es wurde höchste Zeit für eine Lagebesprechung.

Wir stiegen ab und hielten Kriegsrat. Während ich schaudernd das Loch in Fatimas Hut betrachtete und mir vorstellte, dass sie jetzt leicht hätte tot sein können, hörte ich mit halbem Ohr den Diskussionen der anderen zu. Die Debatte drehte sich im Wesentlichen darum, wie wir jetzt nach New York kommen sollten. Dass wir nicht einfach mit der Kutsche weiterfahren konnten, war klar – wir hätten für die Entfernung locker sechs oder sieben Wochen gebraucht. Ganz zu schweigen von den sonstigen Schwierigkeiten, die es mit sich brachte, wenn man über viertausend Kilometer Luftlinie zurücklegen wollte und dabei endlose Prärielandschaften, hohe Gebirge, trostlose Salzwüsten, wildes Indianerland, reißende Flüsse, endlos tiefe Canyons sowie von Grizzlys und Pumas wimmelnde Wälder durchqueren musste. Kurzum: Ein anderes Transportmittel als die Eisenbahn kam für uns gar nicht in Betracht.

Das Ausgangsproblem war aber genauso klar: Wir konnten nicht einfach mit der Kutsche zum nächsten Bahnhof fahren und in den Zug steigen. Der Marshal war zwar verletzt und konnte uns nicht verfolgen, aber bestimmt würde er uns noch im Laufe des Tages landesweit zur Fahndung ausschreiben, und das ging auch schon im Jahr 1873 blitzschnell – er musste bloß jemanden losschicken und ein paar Telegramme absenden lassen. In jedem popeligen Kaff gab es ein Telegrafenamt, Nachrichten konnten in Windeseile von einem Ende des Landes ans andere verschickt werden. Man würde uns einfach an irgendeinem der nächsten Bahnhöfe aus dem Zug holen und verhaften.

Ole schlug vor, den Zug mit Waffengewalt zu entern, alle Fahrgäste rauszuwerfen und nur mit dem Maschinisten als Geisel weiterzufahren. »Wir halten einfach nicht mehr an, bis wir am Ziel sind«, erklärte er. »Wir fahren mit Volldampf durch.«

»Was glaubst du denn, woher der Dampf im Kessel kommt?«, hielt Fox ihm süffisant entgegen.

»Von der Kohle«, sagte John Doe eifrig, als niemand eine Antwort gab.

»Wir können nicht ohne Halt durchfahren«, führte Barnaby

aus. »Die Kohlevorräte im Tender reichen nicht für die gesamte Strecke.«

»Ach ja, du oberschlauer Troll?« Ole sah ihn drohend an. »Du kannst doch Gold und Edelsteine machen – wieso nicht auch Kohle?«

»Oh«, sagte Barnaby nachdenklich. »Das wäre in der Tat ein erwägenswerter Gedanke. Allerdings habe ich es noch nie versucht. Hm, hm …« Er schloss konzentriert die Augen und griff sich in die Tasche. Seine Hand kam mit einem Haufen riesiger Brillanten wieder zum Vorschein. »Na so was«, meinte er verdutzt. Dann schüttelte er betrübt den Kopf. »Das war wohl nichts. Es sind nur Brillanten.«

»So übel ist das für den Anfang gar nicht.« Fox streckte beiläufig die Finger danach aus.

Fatima war schneller als Fox, sie griff vor ihm zu und sackte die Brillanten ein. »Man weiß nie, wie man die noch brauchen kann.«

»Brillanten sind im Grunde aus Kohle«, merkte ich an. »Aus Kohlenstoff, um genau zu sein. Und angeblich brennen sie sogar ausgezeichnet.«

»Tatsächlich«, sagte Barnaby verblüfft. »Dann könnten wir die Dampfmaschine des Zuges theoretisch also auch mit Brillanten füttern?« Abschwächend fügte er hinzu: »Vorausgesetzt, es gäbe ein Mittel, mich eine Woche lang ohne Unterlass wachzuhalten, denn vermutlich käme ich bei den benötigten Mengen an Kohle kaum mit der Produktion nach.« Er rieb sich die Hände, bildete dann mit zusammengelegten Fingern eine Art Höhle und förderte auf die Weise weitere Brillanten zutage, diesmal mehr als vorher, aber immer noch nicht so viele, dass man damit in akzeptablem Tempo einen Kohlewaggon hätte füllen können. »Es ist zu wenig«, befand er bedauernd. »Damit kämen wir nicht weit, selbst wenn ich Tag und Nacht schufte. Und wer weiß, vielleicht lasse ich dabei mit der Zeit auch nach und verbrauche meine Kräfte.«

»Schluss mit diesem blödsinnigen Gerede«, sagte Sebastiano mit ärgerlichem Kopfschütteln. »Wenn ihr wie ich ab und zu mal einen Blick in den *Bradshaw's* geworfen hättet, wüsstet ihr, dass die Strecke von San Francisco nach New York ohnehin keine durchgehende ist. Zufällig muss man zwischendurch mehrmals umsteigen. In Ogden endet die Central Pacific Railway, von da geht es mit der Union Pacific Railway weiter bis Omaha, und ab da führen unterschiedliche Linien bis New York.«

»Das ist … krass«, sagte Chester. Seine Äußerung bezog sich jedoch nicht auf Sebastianos minutiöse Kenntnisse der Eisenbahnlinien, sondern auf die frisch fabrizierten Brillanten. »Wo lernt man solche Tricks?«, wollte er von Barnaby wissen.

»Wieso fragst du das?« Ole starrte Chester an. Sein Blick wurde bedrohlich. »Du kommst doch aus der Zukunft und weißt alles.«

»Ich habe nie behauptet, dass ich alles weiß. *Das* wusste ich jedenfalls nicht.« Chester wandte sich an Barnaby. »Wie machst du das? Kannst du es mir beibringen? Ich bin immer für gute Taschenspielertricks zu haben.«

»Das ist kein Trick. Ich kann es, weil ich ein Dämon bin.«

»Du bist ein … äh, Dämon?« Chester lächelte höflich. »Na klar. Nobody is perfect.« Er wandte sich zu uns um und wedelte sich mit der Hand vor den Augen herum, aber so, dass Barnaby es nicht sehen konnte. Eindeutig *gaga*, besagte seine Geste.

Barnaby nahm die Kappe ab, und Chester stieß einen entsetzten Schrei aus.

»Du hast noch nicht seine Flügel und seine Hufe gesehen«, kommentierte Fatima kichernd.

»Schwingen«, korrigierte Barnaby indigniert. »Es heißt Schwingen.«

»Verflucht«, sagte Chester. Er wich ein Stück vor Barnaby zurück. »Stammst du aus der Hölle oder so? Davon war bei diesem Job nicht die Rede.«

»Was für ein Job?«, wollte Sebastiano mit zusammengezogenen Brauen wissen. Seine Stimme nahm einen gefährlichen Unterton an. »Höchste Zeit, dass du mit ein paar Informationen herausrückst.«

»Selbstverständlich«, sagte Chester. »Sobald es so weit ist.«

»Sobald *was* so weit ist?«

»Das merkt ihr dann schon.«

»Wir wollen es aber lieber vorher wissen«, sagte Ole. Er packte Chester beim Kragen und hob ihn hoch wie eine Spielzeugfigur, bis der Höhenunterschied zwischen ihnen ausgeglichen war und Ole ihm direkt ins Gesicht starren konnte. Seine Nasenspitze war nur Zentimeter von Chesters entfernt. »Spuck es aus, Freundchen! Wer schickt dich, und was genau sollst du hier tun?«

»Das ist kompliziert«, behauptete Chester. »Wenn ich zu viel verrate, kann es sein, dass es nicht mehr funktioniert. Ihr wisst schon, der blöde Effekt, der dazu führt, dass sich die Zeit vielleicht nicht mehr ändern lässt, wenn man über das Ereignis, das man verhindern will, mit den Personen spricht, die es betrifft.«

Ja, natürlich kannten wir den Effekt. Genau das war ja auch der Grund dafür, dass José derart mit Informationen geizte, wenn es um die Einzelheiten bei manchen Einsätzen und vor allem um unsere eigene Zukunft ging.

»Ganz ehrlich«, versicherte Chester uns. »Es ist besser, wenn ich nicht zu viel verrate!«

Ole schüttelte ihn. »Dann sag uns, was wir als Nächstes machen sollen!«

»Lass mich runter, und ich erzähle es euch.«

Ole ließ ihn kurzerhand fallen, worauf Chester auf dem Hinterteil landete, sich aber sofort wieder aufrappelte. Er strich sich die Jacke glatt und rückte seinen Kragen zurecht.

»Wir müssen auf kürzestem Weg zu den Gleisen.«

»Und was passiert da?«

»Das sage ich lieber noch nicht«, erklärte Chester. Als er Oles zornige Miene bemerkte, fügte er eilig hinzu: »Etwas Hilfreiches. Ehrenwort!«

Uns blieb nichts anderes übrig, als ihm zu glauben. Wir stiegen alle wieder in die Kutsche und fuhren in Richtung der Bahngleise.

»Auf diese glorreiche Idee hätten wir auch selber kommen können.« Stirnrunzelnd betrachtete Sebastiano den umgestürzten Telegrafenmast. Wir hatten die beiden Kutschpferde als Zugtiere eingesetzt und den Mast aus der Verankerung gerissen. Jetzt lag er als ernst zu nehmendes Hindernis quer über den Bahngleisen.

Der Zugführer würde anhalten müssen und ihn wegräumen lassen. Bei der Gelegenheit konnten wir dann zusteigen. Wir hatten zwar noch keine Fahrkarten, aber mehr als genug Gold, um welche nachzulösen. Das war jedenfalls der Plan.

Zugleich war nun die Nachrichtenleitung nach Osten gekappt; etwaige Telegramme des Marshals würden in San Francisco hängen bleiben. Bis die Leitung repariert war, hätten wir laut Chester in jedem Fall einen ausreichenden Vorsprung. Außerhalb Kaliforniens mussten wir uns über die Steckbriefe des Marshals keine Gedanken mehr machen, wie Chester uns versicherte.

Der Zug würde, wenn er pünktlich in San Francisco abgefahren war, in Kürze diesen Streckenabschnitt erreichen und hier anhalten. Bis dahin mussten wir uns von der Stelle weit genug entfernen, um nicht mit dem Sabotageakt in Verbindung gebracht zu werden, aber auch nicht *zu* weit, damit wir noch rechtzeitig vor der Weiterfahrt des Zuges einsteigen konnten.

Es erstaunte uns nicht allzu sehr, dass Chester nicht mit uns weiterreisen wollte. Er erklärte, seine Aufgabe sei erfüllt, und auch Oles Drohungen konnten ihn nicht dazu bewegen, uns zu verraten, in wessen Auftrag er unterwegs war. Mit der Rückkehr in die Zukunft wolle er sich Zeit lassen, wie er uns erklärte. Und nein, es gebe hierzulande keine funktionstüchtigen Tore, die wir benutzen könnten, um in unsere eigene Zeit zurückzukehren. Er wollte sich nach Süden durchschlagen und sein Glück auf dem Mississippi versuchen, am liebsten auf einem dieser Schaufelraddampfer mit Casino an Bord, wo clevere Spieler gutes Geld verdienen konnten. Mehr war ihm über seine Pläne nicht zu entlocken.

Immerhin hatte er für unsere nächsten Täuschungsmanöver noch ein paar gute Ideen, woran man seine akribische Vorbereitung und das Wissen über zukünftige Entwicklungen erkannte, das er uns voraushatte.

Seinem Vorschlag entsprechend würden wir so tun, als käme unsere Reisegruppe zufällig in der Kutsche des Wegs, und als freundliche Mitmenschen würden wir dem Zugführer unsere Hilfe beim Wegräumen des Mastes anbieten. Bei der Gelegenheit würde Chester dann mit Ole in einen erbitterten Streit geraten, in dessen Folge er Ole niederschlagen würde.

»Als Anlass könnten wir ein Eifersuchtsdrama erfinden«, sagte Chester zu Ole. »Die nähere Ausgestaltung des Hintergrundes überlasse ich gerne dir selbst.«

»Ich bin *nicht* eifersüchtig, und du wirst mich *nicht* niederschlagen.«

»Wir spielen es doch nur! Ich schlage dich also nieder, und ehe ihr es euch verseht, renne ich zur Kutsche, springe auf den Bock und rase davon. Dann steht ihr da, allein und ohne Gepäck in der Wildnis, mindestens einen Tagesmarsch von der nächsten Ortschaft entfernt, eine Gruppe von aufrechten und edlen Gentlemen und zwei bildhübschen, empfindsamen jungen Ladys – dem Zugführer bleibt gar nichts anderes übrig, als euch mitzunehmen. Ihr müsst euch dann nur noch einen Grund ausdenken, wieso ihr nicht bereits an der nächsten Station aussteigt, sondern bis Ogden mitfahren wollt.«

»Du schlägst mich *nicht* nieder«, sagte Ole. Sein Ton ließ keinen Zweifel, dass das sein letztes Wort in dieser Angelegenheit war.

»Und wir fahren auf gar keinen Fall ohne Gepäck weiter«, ergänzte Fatima.

Dem konnte ich nur beipflichten. Schlimm genug, dass der Großteil unserer Koffer sich immer noch im Gepäckaufbewahrungsraum des Bahnhofs von San Francisco befand – wenn wir jetzt auch noch ohne unsere neu gekauften Wintersachen weiterreisen mussten, waren wir beim ersten richtigen Kälteeinbruch aufgeschmissen. Es war jetzt schon in San Francisco sehr kühl, wie sollte das erst oben in den Rocky Mountains werden?

Chester zuckte mit den Schultern. »Für Planänderungen bin ich immer offen. Denkt nur dran, dass ihr einen passenden Vorwand braucht, um mitgenommen zu werden.«

Die Planänderung bestand dann darin, dass die von Chester

angedachte Schlägerei nicht mit Ole, sondern mit Sebastiano stattfinden sollte, und bevor Chester anschließend mit der Kutsche flüchtete, würde er einfach rasch unsere Koffer und Kisten herunterwerfen.

Sebastiano bestand darauf, alles wenigstens einmal kurz zu üben, was eine gute Idee war, denn es dauerte ein bisschen, bis er und Chester den richtigen Tonfall für einen glaubhaften Streit gefunden hatten. Die Prügelei war ebenfalls dramaturgisch ausbaufähig, denn Sebastiano wich dem gespielten Faustschlag, mit dem Chester ihn niederstrecken sollte, jedes Mal reflexartig aus, sodass Chester nur die Luft traf.

»Das reicht jetzt«, meinte Sebastiano nach ein paar Versuchen ungeduldig. »Wenn es so weit ist, halte ich schon lange genug still.«

Als umständlich erwies sich auch das Herabwerfen des Gepäcks, denn die Riemen, mit denen es auf dem Kofferbrett der Kutsche festgeschnallt war, ließen sich nur mit langwierigem Herumfummeln lösen.

»Bin ich der Einzige, der das alles hier irgendwie schräg findet?«, erkundigte sich Fox.

»Er hat recht, so geht das nicht«, sagte ich kritisch zu Chester. »Das sieht kein bisschen nach spontaner Flucht aus.«

Chester drehte sich ergeben zu uns um. »Es war ja nicht meine Idee, das Zeug erst runterzuwerfen.«

Schließlich rückte Ole widerwillig seinen Säbel heraus. »Hier, damit kannst du die Riemen durchhacken, wenn es so weit ist. Aber wehe, du nimmst den Säbel mit!«

»Ich lasse ihn fallen, dann kannst du ihn wieder an dich nehmen und damit noch viele Feinde plattmachen«, bot Chester mit sonnigem Lächeln an.

»Ja, zum Beispiel dich«, murmelte Ole. Ein tiefes Misstrauen lag in seinem Blick, und auch ich konnte mich einen Moment lang nicht gegen das Unbehagen wehren, das mich bei Chesters Grinsen beschlich. Konnten wir ihm wirklich vertrauen? Wer hatte ihn aus der Zukunft zu uns geschickt? Vielleicht einer von uns? Oder José? Oder jemand, den wir nicht kannten und der eigene Pläne verfolgte?

Die ganze Situation war so surreal, und doch spürte ich, dass dieser Weg vorgezeichnet war und wir ihm folgen mussten.

Ich suchte Sebastianos Nähe, und erst, als er den Arm um mich legte und mich fest an sich drückte, fühlte ich mich ein bisschen besser.

Am Himmel zog bereits die Abenddämmerung herauf. In der Ferne ertönte das Tuten einer Dampfpfeife. Der Zug würde bald eintreffen. Wir bestiegen die Kutsche und fuhren los, um unsere Startposition einzunehmen. Jetzt konnten wir nur noch hoffen, dass unsere List funktionierte und alles wie geplant klappte.

Tatsächlich tauchte der Zug bald darauf am Horizont zwischen zwei Hügeln auf und kam ratternd näher.

»Jetzt!«, rief Sebastiano Ole zu, der daraufhin mit einem Peitschenknall die Pferde antrieb. Unsere Kutsche rollte los und befand sich bald mit dem heranbrausenden Zug auf einer Höhe. Gleich darauf fielen wir stückweise zurück – die Lokomotive war viel schneller als wir. Doch wir hatten erreicht, was wir wollten – vom Zug aus waren wir zu sehen und wirkten (hoffentlich) wie eine zufällig vorbeifahrende Reisegruppe auf dem Weg zur nächsten Ortschaft.

Nur Sekunden später war ein ohrenbetäubendes Tuten zu hören, und direkt danach das metallische Kreischen von Bremsen. Trotzdem kam der Zug nicht mehr rechtzeitig vor dem Hindernis zum Stehen – der Mast wurde von dem Stoßfänger an der Front der Lokomotive, der aussah wie ein großes gezähntes Maul, einfach wie ein Streichholz zerknickt und weggefegt.

Erschrocken blickten wir aus der fahrenden Kutsche dem vorbeistampfenden Koloss hinterher. Die Waggons, die an der Lok hingen, ratterten einer nach dem anderen vorüber, kaum hundert Meter von uns entfernt. Stinkende Rauchschwaden trieben uns ins Gesicht, ich musste husten.

»Es hat nicht funktioniert«, rief ich entsetzt. »Der Lokführer hat den Mast gar nicht gesehen!«

Chester wandte sich vom Kutschbock zu uns um. »Doch, natürlich. Aber Bremsweg ist Bremsweg. Eine Dampflok ist kein Auto. Die halten gleich an.«

Und tatsächlich, die Lokomotive wurde langsamer, die eisernen Radstangen bewegten sich in einem gemächlicheren Rhythmus und kamen schließlich zum Stillstand – einige Hundert Meter von uns entfernt.

Ole lenkte die Kutsche in Richtung Lokomotive, und wir erreichten sie gerade, als der Zugführer ausstieg und den Stoßfänger begutachtete. Als unsere Kutsche direkt neben den Gleisen anhielt, wandte er sich zu uns um und betrachtete uns wachsam.

Ein weiterer Mann kletterte aus dem Führerstand der Lok, offensichtlich der Heizer. Seine Arbeitskleidung war mit Kohleflecken übersät. Und er hatte ein Gewehr unterm Arm klemmen. Der Blick, mit dem er uns musterte, war genauso argwöhnisch wie der seines Kollegen.

»Alles in Ordnung, Matt?«, wollte er von dem Lokführer wissen.

Der spuckte einen braunen Strahl Kautabaksaft aus. »Hier vorn an der Lok – ja.« Er wies mit dem Kinn auf uns. »Was liegt bei euch an?«

Das war wohl das Zeichen für unseren Einsatz, genauer: Chesters Einsatz. Er sprang vom Kutschbock und zerrte Sebastiano vom Sitz herab.

»Nimm das zurück, du Schuft!«, brüllte er.

»Ich denke nicht dran!«, schrie Sebastiano zurück. »Ich habe genau gesehen, wie du meiner Frau schöne Augen gemacht hast!«

Neben mir kicherte Fatima hinter vorgehaltener Hand. Ich musste sie mit dem Ellbogen anstoßen, damit sie aufhörte.

Wie besprochen stiegen wir eilig alle aus der Kutsche, denn Chester wollte ja gleich damit wegfahren. Sebastiano und Chester rangelten kurz herum, und dann holte Chester aus und verpasste Sebastiano einen Faustschlag gegen das Kinn. Sebastiano ließ sich theatralisch zu Boden fallen, und Chester zückte den Säbel, um wie vorher vereinbart die Lederriemen durchzuhacken, die unser Gepäck hielten.

In derselben Sekunde legte der Heizer an und schoss auf ihn. Ich schrie entsetzt auf. Doch zum Glück hatte der Heizer schlecht gezielt, Chester wurde nicht getroffen.

»Lassen Sie den Säbel fallen, Mister. Der nächste Schuss sitzt.«

Da erkannte ich, dass der Heizer absichtlich danebengeschossen hatte. Chester ließ umgehend den Säbel fallen und sah uns entnervt an. Dumm gelaufen, sagte sein Blick.

Ole schnappte sich besitzergreifend den Säbel und ließ ihn unter seiner Jacke verschwinden. Offenbar betrachtete er das Leihverhältnis als beendet.

»Wir sollten weiterfahren«, sagte der Zugführer, den Kautabakpfriem von einer Backe in die andere schiebend. »Das hier ist nicht unser Problem. Sollen die sich doch gegenseitig die Köpfe einschlagen, wenn denen danach ist.«

»Du hast recht, Matt. Wir fahren weiter.«

Sebastiano hatte sich hochgerappelt. Er rieb sich mit sichtlichem Ärger das Kinn. »Wartet!«, rief er den beiden Männern nach, die gerade Anstalten machten, wieder zurück in den Führerstand der Lokomotive zu klettern. »Gibt es vielleicht eine Möglichkeit, bis Ogden im Zug mitzufahren? Wir zahlen für die Fahrkarten den doppelten Preis. Und zwanzig Goldstücke pro Nase an euch beide persönlich. Wir machen keinen Ärger.« Er deutete auf Chester. »Den Kerl lassen wir hier.«

Der Lokomotivführer und der Heizer steckten tuschelnd die Köpfe zusammen und berieten sich kurz, dann spuckte der Lokomotivführer einen weiteren Tabakstrahl aus.

»Gemacht«, sagte er. »Aber im Zug braucht niemand zu wissen, dass ihr auf der Fahndungsliste steht, klar?«

»Ach«, sagte Sebastiano gedehnt. »Das wusstet ihr schon?«

Der Zugführer hob die Schultern. »Am Bahnhof haben sie zuerst nach euch gesucht, und die Personenbeschreibung passt auf euch wie die Faust aufs Auge. Ein baumlanger blonder Kerl …« – er deutete auf Ole – »und eine hübsche Zigeunerin.« Damit meinte er offensichtlich Fatima. »Und ein gut aussehender Bursche mit dunklen Locken, der mit einer kleinen Blondine verheiratet ist.« Diesmal zeigte er auf Sebastiano und mich. Zuletzt deutete er auf Chester. »Und ein Falschspieler mit Zwirbelbart.«

»Ihr habt Glück, dass Matt schlecht auf den Marshal zu sprechen ist«, erklärte der Heizer.

»*Jeder* ist schlecht auf den Hurensohn zu sprechen«, sagte der Zugführer mit Verachtung in der Stimme.

»Ja, aber nicht jeder hatte wie du einen Vetter, den er an den Galgen gebracht hat.« Der Heizer wandte sich neugierig an Fatima. »Miss, ist es wahr, dass Sie eigenhändig ein Messer auf ihn geworfen und ihn mit Kugeln durchlöchert haben?«

»Man tut, was man kann«, erwiderte Fatima bescheiden.

Fox und John Doe hatten schon begonnen, unser Gepäck abzuladen, und trugen es gemeinsam mit Ole hinüber zu den Waggons. Ein paar Reisende waren ausgestiegen, um nachzusehen, was los war. Einige andere hatten die Fenster heruntergeschoben und schauten neugierig heraus.

Barnaby produzierte hinter der Kutsche rasch eine Handvoll Goldmünzen, die Sebastiano gerecht zwischen dem Zugführer und dem Heizer aufteilte. Chester erklomm den Kutschbock und wartete, bis wir alles geregelt hatten.

»Wiedersehen«, sagte ich zu ihm, doch gleich darauf korrigierte ich mich. »Leb wohl.« Ein Wiedersehen musste unter diesen Umständen wirklich nicht sein.

»Ebenfalls«, erwiderte er, während er die Wagenlaterne anzündete. Die Dämmerung nahm zu, bald würde die Nacht hereinbrechen. Unvermittelt fügte er hinzu: »In den wirklich schlimmen Momenten kann es helfen zurückzugehen.«

»Was meinst du damit?«

»Nichts. Pass einfach nur auf dich auf. Und vertrau nicht den falschen Leuten.« Nach diesem rätselhaften Ratschlag ließ er die Zügel schnalzen, und die Pferde trotteten los. Die Kutsche rollte langsam davon, eingehüllt in den gelben Schein der Lampe, und bald darauf war sie nur noch ein kleiner werdender Lichtpunkt in den Schatten der aufziehenden Dunkelheit.

Teil 4

Mit Unterstützung des Schaffners verstauten wir unser Gepäck im dafür vorgesehenen Waggon und ließen uns anschließend zu unseren Plätzen bringen. Anders als in dem indischen Zug gab es hier keine privaten Abteile. Sämtliche Waggons waren von vorn bis hinten offen wie in einem Bus – nebeneinander angeordnete Sitzreihen und in der Mitte ein Gang, ganz ähnlich wie im Großraumwagen von Zügen in unserer eigenen Zeit. Auch der Speisewagen war nach diesem Prinzip gestaltet, wie wir feststellten, als wir uns kurz darauf zum Abendessen begaben: die Sitze waren einander gegenüber angeordnet, dazwischen befand sich der Tisch, und hinter der nächsten Tür lag der Küchenwagen. Sämtliche Waggons waren durch offene Plattformen miteinander verbunden, sodass man, wenn man zufällig Lust dazu hatte, während der Fahrt von einem Ende des Zugs bis zum anderen spazieren konnte.

Zu unserem Erstaunen trafen wir beim Abendessen im Zug einen Bekannten wieder – Mr van Vaal, den Knopffabrikanten, den wir auf der *Acapulco* kennengelernt hatten. Er begrüßte uns ausgesprochen herzlich und lud uns spontan an seinen Tisch ein.

»Wie sehr es mich freut, dass Sie es nach dieser unerwarteten Flucht aus San Francisco doch noch auf den Zug geschafft haben!«

Offenbar wusste er ebenfalls über die vorangegangenen Ereignisse Bescheid. Tatsächlich hatte sich, wie wir als Nächstes von ihm erfuhren, die Geschichte unseres Konflikts mit dem Marshal wie ein Lauffeuer in ganz San Francisco verbreitet. In dem Lokal hatten jede Menge Leute gesessen, die alles genau mitgekriegt hatten. Seitdem galt ich wohl als unerschrockene Retterin der Rechtlosen, und Sebastiano als anständiger und ehrbarer Mann, der nur seine Frau beschützen wollte. Und Ole und Fatima waren nach ihrer tollkühnen Gefangenenbefreiung in der Vorstellung der Leute so eine Art Robin Hood und Maid Marian, die mutig der Gerechtigkeit zum Sieg verholfen hatten.

Der Marshal war anscheinend nicht nur bei dem Zugführer unbeliebt, sondern allgemein als Widerling verschrien, der das Gesetz mit Füßen trat. Von daher fanden es alle in Ordnung, dass er eins auf den Deckel bekommen hatte. Davon abgesehen waren seine Verletzungen weniger schwer als von uns angenommen – einer unserer Mitreisenden wusste zu berichten, dass er nach der Behandlung durch den Doktor bereits wieder herumhinkte und einen Suchtrupp zusammentrommelte.

Einerseits fiel mir ein Stein vom Herzen, weil der Marshal keine ernstlichen Gesundheitsschäden davongetragen hatte, andererseits erfüllte mich die Aussicht, von einem Suchtrupp verfolgt zu werden, mit großer Sorge. Doch Mr van Vaal beruhigte uns – auch bei häufigem Pferdewechsel und schnellem Ritt würde der Marshal es nicht schaffen, das Tempo der Eisenbahn zu schlagen und uns vor der Landesgrenze einzuholen.

Ähnlich wie schon bei Mr Preston hatten wir es auch bei Mr van Vaal mit einem versierten Eisenbahn-Experten zu tun, obwohl Letzterer sich eher hobbymäßig damit auskannte – im Hauptberuf war er ja Knopffabrikant. Doch er hatte, wie er uns erzählte, ein Vermögen in Eisenbahn-Aktien investiert und verfolgte aufmerksam den rasanten Ausbau der neuen Linien, die in den letzten Jahren entstanden waren.

»Leider sind durch die Börsenkrise dieses Jahr die Erträge stark eingebrochen, aber das ist sicher nur ein kurzes Zwischenspiel. Ich rechne damit, dass die Aktien sehr bald wieder steigen, denn die Eisenbahn ist die Lebensader dieses Landes.«

Mr van Vaal war ziemlich redselig, und sein Lieblingsthema neben der Eisenbahn war er selbst. Von seinem Vater, einem holländischen Einwanderer, hatte er eine kleine Knopfmanufaktur in New York geerbt, die unter seiner Regie in kurzer Zeit zu einem Imperium herangewachsen war. Keine Allerweltsware aus Holz oder billigem Horn, wie er uns stolz erklärte, sondern wertvolle, edle Stücke, die höchsten modischen Ansprüchen genügten. Echtes Elfenbein, Halbedelsteine, Perlmutt, alles nur vom Feinsten. Inzwischen hatte er in alle Welt expandiert – eine Fabrik in London, eine in Hongkong und demnächst auch noch eine in San Francisco. Einmal im Jahr reiste er um die Welt und beaufsichtigte das internationale Gedeihen seiner Produktionsstätten persönlich. Gerade erst habe er in San Francisco vielversprechende Gespräche zum Erwerb eines passenden Grundstücks geführt und einen Gewährsmann eingestellt, der alles für ihn regeln werde. Er sei schon immer ein Mann der Tat gewesen.

Während er uns all das erzählte, fummelte er dauernd an den Knöpfen seiner Weste herum – diesmal welche aus Jade. Er schien ein ziemlich persönliches Verhältnis zu seinen Knöpfen zu pflegen.

Ich bekam seine ganzen Schilderungen allerdings nur am Rande mit, weil mir ständig die Augen zufielen. Die ganzen Aufregungen dieses Tages waren wirklich ein bisschen viel für mich gewesen, ich hatte das unwiderstehliche Bedürfnis, mich hinzulegen.

Ich fragte mich, ob es wohl einen separaten Schlafwagen

gab, während ich meinen Kopf an Sebastianos Schulter lehnte und mit halbem Ohr Mr van Vaal zuhörte, der mir gegenübersaß. Neben ihm hockte Barnaby. Auch der kleine Dämon sah aus, als könnte er eine Mütze Schlaf vertragen. Seine Lider befanden sich schon die ganze Zeit auf Halbmast.

Fatima, Ole, Fox und John Doe hatten sich am Nachbartisch auf der anderen Seite des Ganges niedergelassen. Sie tranken Whisky und spielten Poker. Anscheinend hatte Fatima eine Glückssträhne, sie gewann am laufenden Band. Jedenfalls danach zu urteilen, was ich zwischendurch von der am Nachbartisch geführten Unterhaltung aufschnappte, etwa als Fox sagte: »Es ist völlig ausgeschlossen, beim Poker zehnmal hintereinander zu gewinnen.«

Worauf Fatima zuckersüß antwortete: »Willst du mir etwa Betrug unterstellen?«

Darauf Fox: »Damit du ein Messer nach mir werfen kannst? Das hättest du wohl gerne. Aber im Gegensatz zu dem Wikinger habe ich noch meinen gesunden Menschenverstand.«

An der Stelle mischte Sebastiano sich ein. »Denk nicht mal dran, Ole.« An Mr van Vaal gewandt, fuhr er fort: »Entschuldigen Sie die Unterbrechung. Bitte fahren Sie fort. Ich finde Ihre Ausführungen hochinteressant.«

Wirklich? Ich hatte davon die letzten fünf Minuten kaum noch etwas bewusst mitbekommen.

»Ich habe überhaupt nichts getan«, beschwerte sich Ole.

»Dann mach genau damit weiter«, antwortete Sebastiano nur kurz angebunden, ehe er sich wieder Mr van Vaal zuwandte. Der schilderte uns als Nächstes, dass sein erwachsener Sohn leider völlig aus der Art geschlagen sei, da er nichts mit Knöpfen zu tun haben wolle.

»Er hatte absurderweise schon als Kind Angst vor Knöpfen.

Er behauptet, sie als bedrohlich zu empfinden. Ist das die Möglichkeit!?«

»Ja.« Dankbar nutzte ich die Gelegenheit, endlich auch mal was zur Unterhaltung beizusteuern, bevor ich noch vollends eindöste. »Das ist eine Phobie. Es gibt sogar einen wissenschaftlichen Namen dafür – Koumpounophobie.« Ich verhaspelte mich ein bisschen bei dem Wort, denn es war nicht leicht auszusprechen, und ich war mittlerweile sehr müde. Das eintönige Rattern des Zuges und die tiefe Dunkelheit draußen verstärkten meine Erschöpfung noch. »Diese Phobie kommt nicht so häufig vor wie beispielsweise Höhenangst, aber trotzdem ist sie gar nicht mal so selten.« Tatsächlich kannte ich selbst jemanden mit einer Knopfphobie – Vanessa, mit der ich fast meine gesamte Kindergarten- und Schulzeit verbracht hatte. Sie hatte schon als kleines Mädchen eine Heidenangst vor Knöpfen gehabt, was auch zugleich der Grund dafür gewesen war, dass ich aus Rücksicht auf sie selten Sachen mit Knöpfen angehabt hatte, schließlich war Vanessa meine beste Freundin. Mit zwölf war sie eine Weile wegen der Phobie in Behandlung gewesen, danach war es besser geworden. Trotzdem trug sie nur Sachen mit Reißverschluss, und wenn sie sich eine neue Jeans kaufte, wurde als Erstes der Knopf abgetrennt und durch einen Haken ersetzt.

»Eine Phobie?«, sagte Mr van Vaal staunend. »Höhenangst ist mir geläufig, darunter leide ich selbst. Aber eine Knopf-Phobie? Ich wusste bisher nicht, dass es dergleichen gibt! Ob man das wohl heilen kann?«

Ich war zu müde, um ihm von der Desensibilisierungsmethode zu erzählen, die Vanessa geholfen hatte. Vermutlich hätte ich sowieso kein Wort herausbekommen, weil die Sperre es verhindert hätte – die Psychologie steckte in dieser Epoche noch in den Kinderschuhen, und von Verhaltenstherapie hatte hier sicher noch kein Mensch je etwas gehört.

»Gibt es eigentlich im Zug einen Schlafwagen?«, fragte ich.

Gab es nicht, wie sich bald darauf herausstellte. Man schlief auf den Sitzen, genauer: auf den Sitzen, die mit ein paar Handgriffen zu halbwegs bequemen Betten ausgeklappt wurden. Für ein bisschen Privatsphäre konnte man rundherum einen Vorhang zuziehen. Mit dem Zubettgehen wurde es so ähnlich gehandhabt wie in einer Jugendherberge – die Schlafenszeit fing für alle Reisenden gleichzeitig an. Der Schaffner ging herum und klappte die Sitze aus, verteilte Laken und Wolldecken und zog die Vorhänge zu. Danach mussten sich alle bettfertig machen, und wenig später wurden auch schon die Gasleuchten ausgemacht, bis auf ein kleines Nachtlicht am Ende des Gangs, falls jemand noch vor Tagesanbruch aufs Klo musste.

Nachdem der Schaffner auf diese Weise die Nachtruhe ausgerufen hatte, kehrte Stille im Waggon ein, abgesehen von dem stetigen Rattern des Zugs und dem Knistern und Bullern der eisernen Kohleöfen, die im Zug für Wärme sorgten. Im Laufe der Nacht ging das Feuer darin jedoch aus, und es wurde empfindlich kalt. Ich wurde mehrmals wach, weil ich fror, und jedes Mal war ich froh, dass ich mich dicht an Sebastianos warmen Körper kuscheln konnte. Er zog mich an sich und hielt mich fest, und wie immer, wenn ich in seinen Armen lag, fühlte ich mich sicher und geborgen.

Trotzdem wurde ich von erschreckenden Träumen heimgesucht, in denen ich verfolgt und bedroht wurde. Einmal tauchte sogar Mr Fitzjohn auf und wollte mich schnappen.

»Aber Sie sind doch tot!«, rief ich entsetzt aus, als ich begriff, dass er hinter mir her war.

»Das sah bloß so aus«, behauptete er. »Wir Alten sterben

nicht wirklich, wir wechseln nur in eine andere Dimension und kehren dann auf einer neuen Ebene zurück. Das ist das Prinzip, so funktioniert unser Spiel. Sonst könnten wir ja nicht so alt werden. Ich dachte, das wüsstest du.«

Nein, das hörte ich zum ersten Mal! So schnell wie möglich rannte ich vor ihm davon, denn ich wusste, wie skrupellos er war. Ich ahnte, dass mir schlimme Dinge widerfahren würden, wenn er mich erwischte. Er wollte mein Kind, mein kleines Mädchen, und um dieses Ziel zu erreichen, würde er jedes noch so scheußliche Verbrechen begehen.

Es gelang mir, ihn abzuhängen, aber kaum war er verschwunden, tauchte die nächste Bedrohung auf – Signor Moretti. Mit seinen langen, spitzen Fingern griff er nach mir, und als seine Hände meinen Nacken streiften, stöhnte ich verängstigt auf. Gleich würde er mich schnappen! Voller Panik wandte ich mich zu ihm um, und tatsächlich, er stand genau hinter mir. Dort, wo sonst seine Augen waren, hatte er grässlich leuchtende Knöpfe, mit denen er mich anstarrte wie ein Wesen aus einer fremdartigen, schaurigen Welt.

»Du hast das Spiel schon längst verloren«, flüsterte er. Obwohl er so leise sprach, hallte seine Stimme in meinem Kopf wider wie Donnergrollen. »Ganz egal, wie sehr ihr euch beeilt – ihr werdet niemals ankommen. Denn euer Untergang ist bereits vorgezeichnet, er steht im Buch der Zeit. Der Tod ist euch gewiss, euer Ende besiegelt. Und dann gehörst du mir!«

Ich schlug voller Panik um mich – und schreckte mit einem erstickten Keuchen hoch. Sebastiano hielt mich fest und vergrub sein Gesicht in meinem Haar.

»Schsch«, murmelte er. »Es war nur ein Traum! Ich bin da!«

Die Angst hatte mich immer noch gepackt. Mein Herz hämmerte, und mein Atem kam in raschen Stößen. Es dauerte eine ganze Weile, bis ich mich beruhigte.

Sebastiano und ich waren nicht die ersten Reisenden, die aufgewacht waren. Um uns herum setzte nach und nach geschäftiges Rumoren ein. Vorhänge wurden zurückgezogen, und wir hörten, wie die Leute einander einen guten Morgen wünschten. Der Schaffner verkündete, dass im Speisewagen bereits Kaffee serviert werde, und am Ende des Ganges stritten zwei Frauen, wer zuerst ins Toilettenabteil durfte.

Sebastiano und ich blieben noch ein paar Augenblicke im Schutze des zugezogenen Vorhangs liegen. Ich versuchte, den schrecklichen Traum zu verdrängen, doch die Empfindungen, die er hervorgerufen hatte, ließen sich schlecht abschütteln. Die namenlose Furcht, die Bedrohung, die sich so real angefühlt hatte – es war fast so, als hätte ich die Grenze zwischen der Traumwelt und der Realität kurz überschritten und in die Zukunft sehen können. Eine Zukunft, in der meine schlimmsten Albträume wahr werden konnten.

Es lag allein in meiner Hand, wie ich unvermittelt erkannte. Mochte auch der Feind in meinem Albtraum behauptet haben, dass unser Untergang bereits vorgezeichnet sei – es gab immer einen Punkt, an dem sich die Ströme der Zeit gabelten und ein alternativer Verlauf in Gang gesetzt werden konnte. Mein eigenes Handeln war meine Bestimmung – das war die unumstößliche Gewissheit, die der Albtraum in mir hinterlassen hatte. Nur wenn ich das Richtige tat, konnte ich die Gefahr in die Schranken weisen.

Für Sebastiano. Für mich. Für unser Kind.

Als hätte er gespürt, was ich dachte, legte er sacht die flache Hand auf meinen Bauch.

»Niemand kann dir was tun«, murmelte er. »Ich beschütze dich.«

Ich wusste nicht, ob er mit mir sprach oder mit unserer ungeborenen Tochter, doch es spielte keine Rolle. Er würde bedingungslos für uns beide einstehen, jederzeit und unter Einsatz seines Lebens. Doch dieses Wissen vermochte mir nur einen Teil meiner Zuversicht wiederzugeben. Den Rest des Tages stand ich weiterhin unter dem Eindruck des Traums. Ich sprach nicht darüber; auf Sebastianos Frage hin hatte ich bloß eine einsilbige Antwort gegeben: »Ach, irgendein blöder Traum, an den ich mich nicht erinnern kann«; doch in Wahrheit durchlebte ich alle Einzelheiten in Gedanken noch einmal, und die Angst lauerte weiterhin im Hintergrund.

Über Nacht hatte es geschneit, wir fuhren durch eine schneebedeckte, hügelige Landschaft, die beinahe mit dem wolkenverhangenen Himmel zu verschmelzen schien.

Ab und zu hielt der Zug in einem verschlafenen Nest an und lieferte Post aus; im Gegenzug wurden von dort auch Postsäcke für die anderen Ortschaften entlang der Strecke mitgenommen. Ein Teil des Gepäckwagens war nur für den Postdienst reserviert. Zuständig für diese Aufgabe war ein Mann mit einer nostalgisch aussehenden grünen Schirmkappe, der die Briefe und Päckchen nach Anschriften in Wandfächer sortierte.

Bei den einzelnen Stopps des Zuges waren wir verständlicherweise jedes Mal ziemlich nervös – wir mussten ja notgedrungen in Betracht ziehen, dass die Telegrafenleitung inzwischen repariert war. Vielleicht war es dem Marshal doch noch gelungen, einen Fahndungsaufruf abzusenden. Sobald ein

Bahnhof in Sicht kam, bezog Ole mit seiner neuen Winchester draußen auf der Plattform Stellung, bereit, bis zum letzten Blutstropfen zu kämpfen. Doch es waren weit und breit keine Kopfgeldjäger zu sehen, wir konnten unsere Fahrt jedes Mal unbehelligt fortsetzen, und als wir Kalifornien hinter uns ließen, konnten wir endlich aufatmen.

Ole blieb jedoch weiterhin wachsam, allerdings nicht etwa aus Furcht vor Strafverfolgung, sondern wegen der Indianer, denen er gründlich misstraute. Sie tauchten in Scharen an fast allen Bahnhöfen auf. Allerdings hegten sie keine feindlichen Absichten, sondern wollten nur um Almosen betteln. Sie folgten den ausgestiegenen Reisenden auf Schritt und Tritt und belagerten auch die offenen Fenster der Waggons. Frauen, die ihre Babys in fellgefütterten Tragen auf dem Rücken trugen, streckten bittend die Hände nach uns aus. Zwischendurch drehten sie uns immer wieder den Rücken zu, um uns ihre weinenden kleinen Kinder zu zeigen, deren Gesichtchen von der Kälte rot gefroren waren – ein Anblick, der nur schwer zu ertragen war. An einem der Bahnhöfe ließ ich mir von Barnaby eine Handvoll Gold geben, dann stieg ich aus und verteilte unter den Müttern mit den Babys Münzen, bis ich keine mehr hatte und nur noch bedauernd die leeren Hände heben konnte. Aber auch danach umringten sie mich immer noch mit flehenden Mienen und schnitten mir am Ende sogar den Rückweg zum Zug ab, sodass Ole mit drohend erhobener Waffe auf den Plan treten und sie wegscheuchen musste.

»Du kleine Närrin«, sagte er mit finsterem Gesicht zu mir. »Mit deiner dämlichen Gutherzigkeit bringst du uns schon wieder in Gefahr! Sie sehen das viele Gold, und natürlich glauben sie, dass es im Zug noch mehr davon gibt! Sie erzählen es ihren Männern, und die kommen dann auf dumme Gedanken!«

»Du meinst, sie organisieren dann auf die Schnelle einen Überfall?« Ich schüttelte den Kopf. »So ein Unsinn.«

»Das meinte ich nicht. Sondern das.« Er deutete auf einen Indianer, der gerade mit einer Flasche in der Hand aus einem benachbarten Kolonialwarenladen gewankt kam. Noch in der Tür öffnete er sie und trank in tiefen Zügen daraus, ehe er eine der auf dem Bahnsteig stehenden Frauen mit drohender Gebärde zwang, das soeben ergatterte Goldstück herauszurücken. Beklommen sah ich die Szene mit an. Ole war mal wieder unausstehlich, aber in diesem Fall hatte er schlicht und ergreifend recht. Die weißen Siedler hatten die Indianer nicht nur aus ihren angestammten Gebieten vertrieben und in Reservate gezwungen, sondern sie durch das absichtliche Verteilen von Schnaps auch mit einer unheilbaren Seuche infiziert – dem Alkoholismus, durch den mehr Indianer gestorben waren als durch Gewehrkugeln. Statt Gold hätte ich den Frauen ebenso gut ein paar Fässer Branntwein überreichen können.

Sebastiano nahm mich auf der Plattform vor unserem Waggon in Empfang. Er hatte das Treiben vom Fenster aus beobachtet und gerade einschreiten wollen, als Ole ihm zuvorgekommen war.

»Hatten wir nicht was ausgemacht?«, fragte er mit ernster Miene.

Ich seufzte mit schlechtem Gewissen. »Ja, ich weiß. Keine spontanen Alleingänge mehr.«

Ich musste ihm hoch und heilig versprechen, nicht mehr ohne ihn aus dem Zug zu steigen, auch nicht, wenn es nur für einen Moment war. Und daran hielt ich mich dann auch in den folgenden Tagen, die ich hauptsächlich mit Schlafen und dem Betrachten der Landschaft verbrachte. Wir durchquerten die Sierra Nevada mit ihrem beeindruckenden Gebirgspanorama voller hoch aufragender Gipfel, reißender Flüsse und dunkler Schluchten. Die Lok ratterte bergauf und bergab – Letzteres zuweilen in einer Geschwindigkeit, dass man sich wie auf einer Achterbahn fühlte. Die Gleise wanden sich in kühnen Schwüngen die verschneiten Berghänge hinauf, nur um dann bei nächster Gelegenheit steil wieder hinab ins nächste Tal zu führen. Der Zug geriet ab und zu beängstigend ins Schwanken, wenn er mit Volldampf über wacklig aussehende Brücken raste oder die kurvigen Steigungen hinaufschnaufte. Und wenn bei tiefem Gefälle die Fahrt rasant bergab ging und das Kreischen der Bremsen jede Unterhaltung unmöglich machte, konnte man rote Funken von den Rädern aufstieben sehen.

Nach der Fahrt durch die Berge erreichten wir die gewaltigen Ebenen der *Great Plains*, wo sich der Blick nach allen Seiten in der Weite des Horizonts verlor. Nur einmal sah ich in der Ferne eine Büffelherde vorbeiziehen. Entlang der Gleise stachen jedoch immer wieder die bleichen Schädel und Knochen der gewaltigen Tiere ins Auge – Mr van Vaal erzählte uns, dass viele Reisende aus dem fahrenden Zug heraus auf die Herden zu schießen pflegten, einfach so, zum Zeitvertreib und als Zielübung. Auch das war anscheinend Sitte im sogenannten Wilden Westen. Deshalb war ich wirklich froh, dass sich in diesem Zug offenbar niemand aufhielt, der aus Spaß wehrlose Tiere abknallte.

Die Einöde, die sich um uns herum erstreckte, schien endlos. Nur selten kamen wir an einem Fort der Armee oder einsam gelegenen Gehöften vorbei, die vorwiegend aus Ansammlungen roh zusammengezimmerter Holzhäuser bestanden und zumeist verlassen waren. Hier und da tauchte im dürren Grasland ein Kojote auf, nur um beim Anblick des herannahenden Zuges sofort das Weite zu suchen.

Nach unserer Ankunft in Omaha mussten wir abermals umsteigen und kamen dabei trotz des unübersichtlichen und lärmenden Hin und Her auf den Bahnsteigen auch ohne den *Bradshaw's* gut zurecht – wir mussten uns einfach nur an Mr van Vaal halten, der ebenfalls nach New York reiste und sich bestens auf allen Linien der amerikanischen Eisenbahngesellschaften auskannte. Zielsicher führte er uns durch das Gedränge der Gepäckträger, Zeitungsverkäufer und Reisenden zuerst zum Fahrkartenschalter und dann zu unserem Zug, der schon abfahrbereit im Gleis stand.

Das Wetter war auch hier in Nebraska ungemütlich kalt. Auf den Plattformen zwischen den Waggons hatte sich Eis gebildet. Die Fenster des Zuges waren von Raureif überzogen und innen beschlagen, sodass man nicht mehr viel von der Landschaft sah, die draußen vor den Zugfenstern vorbeizog. Zwischendurch wischte ich müßig über das Glas und sah hin und wieder inmitten der Einöde eine Farm mit umgepflügten Feldern oder eine Ortschaft.

Auch die restlichen Tage dieser Woche auf Schienen zogen sich in gemächlichem Einerlei dahin. Wir verbrachten unsere Zeit im Wechsel zwischen Schlafen, Essen, Dösen und Aus-dem-Fenster-Schauen. Hin und wieder setzten wir uns auch zusammen und stellten Überlegungen zum Inhalt von Signor Morettis letztem Rätsel an – das Schließen des irregulären Portals in New York.

Sucht in Manhattan das verbindende Dunkel des östlichen Pfades zwischen Tier und Wasser.

Mit *Tier* konnte alles Mögliche gemeint sein, beispielsweise ein Kunstwerk in Gestalt einer Statue oder eines Reliefs, aber vielleicht war es auch im übertragenen Sinne zu verstehen, etwa als Begriff aus der Astrologie. Dort fanden sich bekanntlich zwölf

Tierkreiszeichen. In einer Stadt wie New York gab es bestimmt viele Orte mit astrologischem Bezug. Die Macht der Sterne hatte zu allen Zeiten Hochkonjunktur gehabt, darin unterschied sich die viktorianische Epoche kein bisschen von der Gegenwart.

Mit *Wasser* war vermutlich wirklich Wasser gemeint, aber davon gab es in New York jede Menge, schließlich war Manhattan eine Insel. Und *das verbindende Dunkel* könnte ein Tunnel sein. Allerdings mussten die Tunnel, die von Manhattan aufs Festland führten, allesamt erst noch erbaut werden, wie wir zwischenzeitlich in Erfahrung gebracht hatten. Es gab – abgesehen von einem Aquädukt – nicht mal Brücken (sogar die legendäre Brooklyn Bridge würde erst im nächsten Jahrzehnt fertiggestellt werden.). Von daher war *das verbindende Dunkel* zwischen dem *Wasser* und dem *Tier* vielleicht kein Tunnel, sondern doch eher eine Unterführung. Oder ein Bogengang in einem Gewölbekeller. Von denen es bestimmt nur ungefähr hunderttausend hier in der Stadt gab.

Auch Mr van Vaal, der in Manhattan geboren und aufgewachsen war, hatte keine Idee, was mit dem Rätsel gemeint sein könnte. Wir hatten ihm davon erzählt und es als Gegenstand einer Wette dargestellt, als eine Art lustige Schnitzeljagd, die wir mit ein paar Geschäftsfreunden veranstalteten. Er war sofort Feuer und Flamme und wollte uns unbedingt dabei helfen, *das verbindende Dunkel* zu finden, auch wenn uns nach der Ankunft in New York nur ein paar Stunden dafür blieben, ehe wir uns nach Europa einschiffen mussten.

Immerhin lagen wir bis jetzt hervorragend in der Zeit. Die chaotischen amerikanischen Zeitzonen dieser Epoche hatten uns während der Zugfahrt zwar ein wenig nervös gemacht (an den Bahnhöfen hatten wir festgestellt, dass jeder US-Staat eine eigene Zeitzone zu haben schien, manchmal sogar mehrere!), aber Mr van Vaal führte uns seine zweite Taschenuhr mit fest eingestellter New Yorker Ortszeit vor, die er ordentlich aufgezogen immer mit sich führte, und erklärte uns, dass er auf diese Weise stets seine Heimatzeit parat habe – allein die sei dort für die Abfahrt unseres Schiffes entscheidend. Wir stellten einfach unsere Uhren nach seiner und konnten danach abschätzen, wie viel Zeit uns blieb.

Der Zug ratterte in stetigem Tempo dahin, wir durchquerten Iowa, danach die Prärielandschaft von Illinois und Indiana und anschließend die dichter besiedelten und von Industrie geprägten Staaten Ohio und Pennsylvania.

Anders als Phileas Fogg kamen wir ohne komplizierte Zwischenfälle und auf direktem Wege voran. Es gab keine Überfälle, keine Hindernisse auf den Gleisen, keinen Maschinenschaden. Alle Bahnhöfe wurden fahrplanmäßig erreicht, und zur vorgesehenen Abfahrtszeit ertönte jedes Mal pünktlich das durchdringende Pfeifen des Schaffners zum rechtzeitigen Einsteigen. Am siebten Tag unserer Zugreise passierten wir schließlich die Grenze des Staates New Jersey und erreichten bald darauf unseren Zielbahnhof unweit des Überseehafens, der sich im Hudson River gegenüber von Manhattan befand. Ab hier lag nur noch eine zehntägige Fahrt über den Atlantik vor uns, dann hätten wir die Erde umrundet. Innerhalb von achtzig Tagen, wie von Signor Moretti verlangt. Mittlerweile war ich wieder von Zuversicht erfüllt und glaubte fest daran, dass alles gut werden würde. Wir würden das Spiel gewinnen und uns damit die Zeitmaschine zurückholen. Und dann konnten wir endlich heimkehren.

New York, Gegenwart

Aus Walters Tagebuch

Diesmal geht es bei unserem Einsatz buchstäblich um alles oder nichts. Wenn wir scheitern, bedeutet das nicht nur den Tod unserer Gefährten, sondern auch die finale Entropie. José hat daraus keinen Hehl gemacht – er hat uns die Folgen eines Fehlschlags im magischen Spiegel gezeigt, auf denen nichts als Schwärze zu sehen war. Daher ruht jetzt unsere ganze Hoffnung darauf, dass unser Plan aufgeht.

Wie von uns erhofft, ist es José zwischenzeitlich mithilfe des Ingenieurs Mr Stephenson gelungen, eine neue Zeitmaschine zu konstruieren, mit der er Jerry und mich aus dem vergangenen Hongkong in das New York der Gegenwart bringen konnte. Allerdings hat er uns auch eröffnet, dass wir mit der Maschine nicht in das New York von 1873 zurückkönnen. Offenbar gibt es dort im Zeitverlauf nur einen einzigen Punkt, an dem wir eine Gabelung für ein mögliches Eingreifen ausnutzen könnten, und dieser Punkt im Zeitstrom kann nicht mit der Maschine erreicht werden, sondern nur durch das dort vorhandene irreguläre Tor.

Als José mit mir und Jerry darüber sprach, habe ich mir ein Herz gefasst und ihn gefragt, warum wir es nicht einfach mit der Maschine versuchen könnten, worauf er nur traurig den Kopf schüttelte.

Später nahm Jerry mich beiseite und teilte mir seine eigenen Vermutungen mit. »Ich glaube, wir *haben* es versucht, Walter. Vielleicht sogar mehr als einmal. Aber wir haben es nie geschafft. Wenn José sagt, es klappt nicht, dann muss es gründlich schiefgegangen sein.«

Ich erkundigte mich, ob er damit andeuten wolle, dass wir bei einem vergeblichen Versuch womöglich gestorben seien, was Jerry nur mit einem düsteren Achselzucken beantwortete. Ich sah daraufhin von weiteren Fragen ab, denn letztlich führt es bloß zu Furcht und Trübsal, sich die Vielzahl möglicher Kausalverläufe auf unterschiedlichen Zeitebenen vorzustellen, in denen Varianten des eigenen Ichs existieren, die sich vielleicht gerade auf ähnliche Weise vor einem Fehlschlag ängstigen. Oder sogar bereits tot sind, weil sie alles auf eine Karte gesetzt und verloren haben.

Immerhin kennen wir den genauen Zeitpunkt sowie auch den exakten Ort eines möglichen Eingreifens – der Spiegel hat uns beides gezeigt. Jerry fällt die Aufgabe zu, den Durchtritt zu versuchen – nicht etwa, weil José dies so bestimmt hätte, sondern weil auch das aus den Bildern des Spiegels hervorging. Bei den Prophezeiungen des Spiegels verschwimmen oft Ursache und Wirkung auf verwirrende Weise, es kommt einem vor wie ein rettungslos verschlungenes Knäuel. Als ich es Jerry gegenüber erwähnte, meinte er, dieser Vergleich sei nicht unzutreffend, da man sich die Zeit an solchen besonderen Punkten tatsächlich als Knotenpunkt unterschiedlicher Verläufe vorstellen könne. Aus welchem dann idealerweise ein einziger stabiler Strang hervorgehe, wenn wir alles richtig machten.

Und so verbringe ich diesen letzten Tag vor unserem Einsatz damit, jenen Ort zu besuchen, an dem wir morgen, so Gott uns gnädig ist, unsere Gefährten vor dem sonst sicheren Untergang bewahren. Auch jetzt in der Gegenwart ist es an diesem eisigen Wintertag im Dezember hier ruhig und abgeschieden, man sieht nicht viele Menschen, während sich nur einen Straßenzug entfernt Hunderttausende bei ihren Weihnachtseinkäufen in den Prachtkaufhäusern der Stadt tummeln. Dort herrscht auf den Gehwegen ein unbeschreibliches Gewimmel, und in den Straßen beanspruchen vorbeibrausende Autos jeglichen Platz. Allenthalten glitzert und leuchtet es von den Fassaden der himmelhohen Türme, und aus den Eingängen tönt dudelnde Weihnachtsmusik hervor.

Im Gegensatz dazu herrscht im Park eine fast friedvolle Stille. Ich versuche mir vorzustellen, wie es 1873 hier aussah, dem Jahr der Entstehung dieses Bauwerks, das ich heute betrachte. Wie Anna, Sebastiano und die anderen zu diesem Ort gelangen und an derselben Stelle stehen bleiben wie ich. Wie sie den dunklen Durchgang betrachten, zögernd und vielleicht von ähnlicher Angst erfüllt wie ich. Angst vor unbekannten Mächten, Angst vor der Zukunft. Und nicht zuletzt die schlimmste Angst von allen: Menschen zu verlieren, die man liebt.

New York, 1873

Nachdem wir frühmorgens gleich nach unserer Ankunft im Hafenbüro die Schiffspassage nach London gebucht hatten, brachten wir unser Gepäck an Bord der *Oceanic*, die um drei Uhr nachmittags auslaufen sollte. Für unsere Suche nach dem Portal blieben uns damit knapp acht Stunden Zeit.

Wir machten uns zu dritt auf den Weg, nur Sebastiano, Barnaby und ich. Die anderen mussten an Bord auf uns warten, das verringerte das Risiko irgendwelcher Zwischenfälle, während wir mit Mr van Vaals Hilfe versuchen wollten, das Portal zu finden. *Sucht in Manhattan das verbindende Dunkel des östlichen Pfades zwischen Tier und Wasser …* Bis jetzt hatten wir leider immer noch nicht den Hauch einer Ahnung, wo wir anfangen sollten.

Zunächst nahmen wir in Begleitung von Mr van Vaal die nächste Fähre nach Manhattan, denn da befand sich das Portal, und außerdem wohnte Mr van Vaal dort. Er hatte vorgeschlagen, unverzüglich ein paar Leute zu kontaktieren, die er persönlich kannte und die seiner Meinung nach am ehesten auf die Lösung des Rätsels kommen würden.

Seine Villa lag direkt am Central Park, und er bestand darauf, uns für die Suche seine Kutsche zur Verfügung zu stellen, die bereits am Fährhafen von Manhattan auf ihn wartete – er hatte schon vom letzten Bahnhof aus gekabelt, dass er pünktlich abgeholt werden wollte.

Mr van Vaals Kutsche war ein elegantes, schwarz lackiertes Gefährt mit zwei sorgsam gestriegelten Pferden.

Der vornehm livrierte Kutscher war ein magerer Bursche um die dreißig und ziemlich erkältet.

In ein Taschentuch hustend, hielt er uns zum Einsteigen den Wagenschlag auf. Ich stellte mir vor, was es für ein mieser Job sein musste, bei dem Wetter und mit diesem Husten auf dem zugigen Kutschbock zu sitzen und Leute durch die Gegend zu chauffieren. Am liebsten hätte ich Barnaby gebeten, dem armen Kerl ein paar Goldstücke zuzustecken, doch ich hatte Sebastiano versprechen müssen, auf solche Aktionen vorerst zu verzichten – sie erhöhten ganz einfach unser Risiko, und wir mussten alles vermeiden, was auch nur ansatzweise in diese Richtung ging.

In der Kutsche war es halbwegs warm – heiße Ziegelsteine vor den Sitzbänken sorgten zumindest dafür, dass man keine kalten Füße bekam. Außerdem lagen fellgefütterte Decken bereit, in die man sich einhüllen konnte. Auch sonst war alles in der Droschke vom Feinsten. Die Fenstervorhänge waren aus schwerem Samt, die Sitze aus weichem Leder. Die Knöpfe der Polsterung schimmerten wie Bernstein – wahrscheinlich *waren* sie aus Bernstein, es gab ja in dieser Epoche noch kein Plastik.

Inzwischen war es hell geworden. Die Wintersonne erhob sich an einem mattblauen Himmel, der von Rauchwolken aus zahllosen Kaminen und Fabrikschloten verschleiert war. Neugierig betrachtete ich durch das Fenster der Kutsche die Umgebung. Diese Ecke der Stadt war dicht bebaut, die Gegend wirkte verwahrlost und heruntergekommen. Wolkenkratzer gab es in dieser Zeit noch nicht; die höchsten Bauwerke waren Fabriken und hier und da ein herausragender Kirchturm. Die Straßen befanden sich teilweise in marodem Zustand, die Kutsche holperte durch zahlreiche Schlaglöcher und tiefe Schlammpfützen. An manchen Ecken sah man in Lumpen gehüllte Menschen stehen, die sich die Hände über rauchenden Kohletonnen wärmten. In den Läden, an denen wir vorbeikamen, gab es weder elektrisch beleuchtete Schaufenster noch vorweihnachtliche Lichterketten. Die Stadt wurde noch mit Gas- und Petroleumlampen erhellt. Geheizt wurde mit Holz und Kohle; entsprechend verrußt und verräuchert sahen manche Fassaden aus.

Ich war bisher erst einmal in New York gewesen – in meiner eigenen Zeit. Als Kind hatte ich mit meinen Eltern ein Wochenende in Manhattan verbracht. Meine Mutter hatte auf einem Kongress einen Vortrag in Astrophysik gehalten, und ich war unterdessen mit meinem Vater in der Fifth Avenue bummeln gewesen. Abends hatten wir alle gemeinsam ein Musical am Broadway besucht und die gigantischen Leuchtfassaden am Times Square bestaunt. Am nächsten Tag hatten wir dem Naturkundemuseum einen Besuch abgestattet und hinterher die für Touristen obligatorische Kutschfahrt durch den Central Park gemacht.

Diesen Park gab es im Jahr 1873 bereits, wie wir auf dem Weg zu Mr van Vaals Haus feststellten – eine ausgedehnte, in einem lang gezogenen Viereck angelegte Grünfläche, umgeben von imposanten Villen. Hier war die Gegend deutlich vornehmer.

Vom berühmt-berüchtigten New Yorker Verkehr merkte man noch nichts – es waren zwar viele Droschken unterwegs, und auch Pferdebahnen sah man vereinzelt vorbeirollen, doch mit dem von Hupen und Auspufflärm begleiteten Dauerstau des einundzwanzigsten Jahrhunderts war das nicht zu vergleichen.

Mr van Vaals Kutsche hielt vor einem hochherrschaftlichen,

von einem schmiedeeisernen Zaun umgebenen Prachtbau. Sofort kamen zwei Diener in eleganter, mit Silberknöpfen gespickter Livree herbeigeeilt. Sie verbeugten sich und nahmen Mr van Vaals Gepäck in Empfang. Der Kutscher half ihnen beim Abladen der Kisten und Koffer und blieb dann höflich am offenen Wagenschlag stehen, während Mr van Vaal den beiden Bediensteten Instruktionen erteilte – jeder von ihnen bekam eine Zettelbotschaft in die Hand gedrückt, mit unserem Rätsel und einem Gruß von Mr van Vaal, verbunden mit der Bitte um hilfreiche Lösungen und Anregungen.

Der eine Diener sollte damit zu Mr J. P. Morgan in der Madison Avenue gehen, der andere zu Mr Rockefeller, der geschäftlich in der Stadt weile und im Saint Nicolas am Broadway logiere, und sie sollten unbedingt vor Ablauf einer Stunde wieder hier sein, möglichst mit einer ordentlichen Antwort auf das Rätsel. Der Kutscher sollte die beiden Diener im Eiltempo hin- und wieder zurückbefördern.

»Die Wartezeit verbringen wir vor dem warmen Kamin in meinem Salon bei einer guten Tasse Kaffee und einem Gläschen Port«, erklärte Mr van Vaal, während die beiden Diener mit ihren Zetteln in die Kutsche stiegen. Lächelnd fügte er hinzu: »Wenn jemand eine Lösung auf Ihr Rätsel weiß, dann J. P. Morgan oder John D. Rockefeller. Niemand ist so clever wie die zwei.«

Das glaubte ich gerne. Der Reichtum, den diese Männer im Laufe ihres Lebens angehäuft hatten, machte sie bis in die Gegenwart hinein zu Legenden. Im dreiundzwanzigsten Jahrhundert würde man vermutlich auf diese Weise an Bill Gates oder Jeff Bezos zurückdenken. Ein Hauch von Ehrfurcht überkam mich, weil Mr van Vaal mit solch weltberühmten Finanzgrößen befreundet war.

Dem Kutscher überreichte er ebenfalls einen vorbereiteten Zettel.

»Nimm das, Billy. Falls ihr bei Mr Rockefeller oder Mr Morgan keine zufriedenstellende Antwort erhalten habt, fahrt ihr noch rasch bei Mr Pride in der Madison vorbei. Zeig ihm den Zettel und frag ihn, ob er was damit anfangen kann.« An uns gewandt, fuhr Mr van Vaal fort: »Mr Pride ist Mitglied der Akademie der Wissenschaften – ein Bücherwurm sondergleichen, gebildet und klug und in allen noch so abgelegenen Geistesdisziplinen bestens bewandert. Er hat eine altertümliche und unter Experten als unübersetzbar geltende Keilschrift entschlüsselt und bereits die undurchsichtigsten antiken Hieroglyphen entziffert. Mit seltsamen Rätseln kennt er sich folglich aus. Auch wenn dieses sicher sehr schwer zu lösen ist – ich traue es ihm zu.« Irritiert hielt er inne und blickte den Kutscher Billy an, der hustend den Zettel betrachtete. »Was stehst du noch hier herum, statt aufzusteigen und loszufahren? Worauf wartest du?«

»Na ja, ich glaube, ich weiß selber die Lösung.« Billy wischte sich mit dem goldbetressten Ärmel die laufende Nase ab, bevor er uns verlegen ansah. »Der gesuchte Ort ist hier im Central Park, nur ein paar Schritte entfernt.«

»Was sagst du da?« Mr van Vaal starrte den Kutscher an. »Wie kommst du auf den Gedanken, du könntest ein derart kniffliges Rätsel lösen?«

Billy zuckte mit den Schultern. »Ich besuche gern mit meiner Verlobten Edwina die Menagerie im Park, sie zeigen dort exotische Tiere, die man sonst selten zu Gesicht bekommt. Danach gehen wir immer am See spazieren, vor allem bei schönem Wetter. Edwina liebt den See und die Menagerie.«

»Komm zur Sache«, sagte Mr van Vaal ungeduldig.

Billy zog ein wenig eingeschüchtert den Kopf ein, dann nieste er zweimal heftig. »Nun ja, da hätten wir das Wasser und das Tier. Das Wasser steht für den See und das Tier für die Menagerie. Aber es ist das verbindende Dunkel, das Licht in die Sache bringt.« Er merkte, dass es komisch klang, und kicherte kurz. Doch als Mr van Vaal ihn mit gefurchter Stirn anblickte, wurde er sofort wieder ernst. »Edwina und ich haben uns schon oft darüber geärgert, dass der East Drive für Fußgänger im Park zuweilen lebensgefährlich ist.«

»East Drive«, sagte Sebastiano. Ich spürte, dass er ebenso aufgeregt war wie ich.

»Der östliche Weg!«, rief Barnaby.

»Ganz recht«, stimmte Billy zu. Er hustete kurz. »Das ist ein sehr belebter und verkehrsreicher Weg im Park, der von zahlreichen Kutschen und Reitern benutzt wird. Man muss ihn als Fußgänger überqueren, wenn man von der Menagerie zum See möchte. Oder vom See zur Menagerie. Und das wollen von früh bis spät sehr viele Menschen! Dabei kann man schnell unter die Räder kommen, im wahrsten Sinne des Wortes. Die Kutschen rasen dort einher, ohne Rücksicht auf die Passanten, die den Weg queren, und Ähnliches gilt für die Reiter, die den Park nutzen, um ihre Gäule zu bewegen.« Er hustete erneut, diesmal länger. »Nichts für ungut, Mr van Vaal, ich weiß, dass Sie auch gelegentlich im Park ausreiten.«

»Sagte ich nicht, du solltest zur Sache kommen?«

»Na ja, ich spreche von Inscope Arch. Das ist ein Unterführungstunnel, der vor Kurzem gebaut wurde«, setzte Billy erklärend hinzu. »Extra für die Fußgänger. Damit die einen besseren und bequemeren Weg zur Menagerie und zum See haben.«

»Das verbindende Dunkel«, rief ich.

»Das muss es sein!«, stimmte Sebastiano zu. Ich hörte die

Anspannung aus seiner Stimme heraus. »Und Sie sagen, es sei in der Nähe?«

Billy nickte. Mit einem weiteren Niesen deutete er auf eine Straßeneinmündung in der Nähe. »Da vorn geht's in den Park. Wir können gleich hinfahren, ich zeig's Ihnen.«

»Ich denke, wir bleiben bei meinem Plan«, meinte Mr van Vaal. Er wirkte alles andere als überzeugt. Anscheinend traute er seinem Kutscher nichts zu, was über das Lenken der Droschke hinausging.

»Ich möchte die Stelle gern sofort sehen, wenn es Ihnen recht ist«, sagte Sebastiano mit Entschiedenheit.

»Wenn Sie darauf bestehen«, gab Mr van Vaal zurück. Es klang merklich kühler als soeben noch. Mit einer knappen Geste wies er Billy an, auf den Bock zu steigen, dann scheuchte er die beiden Diener aus der Droschke, ehe er mir höflich den Arm reichte. »Nach Ihnen, Ma'am.« Er half mir hinein und wartete, bis auch Sebastiano und Barnaby eingestiegen waren. Dann ging die Fahrt im Eiltempo in den Park und vorbei an den winterlich kahlen Bäumen und Sträuchern zu besagtem Inscope Arch, wo wir hielten und ausstiegen. Ich blickte mich um und entsann mich dunkel, dass sich hier in der Nähe der Park-Zoo befand, den ich damals auf der Kutschfahrt mit meinen Eltern gesehen hatte – vermutlich war das im Jahr 1873 noch besagte Tier-Menagerie.

Um diese Jahreszeit und so früh am Tage waren hier nicht viele Leute unterwegs. Ein Pferd kam den East Drive entlanggetrottet, doch der schwarz gekleidete Reiter schenkte uns keinerlei Aufmerksamkeit. Desgleichen ein rotgesichtiger, ärmlich gekleideter junger Mann mit Schiebermütze, der frierend die Hände unter die Achseln geschoben hatte und mit schnellen Schritten in Richtung Parkausgang unterwegs war. Er eilte weiter, ohne mehr als einen kurzen Blick auf uns zu verschwenden.

Es hatte angefangen zu schneien – zuerst nur in feinen, kaum sichtbaren Flocken, dann immer dichter. In ein paar Minuten würde hier alles weiß sein.

Wir kletterten die von Basaltblöcken gestützte Böschung zu der Unterführung hinab. Das Laub, das den Abhang bedeckte, war teils überfroren, teils glitschig von der Nässe des frisch gefallenen Schnees. Ich rutschte prompt aus und musste mich an Sebastiano festklammern, um den Rest des Weges nicht auf dem Hintern zurückzulegen.

Über uns ertönte ein Husten. »Ist es die Lösung des Rätsels?« Billy beugte sich von oben über das steinerne Geländer. Seine Gestalt war inmitten des dichten Schneegestöbers nur schemenhaft zu sehen. »Habe ich richtig vermutet, dass sich der gesuchte Ort hier befindet, Mr van Vaal?«

Sein Arbeitgeber ignorierte ihn. Er war mit uns die Böschung hinuntergestiegen und betrachtete den Durchgang mit kritischer Miene. »Gestatten Sie mir eine Bemerkung, Mr Foscary. Das ist kein geheimnisvoller oder rätselhafter Ort. Es ist einfach nur eine schlichte Unterführung.«

Das war es mitnichten. Sebastiano und ich wechselten einen Blick, dann sahen wir Barnaby an. Er hatte es ebenfalls gespürt – die vibrierende Macht eines Zeitreise-Portals.

Wir hatten es gefunden.

Und als hätte es nur darauf gewartet, dass wir in der Nähe auftauchten, erwachte es im nächsten Augenblick mit einem unirdischen Summen zum Leben.

Mr van Vaals Gesichtszüge wurden schlaff, er blieb wie festgefroren stehen und schaute blicklos ins Leere – der übliche Effekt, wenn ein Portal in Sichtweite eines Normalsterblichen aktiv wurde. Ein rascher Blick hinauf zur Brüstung zeigte mir, dass auch Billy nichts mehr wahrnahm. Der Schnee fiel auf ihn herab und bedeckte seinen Kopf und seine Schultern, doch er starrte nur stumm vor sich hin.

Ein weißliches Glühen drang aus den tiefen Schatten unter dem Durchgang hervor – das Tor öffnete sich!

Sebastiano hatte seinen Bezwinger bereits griffbereit.

Doch da hallte eine Stimme wie aus weiter Ferne zu uns herüber. Sie kam aus dem Durchgang, untermalt von dem vibrierenden Summen des Portals und dem Knistern einer unheimlichen Energie, die an dieser Stelle stark genug war, um zwei Zeitebenen zu verbinden.

Ich fuhr entsetzt zusammen, denn ich kannte die Stimme – sie gehörte Jerry! Er rief uns durch das Portal etwas zu!

»Dürft nicht … Passt auf … Geht auf keinen Fall …«

»Was?«, schrie Sebastiano zurück. »Jerry? Was hast du gesagt? Kannst du uns sehen? Kannst du zu uns rüberkommen?«

Er trat einen Schritt vor und verbarg den Bezwinger hinter seinem Rücken, um zu verhindern, dass er auf das Portal einwirkte. Das weiße Licht wurde unerträglich grell und fing dann an zu flackern. Das Summen wurde immer stärker, es tat schon in den Ohren weh.

»Jerry!«, rief Sebastiano erneut, während er weiter in die Unterführung hineinging. »Ich sehe dich! Kannst du mich hören?«

»Pass auf«, warnte Barnaby ihn. »Geh nicht weiter da rein, das Tor ist instabil! Wenn überhaupt, funktioniert es nur in einer Richtung. Du kannst nicht durchgehen. Die Interferenzen bringen dich um, wenn du es versuchst!«

Oh mein Gott!

»Bleib stehen!«, schrie nun auch ich.

»… Unglück!«, hörte ich Jerry von der anderen Seite herüberrufen.

Dann ging auf einmal alles rasend schnell. Mr van Vaal erwachte aus seiner vorgetäuschten Erstarrung (ich begriff erst mit Verzögerung, dass seine geistige Abwesenheit nur gespielt war) und riss Sebastiano den Bezwinger aus der Hand. Er stürzte damit in den Durchgang und blieb mit ausgebreiteten Armen direkt vor dem flimmernden Umriss des Zeitreise-Tors stehen. Die flache Scheibe in seiner Hand strahlte hellgolden auf, während das weiße Flimmern des Portals gleichzeitig blasser wurde und dann schlagartig erlosch. Das Tor aus der Zukunft, durch das wir eben noch Jerrys Stimme gehört hatten, war versiegelt. Was immer er uns auch hatte mitteilen wollen – er hatte es uns nicht mehr sagen können.

Wie vom Donner gerührt blickte ich Mr van Vaal an. Für das, was sich hier gerade abgespielt hatte, gab es nur eine Erklärung: Wieder einmal waren wir auf einen raffinierten Betrüger hereingefallen! Er hatte uns nach allen Regeln der Schauspielkunst eingewickelt und uns vorgegaukelt, nur unser Bestes zu wollen!

»Er ist einer der Alten«, stellte Barnaby fest. Sein warziges Knautschgesicht zeigte einen erstaunten Ausdruck.

Mr van Vaal ließ den Bezwinger fallen und wich vor Sebastiano zurück, der sich ihm drohend näherte. »Tun Sie das besser nicht, Mr Foscary.« Er hielt auf einmal eine Pistole in der Hand, die er mit kaltblütiger Miene nicht etwa auf Sebastiano richtete, sondern auf mich. »Einen Schritt weiter, und das Ding geht los. Das möchten Sie sicher nicht, denn nach allem, was ich bisher mitbekommen habe, lieben Sie Ihre Frau sehr.« Mr van Vaal bedachte mich mit der Andeutung eines Lächelns. »Obwohl sie ja noch gar nicht Ihre Frau ist, nicht wahr, Mr Foscary?« Er lachte leise und sah wieder Sebastiano an, der beim Anblick der Waffe sofort wie angewurzelt stehen geblieben war. »Oder sollte ich besser sagen: *Signor Foscari*?« Er klopfte sich bedächtig die Schneeflocken vom Mantel und rieb seine Knöpfe blank, ohne dabei die Pistole sinken zu lassen. »Tut mir sehr leid, dass ich Ihre kleine Unterhaltung mit Ihrem Freund auf der anderen Seite des Portals unterbrechen musste. Aber Spieler müssen sich nun mal an die Regeln halten, und die sehen in diesem Fall keine Hilfestellung aus der Zukunft vor.«

Sebastiano starrte Mr van Vaal unentwegt an. »Wer hat Sie geschickt?«

»Wieso sollte mich jemand geschickt haben? Vielleicht arbeite ich ja auf eigene Veranlassung. Betrachten Sie mich einfach als … Spielebeobachter. Als jemanden, der für Fairness und Regeltreue sorgt, wenn ein Spiel in die entscheidende Phase eintritt.«

»Haben wir die denn jetzt gerade vor uns?«, fragte Sebastiano. »Die entscheidende Phase?«

»Ich würde sagen, das liegt ganz bei Ihnen.« Bei diesen Worten sah Mr van Vaal nicht mehr Sebastiano, sondern wieder mich an. »Sie halten die Fäden Ihres Schicksals selbst in der Hand. Aber ein Muster lässt sich nur daraus weben, wenn man das Spiel zu Ende spielt.«

Sebastiano stellte sich schützend vor mich, doch Mr van Vaal hatte die Pistole bereits weggesteckt. Behände erklomm er die Böschung. Oben stand Billy und glotzte ihn mit überquellenden Augen an. Er war aus seiner Benommenheit erwacht (bei ihm war sie ganz offenkundig echt gewesen) und konnte anscheinend nicht fassen, was gerade hier unten geschehen war.

»Mr van Vaal … Wieso haben Sie mit der Pistole auf die junge Dame …« Seine Stimme brach ab, als Mr van Vaal zu ihm trat und ihm leicht die Hand in den Nacken legte.

»Es ist alles in Ordnung, Billy. Steig jetzt auf den Kutschbock und bring mich nach Hause. Nach der langen Reise brauche ich dringend eine gute Tasse Kaffee und einen Brandy.«

»Sehr wohl, Mr van Vaal«, sagte Billy mit verwirrter Miene. Es war offensichtlich, dass Mr van Vaal sein Gedächtnis manipuliert hatte. Billy wusste nicht mehr, was er soeben gesehen hatte.

Mr van Vaal beugte sich über die Brüstung zu uns herab. »Gute Reise noch«, rief er. »Und versuchen Sie keinesfalls, mir zu folgen. Es würde Ihnen schlecht bekommen. Halten Sie sich einfach nur an die Spielregeln. Am Ende ist der Ehrliche der Kluge.« Mit diesen Worten stieg er in die Kutsche und zog den Wagenschlag hinter sich zu. Billy saß bereits auf dem Bock und trieb die Pferde an. Die Kutsche rollte über den Parkweg davon und verschwand wenige Augenblicke später im dichten Schneegestöber.

Sebastiano stieß eine Reihe von Flüchen aus, dann wandte er sich zu mir um und sah mich besorgt an. Als er mich in eine feste Umarmung zog, merkte ich, dass er leicht zitterte, und sein Herz raste. Er musste gerade eine wahnsinnige Angst um mich ausgestanden haben.

»Mir geht es gut«, versicherte ich ihm, obwohl mein Puls mindestens so schnell ging wie seiner. Aufgewühlt lehnte ich meinen Kopf gegen seine Schulter. »Ich fasse es bloß nicht, dass wir auf diesen Typen reingefallen sind. Er kam mir so … harmlos vor, mit seinen Knöpfen und dem ganzen Drum und Dran.«

»Er hat sich eine wirklich gute und glaubwürdige Legende zugelegt«, pflichtete Barnaby mir bei. Er schlang beide Arme um sich und hopste frierend auf seinen kurzen, krummen Beinen auf und ab. Die Winterkälte lag ihm nicht so, und er war nicht wirklich warm angezogen. Das Wams, das er trug, war eher etwas für den Herbst, und seine ledernen Stulpenstiefel waren nicht gefüttert. Und die Winterjacke sowie die Handschuhe, die er sich in San Francisco zugelegt hatte, steckten in einer der Gepäckkisten, die schon an Bord des Schiffes waren.

Er hob den Bezwinger auf, den Mr van Vaal fallen gelassen hatte, und reichte ihn Sebastiano. »Ich würde meinen, wir sind hier fertig«, sagte er mit trübsinniger Miene. »Sollen wir uns nun wieder zurück zum Hafen begeben und unsere Schiffskabinen beziehen, Sebastiano?«

Sebastiano knurrte nur eine kurze Zustimmung, während er den Bezwinger einsteckte. Es war nicht zu übersehen, dass er vor Wut kochte. Und wie üblich fraß er seinen Ärger stumm in sich hinein.

Man merkte es jedoch deutlich an seiner angespannten Körperhaltung und der verbissenen Miene, mit der er während unseres Rückwegs zur Straße einen Stein vor sich her kickte. Auf Fragen, die Barnaby und ich an ihn richteten, reagierte er nur einsilbig.

»Wir nehmen uns am besten gleich da vorn an der Ecke eine Kutsche, was meinst du?«, wollte ich wissen.

Sebastiano zuckte nur mit den Schultern, was ich als *Ja* auslegte.

»Was Jerry uns wohl mitteilen wollte?«, fragte Barnaby ihn. »Auf jeden Fall war es eine Warnung. Oder wie siehst du das?«

»Die Frage ist, vor welchem Ereignis er uns warnen wollte«, sagte ich, als von Sebastiano wieder keine Antwort kam. »Ich habe nur *Unglück* verstanden.«

»Glaubst du, van Vaal handelte im Auftrag von Moretti?«, erkundigte Barnaby sich bei Sebastiano. »Wollte Jerry uns vielleicht *davor* warnen?«

Auch auf diese Frage erntete er nur ein unverständliches Brummen.

Sebastiano hatte offensichtlich keine Lust, sich jetzt mit uns darüber zu unterhalten. Nicht, bevor er sein vermeintliches Versagen verdaut und es sich selbst verziehen hatte. Aus seiner Sicht wog alles, was er selbst falsch machte, weit schwerer als die Fehler von uns anderen. Dass nicht nur er, sondern auch wir anderen keinerlei Verdacht gegen Mr van Vaal geschöpft hatten, war in seinen Augen unbedeutend. Er gab sich wieder mal an allem allein die Schuld.

»Vielleicht steht er aber auch auf unserer Seite.« Ich fand, man müsse alle Alternativen in Betracht ziehen, und stellte den Gedanken daher zur Debatte. Dass Sebastiano sich als Diskussionsteilnehmer ausgeklinkt hatte, hielt mich nicht davon ab. Schließlich gehörte auch Barnaby zum Team.

Meine Bemerkung schien Sebastiano jedoch aus seinem stummen Groll zu reißen. »Der Mistkerl hatte den Daumen die ganze Zeit am Abzug«, sagte er mit kaltem Zorn in der Stimme. »Und er hat mit der Waffe auf *dich* gezielt.«

Barnaby wiegte den Kopf. »Wir wissen nicht, ob die Waffe geladen war. Annas Überlegung könnte bedenkenswert sein. Ich halte es zwar nicht für sehr wahrscheinlich, aber womöglich stand er ja wirklich auf unserer Seite. So ähnlich wie Chester. Es könnte vielleicht mehr Parteien in diesem Spiel geben, als wir ahnen.«

»*Jerry* steht auf unserer Seite«, gab Sebastiano grimmig zurück. »Und van Vaal war derjenige, der ihn daran gehindert hat, uns eine Warnung zukommen zu lassen! Daraus kann man nur den logischen Schluss ziehen, dass van Vaal *nicht* auf unserer Seite steht und auch niemals stand! Ist das so schwer zu kapieren oder was?«

Immerhin redete er jetzt wieder mit uns. Als wir den Ausgang des Parks erreichten, schien sich sein Zorn so weit gelegt zu haben, dass er sogar wieder Vorschläge machte. Genauer: Er legte für den Rest der Reise neue Verhaltensrichtlinien fest, die er auch den anderen noch einschärfen wollte.

»Wir müssen Jerrys Warnung, worauf auch immer sie sich bezogen hat, ernst nehmen. Das heißt, wir müssen alle nur erdenklichen Risikofaktoren, durch die wir an Bord des Schiffes Probleme kriegen könnten, unter Kontrolle behalten und sie möglichst von vornherein ausschließen.«

Nachdem wir die nächstbeste freie Droschke bestiegen hatten, erklärte er uns auch, welche Risikofaktoren er genau meinte. »Keine Pokerspiele. Kein Herbeizaubern von Gold oder Juwelen. Keine wohltätigen Ausflüge ins Zwischendeck. Und ich nehme außerdem persönlich Fatimas Messer und Oles Säbel in Verwahrung.«

»Vergiss nicht die Winchester und den Colt und Fatimas Damenpistolen«, warf ich ein. Ich war froh, dass wir uns wieder vernünftig unterhalten konnten, auch wenn ich das Zwischendeckverbot leicht übertrieben fand.

Dass immer noch eine gehörige Portion Wut in Sebastiano schwelte, zeigte sich in dem Moment, als die von uns gemietete Droschke an Mr van Vaals Villa vorbeifuhr und Sebastiano ihn erneut mit ein paar saftigen Flüchen belegte. Doch so gern er vermutlich diesen dubiosen neuen Mitspieler zur Rede gestellt hätte – uns waren die Hände gebunden. Wir durften nichts tun, was unsere Weiterreise verzögert und damit gefährdet hätte. Vielleicht war ja genau das die Gefahr, vor der Jerry uns hatte warnen wollen. Uns blieb zwar noch genügend Zeit, um von Manhattan zum Hafen überzusetzen und an Bord der *Oceanic* zu gehen. Aber wer weiß, was geschehen wäre, wenn Sebastiano sich jetzt noch mit Mr Van Vaal angelegt hätte!

Die schwarz lackierte Kutsche stand noch am Straßenrand. Billy saß auf dem Kutschbock und hustete vor sich hin. Vielleicht wollte Mr van Vaal noch ausfahren? Aber letztlich konnte es uns egal sein, Hauptsache, er kreuzte unsere Wege nicht mehr.

Während unserer Rückfahrt zum Fährhafen grübelte ich unablässig über seine Motive nach. War er tatsächlich das, was er zu sein vorgab – ein neutraler Beobachter? Oder verfolgte er eigene Ziele? Natürlich war es ebenso denkbar, dass er auf Veranlassung von Signor Moretti handelte und ihm durch sein Eingreifen zum Sieg verhelfen wollte, in diesem Punkt machte ich mir nichts vor. *Alles* war möglich in diesem undurchdringlichen Geflecht verschwörerischer Intrigen und geheimer Pläne. Barnaby lag zweifellos richtig, als er gesagt hatte, es könne mehr Teilnehmer in diesem Spiel geben, als wir ahnten, denn dem Sieger winkte wohl so eine Art Hauptgewinn – meine ungeborene kleine Tochter, deren Fähigkeiten offenbar alles übersteigen würden, was zeitreisenden Menschen bisher möglich war.

Als Signor Moretti mir meine Gabe genommen hatte, war es ihm fraglos darum gegangen, an einer entscheidenden Stelle im Zeitstrom zu verhindern, dass ich auf eine drohende Gefahr aufmerksam wurde. Genauso, als er Jerry daran gehindert hatte, uns zu warnen. Irgendwas Schlimmes stand uns bevor. Wir konnten nur versuchen, das Manko unserer Unwissenheit durch erhöhte Wachsamkeit auszugleichen. Angesichts dessen waren die Vorsichtsmaßnahmen, die Sebastiano für unsere Fahrt auf der *Oceanic* angeordnet hatte, bloß folgerichtig.

Fatima gab ihre Messer und Pistolen allerdings nur sehr widerwillig her, und Ole weigerte sich rundheraus, als Sebastiano ihn aufforderte, alle Waffen herauszurücken. Es gab eine längere Grundsatzdiskussion, die fast in eine Prügelei ausgeartet wäre, denn Ole behauptete, dass es seit seinem achten Lebensjahr keinen einzigen Tag gegeben habe, an dem er unbewaffnet unter Menschen gegangen sei. Das sei ein unverzichtbarer Teil seiner Ehre als Mann.

Erst als ich mich einmischte und vehement darauf hinwies, dass es bei diesem Spiel nicht um seine blöde männliche Ehre, sondern immer noch um Sebastianos Leben ging, gab Ole schließlich nach.

Ich konnte zu der Zeit nicht ahnen, wie sehr ich das noch bereuen würde.

Aus Walters Tagebuch

Wir mussten einen weiteren Fehlschlag hinnehmen. Jerrys Versuch, das Portal im Central Park für einen Durchtritt zu nutzen, wurde durch den Eingriff eines anderen Alten unterbrochen. Offensichtlich war José davon ebenso überrascht wie Jerry. Wie es scheint, ist damit noch ein weiterer Spieler auf den Plan getreten. Jerry glaubt, dass dieser Mr van Vaal ein eigenes Spiel gegen José in Gang bringen will, weshalb wir uns künftig noch auf neue Intrigen einstellen müssen. Ich habe José um Auskunft gebeten, ob dies stimme, worauf er nur eine seiner üblichen kryptischen Antworten gab. Sie lautete: »Vieles ist möglich, aber nur wenig davon vorherzusehen. Und noch weniger veränderbar. Das ist das Wesen der Zeit.«

Danach fragte ich ihn geradeheraus, ob Jerrys Vermutung zutreffe, derzufolge wir deshalb nicht mit der Zeitmaschine ins Jahr 1873 springen könnten, weil wir es schon versucht hätten und dabei gescheitert seien – und ob wir dabei gar unser Leben gelassen hätten.

Zu meiner großen Überraschung erhielt ich hierauf eine dezidierte und klare Antwort. Sie war ebenso kurz wie erschreckend und lautete *Ja*.

Mehr wollte er indessen nicht darüber sagen, und im Augenblick möchte ich es auch gar nicht wissen. Es ist verstörend,

Überlegungen zu einem alternativen Zeitverlauf anzustellen, in dem die eigene Existenz ausgelöscht wird. Als gläubiger Christ weiß ich, dass ich nur eine Seele habe, und im Augenblick meines Todes liegt sie in der Hand unseres Schöpfers. Die Einmaligkeit einer solch geheiligten Transzendenz in beliebig viele Alternativverläufe gleichsam aufzuspalten und damit wiederholbar zu machen, widerstrebt meinem religiösen Empfinden von göttlicher Fügung. Gar nicht zu reden von den philosophischen Implikationen, die von einer solch verwirrenden Vielschichtigkeit sind, dass ich Jahre damit zubringen könnte, sie in Worte zu kleiden.

Ich habe versucht, Jerry zu einem Gespräch darüber zu bewegen, doch seine eher pragmatische und naturwissenschaftliche Sichtweise hat es sehr kurz ausfallen lassen. Seine Erklärungen haben mich allerdings so nachhaltig beeindruckt, dass ich beschlossen habe, sie bis auf Weiteres zum Kern meiner persönlichen Überzeugung zu machen.

»Genau wie du glaube ich an Gott. Gott ist in jedem Menschen. Du bist immer derselbe Mensch, in jeder Gabelung der Zeit. Und deine Seele ist immer eins mit dir. Für Gott bist du immer eins, denn er ist in Ewigkeit.«

Und so versuche ich im Gebet, Klarheit in meine Gedanken zu bringen und zu jener Zuversicht zurückzufinden, die es mir ermöglicht, die Hoffnung nicht aufzugeben. Meine Fürbitten gelten den Freunden. Gottes Wege sind unergründlich, weshalb in meinem Herzen der feste Glaube fortbesteht, dass eine Rettung weiterhin möglich ist.

Die *RMS Oceanic* war ein zwei Jahre altes Passagierschiff der britischen White Star Line, welche die Transatlantikstrecke zwischen New York und Liverpool befuhr. Mit seinen drei Decks und den vier Segelmasten war es nicht nur ungewöhnlich groß für diese Epoche, sondern von allen Dampfseglern, auf denen wir bisher gereist waren, mit Abstand der luxuriöseste.

Man wurde förmlich erschlagen von der vornehmen Pracht der Räumlichkeiten in der ersten Klasse. Der teakholzgetäfelte Speisesalon besaß die Ausmaße eines Ballsaals, und die Wände unserer Kabine waren mit Damasttapeten und Blattgold-Dekors ausgestattet. Die Mahlzeiten, die in beständiger Folge aufgetischt wurden, waren die reinsten Schlemmerorgien – man konnte sich kaum entscheiden zwischen all den Köstlichkeiten, die von morgens bis abends serviert wurden.

Nur Fox fiel die Auswahl leicht – er aß so gut wie gar nichts, weil er wieder mal seekrank in seiner Koje lag. Das Pokerverbot konnte er auf diese Weise jedenfalls problemlos einhalten. Es war ihm gar nicht möglich, sich weit genug von seinem Eimer zu entfernen, um dagegen zu verstoßen.

Davon abgesehen machte ihn die Seekrankheit ziemlich lethargisch. Er hatte sich nicht einmal danach erkundigt, wie unsere Rätselsuche mit Mr van Vaal ausgegangen war, im Gegensatz zu Ole und Fatima, die uns bei unserer Rückkehr aufs Schiff mit Fragen bestürmten und alles genau wissen wollten.

Sie saßen mit offenen Mündern da, als sie von Mr van Vaals merkwürdiger Rolle in dem Spiel erfuhren, und Ole merkte selbstsicher an, dass in seinem Beisein alles ganz anders gelaufen wäre. *Er* hätte sich bestimmt nicht einfach so den Bezwinger wegnehmen lassen.

Nachdem das geklärt war, sprachen wir nicht mehr darüber, sondern versuchten, ein bisschen Optimismus aufzubauen.

Wir hätten die Fahrt eigentlich genießen können, denn der an Bord herrschende Komfort toppte einfach alles, was uns auf dieser Weltumrundung bisher geboten worden war.

Sogar die etwa tausend Reisenden in der zweiten und dritten Klasse hatten es deutlich besser als die Zwischendeckpassagiere auf den Pazifikdampfern, wie der Kapitän gleich am ersten Abend während seiner Tischrede im Speisesaal ausdrücklich betonte. Ihre Kabinen seien größer und ordentlicher ausgestattet, die Beköstigung gesünder und reichhaltiger, und auch für frische Luft sei auf den unteren Decks gesorgt. Doch diese Auskunft vermochte mich nicht aufzumuntern. Meine Stimmung war vom Zeitpunkt unseres Auslaufens an seltsam bedrückt, so stark, dass es fast an Verzweiflung grenzte. Mein Nacken juckte kein einziges Mal, und doch ahnte ich auf eine unerfindliche Weise die kommenden Schrecknisse voraus.

Es geschah am dritten Abend. Sebastiano und ich hatten uns in Schale geworfen, denn der Kapitän hatte uns an seinen Tisch eingeladen – eine Ehre, die nicht jedem zuteilwurde, wie wir inzwischen wussten. Immerhin waren etliche hoch angesehene und steinreiche Reisende an Bord – Großindustrielle, Bankiers, Diplomaten und andere Mitglieder der Hautevolee. Dagegen nahm sich unser persönlicher Auftritt eher bescheiden aus. Wir hatten uns wirklich nicht um einen Platz am Tisch des Kapitäns gerissen (genau genommen war es uns völlig egal), aber es wäre ziemlich unhöflich gewesen, die Einladung abzulehnen, und wir wollten ja auf keinen Fall unangenehm auffallen.

Dass wir überhaupt eine Einladung bekommen hatten, lag an Fatima, die auch diesmal wieder offiziell als meine Cousine und Gesellschafterin reiste. Sie hatte gleich vom ersten Tag der Überfahrt an mit dem Kapitän geflirtet. Zwischen ihr und Ole herrschte mal wieder dicke Luft – er hatte sie mit irgendwas gegen sich aufgebracht, doch Sebastiano und ich hatten keine Ahnung, woran es diesmal lag. Jedenfalls zahlte sie es Ole auf ihre Weise heim. Kokettes Wimpernklimpern, sobald der Kapitän ihr einen Blick zuwarf, schüchtern vorgebrachte Komplimente über seine Navigierkünste und seine breiten Schultern in der kleidsamen Uniform – sie lud ihn förmlich zu Annäherungsversuchen ein. Er hieß Sheridan und war ein gut aussehender Mann um die vierzig. Fatima war von allen alleinstehenden Damen mit Abstand die hübscheste, was Captain Sheridan natürlich nicht entgangen war.

Schon an unserem ersten Tag an Bord hatte er Fatima nebst einigen anderen Damen – ich selbst war ebenfalls mit von der Partie gewesen – auf die Brücke eingeladen, wo er uns die nautischen Instrumente vorführte. Fatima hatte sogar kurz das Steuerruder übernehmen dürfen, und er hatte ihr eingehend erklärt, welche Manöver man damit ausführen konnte. Sie hatte ihn daraufhin angelächelt wie den Gott der Meere persönlich, und seither war es um ihn geschehen. Der moralische Kodex dieser Epoche verbot es ihm allerdings, eine unverheiratete junge Lady ohne gehörige Anstandsbegleitung zum Dinner zu bitten, also hatten Sebastiano und ich ebenfalls eine offizielle Einladung erhalten.

Ole war hingegen leer ausgegangen. Er erfuhr erst abends im Speisesaal, dass Sebastiano und ich gleich zusammen mit Fatima am Tisch von Captain Sheridan speisen würden, und als ich die dunklen Gewitterwolken auf seiner Miene aufziehen sah, ahnte ich nichts Gutes.

»Keine Sorge«, sagte ich leise hinter vorgehaltener Hand zu ihm, darauf bedacht, dass niemand es hörte. »Ich werde darauf achten, dass sie es nicht zu weit treibt. Du hast mein Wort.« Tröstend fügte ich hinzu: »Ganz egal, worüber ihr beiden euch schon wieder gestritten habt – es wird bestimmt wieder.«

Diese Bemerkung quittierte er nur mit einem verächtlichen Schnauben. Er würdigte Fatima, die soeben am Arm von Captain Sheridan in einem Traum von Kleid aus elfenbeinfarbener Seide in den Speisesaal geschwebt kam, keines Blickes, sondern verzog sich zu Barnaby und John Doe an den Tisch, an dem wir sonst immer gemeinsam dinierten.

Sebastiano sah in seinem neuen Smokingjackett attraktiv und edel zugleich aus. Das weiße Hemd mit dem Vatermörderkragen und die graue Seidenweste harmonierten wunderbar, und ich freute mich, dass das Outfit, das ich bei dem Herrenausstatter in Singapur besorgt hatte, ihm so hervorragend stand. Ich selbst trug mein hässliches grünes Umstandskleid und kam mir damit ziemlich schwanger vor, obwohl ich erst im dritten Monat war und zu Hause in meiner eigenen Zeit vermutlich noch lange keine weit geschnittenen Kleider angezogen hätte – wenn überhaupt. Doch in dieser Epoche blieb einem keine andere Wahl. Entweder man zwängte sich in ein Korsett, um so lange wie möglich in ein eng tailliertes Kleid zu passen, oder man stieg notgedrungen auf die Säcke um, die für schwangere Frauen vorgesehen waren und allesamt darauf abzielten, dass der Babybauch möglichst bis zur Entbindung vollständig kaschiert wurde.

Hätten die vornehmen Damen hier an Bord gewusst, dass

Sebastiano und ich in Wahrheit noch gar nicht verheiratet, sondern bloß verlobt waren, wären sie sicher reihenweise in Ohnmacht gefallen.

Dieser Gedanke erinnerte mich an die Worte von Mr van Vaal, und unwillkürlich erschauderte ich, denn plötzlich schien Sebastianos und meine Hochzeit in unerreichbare, äonenweite Ferne gerückt zu sein.

Draußen war ein Unwetter aufgezogen. Das Schiff bewegte sich deutlich stärker auf den Wellen als sonst. Hagel peitschte gegen die Fenster des Salons, es klang wie das Trommeln böser kleiner Geister, die im Takt zur Musik des Bordorchesters Einlass begehrten.

Es wurde ein Konzert von Liszt gespielt. Der Pianist war sehr gut. Für einen Moment schloss ich die Augen und versuchte die Musik zu genießen – es war eines von den Stücken, die ich selbst beherrschte, ich hatte es vor Jahren für eine Schulaufführung einstudiert.

Ich schlug die Augen wieder auf und betrachtete das Orchester – eine kleine Truppe überwiegend junger Männer, elegant gekleidet und sorgfältig frisiert wie für einen Auftritt in der Oper. Und wie aus heiterem Himmel entstand ein Bild vor meinem inneren Auge – ein ähnliches Orchester, das verzweifelt und ohne innezuhalten auf einem anderen Luxusschiff aufspielte, während draußen die Welt unterging. So geschehen auf der Titanic.

In diesem Moment flog die Tür des Salons auf, und mit einem eisigen Luftzug kam der Erste Offizier hereingestürzt. Wasser tropfte von seinem Südwester und der Öljacke, die er über seiner Uniform trug.

»Captain, der Ausguck meldet Land voraus! Sie müssen sofort auf die Brücke kommen!«

»Das ist absurd«, sagte ein älterer Herr an unserem Nachbartisch. »Wir sind mitten auf dem Atlantik. Wo soll denn hier Land sein? Oder sind wir etwa vom Kurs abgekommen?«

»Es könnte ein Eisberg sein«, platzte ich heraus. »So wie im Jahr …«

Neunzehnhundertzwölf beim Untergang der Titanic – das hatte ich sagen wollen, doch die Sperre hinderte mich daran, weil es sich um ein Ereignis aus der Zukunft handelte.

»Wir sind hier in diesen Breiten und für diese Jahreszeit zu weit südlich für Eisbergfelder«, belehrte mich Captain Sheridan freundlich.

Genau dasselbe hatten die Verantwortlichen auf der *Titanic* auch geglaubt. Bis sie auf einmal merkten, wie sehr sie sich irrten.

Meine innere Unruhe steigerte sich zur Panik. Ich wollte es dem Kapitän begreiflich machen, doch die Sperre ließ es nicht zu.

Immerhin war er bereit, sich um das Problem zu kümmern, obwohl es ihm sichtlich widerstrebte. Er stellte das Glas mit seinem Aperitif weg und stand auf. Mit einer höflichen Verneigung vor Fatima, die als seine Tischdame den Platz neben ihm innehatte, entschuldigte er sich für die Umstände.

»Sicher hat der Ausguck sich getäuscht. Ich schaue rasch nach dem Rechten und bin gleich zurück.«

Ich warf Sebastiano einen hilflosen Blick zu. Er hatte mich beobachtet und befand sich in ähnlicher Unruhe wie ich. In seinen Augen las ich, dass wir beide dasselbe dachten. War das die Situation, vor der Jerry uns hatte warnen wollen? Befand sich das Schiff in unmittelbarer Gefahr?

Plötzlich sprang er auf. »Meine Gattin und ich möchten Sie begleiten, Captain. Wir wollten schon immer einen echten Eisberg sehen.«

»Das muss ich leider ablehnen, Mr Foscary. Während eines Sturms haben Passagiere auf der Brücke nichts verloren. Genießen Sie einfach Ihr Dinner.« Er lächelte uns beruhigend zu. »Hier gibt es keine Eisberge, wir befinden uns außerhalb des Labradorstroms. Seien Sie gewiss, dass alles in bester Ordnung ist. In wenigen Minuten werde ich Ihnen und Ihrer Gattin wieder Gesellschaft leisten. Und der reizenden Miss Fatima natürlich auch.« Er nahm Fatimas Hand und hauchte einen angedeuteten Kuss darauf, ehe er mit seinem Offizier den Speisesaal verließ.

Doch Sebastiano ließ sich nicht beirren. Er heftete sich einfach an Captain Sheridans Fersen. Ich sprang kurzerhand auf und lief hinterher. Nur am Rande bekam ich mit, dass Fatima und Ole uns ebenfalls folgten. Dass auch Barnaby und John Doe uns nachliefen, bemerkte ich erst, als wir alle nacheinander windzerzaust und tropfnass auf der Brücke eintrafen, wo der Captain gerade die Lage checkte.

Der Kommandobereich des Schiffes war mit den modernsten nautischen Errungenschaften dieses Zeitalters ausgestattet, und obwohl die Instrumente aus Sicht der Gegenwart allesamt antik waren, hätte ich keins vom anderen unterscheiden können, geschweige denn gewusst, wie man damit umging.

Captain Sheridan warf uns einen vorwurfsvollen Blick zu, sagte jedoch nichts. Er hob ein Fernglas vor die Augen und starrte angestrengt hindurch. »Ich sehe auf unserem Kurs nichts außer Wellenbergen. Der Ausguck hatte vielleicht ein Glas Rum zu viel.«

»Nicht auszuschließen«, stimmte der Erste Offizier zu.

Außer ihm befand sich noch ein weiteres Mitglied der Crew auf der Brücke – der Steuermaat, den Captain Sheridan uns bei unserem Ausflug auf die Brücke am ersten Tag vorgestellt hatte.

»Wir könnten vorsorglich ein paar Strich beidrehen«, schlug er dem Kapitän vor. »Zumindest, bis wir Klarheit haben.«

»Wir bleiben auf Kurs«, erklärte Captain Sheridan mit Entschiedenheit. »Kommt nicht infrage, dass wir nur wegen eines betrunkenen Matrosen im Krähennest Stunden für einen unnützen Kurswechsel opfern.«

»Bei allem schuldigen Respekt, Captain«, widersprach der Steuermaat. »Im Krähennest sitzt mein Freund Potter, und der trinkt nie im Dienst. Nicht einen Schluck.«

»Sie haben den Captain gehört«, blaffte der Erste Offizier ihn an. »Wir bleiben auf Kurs!«

»Nein, wir drehen bei!«, sagte ich laut. »Jetzt sofort!« Meine Stimme klang flehend. »*Bitte*!«

Der Kapitän und der Erste Offizier wandten mir ihre erstaunten Gesichter zu. Anscheinend hielten sie mich für restlos durchgeknallt, denn beide schüttelten nachsichtig den Kopf.

Captain Sheridan kam näher und blickte mich ein wenig mitleidig an. »Ma'am, Sie sollten wirklich …«

Sebastiano unterbrach ihn. »Es ist besser, wenn Sie meine Frau ernst nehmen. Lassen Sie auf der Stelle beidrehen!«

»Mister, ich bitte Sie, machen Sie sich doch nicht lächerlich!« Der Captain legte ihm in einer beruhigenden Geste die Hand auf die Schulter, doch Sebastiano schüttelte sie ungeduldig ab. Aus dem Augenwinkel sah ich, dass Ole vortrat.

»Wenn wir dir sagen, dass du beidrehen sollst, dann machst du das gefälligst, du tressenbehängter Angeber!«, brüllte er. Er wollte nach seinem Waffengurt greifen und merkte, dass er keinen trug. Doch er hatte ja noch seine Fäuste. Im nächsten Moment verpasste er Captain Sheridan einen Kinnhaken, der den Mann rückwärts übers Deck taumeln ließ.

»Meuterei!«, ächzte Captain Sheridan.

»Was zum Henker …«, rief der Steuermaat, der am Ruder stand und über die Schulter mit fassungsloser Miene das Geschehen verfolgte.

Der Erste Offizier öffnete ein Wandfach und holte eine Pistole heraus. Er entsicherte sie in aller Ruhe und legte damit auf uns an.

»Raus, oder es knallt«, sagte er.

Sebastiano und ich sahen einander erschrocken an. Dieser Augenblick schockierten Schweigens schien sich endlos auszudehnen. Kalte Angst hatte mich gepackt, ich konnte kaum atmen. Etwas Schreckliches näherte sich, kam direkt auf uns zu, hatte uns fast erreicht … Schutzsuchend warf ich mich in Sebastianos Arme.

Hoch oben über uns wurde im Krähennest die Alarmglocke geläutet, ein Geräusch, das den tosenden Wind und den Wellengang nur schwach übertönte, aber keinem von uns entging. Der Steuermaat wandte sich hastig wieder dem Ruder zu – und schrie entsetzt auf.

»Eisberg voraus!«, brüllte er.

Ein riesiges, von Gischt umtostes Ungetüm war aus der Tiefe eines Wellentals aufgetaucht. Im Licht der Bordlaternen ragte es vor uns empor, ein gewaltiges, gezacktes Massiv wie aus weißlichgrünem, halb durchscheinendem Glas – und die *Oceanic* hielt frontal darauf zu!

»Beidrehen!«, schrie Captain Sheridan. »Sofort beidrehen!«

Der Maat riss das Ruder herum, doch für Ausweichmanöver war es zu spät. Im nächsten Augenblick stieß das Schiff mit dem Eisberg zusammen.

Das Geräusch des Aufpralls und alles, was danach folgte, werde ich niemals vergessen, obwohl ich die Einzige war, die sich später daran erinnerte. All die Qualen, die uns bei diesem Unglück widerfuhren, sollten sich auf ewig in mein Gedächtnis einbrennen. Jene von Todesangst erfüllten Geschehnisse suchen mich immer noch in meinen Träumen heim und begleiten mich wohl bis an mein Lebensende.

Der Zusammenstoß brachte das ganze Schiff ins Wanken. Ein ohrenbetäubend lautes Knirschen erfüllte die Brücke und übertönte unsere Entsetzensschreie. Die *Oceanic* schob sich nach dem Anprall schabend an dem Eisriesen vorbei. Aus den tieferen Regionen des Schiffs drang ein metallisches Kreischen herauf.

»Das Ding reißt uns den Rumpf auf!«, schrie der Erste Offizier. »Der Bug neigt sich schon seewärts! Wir saufen ab!«

Wir konnten uns wegen der Erschütterung des Zusammenstoßes kaum noch auf den Beinen halten. Ole stützte sich mit einer Hand an der Wand ab, mit dem freien Arm hatte er Fatima an sich gezogen und hielt sie aufrecht. Zu allem Überfluss hatte der Sturm noch weiter zugenommen. Wellenberge donnerten gegen das Schiff und brachten es zusätzlich zum Krängen. Sebastiano hielt mich fest, doch nur Sekunden später gerieten wir gemeinsam ins Taumeln und prallten gegen die Tür, die sich unter unserem Gewicht öffnete. Wir torkelten hinaus auf das sturmgepeitschte Deck.

»Rettungsmaßnahmen einleiten!«, hörte ich Captain Sheridan brüllen. »Alle in die Boote! Frauen und Kinder zuerst!«

Der beschädigte Bug hing tief in den Wellen, und jeder Brecher zog die *Oceanic* tiefer hinab.

Um uns herum entfaltete die Besatzung fieberhafte Aktivitäten. Von Todesangst erfüllte Dinnergäste wurden in die Rettungsboote gescheucht. Die Menschen rutschten reihenweise aus und fielen hin, weil sie auf dem schwankenden Deck das Gleichgewicht nicht halten konnten. Frauen in Abendkleidern kreischten ihre Panik heraus, und die Männer schrien nicht minder – teilweise auch aus Zorn, weil die Offiziere der Crew ihnen einen Platz in den Booten verwehrten – überall liefen noch Frauen herum, die zuerst einsteigen sollten. Ein Matrose versuchte einen Stapel Schwimmwesten zu verteilen, doch sie wurden ihm von einer Sturmbö aus den Händen gerissen und über Bord geweht.

Sebastiano hielt mich die ganze Zeit fest umklammert.

Dann schob er mich zu einem der weiter hinten aufgehängten Rettungsboote. »Steig ein. Es ist unsere einzige Chance, lebend hier rauszukommen. Wenn es fehlschlägt, nimmst du die Maske und beamst dich weg.« Er hielt inne. »Ich liebe dich!«, sagte er dicht an meinem Ohr. »Jetzt und in Ewigkeit.«

Über seine Schulter sah ich, dass Ole sich über das Deck in Richtung der Rettungsboote vorkämpfte. Er hielt Fatima im Arm. Ein riesiger Brecher kochte von Steuerbord hoch und erwischte ihn seitlich. Einen Moment später waren beide verschwunden. Von Deck gespült wie wehrlose Puppen, verschlungen von der tobenden See. Unsagbares Grauen erfasste mich, sekundenlang war ich wie gelähmt und außerstande, es zu begreifen.

Sebastiano brüllte sein Entsetzen heraus. Mit wildem Blick sah er sich suchend um, dann ließ er mich los und arbeitete sich gegen die Sturmböen kämpfend schrittweise die Reling entlang zu den Decksaufbauten vor.

»Wo willst du hin?«, schrie ich verzweifelt.

»Ich hole die Schwimmwesten aus unserer Kabine!«, rief er mit grimmiger Entschlossenheit zurück. »Hier oben sehe ich keine mehr! Ich bin gleich wieder da!« Und schon war er im Inneren des Schiffs verschwunden.

Die *Oceanic* geriet immer mehr in Schieflage. Um mich herum kletterten weinende Frauen und Kinder in das Rettungsboot, hineingehievt von den Männern der Besatzung, die ihnen befahlen, sich zu beeilen und zusammenzurücken. Immer wieder krachten Wellen auf das stetig tiefer sinkende Deck nieder, und bei einem der nächsten Brecher wurde ein älteres Ehepaar über Bord gerissen – der Mann war der Herr vom Nebentisch, der so sehr davon überzeugt gewesen war, dass es in diesem Teil des Atlantiks keine Eisberge gab. Matrosen in Öljacken versuchten endlich, eines der bereits voll besetzten Boote zu Wasser zu lassen. Der orkanartige Wind und die Schräglage des Schiffsrumpfs machten ihnen jedoch einen Strich durch die Rechnung. Das Boot riss sich aus der Verankerung und stürzte mitsamt aller darauf befindlichen Menschen ins Meer hinab. Einen Augenblick lang hörte man sie noch unten in Panik aufkreischen, dann wurden ihre Schreie von den tosenden Wellen verschluckt.

Die Frauen und Kinder, mit denen ich im Boot saß, klammerten sich kreischend aneinander fest, als die vordere Aufhängung nachgab und dann abriss. Die Männer von der Besatzung gaben ihre Versuche, es zu Wasser zu lassen, auf.

»Rette sich, wer kann!«, schrie einer.

Eine gewaltige Woge packte mich und riss mich fort. Ich konnte nicht sehen, was mit den Menschen geschah, die eben noch neben mir im Rettungsboot gekauert hatten, ehe es herabgesackt war und uns alle übers Deck purzeln ließ, doch die schrillen Angstschreie hinter mir waren abrupt verstummt. Ich konnte mich gerade noch mit letzter Kraft an der Reling festklammern, sonst wäre ich ebenfalls über Bord gegangen. Das eisige Salzwasser schwappte über mich hinweg, und ich fühlte mich unaufhaltsam in die Tiefe gezogen. Der nächste Wellenberg warf das Schiff jedoch wieder zur anderen Seite, und ich rutschte bäuchlings in Richtung Decksaufbauten. Mühsam nach Luft schnappend rappelte ich mich hoch und hielt mich an der hin und her klappenden Tür zum Treppengang fest. Von hier aus sah ich jetzt auch im Schein der wenigen noch flackernden Laternen, wie tief der Bug bereits unter der Wasserlinie lang.

Doch mir blieb keine Zeit, um an den nahenden Untergang zu denken. Wo blieb Sebastiano? Warum kam er nicht zurück?

Überall schrien und weinten Menschen. Weiter vorn konnte ich den Kapitän ausmachen. Gemeinsam mit anderen Besatzungsmitgliedern half er mehreren Frauen mit kleinen Kindern in ein Rettungsboot. Als könnte er spüren, dass mein Blick ihn gestreift hatte, blickte er plötzlich auf und sah mich an. Für den Bruchteil einer Sekunde erkannte ich die verzweifelte Reue in seinem Gesicht.

Von den unteren Decks tönte panisches Kreischen hinauf, anscheinend versuchten immer noch Passagiere, nach oben zu gelangen. In diesem Moment wurde mir zum ersten Mal bewusst, dass sich über tausend Menschen auf diesem Schiff befanden.

Dennoch fühlte ich mich auf entsetzliche Art allein. Sebastiano war immer noch nicht zurück. Ole und Fatima waren fort, ertrunken. Ein tiefes, gepeinigtes Schluchzen entrang sich mir, weil der Gedanke an ihr grauenhaftes Schicksal unerträglich war. Barnaby und John Doe und Fox – ich hatte nach der Kollision keinen von ihnen mehr gesehen, vielleicht war ihnen dasselbe widerfahren.

Gleich darauf war ich dem Sturmwind und den wütenden

Wellen entronnen – ich hatte es ins Innere des Schiffes geschafft. Ich raffte mein klatschnasses Kleid hoch und rannte den Gang entlang zu unserer Kabine. Das Wasser war noch nicht in diesen Bereich vorgedrungen, doch infolge der Schräglage des Schiffes war hier unten alles seltsam schief und irgendwie perspektivisch verzogen. Aber das war nicht mein einziges Problem. Eiswasser lief mir aus den aufgelöst herabhängenden Haaren übers Gesicht, und meine Hände und Beine waren vor lauter Kälte gefühllos. Das Kleid hatte sich vollgesogen und wog gefühlt eine Tonne, und durch den wilden Seegang wurde ich ständig gegen die Wände geworfen. Doch das Adrenalin peitschte durch meine Adern und verlieh mir Kräfte, von denen ich nicht geahnt hatte, dass ich sie besaß. Ich wurde nicht langsamer.

»Anna!«, hörte ich jemanden rufen, doch es war nicht Sebastiano, sondern John Doe. Er kam mir entgegen und lächelte erleichtert, als er mich sah. »Da bist du ja!«

Gott sei Dank, er lebte noch!

»Ich suche Sebastiano«, stieß ich hervor. »Er wollte Schwimmwesten aus unserer Kabine holen! Hast du ihn gesehen?«

Er gab mir keine Antwort. Sein rotes Haar war nass und vom Sturm zerzaust, er strich es sich ungeduldig aus dem Gesicht. Über die Schulter sagte er zu jemandem, der sich hinter ihm befand: »Sie ist hier.«

Es war Fox. Sein Gesicht war kreidebleich, und er würgte mehrmals. Trotzdem brachte er noch genug Kraft auf, um zu fluchen. »Verdammt, was bin ich froh, wenn wir hier abhauen können! Ich schwöre dir, ich werde für den Rest meines Lebens keinen Fuß mehr auf ein Schiff setzen. Seekrank zu sein ist schlimm genug, aber es bei einem Scheißsturm und auf einem sinkenden Schiff zu sein – das übertrifft alles.«

Ich öffnete hastig die Tür unserer Kabine. »Sebastiano?«

Er lag lang ausgestreckt auf dem Boden, neben ihm zwei Schwimmwesten. Aus einer Wunde an seinem Hinterkopf floss Blut. Ich schrie entsetzt auf und sank neben ihm in die Knie. »Sebastiano!«

Als ich ihn berührte, stöhnte er leise. »Anna …«

»Ich bin hier!«

Vorsichtig versuchte ich, ihn umzudrehen, doch in diesem Moment wurde ich grob von ihm weggezerrt. Fox hatte mich bei den Schultern gepackt und zog mich hoch. Mit zielsicherem Griff riss er mir den Beutel mit der Maske vom Hals. Ruckartig schleuderte er ihn zu Boden, als sei eine giftige Spinne darin, dann wandte er sich an John Doe. »Worauf wartest du? Schnapp sie dir. Moretti wird schon ungeduldig. Der Kahn säuft in ein paar Minuten ab.«

John Doe packte mich und hielt mich fest umklammert. Ich konnte meine Arme nicht mehr bewegen, weil er sie hart an meinen Körper drückte. Vor Schreck war ich zuerst wie gelähmt, ehe mir einfiel, dass es für so einen unerwarteten Angriff mehrere durchschlagende Selbstverteidigungstechniken gab – zum Beispiel ein Tritt auf die Zehen und ein Kopfstoß gegen Kinn oder Nase. Ich versuchte beides, aber anscheinend kannte John Doe sich damit aus, denn ich traf ihn nicht. Ich bäumte mich heftig in seinen Armen auf und schrie gellend um Hilfe.

Fox schüttete aus einer Flasche eine beißend riechende Flüssigkeit auf ein Tuch. »Es ist ein bisschen unangenehm, und wenn du aufwachst, musst du sicher kotzen«, teilte er mir ungerührt mit. »Aber davon abgesehen ist es eine gute Sache. Du wirst den ganzen Mist hier einfach verschlafen.«

Ohne weitere Umschweife drückte er mir das Tuch vors Gesicht, und obwohl ich instinktiv die Luft anhielt, merkte ich, wie mir die Sinne schwanden.

»Das reicht«, hörte ich John Doe sagen.

Fox nahm das Tuch herunter. Er beugte sich zu mir. Ich sah sein Gesicht nur noch verschwommen. Die Augen fielen mir zu.

»Du hast recht. Sie ist weggetreten.«

»Dann los«, sagte John Doe. »Ab zum hinteren Frachtraum und in die Zeitmaschine, bevor hier drin alles vollläuft.«

Er hatte mich hochgehoben und über seine Schulter gelegt. Mein Kopf baumelte hinter seinem Rücken kraftlos hin und her. Wie durch einen matten Schleier nahm ich noch wahr, dass wir durch schiefe Gänge liefen. Stufen führten nach unten, tief in den Schiffsbauch hinein. Zum Frachtraum, wo Moretti mit der Zeitmaschine wartete. Ich strengte mich an, bei Bewusstsein zu bleiben, wollte nach Sebastiano rufen, damit er aus seiner Ohnmacht aufwachte und mir half. Doch es war zu spät. Die Zeit hatte sich gegabelt und mich in die eine Richtung mitgenommen, während er auf eine Abzweigung gelenkt worden war, die ihn auf ewig von mir trennte. Das Schiff würde sinken und konnte das Ziel nicht mehr erreichen. In diesem Bruchteil einer Sekunde, bevor ich endgültig die Besinnung verlor, erkannte ich die logische Konsequenz – die Reise war vorbei. Damit hatte ich das Spiel verloren. Und Moretti war bereits hier und hatte den Preis für meine Niederlage eingefordert.

Sebastianos Leben.

Als ich wieder zu mir kam, lag ich ausgestreckt auf einem weichen, leise schwankenden Untergrund. Blinzelnd wandte ich den Kopf. Neben mir befand sich ein Bullauge, durch das ich auf die endlose Weite des Ozeans hinausblicken konnte. Ich lag in einer Schiffskoje. An der Decke über mir war eine Lampe verschraubt – eine *elektrische* Lampe. Der dazugehörige Lichtschalter befand sich neben der Kabinentür. Gegenüber war ein kleiner Schreibtisch in die getäfelte Wand eingelassen. Darauf lagen ein Block und ein Kugelschreiber.

Das hier war definitiv nicht mehr das Jahr 1873. Ich war wieder in meiner eigenen Zeit.

Im nächsten Moment traf mich wie ein Vorschlaghammer die Erkenntnis, was geschehen war. Ruckartig setzte ich mich auf – und sofort passierte das, was Fox mir schon angekündigt hatte. Mir wurde furchtbar schlecht, und ich musste mich übergeben. In weiser Voraussicht hatte jemand einen Eimer neben meiner Koje platziert. Flüchtig ging mir durch den Kopf, dass das Mittel, mit dem Fox mich betäubt hatte, vielleicht dem Kind schadete, doch als ich im nächsten Moment mit grauenvoller Endgültigkeit begriff, dass Sebastiano in der Vergangenheit zurückgeblieben und mit der *Oceanic* untergegangen war, schrie ich vor Qual und Trauer laut auf. Nein, um Gottes willen, nein! Es durfte nicht wahr sein! Es durfte einfach nicht wahr sein! Doch wieder überrollte mich die Realität mit voller Wucht, und das abgrundtiefe Grauen, das ich empfand, zog mich hinab in den dunkelsten aller Abgründe. Mein Körper wurde von unkontrollierten Schluchzern geschüttelt. Ich schlang beide Arme um mich und wiegte mich vor und zurück.

Mein Schrei hatte Fox auf den Plan gerufen. Er öffnete die Kabinentür und kam herein.

»Ah, du bist also wach. Gut geschlafen, Prinzessin?«

Hätte ich nicht schon vorher gemerkt, dass wir uns wieder in unserer eigenen Zeit befanden, wäre es mir spätestens jetzt aufgefallen. Er hatte die Kleidung der viktorianischen Epoche abgelegt und trug Jeans, Sweatshirt und Chucks.

Dabei wurde mir bewusst, dass ich selbst ebenfalls andere Sachen anhatte als vorher. Jemand hatte mir das nasse Kleid ausgezogen und gegen einen einfachen Jogginganzug und warme Socken getauscht. Bei der Gelegenheit sah ich auch, dass ich an die Koje gefesselt war – um meinen rechten Fußknöchel lag eine schmale Eisenschelle, von der eine Kette zum Bettpfosten führte.

Fox warf einen Blick in den Eimer und rümpfte angeekelt die Nase. Dann holte er eine Packung Tabletten aus der Hosentasche seiner Jeans und warf sie mir auf die Koje. »Da, die kannst du nehmen. Sind unschädlich fürs Kind, sagt Moretti. Oh, und sie wirken fantastisch gegen Übelkeit, das kann ich aus eigener Erfahrung bestätigen.«

Ich stieß die Tabletten vom Bett und wandte den Kopf ab. Ich wollte Fox nicht ansehen. Der Triumph in seiner Miene vertiefte mein ohnmächtiges Leid nur. Doch das war nichts gegen den Augenblick, als hinter ihm John Doe in der offenen Kabinentür auftauchte.

»Wie geht es ihr?«

Die Besorgnis in seiner Miene wirkte echt, doch ich ließ mich nicht täuschen. Er war ein Verräter der schlimmsten Sorte.

»Sieht aus, als wäre sie tierisch sauer auf dich«, stellte Fox amüsiert fest. »Und dabei hast du ihr das Leben gerettet. *Wir beide* haben ihr das Leben gerettet. Doch das scheint sie nicht zu kapieren. Wahrscheinlich denkt sie sogar, du hättest deinen Gedächtnisverlust nur gespielt. Und dabei warst du wirklich die ganze Zeit der arme John Doe. Jedenfalls so lange, bis Moretti dich auf der *Oceanic* von deinem Elend befreit hat.«

Grinsend fügte Fox in meine Richtung hinzu: »Moretti wollte sicherstellen, dass er authentisch rüberkommt. Tja, John Doe ist halt nicht so ein guter Schauspieler wie ich. Ach übrigens, er heißt gar nicht John Doe. Sondern Malcolm. Und für Geld tut er alles, sogar Leute umbringen, wenn Moretti es ihm befiehlt. Ich sagte ja schon, in Wahrheit ist er viel tougher als in der jämmerlichen John-Doe-Version. Oh, und falls du nicht schon selbst draufgekommen bist – ich bin natürlich kein Interpol-Agent. Sondern ein ganz normaler Zeitreisender.« Er lachte wiehernd.

»Halt die Klappe«, sagte John Doe alias Malcolm. »Wir sollten Anna jetzt in Ruhe lassen.«

»Was denn?«, spottete Fox. »Glaubst du etwa, dann wäre sie besser auf dich zu sprechen? Sicher wünscht sie sich schon die ganze Zeit, dir nie begegnet zu sein. Oder dass sie dich einfach in Indien bei dieser dämlichen Sänfte zurückgelassen hätte, statt dich quer durch die Kontinente mitzuschleppen und nett zu dir zu sein.« Milde lächelnd wandte Fox sich wieder an mich. »Du musst aber zugeben, dass er sehr nützlich war. Nur seinetwegen lebst du noch. Ich hätte dich nie bis zum Frachtraum tragen können. Dann wärst du jetzt ebenso tot wie Sebastiano und die anderen.«

»Wäre ich es doch bloß«, flüsterte ich. Dann presste ich mir die Faust vor den Mund, um das Schluchzen zu dämpfen, das erneut aus mir herausbrach. Ich wollte Fox nicht auch noch die Genugtuung verschaffen, sich an meinem Leid zu erfreuen.

»Moretti hatte schon erwartet, dass du vielleicht zu irgendwelchen Kurzschlussreaktionen neigst, deshalb bist du auch gefesselt«, erklärte Fox. »Wenn du ins Bad musst, machen wir dich los. Aber es steht immer einer von uns vor der Tür, damit du keinen Blödsinn machen kannst.«

Ich vergrub das Gesicht in den Händen, um sein widerwärtiges Grinsen nicht mehr sehen zu müssen. Als ich das nächste Mal aufblickte, waren die beiden gegangen.

Gleich darauf öffnete sich die Kabinentür erneut – diesmal war es Moretti selbst, der mich heimsuchte. In mir erstarrte alles vor Hass. Wäre ich nicht angekettet gewesen, hätte ich vielleicht versucht, ihn mit bloßen Händen zu töten.

Moretti sah auf ungewohnte Weise anders aus als bei unseren vorangegangenen Begegnungen. Er trug normale Freizeitkleidung – Jeans, elegantes Marken-Poloshirt, Sneakers. Und statt des Lorgnons hatte er eine normale randlose Brille auf der Nase. Sein glatt rasiertes Gesicht wies einen verbindlichen Ausdruck auf.

»Ich hoffe, es geht dir besser«, begrüßte er mich in höflichem Ton. »Leider wird deine Anwesenheit hier an Bord mit gewissen … Unannehmlichkeiten verknüpft sein. Aber sobald wir in England sind, wirst du es bequemer haben. Mein Landsitz in Cornwall ist zwar sehr einsam gelegen, doch er bietet allen Komfort, den eine junge Frau sich nur wünschen kann. Natürlich wirst du das Haus bis zur Geburt nicht verlassen können, aber ich werde dafür sorgen, dass dein Aufenthalt dort so kurzweilig wie nur möglich gestaltet wird.«

Ich hätte mir am liebsten die Ohren zugehalten. Allein von seiner Anwesenheit wurde mir erneut übel.

»Nicht dass du denkst, ich wolle mich in meinem Sieg sonnen«, fuhr Signor Moretti aufgeräumt fort. »Es tut mir aufrichtig leid, dass du deinen Verlobten und deine Freunde verloren hast. Doch so funktionieren die Spiele der Alten nun mal. Wer sich darauf einlässt, muss sich an die Regeln halten.«

Als hätte ich eine Wahl gehabt! Oder wenigstens den Hauch einer Chance! Mein Hass wuchs ins Unermessliche.

»Ah, ich weiß, was du denkst! Du glaubst, dass eure Niederlage von Anfang an unausweichlich war!« Signor Moretti schüttelte den Kopf. »So war es nicht. So war es ganz und gar nicht! In New York hattet ihr durchaus die Gelegenheit, dem Unglück zu entrinnen. Auch ohne die regelwidrige Warnung eures Freundes Jerry. Es war eine Fifty-fifty-Chance, und du hast sie vertan. Du allein.«

Ich starrte ihn an, und er lächelte – es schien ihm zu gefallen, dass er nun meine ungeteilte Aufmerksamkeit besaß. Doch lieber hätte ich mir die Zunge abgebissen, als ihn zu fragen, was zum Henker er meinte. Denn keine Antwort von Moretti konnte mir Sebastiano zurückbringen.

Erneut von qualvoller Trauer überwältigt, schlug ich die Hände vors Gesicht und weinte laut auf.

Moretti wartete, bis mein Schluchzen verebbte, dann fuhr er mit freundlicher Stimme fort: »Ihr hättet einfach ein anderes Schiff nehmen können. Kurz im Hafen nachgefragt, und ihr hättet erfahren, dass am selben Tag auch ein französischer Dampfer auslief. Er war langsamer und nicht annähernd so luxuriös wie die *Oceanic*, und ihr hättet in Cherbourg umsteigen müssen. Aber ihr wäret heil angekommen. Es wäre zwar knapp geworden mit den achtzig Tagen, doch es hätte gerade noch gereicht.« Mitleidlos schloss er: »Du hättest dich besser vorbereiten müssen. Der Untergang der *Oceanic* war ein spektakuläres Schiffsunglück und galt als das schlimmste jener Zeit. Übertroffen wurde es später nur noch vom Untergang der *Titanic*, über den du zweifellos bestens im Bilde bist. So gesehen war alles deine Schuld.«

Bei seinen Worten kroch kaltes Grauen in mir hoch. Es drückte mir die Luft ab und strömte wie Gift durch meine Venen, bis es mich vollständig erfasst hatte und alles in mir lähmte. Meine Gedanken huschten hilflos hin und her, versuchten einen Ausweg zu finden. Doch es gab keinen. Moretti hatte recht. Es war nicht unwahrscheinlich, dass ich irgendwann, irgendwo was darüber gelesen hatte. Dass ich vielleicht einen Blick auf eine Liste im Internet geworfen hatte, in welcher die schlimmsten Schiffsunglücke der Weltgeschichte verzeichnet waren. Ich hatte etliche solcher Listen studiert. Etwa die der gewaltigsten Erdbeben, der größten Brände, der schrecklichsten Pest- und Hungerepidemien. Ja, es lag durchaus im Bereich des Möglichen, dass ich von dem Unglück gelesen hatte. Und es mir hinterher, wie so viele andere Einzelheiten, einfach nicht gut genug gemerkt hatte.

Wenn ich mich nur ein kleines bisschen besser konzentriert und gründlicher in meinen Erinnerungen geforscht hätte, wäre das alles nicht passiert! Ich hätte es verhindern können!

Am ganzen Körper zitternd sank ich zurück auf die Koje und vergrub meinen Kopf in den Armen. In mir waren keine Tränen mehr. Nur noch das Wissen um meine Schuld und die unermessliche Pein meines Verlusts. Trauer und Schmerz hatten sich bis in die letzten Winkel meiner Seele hinein ausgebreitet und hielten mich gefangen.

»Pst«, zischte mir da eine Stimme von unten herauf zu. »Hier bin ich!«

Ich erstarrte, dann rollte ich mich herum und beugte mich über den Rand der Koje. Unterm Bett lugte Barnabys Kopf hervor. Er hatte mir sein warziges Gesicht zugewandt. Ein Ausdruck tiefen Mitleids stand in seinen Augen. »Ich weiß, dass du dich gerade scheußlich fühlst«, flüsterte er. »Aber wir sollten jetzt unbedingt einen Plan schmieden, wie wir Sebastiano und die anderen retten können.«

Bei seinen Worten begann die qualvolle Versteinerung in meinem Inneren zu bröckeln und wurde binnen Augenblicken von wilder Hoffnung hinweggefegt. Wenn Barnaby glaubte, dass es eine Möglichkeit zur Rückkehr in die Zeit vor dem Unglück gab, würde ich sie nutzen, und wenn es das Letzte wäre, was ich in meinem Leben täte! Ich schluckte hart, um meine Stimme unter Kontrolle zu bringen.

»Wie kann ich zurück?«, fragte ich bloß.

»Mit der Maske.«

»Fox hat sie mir abgenommen und fortgeworfen.«

»Ich weiß. Aber jetzt ist sie hier auf dem Schiff. Bevor Fox und Malcolm mit dir zum Frachtraum gingen, hat Fox sie aufgehoben und eingesteckt. Er gab sie Moretti, und der hat sie in seiner Kabine deponiert.«

»Und woher weißt du das alles?«

»Ich hörte mit an, worüber sie sprachen.« Barnaby errötete. »Denn ich befand mich zu der Zeit in deinem Kleidersaum.«

»Du warst … *wo*? Wie um Himmels willen bist du dort hineingekommen?«

»In dem Moment, als wir nach der Kollision mit dem Eisberg den Kommandoraum der *Oceanic* verließen, habe ich mich verkleinert und bin in den Saum gekrochen.«

»Du kannst das auch bei dir selber anwenden?«, fragte ich perplex.

»Gewiss. Wieso auch nicht, wenn ich es bei anderen kann?

Natürlich habe ich mich nicht so winzig wie eine Amöbe gemacht, da hätte ich ja Jahre gebraucht, um zwei Zentimeter Samtstoff zu überqueren. Ich war eher so groß wie eine Ameise.«

»Und wozu das Ganze?«

»Ich musste bei dir bleiben, um dich zu beschützen. Und das konnte ich auf diese Weise am besten.« Seufzend fügte er hinzu: »Wenngleich ich einige Male dachte, ich müsse dort drin ertrinken, denn das Kleid war auf dem Schiff wirklich *sehr* nass geworden.«

Ich hatte den vagen Eindruck, dass er mir nicht die volle Wahrheit sagte, doch damit konnte ich mich jetzt nicht aufhalten. Die Aussicht, Sebastiano und die anderen zu retten, erfüllte mich mit fieberhafter Ungeduld. Ich war förmlich elektrisiert von neuer Hoffnung.

»Wir müssen uns die Maske beschaffen. Wie kommen wir am besten in Morettis Kabine? Was für ein Schiff ist das hier überhaupt?«

»Eine hochseetüchtige private Luxusjacht. Die Besatzung besteht aus zwei Männern, die sich auf der Brücke abwechseln. Sie teilen sich eine Kabine. In der zweiten logieren Fox und Malcolm, in der dritten Moretti. Hier in der vierten bist du.« Barnaby schien kurz nachzudenken. »Nun ja, und ich.«

»Versteckst du dich unterm Bett, weil du Angst hast, es könnte jemand reinkommen?«

»Das ist nur der eine Grund.« Auf seinem Gesicht erschienen noch ein paar Knautschfalten mehr. »Der andere ist: Ich habe nichts an. Kleidungsstücke können leider nicht mitverkleinert werden.«

Ich zog das Bettlaken unter mir hervor und reichte es ihm. Er wickelte es unter der Koje eng um seinen Körper und kam dann hervorgekrabbelt. »Sehe ich sehr hässlich damit aus?«

»Gar nicht«, behauptete ich sofort. »Du siehst irgendwie … auf nette Art hobbitmäßig aus.« Streng genommen ähnelte er eher Gollum, aber ich wollte ihn auf keinen Fall kränken. Wahrscheinlich hätte er ohne all die Warzen, von denen sein knochiger kleiner Körper übersät war, ein bisschen weniger gruselig gewirkt – aber sicher nicht viel. Dafür waren die Hufe und die eingerollten schwarzen Schwingen doch etwas zu dämonisch. Hingegen hatte ich mich an die kurzen Hörner auf seinem Kopf bereits gewöhnt, sie kamen mir schon fast vertraut vor – an warmen Tagen nahm er bei uns im Palazzo oft die Mütze ab.

»Ist die Zeitmaschine auch an Bord?«, wollte ich wissen.

»Ja. Sie sieht immer noch wie ein Bretterverschlag aus und wurde am Heck des Schiffes abgestellt.« Barnaby seufzte. »Am liebsten wäre mir, wir könnten gleich in die Maschine steigen und fliehen, aber sie ist mit einer raffinierten Vorrichtung namens Infrarotalarm gegen Eindringlinge gesichert. Ich käme wohl in verkleinerter Form durch eine Ritze im Holz hinein, aber du auf keinen Fall.«

Ich wollte auch gar nicht hinein, denn es hätte mir nicht viel genützt. Jedenfalls nicht für meine Rettungspläne, die für mich oberste Priorität hatten.

Ganz abgesehen davon, dass ich möglicherweise schon bei der Eingabe der richtigen Koordinaten gescheitert wäre und daher mit der Maschine sonstwo hätte landen können, wusste ich ohne den Spiegel auch gar nicht, wo und wann genau ein verändernder Eingriff erfolgreich wäre. Die Maske funktionierte dagegen auf eine intuitive Weise – sie würde ohne mein Zutun dafür sorgen, dass ich an der richtigen Stelle ankam.

Und danach würde mir wahrscheinlich nicht mehr viel Zeit bleiben, um die anderen zu warnen. Ein Mensch konnte nicht zweimal zur selben Zeit existieren, so lautete das Anti-Paradoxon-Gesetz. Ich erinnerte mich nur zu gut daran, dass vor unserem letzten großen Einsatz ein Sebastiano aus der Zukunft zu mir gekommen war, um unsere Vergangenheit zu ändern und mich vor dem Tod zu bewahren. Er hatte einen hohen Preis dafür gezahlt – der alternative Zeitstrom, aus dem er kam, war erloschen, und damit auch seine eigene Existenz. Der künftige Sebastiano hatte sich geopfert, weil er mich retten wollte. Ihm waren nur wenige Augenblicke geblieben, um mich zu warnen – eine Warnung, die ich letztlich in den Wind geschlagen hatte –, und danach war er für immer verschwunden.

Würde mir dasselbe widerfahren? Musste ich ebenfalls diesen Preis zahlen, um Sebastiano und die anderen vor dem sicheren Tod zu bewahren?

Unvermittelt begriff ich, was Esperanza gemeint hatte, als sie mir eingeschärft hatte, dass ich nur dann mit der Maske die Zeit wechseln dürfe, wenn ich bereit sei, die Schwelle des Todes zu überschreiten. Ja, ich würde unweigerlich aufhören zu existieren, sobald ich in eine Zeit zurückkehrte, in der ich mich bereits aufhielt. Mir würde, wenn überhaupt, nur eine sehr kurze Zeitspanne zur Verfügung stehen, um das Unglück abzuwenden. Doch Sebastiano würde danach weiterleben und mit meinem jüngeren Selbst und unserem Baby glücklich sein. Ole und Fatima und die tausend anderen Menschen auf dem Schiff – sie alle dürften leben!

Ich musste keine Sekunde länger darüber nachdenken.

»Worauf warten wir noch?«, sagte ich mit rauer Stimme. »Lass uns endlich überlegen, wie wir uns die Maske wiederholen.«

Es erwies sich als ziemlich schwierig, einen realistischen Plan auf die Beine zu stellen – zum einen, weil ich im wahrsten Sinne des Wortes ans Bett gefesselt war, und zum anderen, weil Moretti es nicht mitkriegen durfte, dass die Maske aus seiner Kabine verschwand. Den Schlüssel für meine Fußfessel hatte er zu allem Überfluss in der Hosentasche – Barnaby hatte es beobachtet. Er war aus meinem Kleid gekrabbelt und hatte sich in einer Fußbodenritze versteckt, als Fox und John Doe mich umgezogen hatten, und gleich darauf hatte er mit eigenen Augen gesehen, wie Moretti mich angekettet und den Schlüssel eingesteckt hatte.

Nach einigem Hin und Her einigten Barnaby und ich uns auf folgende Vorgehensweise: Wir wollten die kommende Nacht abwarten, dann würde Barnaby sich zu Morettis Kabine schleichen und in verkleinerter Version unter der Tür durchkriechen. Drinnen würde er sich zuerst vergewissern, dass Moretti schlief, und dann rasch sowohl Schlüssel als auch Maske an sich nehmen (natürlich in Normalgröße, sonst konnte er ja die erbeuteten Sachen nicht tragen) und auf schnellstem Wege wieder in meine Kabine zurückkehren.

Sobald ich von den Fesseln befreit war und mich mithilfe der Maske zu Sebastiano zurückgewünscht hatte, würde Barnaby versuchen, die Zeitmaschine zu kapern und damit nach Venedig zu springen – vorausgesetzt, er kam mit dem Bedienfeld klar. Wovon auszugehen war, weil es für die Raum-Zeit-Koordinaten unseres Palazzos eine Voreinstellung gab, die Barnaby und ich kannten.

Falls es Barnaby – aus welchen Gründen auch immer – doch nicht gelang, mit der Maschine zu fliehen, würde er einfach in verkleinerter Form hier an Bord abwarten, bis die Jacht anlegte, und dann an Land Kontakt mit José und Jerry aufnehmen. Vielleicht hatte José inzwischen eine neue Zeitmaschine konstruiert, mit er uns aus der Vergangenheit abholen konnte. Oder wir benutzten das Tor am Trafalgar Square, sobald wir in London angekommen waren.

Ich merkte, wie sehr ich den Gedanken verdrängte, dass alles, was ich mir für die Zukunft ausmalte, nicht mehr für mich selbst galt, sondern nur für die Anna im Jahr 1873. *Sie* gehörte zu diesem Wir, für das ich plante und bangte und hoffte. Nicht ich.

Und auch nicht mein Kind, mein kleines Mädchen … Das andere, frühere schon. Aber nicht dieses. Unser beider Zeitstrom würde nach der Rückkehr ins Jahr 1873 enden.

»Anna?«, fragte Barnaby mit unsicherer Stimme. »Alles in Ordnung?«

»Ja«, log ich. »Ich muss mich nur ein bisschen ausruhen, wenn das okay für dich ist.« Ich wandte mich zur Wand und zog mir die Bettdecke über den Kopf. Unwillkürlich legte ich die Hand auf meinen Bauch und horchte mit geschlossenen Augen tief in mich hinein. Tränen stahlen sich unter meinen Lidern hervor und rannen mir über die Wangen.

Es tut mir so leid, flüsterte ich in Gedanken. *Doch wohin wir beide auch immer gehen werden – nichts kann uns je trennen.*

Danach folgten zermürbende Stunden. Es fiel mir schwer, den Rest des Tages und die halbe Nacht abzuwarten, bis an Bord endlich alles still war und man von draußen weder Stimmen noch Schritte hörte. Zwischendurch musste Barnaby sich ein paarmal verkleinern, weil jemand die Kabine betrat. Einmal musste ich auf die Toilette und rief so lange, bis jemand kam – Moretti erschien persönlich. Er holte den Schlüssel aus seiner Hosentasche und öffnete meine Fußfessel, und dann wartete er vor der Tür des winzigen Bads neben meiner Kabine, bis ich fertig war. Anschließend kettete er mich wieder ans Bett. Ich würdigte ihn keines Blickes, und er unternahm zu meiner Erleichterung keinen Versuch, sich mit mir zu unterhalten. Als er wieder ging, war ich über alle Maßen erleichtert, dass er nichts von Barnabys Anwesenheit bemerkt hatte.

Gegen Abend brachte John Doe alias Malcolm mir ein Tablett mit Essen – ich rührte es nicht an, weil ich Moretti nicht traute. Vielleicht hatte er irgendwas hineingemischt, um mich ruhigzustellen. Er hatte mich schließlich schon einmal betäuben lassen. Nur von dem mitgebrachten Mineralwasser trank ich einige Schlucke – die Flasche war ungeöffnet.

Auch mit Malcolm sprach ich kein Wort, obwohl er im Gegensatz zu Moretti versuchte, ein Gespräch in Gang zu bringen.

»Anna, es tut mir leid, was passiert ist. Ich wusste erst ganz zum Schluss, dass das Schiff untergeht. Du wärst gestorben, wenn wir nicht sofort abgehauen wären. Und nicht ich habe Sebastiano niedergeschlagen, sondern Fox. Für dich spielt es vielleicht keine Rolle. Aber für mich schon.«

Diese Bemerkung quittierte ich mit Schweigen, worauf er ebenfalls verstummte und wieder abzog.

Barnaby krabbelte unter dem Bett hervor und wickelte sich in das Laken, das jedes Mal runterfiel, wenn er Miniformat annahm. Scheu sah er mich an. »Willst du nichts essen?«

»Nein.« Ich erwiderte seinen Blick. »Barnaby, du weißt viel mehr über meine Zukunft, als du zugibst, nicht wahr?«

Er senkte die Lider. »Ich kann es dir nicht sagen. Nicht nur wegen der Sperre, sondern weil es alles ändern könnte.«

»Befolgst du noch Behemoths Befehle, oder bist du frei?«

»Hier bin ich frei.«

Ehe ich den rätselhaften Unterton dieser Antwort näher ergründen konnte, fuhr Barnaby fort: »Anna, ich beschütze dich und dein Kind mit meinem Leben. Bedingungslos, überall und immer.« Starke Emotionen spiegelten sich in seiner Miene. Soweit ich Zweifel an seiner Aufrichtigkeit und seiner Loyalität gehabt hatte, legten sie sich sofort.

Die restlichen Stunden bis zum Einbruch der Nacht schleppten sich zäh dahin. Die meiste Zeit saßen wir einfach nur stumm da, ich auf dem Bett und Barnaby auf dem Boden davor. Draußen war es längst dunkel geworden. Der Mond war aufgegangen, ich konnte ihn durch das Bullauge sehen. Kein Mondwechsel diese Nacht – wir hatten abnehmenden Mond. Die Maske funktionierte unabhängig von den Mondphasen, so wie die Zeitmaschine. Und doch unterschied sie sich von Letzterer in einem wesentlichen Punkt – dort, wo ich hinwollte, musste es etwas geben, zu dem es meine Seele hinzog. Mein Zuhause. Sebastiano. Jemanden, der eng mit mir verbunden war. Dann brachte die Maske mich dorthin.

Irgendwann erhob sich Barnaby. Umflossen von Mondlicht stand er vor mir und blickte mich an. »Ich begebe mich nun an Deck und versuche mein Glück.«

Mein Herz klopfte heftig. »Warte«, sagte ich hastig, als er sich zum Gehen wenden wollte. »Komm mal her.«

Gehorsam trat er vor mich hin, und ich beugte mich vor und zog ihn fest in meine Arme. »Was immer auch geschieht – ich danke dir, Barnaby. Nur für den Fall, dass wir uns nicht wiedersehen: Du bist ein wahrer Freund.«

»Wir sehen uns wieder«, sagte er zuversichtlich.

Ja, wenn alles klappte, würde er mich wiedersehen – aber das würde dann mein anderes Ich sein, das nichts von dieser Nacht hier wusste.

»Viel Glück«, sagte ich einfach.

Er streifte das Laken ab und ging zur Tür, ein nackter, hässlicher kleiner Dämon mit viel zu kurzen Beinen, aber einem Herzen, das so groß und weit war wie das Meer. Im nächsten Moment war er verschwunden. Er hatte sich verkleinert und war unter der Türritze hinaus ins Freie gekrochen. Natürlich hätte er auch einfach hinausgehen können, die Tür war nicht abgeschlossen. Doch das Risiko, dass sich zufällig gerade jemand an Deck aufhielt und ihn sah, wollte er lieber nicht eingehen.

Minutenlang geschah nichts, es herrschte gespenstische Stille. Ich lauschte angespannt nach draußen – und zuckte entsetzt zusammen, als plötzlich lautes Gebrüll ertönte.

»Dieser Dämon war in meiner Kabine!«, hörte ich Moretti schreien. »Wo ist er hin?«

»Gerade war er noch hier draußen an Deck, Boss.« Das war die Stimme von Fox. »Aber der kleine Mistkerl ist schlimmer als Rumpelstilzchen. Er kann nicht nur Gold machen, sondern auch Leute schrumpfen lassen. Und sich selber bestimmt auch. Den finden wir nie. Nicht mal mit einer Lupe.«

Moretti tobte, seine Stimme kippte über vor heillosem Zorn. »Die Maske – er hat sie sich geholt! Die kann er nicht verkleinern! Wo ist sie?«

»Keine Ahnung. Sie hätten sie aber auch besser verstecken können, oder?« Fox hörte sich aufsässig an, er schien ziemlich sauer zu sein, weil Moretti ihn so anschrie.

»Ich schau sicherheitshalber mal bei Anna nach.« Diese Ankündigung kam von Malcolm. Gleich darauf betrat er die Kabine. Er trug einen ausgeleierten Pyjama, und sein rotes Haar stand in alle Richtungen ab. Mit raschen Schritten durchquerte er den kleinen Raum und hielt sich einen Finger vor die Lippen, zum Zeichen, dass ich still sein sollte. Dann drückte er mir kommentarlos die Maske in die Hand.

Völlig perplex sah ich zu ihm hoch. Ich hatte mit allem Möglichen gerechnet, aber nicht damit, dass er sich auf meine Seite schlagen würde.

Der weiche Samtstoff fühlte sich fast lebendig an, und die biegsamen kleinen Goldfäden sandten elektrische Ströme über meine Haut. Es war beinahe, als hätte die Maske nur darauf gewartet, dass ich sie berührte. Sie war bereits aktiv, und in dem zarten Gewebe unter meinen Fingern ballten sich uralte, fremdartige Mächte zu einer Kraft, die mit einem Wimpernschlag über Raum und Zeit gebot und sich von der Kette um meinen Knöchel nicht bändigen ließ. Eine Kraft, die mich zu Sebastiano zurückbringen würde. Dorthin, wo ich all das Schreckliche ungeschehen machen konnte.

»Sie ist weg, Boss«, hörte ich Malcolm noch sagen.

Und im nächsten Atemzug war ich das auch.

Es gab keinen Fall durch die Kälte der Ewigkeit, keine grässlichen Augenblicke von Todesangst. Der Übertritt war diesmal anders. Es war wie ein kurzer Schritt durch goldenes Licht. Von weither schien mich jemand zu streicheln. Sehnsucht wallte in mir auf. Wie aus unendlicher Ferne spürte ich ihre Gedanken. Mein kleines Mädchen sprach zu mir.

Ich bin bei dir, sagte sie. *Hab keine Angst, denn wir sind eins. Jetzt und für immer.*

Dann war es vorbei, und ich holte ruckartig Luft. Anders als zuvor befürchtet fand ich mich nicht nackt an irgendeinem dunklen, unbeobachteten Ort wieder – der Jogginganzug gehörte ja definitiv nicht in die Vergangenheit –, sondern ich stand an Deck der *Oceanic* und trug das grüne Umstandskleid. Instinktiv spürte ich die warme und immer noch aktive Präsenz der Maske – sie befand sich in dem Beutel, den ich um den Hals unter dem Kleid trug.

Einen Augenblick später sah ich Sebastiano neben mir stehen. Er reichte mir den Arm, um mich in den Speisesaal zu führen. Ole war bereits hineingegangen, ein wenig verloren blickte er uns entgegen. Neben ihm stand Barnaby. Er trug ein dunkelblaues Samtwams, eine dazu passende Kappe und glänzend polierte neue Stiefel, die er sich in Singapur bei demselben Herrenausstatter gekauft hatte, bei dem ich auch Sebastianos neues Hemd und die Smokingjacke erstanden hatte.

Ich hakte mich bei Sebastiano ein und unterdrückte das Zittern, das mich bei seiner Berührung überlief. In Gedanken hatte ich unser Zusammentreffen schon vorher durchgespielt und wusste, dass ich mir in der Öffentlichkeit nichts anmerken lassen durfte, wenn ich nicht alles ruinieren wollte. Dies war weder die Zeit noch der Ort für hysterische Anwandlungen oder Wiedersehensfreude, denn aus seiner Sicht – und der aller übrigen an Bord – war ich nie weg gewesen.

Und es gab mich auch nicht zweimal, wie ich jäh erkannte.

Hab keine Angst, denn wir sind eins. Jetzt und für immer.

Ich war nicht nur zu Sebastiano, sondern auch zu mir selbst zurückgekehrt! Von unendlicher Erleichterung durchflutet, verstand ich erst in diesem Augenblick die wahre Macht der Maske. Sie setzte das Antiparadoxon-Gesetz außer Kraft. Das hatte sie schon früher getan, wenn ich sie in Lebensgefahr für einen Zeitsprung benutzt hatte, nur war es mir nie in dieser Klarheit bewusst gewesen.

All das schoss mir binnen Sekundenbruchteilen durch den Kopf, der Moment des Begreifens war kurz und bereits vorbei, als ich mit Sebastiano vor Ole stehen blieb.

Hinter vorgehaltener Hand flüsterte ich Ole zu: »Hol deinen Colt aus unserer Kabine und geh zur Brücke. *Schnell.* Frag nicht, tu es einfach. Wir kommen gleich nach.«

Falls er überrascht war, verbarg er es hervorragend. Mit unbeteiligter Miene wandte er sich ab und ging hinaus. Ich trat Fatima in den Weg, die soeben am Arm von Captain Sheridan in den Saal geschwebt kam.

»Kann ich unter vier Augen mit dir sprechen? Es ist sehr wichtig.« Mit einem charmanten Lächeln wandte ich mich an Captain Sheridan. »Es dauert nur einen Moment, gehen Sie doch bitte schon zu Tisch!«

Höflich nickend folgte er meiner Anregung, nicht ohne Fatima vorher noch mit einer kleinen Verbeugung seine Verehrung zu bekunden.

Ich sah mich kurz zu Sebastiano um und bedachte auch ihn mit einem Lächeln. Er wirkte kein bisschen beunruhigt oder irritiert – was nicht weiter verwunderlich war, denn er musste annehmen, dass ich mich hier gerade bemühte, das neue Zerwürfnis zwischen Ole und Fatima zu kitten. So wie ich es ja tatsächlich in der ersten Version dieser Szene versucht hatte.

Davon ging offenbar auch Fatima aus. »Wenn es wegen Ole ist …«, begann sie entnervt.

Ich unterbrach sie. »Erinnerst du dich noch daran, wie der Kapitän dir den Umgang mit dem Steuerruder erklärt hat?«

Sie zuckte mit den Schultern. »Sicher. Warum?«

»Komm mit. Stell keine Fragen.« Ich nahm ihren Arm und

zog sie hinter mir her. Uns blieb nur wenig Zeit. Ich spürte es so deutlich, als hätte es mir jemand gesagt.

»Anna, was …?« Jetzt war Sebastiano doch irritiert. Er folgte mir auf dem Fuße, desgleichen Barnaby und John Doe. Letzteren musste ich besonders im Auge behalten, denn ich wusste nicht, ob er bereits im Frachtraum gewesen und jetzt wieder Malcolm war.

Draußen peitschte Regen auf uns nieder. Der Wind brauste in Orkanstärke und übertönte das Brummen der Schiffsschrauben. Wir stemmten uns gegen die heftigen Böen und erreichten die Brücke gleichzeitig mit Ole, der soeben dort eintraf und uns die Tür zum Kommandoraum aufhielt. Ich ging ohne zu zögern hinein. Am Ruder stand der Steuermaat und diskutierte mit dem Ersten Offizier.

»Potter hat bestimmt einen sitzen«, sagte der Erste Offizier gerade. »Hier ist weit und breit kein Land. Und für Eisberge sind wir zu weit südlich. Nun ja, ich sag's wohl trotzdem besser dem Captain.«

Er merkte, dass er und der Maat Gesellschaft bekommen hatten. Befremdet nahm er den unerwarteten Andrang von Passagieren zur Kenntnis. »Meine Damen und Herren, ich muss Sie alle höflich ersuchen, auf der Stelle …«

»Wir drehen bei«, sagte ich. »Sofort.«

»Ma'am, Sie können nicht …«

»Ole«, sagte ich. »Zeig ihm, dass wir es doch können.«

Ole hatte meine Aufforderung gar nicht zu Ende abgewartet, sondern bereits vorher seinen Colt gezogen. Er ging zum Steuermaat und drückte ihm die Waffe in den Rücken.

»Stell dir vor, dass dieser Potter recht hat, und tu, was nötig ist.«

Der Steuermaat blickte Hilfe suchend über die Schulter den

Ersten Offizier an. Der hatte beide Hände gehoben und bewegte sich unauffällig rückwärts in Richtung des Wandfachs, in welchem, wie ich wusste, eine Pistole lag.

»Das ist eine Meuterei«, sagte er, während er die Hand nach dem Wandfach ausstreckte. Ich eilte zu ihm hinüber und schubste ihn mit aller Kraft weg. Er wollte mich angreifen, doch Sebastiano ging dazwischen und legte ihn mit einem gekonnten Judogriff aufs Kreuz. Dann wandte er sich zu mir um. Ein Ausdruck von Fassungslosigkeit und Furcht beherrschte seine Miene, doch ich spürte auch seine kompromisslose Entschlossenheit.

»Fatima«, rief ich drängend, denn ich wusste mit derselben Sicherheit wie zuvor, dass es jetzt um Augenblicke ging. »Geh ans Ruder und mach das, was der Kapitän dir gezeigt hat. Ole, wenn der Steuermaat sie daran hindern will, musst du ihn unschädlich machen.«

»Nicht nötig, ich tu's ja schon«, sagte der Steuermaat. Er hatte beide Hände am Ruder und bewegte es mit routinierter Sicherheit. Sofort war zu spüren, wie das Schiff den Kurs änderte. Es war dem Sturm jetzt stärker ausgesetzt, da die haushohen Brecher nun nicht mehr vom Bug zerteilt wurden, sondern gegen die ungeschützte Flanke schlugen und die *Oceanic* zum Schlingern brachten.

»Verflucht, wir kentern noch, geh sofort wieder auf Kurs!«, schrie der Erste Offizier den Steuermaat an. Er rappelte sich hoch und rieb sich die Schulter, die von seiner harten Landung auf dem Boden in Mitleidenschaft gezogen war. Zornig wandte er sich zu uns um. »Was zum Teufel soll das alles hier?«

»Seht nur!«, rief Fatima entsetzt. »Da drüben!« Sie deutete auf die große Fensterfront, die unablässig von Regenböen getroffen wurde und nur eine eingeschränkte Sicht erlaubte.

Im Licht der Sturmlampen war zu sehen, wie aus einem Wellental der gewaltige Eisberg auftauchte.

»Verdammt«, schrie der Steuermaat. »Das wird knapp!«

Der Erste Offizier glotzte entgeistert den Eisberg an und fluchte unterdrückt vor sich hin. Sebastiano schlang von hinten beide Arme um mich und drückte mich fest an sich. Fatima griff verstohlen nach Oles Hand, was er zum Anlass nahm, sie mit einem Ruck in eine enge Umarmung zu ziehen.

Gebannt starrten wir alle durch die Scheibe.

Ich hielt die Luft an und wartete. Wartete.

Die *Oceanic* ließ den Eisberg seitlich hinter sich und pflügte durch das aufgewühlte Meer daran vorbei.

»Wir sind nicht mit dem Eisberg zusammengestoßen«, sagte John Doe in die entstandene Stille hinein. Er sah ein wenig einfältig und sehr verwirrt aus, und in dem Moment war ich davon überzeugt, dass Moretti ihm sein Gedächtnis noch nicht zurückgegeben hatte.

Ich lachte zittrig. »Nein«, sagte ich leise und sehr erleichtert. »Nein, das sind wir nicht.«

»Um Haaresbreite der Havarie entronnen«, sagte der Steuermaat ein wenig lakonisch. »Scheint so, als hätte mein Freund Potter sich eine Extra-Ration Rum verdient. Und für die junge Dame hier …« – er bedachte mich mit einem unsicheren Lächeln, in das sich eine Spur ungläubige Ehrfurcht mischte – »… sollte der Captain wahrhaftig eine Flasche vom besten Champagner kommen lassen.«

Sebastiano drehte mich in seinen Armen herum und blickte mir in die Augen. Er war nicht länger in der Lage, seine Angst zu verbergen.

So leise, dass die anderen es nicht hören konnten, fragte er mich: »Woher wusstest du es?«

Ich musste heftig schlucken, um meine Emotionen im Zaum zu halten. »Ich bin mit der Maske … zurückgekommen.«

Der Schock stand ihm ins Gesicht geschrieben. »Von wann?« Er hielt inne, dann fragte er mit mühsam erzwungener Ruhe: »Ich meine, wie lange …«

»Es war nur ein einziger Tag.« Ich rang mir ein misslungenes Lächeln ab. »Und keine Sorge, es gibt mich nur einmal.«

»Aber wie …«

»Ich erzähle dir später alles«, unterbrach ich ihn, schon auf dem Weg nach draußen. »Jetzt müssen wir sofort los.«

»Wohin?«

»Zuerst in unsere Kabine, um weitere Waffen zu holen, und dann in den Frachtraum. Da ist Moretti mit der Maschine. Vorher müssen wir zu Fox und ihn fesseln. Er ist Morettis Handlanger.«

Ole hatte die letzten Sätze gehört und ließ einen wütenden Aufschrei hören. »Ahnte ich es doch! Ich hätte ihn gleich töten sollen!«

»Dann hätte der Tiger Anna gefressen«, gab Barnaby zu bedenken. Er rannte auf seinen kurzen Beinen neben Ole her. »Fox hat ihn mit der Pistole verscheucht.«

»Mit dem Tiger wäre ich auch noch fertig geworden«, sagte Ole verächtlich. »Denn da durfte ich ja noch Waffen tragen.«

Er warf uns einen triumphierenden Blick zu, worauf Sebastianos Gesicht einen gequälten Ausdruck annahm – offensichtlich begann er gerade, bestimmte Zusammenhänge herzustellen. Schon jetzt wusste ich, dass er wieder an furchtbaren Schuldgefühlen leiden würde, wenn er erfuhr, was geschehen war. Vielleicht sollte ich ihm besser gar nicht alle Details erzählen. Oder das Ganze etwas abschwächen. Fragte sich nur, wie man »*Ihr seid leider alle ertrunken*« in abgeschwächter Form darstellte.

An Deck begegneten wir Captain Sheridan, der – vermutlich überrascht von dem plötzlichen Kurswechsel – zur Brücke unterwegs war. Er hatte es eilig und rief uns nur eine kurze Entschuldigung zu, als er an uns vorüberlief. Gleich würde er von seinen Leuten erfahren, dass *wir* für den veränderten Kurs verantwortlich waren, und sich dann sicherlich sofort auf die Suche nach uns machen, um sich zu bedanken. Doch dann waren wir hoffentlich schon wieder in die Gegenwart zurückgekehrt. Ich traute Moretti alle nur erdenklichen Gemeinheiten zu. Vielleicht hatte er bereits Kenntnis davon, dass die Kollision nicht stattfinden würde, und sann deshalb über andere Möglichkeiten nach, die *Oceanic* auf den Grund des Meeres zu schicken. Denn das war ja ursprünglich ihr Schicksal gewesen – und zugleich der Winkelzug in Morettis Spiel, das er um jeden Preis gewinnen wollte.

Noch war alles offen – auch das spürte ich auf unerfindliche Weise, als hätte es mir jemand mitgeteilt. Doch dieselbe Intuition sagte mir auch, dass unsere Zeit verrann. Wir mussten uns beeilen.

Fatima und Ole bestürmten mich mit Fragen – ihnen war natürlich nicht verborgen geblieben, dass ich von dem Eisberg gewusst hatte. Ganz zu schweigen von der Information, dass Fox für Moretti arbeitete.

»Es wird mir ein Vergnügen sein, den Kerl eigenhändig einen Kopf kürzer zu machen«, verkündete Ole. Grimmig fügte er hinzu: »Was ist mit John Doe? Ist er auch einer von Morettis Konsorten?«

Damit sprach er eine wichtige Frage an, die wir sofort klären mussten. Außer Atem vom schnellen Laufen blieb ich im Gang vor unseren Kabinen stehen. Aufmerksam sah ich John Doe an. Er war weiterhin eine unbekannte Größe in diesem Spiel. In der Zukunft hatte er mir geholfen – aber würde er dies auch hier tun, sobald er wieder wusste, wer er war? Es war eine Entscheidung, die nur ich allein treffen konnte, doch hinterher würde auch ich allein diejenige sein, die eine mögliche Fehleinschätzung verantworten musste.

Mit einem Mal konnte ich nachempfinden, von welcher inneren Zerrissenheit Sebastiano als Leiter unseres Teams oft geplagt wurde. Jeder falsche Entschluss konnte weitreichende, ja tödliche Folgen haben.

Ich atmete tief durch. Und entschied mich, John Doe zu trauen.

»John.« Ich trat vor ihn hin und nahm seine Hand. »Dein richtiger Name ist Malcolm. Moretti hat dir dein Gedächtnis genommen und dich bei uns eingeschleust, damit du mir in einem entscheidenden Moment das Leben rettest. Du bist Teil seines bösen Plans. Doch du wirst erkennen, dass du auf unserer Seite stehst. Dass du unser Freund bist. Und dass Freunde einander nicht verraten.«

Malcom legte seine Hand auf meine. »Das weiß ich schon, Anna. Ich war vor einer halben Stunde mit Fox im Frachtraum. Moretti hat mir meine Erinnerungen zurückgegeben und mir gesagt, dass das Schiff mit einem Eisberg kollidiert und wir nicht verhindern können, dass es untergeht. Dass alle sterben werden. Außer dir – weil ich dich rette und wir dich mit der Zeitmaschine hier rausholen.« Er schüttelte verwirrt den Kopf.

»Es ist alles anders gekommen, oder? Du hast den Zeitstrom verändert!«

Dass Ole sich nicht nur seinen Colt aus unserer Kabine geholt hatte, sondern auch den Säbel, hörte ich an dem ratschenden Geräusch, mit dem er ihn aus der Scheide zog.

»Geh zur Seite, Anna«, befahl er mir. »Damit ich den Kerl köpfen kann.«

Malcom straffte sich. »Versuch es doch!« Mit einem Mal wirkte er sehr wehrhaft und kämpferisch.

»Schluss damit!«, fuhr Sebastiano dazwischen. Abwägend betrachtete er Malcolm. »Stehst du auf unserer Seite oder nicht?«

»Hab ich das nicht eben gesagt?«

»Das hat er«, warf Barnaby ein. »Wenn auch nicht mit denselben Worten.«

»Ich vertraue ihm«, sagte ich. Entschlossen reckte ich das Kinn. »Und wehe, es behauptet jetzt einer, ich sei leichtgläubig. Oder gutherzig. Oder launisch. Oder sonst was in dieser Richtung.«

»Ich könnte ihn auch auf andere Weise unschädlich machen«, merkte Ole an. »Sozusagen in der Light-Variante. Anstatt ihn zu köpfen, würde ich ihn bloß bewusstlos schlagen.«

»Wir könnten vielleicht noch auf seine Hilfe angewiesen sein«, wandte Barnaby ein.

»Hat dich irgendwer gefragt, du Troll? Solange wir das nicht genau wissen, schalte ich diesen Kerl lieber aus!«

»Nein, das lässt du sein«, widersprach Sebastiano. Er schien nachzudenken. »Mir kommt gerade eine Idee, und dafür brauchen wir ihn. Sobald wir zum Frachtraum kommen, können wir ihn vorschicken. Er kann Moretti für ein paar Sekunden ablenken. Die würden uns reichen, um den Kerl außer Gefecht zu setzen.«

»Ich hole mir erst mal meine Messer und meine Pistolen«, verkündete Fatima. Sie wollte die Tür zu Sebastianos und meiner Kabine öffnen und stellte dabei fest, dass sie bereits offen stand. Das Schloss war herausgebrochen. »Hier war einer drin«, sagte sie.

Ole zuckte mit den Schultern. »Anna hat mir befohlen, meinen Colt zu holen. Die Tür war abgeschlossen, also habe ich sie eingetreten.«

Ach du je. Daran hatte ich gar nicht mehr gedacht. Wie üblich hatten Sebastiano und ich hinter uns abgesperrt, ehe wir zum Speisesaal gegangen waren.

Fatima betrat die Kabine, gefolgt von Sebastiano und Ole. Während die drei sich mit geübten Handgriffen bewaffneten, blickte ich durch die offene Tür ins Innere des luxuriösen Raums und erschauderte, als ich Sebastiano genau an derselben Stelle stehen sah, wo Fox ihn in der vorangegangenen Version dieses Tages – vermutlich sogar exakt um dieselbe Zeit – hinterrücks niedergeschlagen hatte. Ob Sebastiano wohl noch einmal das Bewusstsein erlangt hatte, bevor das Schiff untergegangen und er ertrunken war? Mit aller Macht verdrängte ich den schrecklichen Gedanken und die grauenhaften Bilder, die vor meinem inneren Auge entstanden.

Fatima kam mit zufriedener Miene wieder aus der Kabine. Sie bückte sich kurz und rückte ihr Knöchelholster unter dem Seidenkleid zurecht. »Jetzt ist Fox dran«, erklärte sie mit eisiger Miene. »Und dann holen wir uns die Maschine zurück und hauen ab.«

Tatsächlich entsprach der Ablauf genau meinem Plan, wobei ich diesen Teil der Ausführung noch nicht wirklich vollständig durchdacht hatte. Bewaffnete Auseinandersetzungen waren nun mal nicht meine Stärke. Ich hatte gehofft, dass Sebastiano und die anderen das Feintuning übernahmen, was bis jetzt gut zu klappen schien. Unentschlossen wirkte jedenfalls keiner von ihnen.

»Vielleicht reicht es, wenn wir Fox einfach fesseln«, schlug ich vor, obwohl ich mir insgeheim wünschte, ihn eigenhändig über Bord zu werfen. Er hatte Sebastiano – zumindest eine frühere Version von ihm – bewusstlos geschlagen und ihn dem sicheren Tod überlassen! Ich durfte gar nicht dran denken, sonst wuchs mein Hass ins Uferlose.

Seine Kabine befand sich am Ende des Ganges. Ohne langes Federlesen trat Ole auch hier die Tür ein. Er schaute sich drinnen um.

»Der Kerl ist schon ausgeflogen.«

Doch das war ein Irrtum, denn in diesem Moment bog Fox um die Ecke – und blieb wie angewurzelt stehen, als er uns alle vor seiner Kabine versammelt sah.

Eine Sekunde später drehte er sich auf dem Absatz um und rannte flink wie ein Hase davon. Ein Wurfmesser zischte hinter ihm her, traf aber nur die Wand. Fatima ließ einen undamenhaften Fluch hören.

»Er darf nicht vor uns im Frachtraum ankommen!«, rief Sebastiano.

Wir verfolgten Fox in vollem Lauf, Ole und Fatima vorneweg, aber ich merkte sofort, dass ich mit den anderen nicht Schritt halten konnte. Es ging eine steile Treppe hinab und einen weiteren Gang entlang, wo ich noch mehr zurückfiel. Sie waren allesamt doppelt so schnell wie ich. Mindestens. Sogar Barnaby auf seinen krummen, kurzen Beinen. Im Freien hätte er vermutlich sogar alle weit hinter sich gelassen, denn da hätte er die Schwingen ausbreiten und seinen dämonischen Turbogang einlegen können.

»Ich hab ihn!«, hörte ich Ole siegesbewusst hinter der nächsten Ecke schreien.

Gott sei Dank! Keuchend blieb ich stehen und hielt mir die Seiten. Eine Frau in meinem Zustand sollte nicht so viel rennen müssen. Sie sollte nicht beinahe ertrinken, mit Chloroform betäubt werden oder sich von größenwahnsinnigen Zeitreisenden verschleppen lassen. Von dem Schock über den Verlust eines geliebten Menschen ganz zu schweigen. Und die Sprünge mit der Zeitmaschine und der Maske waren in der Frühschwangerschaft bestimmt auch nicht gerade ideal.

»Du Drecksack!«, schrie Ole, und gleich darauf ertönte ein lauter Schmerzensschrei von Fox.

Tief durchatmend setzte ich mich wieder in Bewegung. Ich spürte, dass es bereits fraglich war, ob wir rechtzeitig zum Frachtraum gelangten. Auch ohne eine entsprechende Warnung von Fox würde Signor Moretti bald merken, dass sein Plan nicht aufgegangen war, dann mussten wir sofort umdisponieren.

»Anna?«, rief Sebastiano. Er tauchte am Ende des Ganges auf und blickte mir ungeduldig entgegen. »Wo bleibst du? Wir müssen weiter!«

»Komme schon!«, rief ich immer noch atemlos zurück.

»Irrtum«, sagte da Signor Morettis kalte Stimme hinter mir. Er hielt mir den harten Lauf eines Revolvers gegen die Schläfe. »Ein Schritt, und ich drücke ab!«, rief er Sebastiano zu.

»Er würde mich nie erschießen!«, widersprach ich. »Denn er braucht mich lebend!«

»Wollen wir es vielleicht drauf ankommen lassen? Dann pass mal gut auf.«

Ich hörte ein Klicken neben meinem Ohr.

»Gerade habe ich den Hahn meiner Waffe gespannt«, informierte Signor Moretti mich, so laut, dass es auch Sebastiano hören konnte. »Schon durch eine kleine versehentliche Erschütterung kann sich jetzt der Schuss lösen. Zum Beispiel dann, wenn ich das Gleichgewicht verliere, weil mich jemand angreift.«

In diesem Moment wusste ich, dass Sebastiano dieses Risiko nicht eingehen würde. Ein wirklich raffinierter Schachzug von Signor Moretti!

Mit der freien Hand packte er meinen regenfeuchten Zopf und zog mich rückwärtsgehend mit sich. Ich geriet ins Stolpern, aber darauf nahm er keine Rücksicht. Notgedrungen musste ich ihm folgen.

»Falls du dich mit der Maske in eine andere Zeit versetzen willst – nur zu. Leider müsste ich dann aber Sebastiano erschießen. Sein Leben ist ohnehin verwirkt, weil ihr das Spiel verloren habt.«

»Die achtzig Tage sind noch nicht um«, stieß ich hervor.

»Ganz recht. Aber ihr habt gemogelt. Manipulationen am Zeitstrom verstoßen gegen die Spielregeln. Es ist mein gutes Recht als Sieger, ihn zu töten. Es hängt ganz von dir ab, ob ich es tue oder nicht.«

Er war nicht nur größenwahnsinnig, sondern vollkommen verrückt. Einer der Alten, die wirklich irre waren. Komplett psychotisch in ihrer fanatischen Fixierung auf ihre seltsamen Spiele.

Er zerrte mich eine Treppe hoch, sodass ich Sebastiano nicht mehr sehen konnte. Ich hatte Angst, sehr schlimme sogar, aber ich war weder konfus noch verzweifelt. Diesmal nicht. Das hatte ich hinter mir.

»War das Ihr Plan B?«, fragte ich Signor Moretti. »Dass Sie die Zeitmaschine schnell woanders parken, sobald Sie merken, dass das Schiff am Eisberg vorbeischwimmt? Wo haben Sie sie abgestellt? Warten Sie, sagen Sie es nicht, lassen Sie mich raten – in einem der Rettungsboote? Denn die brauchen wir ja jetzt nicht mehr. Und dann haben Sie Fox losgeschickt, damit er uns alle zum Frachtraum lockt, sodass Sie mich von der anderen Seite kommend schnappen können. Weil ich ja wie immer die Langsamste war.«

Ich wurde ins Freie gezerrt, meine Kopfhaut brannte und tat scheußlich weh, wahrscheinlich riss der Kerl mir gerade Hunderte von Haaren aus. Und die ganze Zeit drückte er mir unerbittlich den Lauf der Waffe gegen die Schläfe.

»Du hast gut mitgedacht«, lobte Signor Moretti mich. »Ich hoffe, das Kind erbt nicht nur deine Schönheit, sondern auch deine Intelligenz. Obwohl du bisweilen allzu gutherzig und leichtgläubig bist.«

Darauf verdiente er keine Antwort.

»Nimm den Beutel mit der Maske ab und wirf ihn weg«, befahl er mir. »Sofort. Sonst warten wir hier so lange, bis Sebastiano auftaucht, und dann stirbt er.«

Ich riss mir den Beutel vom Hals und warf ihn von mir. Hinter mir lachte Signor Moretti leise auf, dann scheuchte er mich über das Deck, vorbei an einem der riesigen Schornsteine in Richtung der hinteren Rettungsboote. Die wenigen Lampen in diesem Bereich des großen Dampfers spendeten kaum Licht. Es regnete immer noch, aber der Sturm hatte nachgelassen. Vereinzelt fegten noch Böen über das Deck und brachten mein Kleid zum Flattern, doch die Wellen, die von allen Seiten gegen das Schiff brandeten, hatten nicht mehr dieselbe Wucht wie zu Beginn des Unwetters. Und natürlich reichten sie nicht bis zum Deck hinauf, da die Kollision mit dem Eisberg nicht stattgefunden hatte und das Schiff daher nicht tiefer im Wasser lag als sonst. Dafür war es eisig kalt hier draußen an Deck. Der Regen fühlte sich auf meinem Gesicht an wie tausend frostige Nadelstiche. Schlotternd schlang ich beide Arme um mich.

Die Passagiere waren um diese Zeit beim Abendessen, was auch eine Erklärung dafür war, dass wir vorhin niemanden in den Gängen gesehen hatten. Aus dem Speisesaal der ersten Klasse tönte gedämpfte Musik herüber. Sie spielten immer noch das Liszt-Konzert. Oder schon wieder, je nach Betrachtungsweise.

»Anna, geh kein Risiko ein!«, rief Sebastiano. Er war uns tatsächlich an Deck gefolgt. Doch der Erste, der sich mir und Signor Moretti näherte, war Malcolm.

»Boss, ich will mit!«, rief er.

Signor Moretti gebot ihm Einhalt. »Stopp, oder sie ist tot.«

Malcolm blieb augenblicklich stehen. Er fluchte leise vor sich hin.

»Was für ein durchsichtiges Ablenkungsmanöver!«, sagte Signor Moretti angewidert zu ihm. »Du warst einer meiner besten Männer! Wie konnten sie dich bloß so umdrehen?«

»Das lag sicher an Jane Austen«, sagte ich. »Dadurch ist einfach sein wahrer Charakter zum Vorschein gekommen.«

Neben Sebastiano waren die anderen aufgetaucht. Ich sah, wie Fatima einen ihrer Wurfdolche in der Hand wog.

Auch Signor Moretti entging es nicht. Unvermittelt umfasste er mich mit einem Arm und zog mich dicht an sich heran, damit er sich hinter mir verschanzen konnte. Die ganze Zeit hielt er mir den Revolver an den Kopf, um zu demonstrieren, wie riskant eine Befreiungsaktion wäre. Vor dem Körperkontakt mit mir hatte er nun, nachdem ich den Beutel weggeworfen hatte, keine Angst mehr. Und ihm war vermutlich klar, dass er Fatima keinen Zentimeter Angriffsfläche bieten durfte.

»Tu es nicht!«, rief Sebastiano. »Es ist zu gefährlich!«

»In der Tat«, sagte Moretti. »Sie ist sicher eine fulminante Messerwerferin, aber eine Kugel ist schneller.« Er machte einen Schritt rückwärts in Richtung des neben uns aufgehängten Rettungsboots und zog mich noch enger an seinen Körper. Ich konnte kaum noch atmen. Meine nächsten Worte kamen gepresst und abgehackt heraus.

»Sebastiano hat gar nicht mit Fatima gesprochen«, sagte ich. »Sondern mit mir.«

»Befürchtet er, dass du es mit Selbstverteidigung versuchst, während ich dich mit der Waffe bedrohe?«, fragte Signor Moretti spöttisch. »Diese Sorge wäre allerdings tatsächlich berechtigt, denn allzu weit scheint es mir mit deinen Fähigkeiten auf diesem Gebiet nicht her zu sein.«

»Ja, das ist wirklich nicht so mein Ding«, gab ich zu. »Deshalb lasse ich es auch momentan lieber.«

»Eine weise Entscheidung. Und jetzt steigen wir beide in das Boot!«

Er hielt mich weiterhin fest und ließ mir wenig Bewegungsspielraum, und bei jedem Schritt achtete er darauf, hinter mir in Deckung zu bleiben.

Umständlich kletterten wir auf diese Weise in das Rettungsboot. Im Heck hinter der Ruderbank ragte die Zeitmaschine empor – ein verwitterter Holzverschlag, der geradeso dort hineinpasste und auf den ersten Blick gar nicht auffiel, vor allem nicht im Dunkeln. Bei diesem Wetter war außer dem Ausguck sowieso niemand von der Besatzung hier draußen, und der beobachtete bestimmt nicht die Rettungsboote.

»Wissen Sie, ich hatte gestern viel Zeit zum Nachdenken.« Ich plapperte einfach drauflos wie ein Wasserfall, als könnte ich damit meine wachsende Nervosität in den Griff kriegen. »Jedenfalls dachte ich über vieles nach. Vor allem über Pläne und wie man sie umsetzt. Das war wirklich schwierig und knifflig. Den blöden Showdown im Frachtraum beispielsweise – den habe ich von Anfang an nicht richtig durchplanen können, egal von welcher Prämisse ich es anging. Das ganze Prozedere dort wollte einfach in meinem Kopf keine Gestalt annehmen. So gesehen ist es immer gut, einen Plan B in der Tasche zu haben. Dafür sind Sie das beste Beispiel.«

Signor Moretti hatte mich losgelassen und öffnete die Tür des Holzverschlags. Drinnen summte die Zeitmaschine auf, und ein weißliches Glühen breitete sich um den schwarzen Marmorblock aus, in dem sich die machtvollen Kräfte gebündelter Zeitstränge ballten und darauf warteten, befreit zu werden.

»Komm schon!«, befahl Signor Moretti mir ungeduldig und winkte mit der Pistole. »Rein mit dir.«

Ich sah über den Rand des Rettungsbootes zu den anderen hinüber. Sebastiano stand regungslos da und blickte mich unverwandt an. Vorhin war er noch von einem Fuß auf den anderen getreten, hin- und hergerissen zwischen Hilflosigkeit, Angriffslust und Verzweiflung. Ich hatte an seiner Haltung gesehen, wie er sich fühlte.

Er wollte mich befreien, sich notfalls für mich opfern – all das, was ich auch für ihn getan hätte. Doch jetzt hatte eine andere Empfindung die Oberhand gewonnen, und die brachte ihn dazu, ruhig abzuwarten. Dieses Gefühl hatte nichts mit Ergebenheit oder Resignation zu tun, und schon gar nichts mit Schockstarre. Gewiss, er hatte immer noch Angst, genau wie ich. Doch das Vertrauen in die Macht unserer Liebe war stärker als alle Furcht.

»Nur um das klarzustellen: Ich will bei Sebastiano bleiben.« Das sagte ich nicht etwa zu Signor Moretti – was er allerdings nicht wissen konnte. Als ich vorhin den Beutel weggeworfen hatte, war er bereits leer gewesen.

Offensichtlich hatte Sebastiano ihn vom Boden aufgehoben und aufgrund des fehlenden Inhalts sofort erkannt, was ich vorhatte. Deshalb auch sein Hinweis, dass es gefährlich sei – was selbstverständlich stimmte. Aber gleichzeitig traute er mir zu, dass ich es schaffte.

Die Sache mit den Plänen war tatsächlich nicht so einfach gewesen, doch wie ich die Alten inzwischen kannte, waren sie Meister im Schmieden von Reserveplänen, also hatte ich mir auch einen überlegt. Nur für den Fall, dass Signor Moretti im Frachtraum vorzeitig Lunte roch. Ich hatte mir ausgemalt, wie er in diesem Fall vorgehen würde – und das Verrückte war, dass genau das eingetroffen war.

»Wo soll's überhaupt hingehen?«, fragte ich ihn.

»Sagte ich das nicht schon? Nach Hause zu meinem Landgut in Cornwall.«

Ich schüttelte den Kopf. »Das ist nicht Ihr Zuhause.«

Das flimmernde Licht wurde auf einmal stärker, es stieg an Signor Morettis Beinen hoch und streifte seine Arme.

Signor Moretti klopfte kurz auf dem Bedienfeld der Maschine herum, in der Annahme, dass eine Fehlfunktion vorlag.

»Ihr wirkliches Zuhause ist eine Galaxie am anderen Ende des Universums.«

»Was …?«

»Es tut mir leid. Aber ich habe keine Wahl.« Ich fing an zu weinen, denn auch wenn er es verdient hatte, war dies ein schrecklicher Moment, und ich hatte mir so sehr gewünscht, das nie mehr erleben zu müssen.

Unvermittelt begriff Signor Moretti, was los war. Er blickte mir fassungslos in die Augen und erkannte sein Schicksal.

Sein Finger krampfte sich um den Abzug, doch die Waffe funktionierte nicht mehr. Sie war wie Signor Moretti selbst bereits zwischen den Zeiten gefangen. Er griff in seine Manteltasche, in die ich vorhin, als er mich so rücksichtslos als menschlichen Schutzschild missbraucht hatte, unbemerkt die Maske gesteckt hatte. Doch auch an die kam er nicht mehr heran.

Gleich darauf war er vollständig von dem weißen Glühen umgeben. Nur einen Sekundenbruchteil später erlosch das gleißende Licht, und die Zeit hatte Signor Moretti verschluckt.

Zum Glück blieb die Zeitmaschine unbeeinträchtigt an Ort und Stelle stehen. Wir mussten nur einsteigen und nach Hause springen, und genau das taten wir dann auch. Das Spiel gegen Signor Moretti war an dieser Stelle zu Ende. Es gab keinen Grund mehr, die Reise fortzusetzen. Abgesehen davon hätten wir es locker in achtzig Tagen geschafft, es wären sogar noch drei Tage übrig geblieben. Wie man es auch drehte und wendete – wir hatten gewonnen.

Bevor wir alle ins Rettungsboot kletterten und uns in dem Holzschuppen zusammendrängten, klärten wir noch einige Dinge.

Malcolm und Fox blieben auf der *Oceanic*. Ich hatte Malcolm reinen Wein eingeschenkt – er und Fox hätten sich selbst ausgelöscht, wenn sie mit uns zurückgekehrt wären. Da sie während des Schiffsunglücks mit Moretti auf dessen Jacht gesprungen waren, existierten sie in der aktuellen Gegenwart bereits. Nur, wenn sie während eines Mondwechsels durch ein reguläres Portal zum Punkt ihres Aufbruchs zurückkehrten –

bei Fox war das Santo Stefano –, konnten sie dem Antiparadoxon-Effekt entgehen.

Fox hätten wir sowieso nicht mitgenommen. Wir waren nämlich übereinstimmend zu dem Schluss gekommen, dass er ruhig noch ein bisschen was von seiner Seekrankheit haben sollte. Und von seiner gebrochenen Nase auch.

Letztere hatte er Ole zu verdanken. Der hatte zunächst sehr nachdrücklich darauf bestanden, Fox über Bord zu werfen, doch Malcolm war aus unerfindlichen Gründen davon überzeugt, dass irgendwo ganz tief drinnen noch ein guter Kern in Fox steckte. Allerdings stand er mit dieser Meinung allein da. Er betrachtete Fox wahrscheinlich mit anderen Augen als wir. Insgeheim glaubte ich, dass Malcolm im Herzen wirklich ein Romantiker war und in Fox etwas sah, das uns verborgen blieb.

Barnaby ließ sich nicht davon abbringen, mit uns zurückzuspringen, obwohl auch von ihm bereits eine andere Version in der Gegenwart existierte – der Barnaby, der in meinem Kleidersaum das Schiffsunglück überstanden und mit mir auf Morettis Jacht alle möglichen Pläne ausgeheckt hatte.

Ich hatte ihn beiseitegenommen und es ihm unter vier Augen erklärt, doch er behauptete im Brustton der Überzeugung, dass das Antiparadoxon-Gesetz für ihn nicht gelte und er daher mit uns in die Gegenwart zurückkehren könne. Mir blieb nichts weiter übrig, als ihm zu glauben und zu hoffen, dass er recht behielt.

Der Zeitsprung mit der Maschine war diesmal weniger schlimm als sonst. Ich sah zwar kein goldenes Licht wie zuletzt beim Zeitwechsel mit der Maske, und auch die blendende Helligkeit, die Vibrationen und der dröhnende Knall am Ende waren wie sonst auch. Aber die schreckliche Furcht, für alle Ewigkeit in einem großen schwarzen Nichts zu verschwinden, blieb zum ersten Mal aus. Ich erkannte intuitiv den Grund dafür: Das neue Leben, das in mir heranwuchs, war im Begriff, alles zu verändern.

Als wir gleich darauf im Garten unseres venezianischen Palazzos den kleinen Holzschuppen verließen, waren wir noch nass und durchgefroren vom Winterregen auf der *Oceanic*. Ich selbst war völlig erschöpft von den hinter mir liegenden Strapazen und wollte bloß noch heiß duschen und dann schlafen. Für mich zählte momentan nur eins – wir hatten dieses Abenteuer heil überstanden.

Aber einer fehlte in unserem Kreis.

Ole, der als Letzter ins Freie trat, blickte sich verwundert um. »Wo ist Barnaby? Gerade eben stand er noch hinter mir! Hat er sich klein gezaubert, oder was?« Dann schüttelte er erleichtert den Kopf. »Ach, da ist er ja schon!« Er deutete zum Palazzo hinüber, wo soeben Barnaby, Jerry und Walter aus der Hintertür kamen und uns freudig lachend zuwinkten. »Unglaublich, wie schnell der kleine Wicht manchmal ist!«

In Wahrheit war es anders. Der Barnaby, der gerade mit uns den Zeitsprung gemacht hatte, war … verloren gegangen. Er hatte sich geirrt. Ich konnte nur mühsam die Tränen zurückhalten.

Jerry und Walter umarmten uns ausgiebig. Walter wischte sich ständig die Augen, doch er konnte nicht verhindern, dass seine Wangen feucht wurden. Jerry klatschte Ole und Sebastiano ab wie nach einem erfolgreichen Fußballmatch. Fatima breitete die Arme aus, warf den Kopf zurück und drehte sich lachend um die eigene Achse.

Im nächsten Moment erschien auch José in der Hintertür und betrachtete uns mit einem versonnenen Lächeln.

Barnaby – der Barnaby, der mich von Signor Morettis Jacht gerettet hatte –, trat vor mich hin und strahlte mich an, und ich versuchte nicht daran zu denken, dass gerade eine andere Version von ihm für immer verschwunden war.

In seinen Augen stand ein glückliches Leuchten. »Anna! Ihr habt es geschafft!«

Sebastiano legte den Arm um mich. »*Sie* hat es geschafft.«

Ich schüttelte den Kopf. »Wir alle.« Leise fügte ich an Barnaby gewandt hinzu: »Und vor allem du.«

Wir erfuhren, dass auch dieser Teil unserer Planung funktioniert hatte. Barnaby hatte verkleinert an Bord von Morettis Jacht ausgeharrt, bis sie in den nächsten Hafen eingelaufen war. Dort hatte er gewartet, bis Fox und Malcolm sowie die Besatzung von Bord gegangen waren, und dann hatte er sich bei José gemeldet und sich von ihm abholen lassen.

Der Moretti in der Gegenwart war ebenso wie die auf der Jacht befindliche Zeitmaschine verschwunden – aber nicht etwa im Zuge einer Flucht, wie José uns versicherte. Sondern mit allen Wurzeln seiner Existenz ausgelöscht und vom Angesicht der Erde getilgt, auf sämtlichen Zeitebenen gleichzeitig. Die Macht der Maske hatte mal wieder ganze Arbeit geleistet.

Am nächsten Tag versammelten wir uns alle um den großen Tisch im Portego und aßen gemeinsam zu Abend. Unsere Köchin Renata servierte uns ein erstklassiges Wiedersehensmenü, das sie gemeinsam mit Barnaby zubereitet hatte. Wie immer summte und kicherte sie zwischendurch ohne besonderen Anlass vor sich hin, doch mittlerweile hatte sich sogar Ole daran gewöhnt. Jedenfalls kam von ihm an diesem Abend ausnahmsweise keine Ankündigung, ihr demnächst den Hals umzudrehen. Und auch Barnaby gegenüber benahm er sich ungewöhnlich friedfertig – was mich jedoch nicht weiter erstaunte. Mir war schon seit einer Weile klar, dass Ole längst nicht mehr so schlecht auf den kleinen Dämon zu sprechen war wie zu Beginn.

Dafür stritt er wieder nach Herzenslust mit Fatima herum. Es gab kaum etwas, worüber die beiden einer Meinung waren. Doch als Ole ihr während des Desserts (eine köstliche Crème brûlée mit heißen Kirschen) vorschlug, nach dem Essen in unserem schalldichten Waffenraum gemeinsame Zielübungen mit den neuen Pistolen zu veranstalten, war sie sofort Feuer und Flamme. Die beiden standen auf und verzogen sich, während wir anderen noch aßen. Ich hatte die starke Vermutung, dass sie sich im Keller nicht nur mit ihren Waffen befassen wollten.

Jerry und José fachsimpelten über die neue Zeitmaschine, die José während unserer Abwesenheit konstruiert hatte, die aber aus irgendwelchen physikalischen Gründen nicht zu unserer Rettung hatte eingesetzt werden können. Als die Rede auf die vergeblichen Versuche kam, stand Walter vom Tisch auf und verließ mit einer gemurmelten Entschuldigung den Raum. Da ich das meiste solcher technischen Gespräche ohnehin nicht verstand, hörte ich nicht richtig zu, sondern konzentrierte mich auf Sebastiano, der neben mir saß und immer wieder nach meiner Hand griff, als wollte er sich davon überzeugen, dass ich noch bei ihm war. Ich hatte ihm vom Untergang der *Oceanic* erzählt, und weil ich leider keine Methode gefunden hatte, es weniger dramatisch darzustellen, als es sich zugetragen hatte, war er entsprechend schockiert und schwieg seither die meiste Zeit. Doch ich wusste, dass er damit fertig werden würde – jedenfalls schneller als ich, denn er erinnerte sich ja an nichts von alledem, ganz im Gegensatz zu mir, die ich zeitlebens daran zurückdenken und trotzdem irgendwie damit klarkommen musste. Vergessen würde ich das Unglück jedenfalls niemals.

Immerhin hatte ich es durch meinen Eingriff für den weiteren Verlauf der Weltgeschichte ungeschehen machen können – gleich nach unserer Rückkehr hatte ich gegoogelt und dabei herausgefunden, dass die RMS *Oceanic* bis 1896 in Dienst geblieben war.

José zog sich nach dem Abendessen ebenfalls zeitig zurück. Er hatte rote Lackfarbe gekauft und wollte damit unserer alten Gondel einen neuen Anstrich verpassen. Auf meine – eigentlich scherzhaft gemeinte – Frage, ob wir sie denn je wieder brauchen würden, zumal wir doch nun zwei Zeitmaschinen hätten, zuckte er nur mit den Schultern. Die Art, wie er dabei meinen Blicken auswich, indem er mir einfach sein Profil mit der Augenklappe zuwandte, ließ mich nichts Gutes ahnen. Doch im Augenblick weigerte ich mich, an neue Zeitreiseabenteuer auch nur zu denken, geschweige denn an welche, bei denen wir die rote Gondel benutzen mussten. In den kommenden Monaten würde ich definitiv kürzertreten, und dasselbe galt für Sebastiano. Bis auf Weiteres wollte ich meinem Körper nichts zumuten, was anstrengender wäre als ein bisschen Schwangerschaftsgymnastik und Geburtsvorbereitung.

Barnaby war den Abend über ebenfalls recht still und beteiligte sich nur sporadisch an den Gesprächen. Bei jedem Blick in seine Richtung überkam mich ein Gefühl von Verlust und Traurigkeit, denn ich konnte ihn nicht ansehen, ohne daran zu denken, dass wir sein anderes Ich verloren hatten. Es war ein ähnlich herzzerreißendes Gefühl wie meine Erinnerung an jenen Sebastiano, der aus einer drei Jahre entfernten Zukunft zu mir gekommen war. Oder an den Sebastiano, der besinnungslos und blutend auf dem Boden der Schiffskabine gelegen hatte und wenig später ertrunken war. Ich wusste, dass ich aufhören sollte, mich mit diesen zermürbenden Gedanken zu beschäftigen, doch ich konnte es nicht.

Barnaby schien es zu spüren. Als ich auf die Loggia hinausging, um ein bisschen frische Luft zu schnappen – Sebastiano hatte sich zurückgezogen, um mit seinem Vater zu telefonieren –, folgte der kleine Dämon mir nach draußen.

»Es bedrückt dich, dass ich auf dem Sprung verloren gegangen bin, nicht wahr?«, fragte er mich.

Ich nickte stumm.

»Das ist aber nicht geschehen. Denn ich bin eins.«

»Was meinst du damit?«

»Ich kann hier wie dort sein und bin am Ende doch immer derselbe.«

Ungläubig nahm ich diese Information zur Kenntnis. Ich machte die Probe aufs Exempel. »Du warst mit mir auf Morettis Jacht, aber hast du auch miterlebt, wie ich Moretti auf der *Oceanic* mit der Maske ans Ende des Universums beförderte?«

Barnaby nickte.

Zweifelnd blickte ich ihn an. »Ist es so wie bei mir, wenn ich mit der Maske springe?« In Beantwortung meiner eigenen Frage schüttelte ich sofort den Kopf. »Nein, es muss anders sein, denn ich bin mit der Maske zu meinem früheren Selbst zurückgesprungen, du jedoch zu deinem älteren. Heißt das, du kannst dich in unterschiedlichen Zeitströmen und Zeitebenen aufhalten und trotzdem alle Erinnerungen behalten? Wie ist das möglich?«

»Ich kann es, weil *sie* es mir gezeigt hat. Sie hat es auch dir gezeigt.« Er korrigierte sich. »Sie wird es dir zeigen.«

»Wer?«, fragte ich, doch in meinem Inneren wusste ich die Antwort schon.

Danach

An den folgenden Tagen ließ ich den Unterricht ausfallen – Weihnachten stand vor der Tür, und wir alle brauchten Ruhe! Außerdem mussten wir einen neuen Hochzeitstermin festsetzen und wieder in die Planung der Feier einsteigen – wir hatten über zwei Monate mit einer sinnlosen Weltreise verplempert, und die Zeit war unterdessen nicht stehen geblieben. So lange waren wir noch nie weg gewesen. Jerry hatte sämtliche Anrufe abgeblockt und jede Menge Nachrichten in unserem Namen verschickt. Er hatte alle anstehenden Termine abgesagt und ständig neue Ausreden über angeblichen Dauerstress und Arbeitsüberlastung erfunden. Der Hochzeitstermin im Oktober war mit der Begründung gecancelt worden, dass Sebastiano und ich lieber noch eine Weile warten, aber über unsere Gründe dafür nicht reden wollten. Zum Glück hatten wir ohnehin vorgehabt, in ganz kleinem Kreis zu feiern, die neugierigen Rückfragen hatten sich daher in Grenzen gehalten. Die Leute, mit denen wir befreundet waren, wussten außerdem, dass wir uns häufig rarmachten und ständig unterwegs waren. Meine Mutter hatte allerdings sehr kurz davorgestanden, aus Frankfurt einzufliegen und persönlich die Lage zu checken. Glücklicherweise hatte ich ein Hammer-Argument, mit dem ich sie zugleich besänftigen und in den reinsten Freudentaumel versetzen konnte. Ich teilte ihr mit, dass sie demnächst Oma werden würde und ich mich deshalb so lange nicht gemeldet hätte, weil es mir in den letzten Wochen ziemlich mies gegangen sei. Das war praktischerweise nicht mal gelogen.

In der Woche nach unserer Rückkehr hatte ich den ersten Arzttermin. Sebastiano und ich gingen gemeinsam hin. Er hielt meine Hand, während der Arzt mit dem Ultraschallkopf über meinen Bauch fuhr.

Da war sie!

Ich hielt den Atem an. Das weiße Zucken des kleinen Herzens auf dem grobkörnigen Bildschirm, regelmäßig und doppelt so schnell wie mein eigener.

»Hallo, Kleine«, flüsterte Sebastiano. In seinen Augen schimmerte es feucht.

»Ich kann noch nicht sehen, was es wird«, sagte der Arzt. Er lächelte. »Aber wenn Sie sich ein kleines Mädchen wünschen, stehen die Chancen immerhin bei fünfzig Prozent. Es gibt schlechtere Quoten.«

Sebastiano gab mir einen raschen Kuss, dann erwiderte er das Lächeln des Arztes. »Wir können ja wetten.«

ENDE

Fortsetzung folgt …

Band 3 der Reihe

TIME SCHOOL

Auf ewig uns

erscheint im Herbst 2018.